U0131146

論壇 20

中共「十八大」
菁英甄補與治理挑戰

Elite Recruitment and Challenges to Governance after the
Chinese Communist Party's 18th Congress

陳德昇 主編

編者序

　　本書是近年有關中共「十八大」議題研究的研討匯編。作者主要來自兩岸的學者與專家，包括年輕一代富潛力的學人。當前正值「十八大」後巨變的時刻，習近平「反腐」的作為與影響超乎預期。本書作者的論述和觀點不盡相同，但他們深入對話、務實探討和客觀分析，見解多有學術價值和敏銳觀察力，值得引介給讀者。

　　本書共分三大部分。第一部分探討菁英甄補、治理與黨軍運作。相關著作在中共「十八大」政治菁英的甄補機制和運作、內政與黨務治理的策略、機遇和風險，以及習近平掌軍能力和前景都有評估和解讀；第二部分是以經濟發展與社會治理挑戰為重點，文章針對大陸經濟發展規劃、社會治理規範和挑戰探討；第三部分是外交政策與對臺人事變革，分析中共「十八大」政策變遷與對臺人事調整等議題。

　　本書出版必須特別感謝印刻出版社的協助，以及遠景基金會季刊（TSSCI期刊）同意刊載部分文章。也要向處理編輯、校正工作同仁鄭百合、鄭嫦娥和林金珍小姐致意，因為有他們辛勤與細緻的努力，這本書才能呈現在讀者面前。

陳德昇

2015/1/25

目　錄

作者簡介（按姓氏筆畫排列）

王信賢

　　政治大學東亞研究所博士，現任政治大學東亞研究所教授。主要研究專長為東亞政治史、國家理論、兩岸關係、全球化與科技管理。

由冀

　　澳洲國立大學博士，現任澳門大學政府與行政系政治學教授。主要研究專長為中國政治軍事與亞太地區安全。

李志強

　　美國普渡大學經濟學博士，現任淡江大學中國大陸研究所副教授。主要研究專長為大陸產業經濟研究、大陸財經專題研究、大陸對外貿易研究。

胡潔人

　　香港中文大學哲學博士，現任上海同濟大學法學院及知識產權學院副教授。主要研究專長為法理學、法社會學。

笑蜀

　　本名陳敏，廣州中山大學歷史系，現為自由作家。主要研究專長為中國政治評論、中國現代史、中國公民社會研究。

郭瑞華

　　政治大學東亞研究所博士，現任醒吾科技大學東亞暨兩岸經貿研究中心特約研究員。主要研究專長為兩岸關係、中共黨政、國際關係。

陳德昇

　　政治大學東亞研究所博士，現任政治大學國際關係研究中心中國社會暨經濟研究所研究員。主要研究專長為政治經濟學、中國地方政府與治理、兩岸經貿關係、臺日商策略聯盟。

蔡文軒

　　政治大學東亞研究所博士，現任中央研究院政治學研究所助研究員。主要研究專長為中共政治體制、中共政治改革與政治轉型、比較政治、比較權威政體。

蔡東杰

　　政治大學東亞研究所博士，現任中興大學國際政治研究所教授。主要研究專長為近代國際政治史、當前中國外交政策、東亞區域結構變遷發展、第三世界發展問題、兩岸關係問題研究。

薄智躍

　　美國芝加哥大學政治學博士，現任紐西蘭當代中國研究中心主任。主要研究專長為中國政治、中共菁英政治、兩岸關係、中美關係、國際關係理論。

菁英甄補、治理與黨軍運作

中共「十八大」黨政菁英甄補：
預測、評估與反思*

陳德昇

（政治大學國際關係研究中心研究員）

摘要

　　中共召開「十八大」前，各界預測人事雖有相當準確性，但仍有不少誤判。預測準確固值肯定，但判斷錯誤亦應反思。透過文獻檢視、比較研究與多元迴歸分析，有助提升學術分析和解讀能力。此外，胡錦濤卸任總書記，辭退軍委主席，為中共接班制度立下規範，有助減少元老干政。另中共「十八大」高層政治菁英甄補亦顯示，具年齡優勢成員，在特定階段並非絕對優勢，李源潮與汪洋未能出線即為案例。

　　儘管如此，由於習近平現階段的強勢領導與集權優勢，未來高層決策菁英，隔代指定候選人是否依例接班便沒有必然性。團派也因缺乏實力型領袖，故在高層菁英參與恐受限。此外，未來如果習近平的「反腐」與深化改革能取得成功，則中共菁英甄補將會更大程度體現習的偏好與意志。

關鍵詞：「十八大」、菁英甄補、政治局常委、政治局、多元迴歸分析

---

* 本文為國科會研究計劃（NSC-102-2410-H-004-145），刊登於《遠景基金會季刊》第15卷第1期（2014年1月），感謝匿名審查惠賜卓見及季刊同意刊載。

壹、前言

　　中共於2012年11月8日至14日召開第十八次全國代表大會（以下簡稱「十八大」），[1] 並於2013年3月5日至17日召開十二屆全國「人大」會議，通過「國務院」人事改組。[2] 兩次會議之人事變動與安排，除顯示中共政治運作特質與權力布局外，其衍生派系政治結構變遷與政策調整，對未來中共政治發展產生實質影響，值得關注。

　　本文主要由歷史、制度與比較研究途徑，分析中共「十八大」黨政人事布局，解讀相關人事安排與運作，並檢視人事預測與反思研究方法，期能對中共政治菁英甄補，提供更完善之預測與解析。

貳、研究觀點與歷史脈絡

　　政治繼承是指：國家權力從一位統治者或政府轉移到接替者的過程。它研究的焦點是：某一個人或團體，在一個制度或環境下，對一個政治職位的繼承，以及此繼承過程對一個民族國家的政治體制之結構和政策造成的影響。[3] 在政治繼承議題上，中共與多數共黨國家面臨三個制度缺陷。首先，民主國家透過定期選舉進行領導人更替，然而共黨國家的選舉並無權力轉移的實質意義；其次，共黨國家沒有規範如何解決權威和決策問題，增加權力衝突的可能性；第三，共黨國家沒有清楚劃分統治機構之間的權責。此外，研究中共、蘇聯、東歐等國的學者認為，政治繼承對共黨政權可能產生兩方面影響。第一種影響環繞在權力與政策間的關係，亦即

---

[1]　「中國共產黨第十八次全國代表大會」，新華月報，總第901期（2012年12月1日），頁15-27。

[2]　「十二屆全國人大一次會議舉行第六次全體會議　決定國務院其他組成人員」，人民日報，2013年3月17日，版1。

[3]　寇健文，中共菁英政治的演變：制度化與權力轉移1978-2010（臺北：五南圖書出版公司，2005年），頁43-44。

領導人更替是否會帶來「政策更新」（policy innovation）。第二種影響環繞在「政權穩定」的議題。政權（regime）是一套決定權力關係與資源分配的價值、原則、規定、慣例與決策程序。由於政治菁英會爭奪稀有性資源，政權穩定的關鍵在於，絕大多數菁英是否能接受一套遊戲規範，解決紛爭。這套規範雖不能消除權力鬥爭與政策歧見，卻可降低鬥爭激烈程度，使得權力和平轉移。[4]

　　所有共黨政權最重要、最基本的統治原則是「共產黨的領導地位」（the leading role of the Communist Party）。這個原則規範了共黨統治菁英，和其他社會團體間的權力和資源分配關係。[5] 因此，其政治接班人之安排便有強烈排他性，政治領袖的個人意志扮演決定性之角色，並直接指定接班，甚至隔代指定接班人選。在中共政治體制下，選拔接班人，首先是黨內的權力重新分配，擁有黨權者才可能或加固在行政、軍事、企業的實權。權力的世代交替和移轉，是黨內權力秩序的調整，也是幹部新陳代謝的「加速運動」。[6] 基本而言，在中共毛、鄧時期，由於革命江山是由其建立，具備革命功績、政治魅力與政治權威，因而能貫徹政令明確指定接班人。故其接班人由其欽定，並隨時有替換之選擇權。由於人治色彩重，加之欠缺法治保障與派系、路線鬥爭激烈，終導致中共在毛、鄧時期政治繼承面臨尖銳挑戰與不確定性，且不乏暴力、終結生命與撤職收場（請見表1）。不過，第三代領導人江澤民之後，在欠缺革命功績，以及政治魅力與政治權威相對弱化下，在重要人事任命，必須與黨內元老和派系利益做更多政治妥協。此外，透過間接安排隔代接班人模式，以強化個人與派系政治之影響力，亦是重點布局之策略。儘管如此，毛、鄧後之中共政治領袖，仍不時面對地方諸侯挑戰。江澤民時期有北京市委書記陳希

---

[4] 同前註，頁44。

[5] 同前註，頁46。

[6] 丁望，北京跨世紀接班人（香港：當代名家出版社，1997年），頁34。

同，胡錦濤時期則有上海市委書記陳良宇、重慶市委書記薄熙來挑戰政治權威，甚而一度衝擊接班秩序（請見表1）。

表1　中共的政治繼承與整肅異己變遷表

項目	選項	第一代（毛澤東）	第二代（鄧小平）	第三代（江澤民）	第四代（胡錦濤）	第五代（習近平）
領袖條件與基礎	革命功績	具備	具備	無	無	無
	政治魅力	強	強	弱化	弱化	強化，漸提升
	政治權威	強	強	逐步鞏固不容挑釁	鞏固有限弱勢領導	日趨鞏固不容挑戰
整肅政治異己方式	鬥爭	V	V	V	V	V
	解職	V	V	V	V	V
	迫害	V	X	X	X	X
整肅名義	路線與權力鬥爭	路線、權力鬥爭	路線鬥爭（胡、趙案）	權力鬥爭	路線、權力鬥爭（陳、薄案）	權力鬥爭
	腐敗違紀			V	V	V
對象	代表人物（當時職務）	1.林彪（中央副主席）2.劉少奇（國家主席）	1.胡耀邦（中共總書記）2.趙紫陽（中共總書記）	陳希同（北京市委書記）	1.陳良宇（上海市委書記）2.薄熙來（重慶市委書記）	1.周永康（前政治局常委）2.徐才厚（前中央軍委副主席）
效果與影響		維持毛澤東領導地位與路線	保證鄧小平領導地位與路線	維持江澤民執政時期政治穩定	基本維持胡錦濤主政時期政治穩定	維持強勢領導，政局初步穩定。

資料來源：陳德昇、陳陸輝，「中共『十七大』政治精英甄補與地方治理策略」，中國大陸研究，第50卷第4期（2007年12月），頁57-85；「中共中央決定給予薄熙來開除黨籍、開除公職處分」，新華網，2012年9月28日，http://news.xinhuanet.com/legal/2012-09/28/c_113248574.htm。

說　明：1.基本而言，毛、鄧應屬於中共第一代。不過，中共當局將鄧視為第二代領導人，江澤民為第三代，胡錦濤列為第四代領導人。中共「十八大」總書記習近平為第五代領導人。
　　　　2.相關符號V表示採用，X表示不採用。

　　鑑於中共政治繼承的缺失與革命江山之鞏固，在鄧小平執政時期即有意加快培植跨世紀接班人，主要因素有三：（一）在生命的黃昏期，「永不變色」的傳統，政治憂患更強烈；（二）深化經濟改革；（三）領導幹部年齡偏大和素質有待提升。儘管如此，鄧小平時代的培植接班人政策和措施，雖有初步的法律和制度架構，但法制不健全。「長官意志」遠強於法規的約束力，權比法大，法的權威地位無法建立。此外，在人治色彩偏重與法制欠缺之體制下，中共政治元老仍熱中「發揮餘力」，退出政治舞臺遲緩，形成了奇特的「幕後政治」景觀。[7] 1987年胡耀邦被迫辭職、1989年趙紫陽被罷黜，以及1992年鄧小平「南巡」迫使江澤民改變立場都是明顯的例子。事實上，中共不僅在1980與1990年代存在退休政治元老干政現象，江澤民於2002年卸任總書記後仍續任中央軍委主席兩年，亦是另類之干政行為，影響政治運作正常化。

　　儘管如此，經過改革開放三十餘年發展，中共菁英政治在領導人更替與決策模式，亦出現制度化發展。2006年中共即頒布《黨政領導幹部職務任期暫行規定》、《黨政領導幹部交流工作規定》與《黨政領導幹部任職迴避暫行規定》。[8] 相關人事變革與管理規範包括：（一）年齡限制：政治局委員與政治局常委等領導人不應在年滿70歲後繼續連任；政治局常委甄補亦有「七上八下」之限制（67歲仍能接任，68歲則排除資格）；（二）梯隊接班：政治局、政治局常委會兩級領導班子呈現年齡的梯隊配置，同一層次領導班子也呈現年齡的梯形分布；（三）任期制：防止任期過長的「任期限制」（同一職務任職十年以上的情形遞減），以及防止職務更替過於頻繁的「任期保障」（在一屆任期之間中途被解職的情形減少），均有發展；（四）「循序漸進、按部就班」的升遷規律：未先歷練

---

[7]　同前註，頁73-335。

[8]　「賀國強在貫徹落實《黨政領導幹部職務任期暫行規定》等五個法規文件視頻會上強調要認真貫徹落實各項改革措施」，新華月報，總第748期（2006年7月15日），頁38-39。

正部級職務或擔任中委（含候補中委）直接晉升政治局委員（含政治局候補委員），以及未單獨歷練政治局委員即出任政治局常委的人數與比例，最晚於「十四大」後逐漸降低，晉升所需平均時間則最晚於「十四大」後逐漸增加。[9] 此外，在決策模式方面的制度化現象包括：集體領導與個人分工相結合的制度趨於穩定，以及確立政治局及其常委會為決策中心。[10]

　　共黨政權處理黨內菁英互動關係時，主要依循兩大基本原則：「民主集中制」與「禁止成立黨內派系」。不過，權力集中並沒有讓共黨真的免於派系鬥爭，反而往往使得政治繼承成為一場零和遊戲。事實上，有政治必有派系，毛澤東曾提出「黨內無派，千奇百怪」的論述。[11] 另根據中共研究學人丁望的觀點，在高層爭論、權力變遷中，政治血緣是個人浮沉的重要因素；政治血緣、政治理念、政策取向和現實利益的差異，影響政治派系的形成或重組。因政治理念、現實利益和人際友誼，形成鬆散型的「友好組合」，自是政界「常態」。[12] 此外，對於派系政治的成因，西方學者也有不同看法。一般來說，學者大致從「權力鬥爭」、「政策歧見」、「官僚組職利益」三個角度解釋派系政治的出現。[13] 權力分配是派系鬥爭的關鍵，而政策分歧僅為政爭的工具。白魯恂（Lucian W.

---

[9] 寇健文，「中共與蘇共高層政治的演變：軌跡、動力與影響」，徐斯儉、吳玉山主編，黨國蛻變──中共政權的菁英與政策（臺北：五南圖書出版公司，2007年），頁102。

[10] 同前註，頁103。

[11] 此說法是毛澤東引自陳獨秀1927年「國民黨四字經」。請見王開林，「『國民黨四字經』讓蔣介石暴跳如雷」，中國共產黨新聞，2010年10月27日，http://dangshi.people.com.cn/GB/144956/13057777.html。

[12] 丁望，胡錦濤與共青團接班群：選拔接班人的政策和中央團系精英（香港：當代名家出版社，2005年），頁15。

[13] Jing Huang, *Factionalism in Chinese Communist Politics* (UK: Cambridge University Press, 2000), pp. 29-34；Lowell Dittmer and Yu-Shan Wu, "The Modernization of Factionalism in Chinese Politics," *World Politics*, Vol. 47, No. 4 (July 1995), pp. 427-476.

Pye）指出：權力考量是中國派系政治的決定性因素。[14] 黎安友（Andrew Nathan）認為：中共派系在意識形態與政策路線的差異其實不大，但這些差異在權力鬥爭中被擴大，用以凸顯派系間的敵我關係。[15]

參、相關文獻

　　中共召開「十八大」前，學界與媒體多由不同觀點與管道，對中共政局和人事進行分析和解讀，並對人選進行預測，相關文獻如下：

　　丁望從歷史研究途徑與政治世代觀點，分析中共「十八大」人事與菁英甄補。該文主要論點是透過分解中共權力觀和幹部體系的法律、制度結構，再建構世代體系。其中涉及世代量化、差異與推移。此外，作者亦從秩序文化的視角，分析政治人物的菁英優勢、十八屆政治局的競爭者，展現世代交錯的政治圖像。該文獻主要之研究發現包括：具強勢菁英成員，具備年齡、秩序文化形成強勢菁英和新三馬車；在權力體制層面，高度集權弊端仍未改革，以致「十八大」前政治動盪仍不可免；中央與地方關係，則因利益博弈使得政令難暢；「十八大」後鞏固權力與意識形態收緊成為要務。其政治和新菁英人選較具強勢競爭優勢者為：習近平、李克強等人（請見表2）；相對較弱勢競爭者為：孟建柱、劉雲山和張高麗。

---

[14] Lucian W. Pye, *The Dynamics of Chinese Politics* (Cambridge, Mass.: Oelgeschlager, Gunn & Hain, 1981), p. 127.

[15] Andrew J. Nathan, "A Factionalism Model for CCP Politics," *The China Quarterly*, No. 53 (January-March 1973), p. 49.

　　林和立從派系政治與平衡觀點，分析中共「十八大」菁英甄補。其中又以中央政治局常委會的名額，是共產黨鬥爭兵家必爭之地，胡所領導之團派，則有更多成員參與。依林氏之分析，現階段中共派系已不再是意識形態相互鬥爭，而是政治與經濟資源爭奪；共青團系將於2022年中共「二十大」取得實質領導角色，主因是共青團系成員歷練充分，而太子黨後代則熱中經商，而呈現日益式微之勢。此外，儘管有派系爭議，但是在意識形態黨國政策的核心利益上，維持高度一致；習、李分屬不同派系，且在財經決策上亦可能有不同觀點，因此習可能與其他政治盟友結合，在政策上牽制李克強。[16]

表2　中共「十八大」政治局常委人選預測

預測者	預測準確	預測失誤
丁望	習近平、李克強、張德江、王岐山、俞正聲、劉雲山、張高麗	劉延東、李源潮、汪洋
林和立	習近平、王岐山、俞正聲代表太子黨；李克強代表共青團	李源潮、汪洋
寇健文	習近平、李克強、張德江、劉雲山、王岐山、俞正聲、張高麗	劉延東、李源潮、汪洋
鄭永年	習近平、李克強、俞正聲、王岐山、張德江、劉雲山、張高麗	薄熙來、李源潮、汪洋、劉延東
李成	李克強、劉雲山、習近平、王岐山、張德江、俞正聲、張高麗	李源潮、劉延東、汪洋、令計劃、胡春華、薄熙來、孟建柱
紐約時報	習近平、李克強、張德江、王岐山、張高麗、劉雲山、俞正聲	無

---

[16] 林和立，「中共『十八大』後的派系平衡與改革展望」，陳德昇主編，中共「十八大」菁英甄補：人事、政策與挑戰（新北：印刻出版有限公司，2012年），頁55-61。

預測者	預測準確	預測失誤
多維新聞網	習近平、李克強、張德江、王岐山、劉雲山、張高麗	李源潮、俞正聲
金融時報	習近平、李克強、張德江、王岐山、俞正聲	李源潮、張高麗、薄熙來、孟建柱、汪洋、劉延東、劉雲山、王剛、戴秉國

資料來源：寇健文、蔡文軒，瞄準十八大：中共第五代領導菁英（臺北：博雅書屋，2012年），頁68-82；林和立，「中共『十八大』後的派系平衡與改革展望」，陳德昇主編，中共「十八大」菁英甄補：人事、政策與挑戰（新北：印刻出版有限公司，2012年），頁55-61；鄭永年，「鄭永年預測新一屆政治局常委」，聯合早報網，2011年7月12日，http://www.zaobao.com.sg/futurechina/pages/talk110712.shtml；李成，「中國政治的焦點、難點、突破點」，FT中文網，2011年12月31日，http://www.ftchinese.com/story/001042491； Michael Wines, "Photos From China Offer Scant Clues to a Succession," *The New York Times* (October 14, 2011), http://www.nytimes.com/2011/10/15/world/asia/ chinas-coming-leading-change-leaves-analysts-guessing.html?pagewanted=all&r=0；多維中國議題組，「中共十八大政治局常委3.0版」，多維新聞，2012年9月13日，http://18.dwnews.com/news/2012-09-13/58844030-all.html。

　　寇健文在「中共『十八大』政治局人選：分析與預測」一文中，採用基本條件（政治局委員資歷與年齡限制，是硬條件），以及加分條件（年齡優勢／地方歷練／交流經驗，是軟條件）作為預測政治局常委會人選。此外，中共政治局常委會人選為九人或七人無法斷定，以及分管職務或兼任職務的雙重不確定性，亦增加研判難度。儘管如此，在政治局成員中依條件設定與加分條件顯示，其可能常委人選包括：習近平、李克強等人。其中除習近平、李克強已確認接班人選外，另以李源潮與汪洋最具優勢，其餘人選則不具年齡優勢，劉雲山與劉延東甚至不具地方歷練與交流經驗。[17] 此外，寇健文在另一篇評估相關文獻預測中，亦提出《紐約時報》

---

[17] 寇健文，「中共『十八大』中央政治局常委會人選：分析與預測」，徐斯勤、陳德昇主編，中共「十八大」政治繼承：持續、變遷與挑戰（新北：印刻出版有限公司，2012年），頁77-79。

準確性，以及《明報》與《多維新聞》之預測，顯示李源潮與汪洋猜測差
距較大外，其任職位亦有相當出入。[18]

李成在其「十八大」政治菁英分析與預測中，認為政治局常委人選的
決選過程相當複雜，但皆必須經過年齡、執政經歷與關係網絡三項標準衡
量。另外，李也從中共派系政治的角度出發，認為中共政治局常委會將
符合「一黨兩派」（one party, two coalitions）的結構，即菁英派（elitist
coalition）與平民派（populist coalition），團派和太子黨又各自是這兩大
聯盟的核心。大多數平民派成員都曾在比較貧困的內陸省份擔任過地方或
省級部門領導職務，且他們精通於組織、宣傳、統戰和法律事務，但是欠
缺處理國際經濟事務的經驗和能力。在江澤民時代，他們並未得到重用，
因為當時吸引外國投資和面對經濟全球化是壓倒一切的要務。而近年來，
由於中國大陸社會動盪和政治不穩定的風險有所上升，他們的作用也開始
日益凸顯。基於上述考量，李成認為有14人有機會進入「十八大」政治局
常委會，其中菁英派與平民派各佔七人（請見表2），在菁英派部分為習
近平、王岐山、俞正聲、張高麗、張德江、薄熙來與孟建柱。其中張高麗
是江澤民親信，孟建柱屬於上海幫，其餘皆為高幹子弟。而平民派則是李
克強、李源潮、汪洋、令計劃、胡春華、劉延東與劉雲山，除李源潮與劉
延東同時具有高幹子弟背景外，全部都是共青團系出身。[19]

陳陸輝、陳德昇與陳奕伶所著「誰是明日之星？中共中央候補委員的
政治潛力分析」文獻，主要是透過專家選項與人事升遷要項評估，經由加
權統計分析，了解候補中央委員政治升遷成因與仕途發展。文章透過書面
與網路資料，蒐集個人背景、學經歷、中央與地方歷練，以及派系背景等

---

[18] 同前註，頁92-94。

[19] 李成，「中國政治的焦點、難點、突破點」，FT中文網，2011年12月31日，http://www.
ftchinese.com/story/001042491?full=y。

相關資料輸入Excel檔案。經過資料更新、校對後，將所有文字資料編碼為數字，並轉為SPSS檔案，再由SPSS針對相關變數進行加權計算。另透過相關背景與官職歷練等加總的運算結果，整理與分析有望在「十八大」脫穎而出的中央委員與候補中央委員，藉此梳理出中共政治菁英甄補的路徑與方向。尤其是中央候補委員作為中共中央委員的後備人才庫，集結各領域內富潛力的人才，包括中央黨政系統副手、地方政府骨幹、社會各階層與企業領袖，以及軍方中堅幹部等成員。相關研究發現包括：具政治潛力之中共政治菁英篩選，候補中委成員中因年齡偏高（部級65歲，副部級60歲），或不具政治競爭力之部門（如企事業單位或民間組織負責人）可排除在外。反之，近年升任省部級正職身分，或擔任省部級黨內要職，若再兼具派系背景，則是值得關注的政治新銳。此外，跨省市與中央級部門之歷練亦具有代表性意義，尤其是中央權威弱化背景下，具地方治理、協作與實務經驗，且有政績表現者，較有可能成為政治菁英甄補之對象。其中排名較前之政治菁英包括：羅志軍、努爾‧白克力、陳德銘、栗戰書、蘇樹林、陳政高、巴音朝魯、夏寶龍、朱小丹等人。[20]

　　媒體的預測，其中以《多維新聞》和《金融時報》判斷誤差較大，《紐約時報》最準確（請見表2），這可能與判斷時間差距，以及訊息管道素質有關。不過，儘管有媒體精準之猜測，但其立論依據仍不明朗，亦非學理之研判，因而仍有深度解讀之必要。

　　根據以上論述顯示，有關中共「十八大」相關學術文獻仍有其局限性，相關人事預測精準度仍有實質差距。其中尤以李源潮與汪洋未能進入政治局常委會、政治局常委由九人減為七人；團派成員在「十八大」政治局常委會比重偏低，但在政治局委員中比重相對較高值得關注。此外，如

---

[20] 陳陸輝、陳德昇、陳奕伶，「誰是明日之星？中共中央候補委員的政治潛力分析」，中國大陸研究，第55卷第1期（2012年3月），頁1-21。

何解讀派系黑箱政治運作，以及建構更科學預測機制與客觀評量標準，則有助於解讀中共政治繼承與菁英甄補之運作和變遷趨勢。

肆、「十八大」黨政菁英甄補解讀與分析

中共「十八大」權力接班與權力結構變遷主要特點是：胡錦濤卸任總書記，但同時不再擔任軍委主席。習近平對此一人事安排提出說明：

> 「胡主席從黨、國家、軍隊事業發展全局考慮，主動提出不再擔任中共中央總書記、中央軍委主席職務。黨的十八大和十八屆一中全會尊重胡主席的意願，同意了他的請求。胡主席做出這個重大決策，充分體現了他對黨、國家、軍隊事業發展全域的深邃思考，充分體現了他作為一位馬克思主義政治家和戰略家的高瞻遠矚、博大胸懷、高風亮節。」[21]

明顯地，由於胡錦濤開創總書記卸任，同時辭退軍委主席之先例，未來將可能成為常規性安排。此將對中共高層政治生態以及政治運作常態化，發揮正面作用。此外，相較於中共「十六大」與「十七大」之政治局成員安排，並非全依循職務功能取向，亦顯示中共黨內權力運作調整與派系權力糾葛。其中，政治局常委由九人減為七人；李源潮未擔任常規性要職，王滬寧亦非職務功能因素進入政治局（請見表3）。儘管作為中共權力核心的政治局仍維持25位成員之運作，但其派系利益與權力運作之鑿痕相當明顯。

---

[21] 此一說法似暗諷江澤民離任總書記仍依例戀棧軍委主席兩年。請見「胡錦濤習近平出席中央軍委擴大會議並發表重要講話」，新華網，2012年11月17日，http://news.xinhuanet.com/politics/2012-11/17/c_113711639.htm。

表3　中共中央政治局成員與結構分析（16-18大）

分層＼屆次年分	中共「十六大」(2002-2007)	中共「十七大」(2007-2012)	中共「十八大」(2012-2017)
1 政治局常委	胡錦濤　吳邦國 溫家寶　賈慶林 曾慶紅　黃　菊 吳官正　李長春 羅　幹	胡錦濤　吳邦國 溫家寶　賈慶林 李長春　習近平 李克強　賀國強 周永康	習近平　劉雲山 李克強　王岐山 張德江　張高麗 俞正聲
2 國家副主席			李源潮
3 書記處書記	劉雲山（宣傳） 周永康（政法） 賀國強（組織） 王　剛（中辦）	劉雲山（宣傳） 李源潮（組織）	劉雲山（黨建） 劉奇葆（宣傳） 趙樂際（組織） 栗戰書（中辦）
4 國務院副總理	曾培炎 吳儀 回良玉	回良玉 張德江 王岐山	馬凱 汪洋 劉延東
5 軍委副主席	郭伯雄 徐才厚	郭伯雄 徐才厚	范長龍 許其亮
6 人大黨組書記	王兆國	王兆國	李建國
7 政協黨組書記	－	王　剛	
8 政法委書記	－	－	孟建柱
9 國務委員	－	劉延東	－
10 中央政策研究室主任	－	－	王滬寧
11 地方領導人	劉　淇（北京） 陳良宇（上海） 張立昌（天津） 張德江（東部，廣東） 俞正聲（中部，湖北） 王樂泉（西部，新疆）	劉　淇（北京） 俞正聲（上海） 張高麗（天津） 薄熙來（重慶） 汪　洋（東部，廣東） 王樂泉（西部，新疆）	郭金龍（北京） 韓　正（上海） 孫春蘭（天津） 孫政才（重慶） 胡春華（東部，廣東） 張春賢（西部，新疆）
總人數	25	25	25

資料來源：「中國共產黨第十八屆中央委員會第一次全體會議公報」，**新華月報**，總第901期（2012年12月1日），頁46。

　　中共「十八大」高層人事權力安排，與前五屆比較，無論是「政法委」負責人退出政治局常委，降階為政治局委員，或是軍方在政治局常委成員與中央書記處未有代表（請見表4），皆顯示中共黨政運作漸朝正常化與合理化方向發展。尤其是新擔任「政法委」書記的孟建柱與宣傳口負責人劉奇葆，皆有擔任地方大員歷練，也有相對較佳之社會評價，顯示中共「十八大」的政治發展，亦正進行黨政控制體系之調適。尤其是政法系統近年擴權積極，[22] 目前在地方政府人事安排，政法系統雖仍參與地方決策體系，並以「維穩」之名強化政治控制，但部分法制措施的鬆綁，如政法委書記孟建柱對勞教政策的調整，[23] 則是後續值得觀察重點。

表4　中共軍方／政法系統與宣傳系統參與高層決策變遷表

屆別 職稱	十四大 （1992年）	十五大 （1997年）	十六大 （2002年）	十七大 （2007年）	十八大 （2012年）
政治局常委	喬石（政法委） 李瑞環（宣傳口） 劉華清（軍）	政法委（無） 李瑞環（宣傳口） 軍方（無）	羅幹（政法委） 李長春（宣傳口） 軍方（無）	周永康（政法委） 李長春（宣傳口） 軍方（無）	政法委（無） 劉雲山（宣傳口） 軍方（無）
書記處書記	丁關根（宣傳口）	羅幹（政法委） 丁關根（宣傳口） 張萬年（軍）	徐才厚（軍） 周永康（政法委） 劉雲山（宣傳口）	劉雲山（宣傳口）	劉奇葆（宣傳口）
政治局委員	丁關根（宣傳口） 劉華清 楊白冰（軍）	丁關根（宣傳口） 張萬年 遲浩田（軍）	劉雲山（宣傳口） 郭伯雄 曹剛川（軍）	劉雲山（宣傳口） 徐才厚 郭伯雄（軍）	孟建柱（政法委） 劉奇葆（宣傳口） 范長龍 許其亮（軍）

資料來源：「中國共產黨第十四屆中央委員會第一次全體會議公報」，新華月報，總第575期（1992年10月30日），頁36-40；「中國共產黨第十五屆中央委員會第一次全體會議公報」，新華月報，總第636期（1997年10月30日），頁40-41；「中國共產黨第十六屆中央委員會第一次全體會議公報」，新華月報，總第698期（2002年12月15日），頁49；「中國共產黨第十七屆中央委員會第一次全體會議公報」，新華月報，總第780期（2007年11月15日），頁43；「中國共產黨第十八屆中央委員會第一次全體會議公報」，新華月報，總第901期（2012年12月1日），頁46。

22 周永坤，「政法委的歷史與演變」，炎黃春秋，2012年第9期（2012年9月），頁7-14。

23 「孟建柱：推進勞教等『四項改革』提高司法公信力」，中國新聞網，2013年2月16日，http://www.chinanews.com/gn/2013/02-16/4564643.shtml。

　　中共「十八大」人事安排，戍邊的封疆大吏與艱困地區歷練成員亦受到重用。例如，新疆張春賢循例進入政治局，曾在西藏、內蒙古任職的胡春華入選政治局，並任廣東省委書記；栗戰書曾於黑龍江與貴州任要職；趙樂際長期任職青海與陝西；擔任北京市委書記之郭金龍亦曾在西藏工作長達10年，並於安徽任書記。另曾於西藏任職的秦宜智亦擔任共青團中央第一書記。此外，曾擔任統戰部長的杜青林，與任民族事務主管之楊晶擔任書記處書記和國務院秘書長，亦在一定程度顯示中共對邊疆與少數民族議題之憂慮和重視。

　　中共「十八大」與國務院人事改組成員中，亦凸顯擔任省部要職的成員甄補，漸有中央級國企經理人員之拔擢（請見表5）。其中不僅反映經貿實力日益雄厚的中央國企集團，或是具公司治理的管理人才，已漸擴大其政治影響力，其正面效應可能讓具企業管理實務經驗之成員，將其經營理念與治理作為，落實在省部級黨政系統運作，或能對官僚積習、行政效率與歪風陋習有所改善。不過，儘管中共對國有資源集團掌控能力仍強，但部分富可敵國之中央國企已在資源分配，以及政治參與中漸趨活躍。過去中共具重大資源命脈背景之網絡與關鍵成員，例如曾任職石油系統之曾慶紅與周永康，即曾對中共高層政治產生重大影響。

表5　2013年中共省部級領導具國企背景成員

姓名	新職	國企背景／職稱
郭聲琨	國務委員兼公安部長	中鋁股份有限公司董事長
王　勇	國務委員	中國航天集團副總經理
蕭　鋼	中國證券監督管理委員會主席	中國銀行董事長
蔣潔敏*	國有資產管理監督委員會主任委員	中石油董事長
苗　圩	工業和信息化部部長	東風汽車公司總經理
樓繼偉	財政部長	中國投資有限責任公司董事長

姓名	新職	國企背景／職稱
李小鵬	山西省長	華能國際董事長
郭樹清	山東省長	中國建設銀行董事長
張慶偉	河北省長	中國太空科技集團公司 中國商用飛機有限責任公司董事長
陸　昊	黑龍江省省長	北京清河製呢廠廠長 中關村科技園區管委會主任
蘇樹林	福建省省長	中石化總經理
秦宜智	共青團中央第一書記	攀鋼成都無縫鋼管公司總經理
馬興瑞	十八屆中央委員	中國航太科技集團公司總經理
張國清	十八屆中央委員	中國兵器工業集團公司總經理
林左鳴	十八屆中央委員	中國航空工業集團公司董事長
張喜武	十八屆候補中央委員	神華集團有限責任公司董事長

資料來源：高行，「央企高管換跑道　居陸政壇要津」，旺報，2013年3月25日，版A8；「62名省委書記省長就位　45歲陸昊最年輕」，中國評論新聞網，2013年4月12日，http://www.chinareviewnews.com/doc/1025/0/0/4/102500478.html?coluid=7&kindid=0&docid=102500478。

說　　明：＊蔣潔敏已因案遭撤職查辦。

　　中共新一屆國務院與地方首長人事改組已陸續完成（請見表6、7）。其中25位政府部門領導中，留任原職者高達16位，顯示施政「穩定」是重要考量因素。儘管由派系政治角度分析人事安排不盡然全能被解讀，且其複雜的人脈網絡亦難窺其全貌，但作為技術官僚、行政經驗、專業考量與信任關係，皆可能是入選因素。此外，中央與地方關係在歷屆黨政運作過程中，皆出現較明顯之政治張力與衝突，甚至直轄市委書記與中央之抗衡最具代表性（請見表1）。因此，在中央權威漸趨式微，地方自主意識抬頭之際，地方首長的扈從和權力槓桿有效運作，從而能貫徹政令亦是新政府重要課題。此外，各地書記與省長之任用仍有規避地方主義之思考與安

排，新任書記與省長間互動不必然平順，這其中糾結著派系政治、施政理念、行事風格與本位主義，仍有待磨合與考驗。

表6　中國大陸國務院部委與人事一覽表

修正日期：2015年3月1日

總理	李克強	
副總理	張高麗　劉延東　汪洋　馬凱	
國務委員	楊晶（蒙古族）　常萬全　楊潔篪　郭聲琨　王勇	
秘書長	楊晶（兼）	
各部門負責人	現職	原職
王毅	外交部部長	國臺辦主任
常萬全	國防部部長	總裝備部部長
徐紹史	國家發展和改革委員會主任	國土資源部部長
袁貴仁	教育部部長	留任
萬鋼	科學技術部部長	留任
苗圩	工業和信息化部部長	留任
王正偉	國家民族事務委員會主任	寧夏回族自治區主席
郭聲琨	公安部部長	廣西省自治區黨委書記
耿惠昌	國家安全部部長	留任
黃樹賢	監察部部長	中紀委副書記
李立國	民政部部長	留任
吳愛英（女）	司法部部長	留任
樓繼偉	財政部部長	中國投資有限責任公司董事長
尹蔚民	人力資源和社會保障部部長	留任
姜大明	國土資源部部長	山東省長
陳吉寧 （周生賢）	環境保護部部長	（留任）
程政高 （姜偉新）	住房和城鄉建設部部長	（留任）

國務院各組成部門負責人	現職	原職
楊傳堂	交通運輸部部長	留任
陳雷	水利部部長	留任
韓長賦	農業部部長	留任
高虎城	商務部部長	商務部國際貿易談判代表
雒樹剛（蔡武）	文化部部長	（留任）
李斌（女）	國家衛生和計劃生育委員會主任	安徽省長
周小川	中國人民銀行行長	留任
劉家義	審計署審計長	留任

資料來源：「國務院」，http://www.gov.cn/guowuyuan/，檢索日期：2015年3月1日。

說　　明：部分部委人事有調整，卸任者以（）表示。

表7　中國大陸各省市書記與省長一覽表（2014年10月）

修正日期：2015年3月1日

省（區、市）	書記	省（市）長自治區主席	省（區、市）	書記	省（市）長自治區主席
北京	郭金龍	王安順	天津	黃興國（代）（孫春蘭）	黃興國
河北	周本順	張慶偉	山西	王儒林（袁純清）	李小鵬
內蒙古	王君	巴特爾	遼寧	王珉	李希（陳政高）
吉林	巴音朝魯（王儒林）	蔣超良	黑龍江	王憲魁	陸昊
上海	韓正	楊雄	江蘇	羅志軍	李學勇
浙江	夏寶龍	李強	安徽	張寶順	王學軍
福建	尤權	蘇樹林	江西	強衛	鹿心社
山東	姜異康	郭樹清	河南	郭庚茂	謝伏瞻
湖北	李鴻忠	王國生	湖南	徐守盛	杜家毫
廣東	胡春華	朱小丹	廣西	彭清華	陳武（壯族）

省 （區、市）	書記	省（市）長 自治區主席	省 （區、市）	書記	省（市）長 自治區主席
海南	羅保銘	劉賜貴 （蔣定之）	重慶	孫政才	黃奇帆
四川	王東明	魏宏	貴州	趙克志	陳敏爾
雲南	李紀恆 （秦光榮）	陳豪 （李紀恆）	西藏	陳全國	洛桑江村
陝西	趙正永	婁勤儉	甘肅	王三運	劉偉平
青海	駱惠寧	郝鵬	寧夏	李建華	劉慧
新疆	張春賢	雪克來提·札克爾 （努爾·白克力）			

資料來源：中央政府門戶網站綜合，「地方領導一覽」，中華人民共和國中央人民政府，http://www.gov.cn/test/2008-02/26/content_901628.htm，檢索日期：2013年4月10日；「中國機構及領導人資料庫」，人民網，http://politics.people.com.cn/GB/8198/351134/index.html，檢索日期：2013年8月27日；「地方政府資料庫」，http://ldzl.people.com.cn，檢索日期：2015年3月2日。

說　　明：「十八大」部分省市異動，已被替換者以（）表示。

作為中共權力菁英結構之中央委員（205名）與候補中委（171名）名單，[24] 其中國務院成員有63人，地方55人，軍隊45人。在國務院25個組成部門中，國家和發展改革委員會中央委員人數最多，正、副主任高達四人，公安部正、副部長共三人，這在一定程度上顯示其職能和角色的重要性。不過，在省級的領導中，並非所有成員皆為中央委員或候補中委。例如，浙江省省長李強、陝西省省長婁勤儉、山西省省長李小鵬僅為十八屆候補「中委」。不過，上海市市長楊雄、四川省省長魏宏、廣西自治區主席陳武、青海省省長郝鵬、湖南省省長杜家毫，既非中央委員亦不是候補「中委」。顯示中共「十八大」人事布局與菁英甄補，並非完全能於「會前」事先確認，個別人事變動恐亦與權力傾軋和元老干預有關。不過，不

---

[24] 「中國共產黨第十八屆中央委員會第一次全體會議公報」，新華月報，總第901期（2012年12月1日），頁46。

具備中央委員與候補中委身分之省部級成員，其政治參與和影響力，恐相對有局限性。

伍、預測、趨勢與反思

根據以上分析，對於「十八大」人事預判的錯誤與缺失，本文嘗試尋求解讀與後續研究方法之改善。

一、人事誤判解讀

中共「十八大」政治局常委預測，各方判斷差距較大的是：何以李源潮、汪洋未能如願進入權力核心？胡錦濤領導的團派，何以在核心權力分派表現如此弱勢？以及中共黨內元老干預常委人事布局到何種強度？目前看來，李、汪相關必要條件雖具備，但是俞正聲、張德江、王岐山、劉雲山與張高麗的年齡層偏高，只剩這一屆任期，此次若出局，將永遠喪失機會。反之，李源潮仍有一次機會，汪洋甚至有兩次機會擔任常委。因此，人事安排年齡優勢，在特定時期與部門，將因「機會」變數，而不一定是優勢。此外，團派在權位爭奪過程中，令計劃的家庭因素，[25] 以及黨內元老對李、汪的開放思維挑戰，[26] 因而出現此一人事布局非預期結果。可由下列因素分析：

（一）派系政治與權力鬥爭

基本而言，中共高層政治運作，始終難以規避黨內元老的干預與影

---

[25] 安思喬，「一場改變中國政治格局的車禍」，紐約時報中文網，2012年12月5日，http://cn.nytimes.com/article/china/2012/12/05/c05crash/zh-hk/?pagemode=print。

[26] 周亞輝，「代表民主派的李源潮汪洋被保守派攻擊而沒有進入常委」，蘋果日報（香港），2012年11月16日，http://blog.boxun.com/hero/201211/zhouyahui/15_1.shtml。

響，其中尤以江澤民較具代表性。[27] 換言之，透過高層權力人事布局，不僅有利於貫徹其意志，建立政治保護網，並最終能維護其利益。因此，胡錦濤主政時期，由於其相對弱勢表現，以及江澤民對權力介入鑿痕頗深，勢必無可避免涉及人事安排與權力布局。

李源潮、汪洋未能擔任政治局常委，較值得關注的成因是：權力傾軋所衍生之人事鬥爭。根據新加坡外交官員、香港媒體評論員與跨國企業主管的訊息顯示，中共黨內元老的意見相當程度上影響常委成員的組成。[28] 據了解，江澤民即曾對汪洋過於年輕進入常委，表達反對意見；李鵬亦對李源潮表示批評意見，並對其較開明的思想表達批判。[29]

（二）權力鬥爭訴求：意識形態與派系成員缺失

在中共權力鬥爭中，意識形態之訴求與挑戰，往往是政敵強而有力之鬥爭工具。根據相關批判李源潮之訊息顯示：

「李源潮在任共青團中央書記處書記時，主管的《中國青年報》很有活力，言論大膽尖銳。在89年『六四事件』中，《中國

---

[27] 「胡錦濤習近平出席中央軍委擴大會議並發表重要講話」，新華網，2012年11月17日，http://news.xinhuanet.com/politics/2012-11/17/c_113711639.htm。

[28] 陳德昇，當面訪談，新加坡駐北京代表與香港媒體和跨國機構負責人（臺北），2013年4月3日。

[29] 據英媒路透社（Reuters）報導稱，有接近中共領導層的消息人士表示下列訊息：「包括江澤民、李鵬在內的中共退休領導人在最後一刻非正式投票中，阻撓兩名主張改革的候選人進入中央政治局常務委員會，其中一個是汪洋，一個是李源潮。消息人士說，在『十八大』舉行前幾個月期間，即將退出的24名中央委員和10多位退休的中共高層領導人對新的政治局常委，在京西賓館和其他地方進行了10多輪討論，其中至少進行過兩次非正式投票。李源潮因為作為組織部長提拔了過多胡錦濤的人，沒有聽取黨內退休老人的舉薦，因此得罪了退休老人，而在10月進行的一輪非正式投票中出局。」請見「網傳李源潮、汪洋不入常內幕的另一版本」，新唐人電視臺（紐約），2012年12月4日，http://www.ntdtv.com/xtr/b5/2012/12/04/a808087.html。

青年報》刊登同情學運和學生的文章。當局宣布北京戒嚴後,李
曾冒險跑到報社召集部門主任開會,提醒大家『注意安全』,還
教同事出街時若聽到槍聲要『立即臥倒』。六四之後,《中國青
年報》遭到清算,但李源潮並沒有落井下石,而是到報社安撫人
員,希望大家同舟共濟。李源潮在六四期間的表現被中共黨內保
守派指責為對大學生『態度不夠強硬』。他的仕途也在六四後停
滯不前長達10多年。」[30]

就意識形態觀點而論,雖然汪洋政治傾向具有模糊與不確定性特質,
但他是自由市場經濟與半開明治理倡導者的旗手,因而其觀點與論述便成
為保守派大老所關注與批判。例如,汪洋在廣東支持私營企業,在地區治
理與財政分配上與薄熙來爭鋒,亦引發黨內質疑。此外,海外媒體亦指
出:

「汪洋雖是共產黨的堅定分子,不能與西方自由主義者混
為一談,他不贊成自由選舉,很少遠離北京所設定的議程,但當
黨組織鐵腕實施新聞檢查、壓制農村抗議活動,以及民眾對社會
公平的種種要求時,汪洋卻站出來讚揚政治自由化與個人主義觀
點。汪洋在2012年初即曾表示:我們必須破除人民幸福是黨和政
府恩賜的錯誤意識。同年6月,在結束一次出國訪問後,汪洋讚
揚新加坡手法溫和的極權統治。他說:如果中國不進行改革,那
就會像溫水煮青蛙。」[31]

---

30 請見金晴,「『多面』李源潮被江派暗算 痛失『入常』」,大紀元,2012年11月15日,
   http://www.epochtimes.com/gb/12/11/15/n3730523.htm。

31 杰安迪,「中國改革派寄希望於汪洋」,紐約時報中文網,2012年11月6日,http://cn.nytimes.
   com/china/20121106/c06wang/。

（三）在派系成員重大缺失方面

據《紐約時報》2012年12月4日報導，前中共中央辦公廳主任令計劃對兒子令谷3月開法拉利轎車車禍死亡事件的掩飾，改變了11月中共「十八大」領導層的接班。《紐約時報》表示：

> 「令谷在3月18日於參加派對後，在北京發生車禍死亡，並造成車上兩名女孩受重傷，其中一人後來死亡。身為前國家主席胡錦濤子弟兵的令計劃涉嫌封鎖對車禍的新聞報導，和對車禍本身的掩飾失敗，產生了重大的後果，改變了胡錦濤在派系鬥爭中的權力和影響力。將卸任黨和國家領導人的胡錦濤，夏季時雖然發生薄熙來下臺事件，仍然很強勢，但是由前任國家主席江澤民領導的黨內大老，開始轉變立場，就令計劃主導對兒子死亡的掩飾，質問胡錦濤。這成為胡錦濤失勢的一個轉折點。根據現任和前任官員，以及黨內菁英人士說，這項掩飾的曝光打破了艱困權力談判的平衡，加速了胡錦濤的失勢，強化了習近平的地位，和擴大了江澤民掌控，新一屆中央政治局的七名常委，幾乎由江澤民的派系支配。」[32]

無疑地，從中共「十八大」權力布局亦顯示，令計劃提前離開中央辦公廳主任的職位，9月擔任中央統戰部長，11月他未當選政治局25名委員之一，也失去了中央書記處書記職位。反觀位階原不如令計劃之王滬寧仍晉升政治局委員，顯見令出事，導致政治前途受衝擊。

---

[32] 「紐約時報：令計劃改變18大接班」，世界新聞網，2012年12月4日，http://www.worldjournal.com/view/full_news/21023150/article-紐約時報：令計劃改變18大接班。

（四）年齡優勢在特定階段並非絕對優勢

基本而言，中共政治局委員以上成員晉升的慣例，只要年紀未超過68歲的底線，循例是維持「委員」身分，或是「只進不退」，尤其是「十七大」政治局委員中，剔除超過68歲逾齡成員，以及習近平與李克強為當然人選外，另尚有九位具備晉任條件（請見表8）。不過，在「十八大」「政法委」書記確立降低位階（原由「常委」分管，可能是因為介入高層政爭，以及近年權力擴張過速與濫權，引起政治疑慮和民怨日深），以及常委是單數之設計（利於表決），因而「十八大」常委數由九人減為七人，先扣除習、李兩席，只剩五席，這就更加劇此一權位競爭的激烈性。其中薄熙來在「十八大」前政治挑釁失利，於2012年4月10日中央政治局會議決議停止其中央政治局委員職務，9月28日政治局會議決定開除黨籍與公職處分，[33] 顯已斷絕薄熙來政治生命；而劉延東雖未逾齡，但其女性身分、欠缺政治奧援與名額有限，慣例亦未有女性擔任政治局常委，恐亦是其未能擔任政治局常委之主因。此外，李源潮與汪洋兩人年齡雖相對較輕，且仍可能在中共「十九大」或「二十大」擔任常委，其餘張德江、俞正聲、劉雲山、王岐山、張高麗五人（請見表8），則因年齡因素必須進入「常委」，否則「十九大」即無機會，這無可避免地會形成政治權位競爭的張力。明顯地，對中共最高權力職位的最後一搏，以及派系利益與個人安全的防衛，皆是高層政治權位爭取的考量。因此，對李、汪二人在年齡上雖具優勢之競逐者，在此一人事競爭最後博弈階段，便非絕對優勢。一方面，最後一次機會政治競逐者，會奮力尋求最終進入憑藉和支持網絡；另一方面，較年長政治對手與支持其之黨內元老，亦會以年齡因素與鬥爭手段迫使團派領袖退讓。前述意識形態、派系利益與政治醜聞皆是利器。

---

33 「中共中央決定給予薄熙來開除黨籍、開除公職處分」，新華網，2012年9月28日，http://news.xinhuanet.com/legal/2012-09/28/c_113248574.htm。

表8　「十七大」政治局委員具競逐「十八大」政治局常委成員

	成員	年齡（出生年）	政治局常委／任期	派系	說明／結果
1	習近平	59（1953）	常委（2007）	革命世代子弟	當然人選
2	李克強	57（1955）	常委（2007）	團派	當然人選
3	張德江	66（1946）	委員（2002,2007,二任）	江系人馬	入選
4	俞正聲	67（1945）	委員（2002,2007,二任）	革命世代子弟	入選
5	劉雲山	65（1947）	委員（2002,2007,二任）	江系人馬	入選
6	王岐山	64（1948）	委員（2007）	革命世代子弟	入選
7	張高麗	66（1946）	委員（2007）	江系人馬	入選
8	李源潮	62（1950）	委員（2007）	團派	出局（「十九大」仍有機會任「常委」）
9	汪洋	57（1955）	委員（2007）	團派	出局（「十九大」、「二十大」仍可任「常委」）
10	劉延東	67（1945）	委員（2007）	革命世代子弟	出局（留任「十八大」政治局委員）
11	薄熙來	63（1949）	委員（2007）	革命世代子弟	出局（已開除黨籍）

資料來源：「中國共產黨第十四屆中央委員會第一次全體會議公報」，**新華月報**，總第575期（1992年10月30日），頁36-40；「中國共產黨第十五屆中央委員會第一次全體會議公報」，**新華月報**，總第636期（1997年10月30日），頁40-41；「中國共產黨第十六屆中央委員會第一次全體會議公報」，**新華月報**，總第698期（2002年12月15日），頁49；「中國共產黨第十七屆中央委員會第一次全體會議公報」，**新華月報**，總第780期（2007年11月15日），頁43；「中國共產黨第十八屆中央委員會第一次全體會議公報」，**新華月報**，總第901期（2012年12月1日），頁46。

再就擔任政治局委員的資歷而言，張德江、俞正聲和劉雲山皆有兩任委員的歷練，超過李源潮與汪洋一任的經歷，理應較優先甄補進「常委」，否則便須退出政治局委員（同一職位不得擔任二屆限制）。雖然王岐山和張高麗與李、汪皆僅有一屆委員的資歷，但在派系優勢、年齡大限，以及權力鬥爭下，終導致李、汪未入「常委」的結局。

二、人事布局與趨勢

儘管中共「十八大」團派成員未能取得政治局常委的優勢，但並不意味其在2017年召開之「十九大」會再次失利。反觀團派主要成員李源潮、汪洋屆時已累計兩屆政治局委員資歷，在「十九大」時將有五席政治局常委空缺可遞補，目前政治局委員中尚無其他成員具備此優勢。換言之，只要李、汪在五年內未犯重大政治錯誤，必然成為政治局常委候選人。此外，從梯隊接班來考慮，胡春華與孫政才已有相當豐富的地方基層歷練，可能成為中共明日之星。胡春華在2013年「全國人大」會議即曾表示：

> 「來了兩個多月了，肯定是有感受的。第一個感受是對廣東感覺非常好，廣東是改革開放的先行地，經濟社會發展都很發達；另外一個感受很好的就是廣東到處鬱鬱蔥蔥，我轉來轉去終於轉到了一個冬天樹葉可以不落的地方。」[34]

因此，依常規中共「十九大」胡、孫二人，理應會進入政治局常委會與書記處任要職，此亦是歷練處理國政的必要儲備安排。儘管如此，政治發展與人事安排仍具不可測性，政治變數多且複雜仍是中共政治菁英甄補的特色。尤其是習掌大權後是否照單全收指定接班人，仍不乏風險與挑

---

[34] 劉俊、錢昊平，「『60後』官員在兩會」，南方周末，2013年3月14日，版2。

戰。

　　根據中共黨史經驗顯示，歷代中共新領導人皆會面臨來自各方諸侯的政治挑戰（請見表1）。儘管中共政治鬥爭手段已採非暴力、政治醜化批判與解職之作為，但仍無法規避可能之政治風險。對第五代領導人習近平而言，其在上臺之前胡錦濤即已為其清理薄熙來，削減了一大政治挑戰，有利於習執政地位與施政理念之落實。不過，依中共慣性與歷史規律，習未來仍將面臨政治對手之挑戰。其中既有可能是黨內的矛盾表面化，亦會有來自地方諸侯的挑釁。換言之，習對未來高層政治參與運作，團派高階菁英與接班團隊的安排，以及與下一代接班人的篩選、互動與磨合，皆有待時間歷程、環境變遷與人事代謝的考驗。不過，可以確定的是，中共已明確接班領導地位之人選，任何具實力地方諸侯或個人的權力挑釁，勢必遭到重懲。陳希同、陳良宇與薄熙來皆是鮮明案例。

三、「十七大」候補中委預測「十八大」晉任失誤分析

　　中共「十七大」候補中委預測，其中具潛力晉升「十八大」名單顯示，前15名中高達八成晉升（請見表9），且不乏於「十八大」成為中共政權的核心成員，且可能是明日之星。例如，栗戰書跨級晉任政治局委員、中共中央辦公廳主任與中央書記處書記，成為「十七大」候補中委晉升最為快速之成員。此一任命顯然與習對栗之政治信任、忠誠與能力有關。[35] 此外，擔任地方省份書記、省長與直轄市市長之成員亦高達八名，顯見其地位與影響力大增。明顯的，此一預測仍具有相當之研判價值。至於前15位成員中，未能晉升但保留「候補中委」之成員為張軒與何立峰。主因仍在於未能升任地方黨政首長正職，加之名額有限，但其可能仍有政

---

[35] 高君，「獨家揭秘栗戰書30年仕途之路」，多維新聞，2013年3月30日，http://china.dwnews.com/news/2013-03-30/59160228-all.html。

治發展潛力，因而仍保留其「候補中委」身分。換言之，目前職位一般被視為退居二線之地方「政協主席」，或是「人大主任」，只要其年齡未越線，假以時日仍有可能獲得提拔。吉林省長巴音朝魯即是由吉林政協主席轉任。[36] 因此，候補「中委」張軒與何立峰，未來仕途仍有發展空間。

表9　中共「十七大」候補中委成員具晉升潛力者

加權排序	總分排名	「十七屆」候補中委原排名	姓名	「十八大」晉任	現任職務
1	61	15	羅志軍	中央委員	江蘇省委書記
2	58	36	努爾・白克力	中央委員	中共新疆維吾爾自治區政府主席 黨委副書記
3	57	140	陳德銘	－	海峽兩岸關係協會會長
4	55	156	栗戰書	中央委員	政治局委員 中共中央辦公廳主任 中央書記處書記
5	54	103	蘇樹林	中央委員	福建省省長、中共福建省委副書記
6	53	109	陳政高	中央委員	遼寧省省長、遼寧省委副書記
7	51	56	巴音朝魯	中央委員	吉林省長、黨委副書記
8	51	151	夏寶龍	中央委員	浙江省省長
9	50	108	張軒	候補中委	重慶市人大常委會主任
10	49	9	朱小丹	中央委員	廣東省長、黨委副書記
11	49	67	胡澤君	中央委員	最高人民檢察院黨組副書記、常務副檢察長

---

36 「巴音朝魯任吉林省代理省長」，央視網，2012年12月19日，http://news.cntv.cn/china/20121219/107098.shtml。

加權排序	總分排名	「十七屆」候補中委原排名	姓名	「十八大」晉任	現任職務
12	48	74	黃興國	中央委員	天津市市長
13	48	82	何立峰	候補中委	天津「政協」主席
14	47	93	李克	—	河南省副省長
15	47	119	宋愛榮	—	新疆維吾爾自治區紀委書記

資料來源：作者整理自陳德昇、陳陸輝，「中共『十七大』政治精英甄補與地方治理策略」，**中國大陸研究**，第50卷第4期（2007年12月），頁57-85；相關成員新職稱資料取材自Google搜尋網站。

說　　明：「十七屆」候補中委原排名是依得票數排列。

　　值得關注的是，何以分數較高的陳德銘出局，尤其原任商務部長的陳德銘未入選中央委員，且退居二線擔任「海協會」會長一職。[37] 這可能與中共新領導階層未能承諾「國務委員」以上職缺（如副總理級以上，馬凱年齡較陳德銘高，仍入選中委），以及商務部長另有任用有關，因而其在中央委員選舉中未能列為優先保障名單，並在「差額選舉」中失利，甚而未能保住其「候補中委」之身分。另根據與陳德銘接觸的臺商與經貿官員表示，陳氏是一具學者風範與親和力的官員，為人誠懇務實。[38] 儘管陳德銘在基層與中央部會歷練資歷是其優勢，不過畢竟其擔任部長僅有「候補中委」身分，加之並無厚實的派系網絡，政治性格又不善經營官場，於是在「十八大」出局。

---

[37] 「新聞人物：海協會會長陳德銘」，新華網，2013年4月26日，http://big5.xinhuanet.com/gate/big5/news.xinhuanet.com/tw/2013-04/26/c_115560495.htm。

[38] 不過，也有大陸經貿學者指出，薄熙來與陳德銘行事風格差異性大。陳在商務部謹小慎微，擔心犯錯，也謹守法治分際；薄氏則大膽行事。故有人稱：陳是「將大事做小」，薄則是「把小事做大」。

　　此外，李克與宋愛榮為何未得到晉升，且未能維持「候補中委」身分？雖然其跨省、學歷、女性與少數民族優勢，積分條件頗佳，不過在新一輪的菁英甄補中，李與宋並未擔任地方首長職位，且非重要關鍵職位，因而未能入選。此外，在差額選舉中，是以選票多寡決定其是否進入候補「中委」名單。儘管李、宋兩人仍有年齡相對優勢，但並不意味其政治前途必然看好。明顯地，透過算術加權累計積分之篩選，雖有助於提升研判能力與準確性，但是並非所有成員都適用，必須有更完善統計修正與人事運作實務資訊之補強，才能解讀中共人事變遷之本質、內容與趨勢。

四、研究方法反思

　　長期以來，臺灣之中國研究，尤其是在中共情勢與人事分析具特定優勢，例如中共研究專家之特殊經驗，其獨特的見解，加之實務判斷，以及研析能力均有其獨到之處。但是，個人經驗的局限性，基於政治立場批判失去客觀性，以及為政治服務的分析意見，[39] 恐皆不全是學術研究所追求之真相了解與科學精神。因此，透過更完整公開基礎資料之蒐集，採用多元迴歸分析之檢證，量測各變數（variables）與權數的適用性，從而提出更具科學性、客觀性之預測。尤其是中共菁英甄補更趨制度化的條件下，此一研究方法即有更大的可操作性。

　　造成中共人事研判失誤的原因，既有學者僅仰賴人事晉升基本要件中「硬條件」的分析，歷史經驗判斷和累計加總，但是對人事安排現實的政治運作與權力鬥爭，以及深層結構所涵容的「軟條件」掌握有限。例如，甫卸任總書記力薦人選，或是現任總書記信任的對象，都不易透過研究與統計分析全盤掌握。在媒體方面，亦不乏小道消息與新聞炒作，顯皆有不

---

[39] 楊開煌，「臺灣『中國大陸研究』之回顧與前瞻」，東吳政治學報，第11期（2000年），頁78-80。

足之處，亦非科學方法之論證，尤其是中共高層人事之決定，是動態變化與調整的過程，其研判時間的先後，與信息掌握能力皆會影響其準確性。因此，如何透過近年中共近幾屆黨大會菁英甄補之規律，歸納其通則，檢證其變數和權數可操作性，即有助於人事研判能力之提升。

綜觀學界與媒體對「十八大」人事分析，誤判主要集中在汪洋和李源潮兩人。其中顯示，具備擔任政治常委的基本條件，並不代表入選的必然性。事實上，政治權力的有限資源分派，涉及派系權力平衡和妥協，並非任何單一派系足以完全壟斷。不過，「十八大」常委人事布局則顯示，團派的弱勢參與，但是在政治局成員中則佔有相對優勢（25名至少佔六名，其中李克強、汪洋與胡春華、李源潮都可能成為「十九大」政治局常委）。因此，就短期而言，團派的影響力相對較小；但從中長期而言，團派則具年齡、數量與結構優勢。尤其是中共革命世代子弟在黨政高層後繼者有限，且高幹子弟從商偏好意願較高，皆可能影響中共派系政治的生態。此外，具備專業治理能力的菁英，亦可能會在沒有高積分的條件下受重用，此與國家治理的全球性、複雜性與專業信任有關。

人事研判失準，不乏透過量化統計分析，且多是以簡單的算術統計，並依專家經驗研判給予一定的權數（weights）累計而成。問題是累計得分最高者，是否一定入選？每一變數都重要嗎？變數優先順位為何？都無法判斷。在實務上，若給予權數在0與1之間，而其中一變數超過基礎設定條件，例如年齡越線則該人事不予列計；在學歷方面，則可在其他條件無法判別時，優先列為選項考量。因此，迴歸分析的貢獻不在於否定不正確之研判，而在於這些解析讓變數更為清楚，亦使判讀權數具有可能性。

根據過去研究經驗顯示，相關統計資料為中共人事公開出版品與網路資源，蒐集中共政治菁英相關經歷，經過重新編碼與處理後，並透過判斷，建立變數與測量架構（schema），並給予不同背景與政治經歷一定的權重，預測中共菁英何人可能出線。此外在方法論上，有兩個主要問題值

得探討。首先，權重的決定影響結果甚鉅，但決定方式並不太科學。基本上要靠選對諮詢的專家，而這些個別專家的猜測，怎麼被整理成單一的權值，本身也是個問題。其次，這樣得出來的結果，也許會有某種程度的精準度，但在預測之外，比較難有解釋的能力，因為當預測不準時，很難鑑別哪一項變數的權值出了問題，不易修正。

　　為了比較各個變數對　於是否入選為政治局委員與常委的影響力，中共菁英後續研究可採用「多元迴歸分析」（multiple regression analysis）來推估此一權值。[40] 多元迴歸分析的優點是，能夠在模型中同時納入多個變數，在估計上能夠做到控制其他變數的情形下，判斷個別變數的影響力是否顯著及其係數值（coefficient）的大小。後續研究在資料的蒐集上，可以把過去幾次全國黨代表大會中入選以及落選政治局委員與常委的熱門候選人作為分析的對象，並透過統計分析找出影響入選及落選的原因。後續研究可透過以往鑑別出來的變數作為自變項，最後是否成為政治局委員為依變項，以下列多元迴歸分析的Logit模型來分析各個變項的係數，作為日後加權的參考依據。由於模型依變數為是否入選政治局委員或常委，屬於二分類變數（binary variable），因此適合採用二元勝算對數模型（Binary Logit Model）進行分析。下列為二元勝算對數模型的計算公式：

$$\text{logit}(E[Y_i|x_{1,i,}\cdots, x_{m,i}]) = \text{logit}(p_i) = \ln\left(\frac{p_i}{1-p_i}\right) = \beta_0 + \beta_1 x_{1,i} + \cdots + \beta_M x_{m,i}$$

　　在上述的式子中，χ_i 為各個影響入選政治局委員的變數，包括性別、年齡、學歷、地方資歷、留洋資歷、派系關係、領導資歷等，β_i 則是

[40] 程大器，統計學理論與應用（下）（臺北：智勝文化事業公司，2002年），頁366-521；薄喬萍，多元回歸分析：影響點偵測與缺適性檢定（臺北：四章堂文化事業公司，2008年），頁114-119、151-183。

各個變數對於依變數的影響力。在操作上，將上述的變數都採類別變數
（categorical variable）的方式納入模型中，較能精準估計不同類別間的係
數值差異。例如，如果把學歷區分為大學以下、大學、碩士及博士，分別
以 $x_1 \sim x_4$ 來代表，其係數估計值即為 $\beta_1 \sim \beta_4$，模型即可估計出，$\beta_1 \sim \beta_4$
的個別差距。如果採用連續變數，即是在假定學歷間的係數差異為等距差
異，可能會有估計偏差（estimate bias）的問題。此外，考量到某些變數
與其他變數會有加成效果（例如：女性且兼具少數民族特性，其獲入選機
會相對較大），因此模型中也可納入交互作用變項來估計加成效果（例
如：如果女性變數為 x_1，少數民族特性為 x_2，則模型中的部分自變數估
計式為 $\beta_1 x_1 + \beta_2 x_2 + \beta_3 x_1 x_2$，其中 β_1 與 β_2 是兩個變數的個別效果，β_3 是
兩個變數的加成效果）。

　　必須注意的是，將上述所有變數依類別變數的操作方式（類別變數
在納入模型前必須先編碼成dummy variable）都納入模型，會影響模型的
自由度（degree of freedom）。因此，可以考慮在進行了第一次的模型分
析後，採用概似比檢定（likelihood ratio test），將沒有顯著影響的變數剔
除，比較精簡模型與完整模型的解釋力。在確認合適的模型後，所取得的
各個變數估計係數值即對是否入選的機率估計。將上述的估計值套用到政
治局委員或常委候選人的條件上，即可估算出各政治菁英入選政治局委員
或常委的機率。

　　此外，除了取得權值，本文後續研究可有兩個進階的發展目標。其
一，後續研究可以往前推移，蒐集「十七大」、「十六大」等強人政治之
後的資料，檢視歷屆高層菁英甄補的制度變化情形（變數是否增加或減
少），判斷是否趨於穩定；其二，菁英甄補的「條件」早已不是秘密，坊
間秘聞性質的書籍可能都提出看似非常有說服力的說法。不過，科學研究
還是要強調系統性解釋的可能，因此對於預測不準的誤差值，其實是最需
要進一步分析的部分。透過迴歸分析的變因控制，能夠讓研究者更有系統

地分析既有變項無法解釋的暗區，從而協助發展出新的變數。

陸、評估與展望

　　中共新一屆領導菁英已完成權力交接，決策核心年齡層雖偏高，且多富地方經驗，但習近平初為政治領袖，仍須歷經一段權力鞏固期；第二任期可望會有較多習認可之成員加入，但此不意味著習不必進行政治協力網絡建構。事實上，不同派系間仍有合作與共識，至少共同維護中共壟斷的政治權力之利益是一致的，並不必然只存在衝突與鬥爭。加之，習近平之父習仲勛對團派精神領袖胡耀邦曾仗義扶持，[41] 亦有利團派調和。未來習成敗之關鍵仍在於：「反腐」持續性績效、突破性之改革能否貫徹，並妥慎因應可能之衝擊。不過中共歷屆政治運作弔詭的是：第一任期多以「求穩」為主；第二任期則「怕變」。不過，習領導之團隊似已跨越「求穩」與「怕變」的迷思，當前正透過「反腐」和整肅鞏固權力基礎，並期最終落實改革意志和理念。

　　就「公司治理」的觀點與比擬，檢視江澤民、胡錦濤與習近平之總書記角色。江、胡兩位總書記可視為中共聘任之CEO（Chief Executive Officer），因此治理國政雖有其專業能力與思路，但是面對黨政軍深層權力結構變革或懲治恐不易撼動。因而，不觸及高層既有利益與權力結構，尋求平穩權力過渡應是其個人最優化之政治選擇。換言之，擔任第一任總書記是以「鞏固權力」為主軸，第二任則是「平穩過渡」為基調。這是何以二十年來，中共雖有為樹立領導權威，並懲處政治局委員之作為，但亦有經濟與政治深化改革難以推動，以及腐敗無法有效治理的現實。不過，習近平作為中共革命世代子弟，可視為「原始股東」，面對今日中國政經

---

[41] 胡耀邦與習仲勛曾於中共中央政治局共事。請見江岩北，「用文革手段逼胡耀邦下臺 習仲勛忍無可忍 指著薄一波斥責」，倍可親（德州），2011年2月5日，http://news.backchina.com/viewnews-125887-big5.html。

格局存在的重大挑戰與可能變局，無論是懲治腐敗、觸動權力核心與軍方
人事安排，皆有更強之「合法性」、「危機感」與「使命感」，這是習近
平近期敢於採行重大變革的動能與憑藉所在。

　　習李體制與派系政治，亦將因改革運作、社會挑戰應對，以及制度規
範貫徹程度，影響其績效和互動表現。換言之，儘管習近平與李克強將共
同領航中國大陸未來十年發展，但其所面對之經濟成長遲緩、中等收入陷
阱、[42] 利益集團與地方主義結盟、[43] 環境議題與社會抗爭，都前所未有地
尖銳。習李體制的改革前瞻思路、運作機制與政令落實與否，亦將攸關其
政治前景。尤其是習李作為第五代領導人，在缺乏革命功績，以及政治魅
力與政治權威弱化的背景下，如何樹立政治權威、建構政策績效、落實改
革理念、強化民心認同，以及貫徹打擊貪腐，皆與其政局發展之穩定，以
及習李體制之鞏固與否有關。基本而言，習李體制的開局作為已取得相當
成績，但是領導中國政治發展除須面對傳統政經挑戰外，亦須面對日益複
雜之國際與周邊國家情勢干擾之加劇。其處理的妥適程度與調控能力，亦
將攸關習李體制的命運。

　　中共「十八大」後人事調整，新領導的政治行為與決策風格，值得觀
察。尤其是包括習近平在內的領導人，不乏年輕時代受過「文革」與鬥爭
磨難形塑之人格特質；歷經地方歷練對民間疾苦的體悟，以及對黨政體系
運作危機的認知。此外，習近平在政治局立下改進工作作風「八項規定」
（改進調查研究、精簡會議活動、精簡會議簡報、規範出訪活動、改進警
衛工作、改進新聞報導、嚴格文稿發表、厲行勤儉節約），[44] 亦使得黨內

---

[42] 胡鞍鋼，「中國如何跨越『中等收入陷阱』」，當代經濟，2010年第15期（2010年8月），
頁7。

[43] 北京東方信邦投資顧問專家研究小組，「中國地方政府面臨硬著陸？」，東方信邦，總第
4664期（2013年3月5日），頁3。

[44] 「十八屆中央政治局關於改進工作作風、密切聯繫群眾的八項規定」，中國共產黨新聞網，
2012年12月4日，http://fanfu.people.com.cn/n/2013/0109/c64371-20146477.html。

政治作風改善，並達到整治官箴的效果。明顯地，胡錦濤辭退軍委主席一職，對中共黨軍運作具典範性意義。尤其是好大喜功，仍傳聞干政不斷的江澤民，將因制度因素與年齡局限，制約其影響力。近來，中共新的行事規則由習帶頭示範，並追查「頂風」違紀成員，[45] 已對中共政治運作與風氣規範化產生實質影響。

後鄧小平時期，在政治領袖無革命功績與權威下，中共高層政治菁英甄補與運作中，政治衝突與張力最為劇烈的，莫過於三位政治局委員遭嚴肅黨紀懲處與剝奪實權。其實質問題並不在於貪瀆腐敗與濫權的表面原因，而在於其挑戰最高領導人之政治權威，甚而破壞接班秩序，因而出現重大政治衝擊。換言之，對鄧後時期的政治領袖而言，其政治最高權威是不容一再被挑釁的，個別領導人也唯有採取「殺雞儆猴」的作為，始有利於政治穩定的維持。江澤民當政時期清洗陳希同，胡錦濤任總書記整肅陳良宇和薄熙來，皆是具代表性之案例。明顯地，習近平主政階段，恐亦將無可避免地存在地方諸侯，甚至具政治局委員身分的成員之政治挑戰。客觀而言，對握有黨政軍大權的習近平而言，個別的政治菁英挑釁顯不足以構成實質權力威脅，但衍生自經濟與社會危機的政治衝擊，恐怕才是權力菁英的實質風險。

派系政治、關係網絡與政治信任仍在中共權力運作與菁英甄補中扮演重要角色。儘管中共政治運作忌諱拉幫結夥與派系糾葛，但是在中共「人治」色彩偏重的背景下，僅憑個人學經歷背景和封閉式政治參與，顯難以勝出。近年擔任中央領導人的成員中，胡錦濤為鄧小平指定接班人，且具團派背景；習近平亦非最傑出的地方政治菁英，卻能成為中共「十八大」

---

[45] 姜剛、李勁峰，「新華時評：落實八項規定不容『我行我素』」，新華網，2013年3月19日，http://big5.xinhuanet.com/gate/big5/news.xinhuanet.com/2013-03/19/c_115084164.htm。

總書記，顯與其革命世代子弟之關係網絡與權力平衡有關。不過，可以預期的是，未來中共政治權力重組過程中，任一派系不可能全面壟斷政治權力之分配，而是權力、利益交換與妥協的過程。儘管如此，由於習近平的強勢領導與集權優勢，未來高層決策菁英隔代指定候選人是否依例接班，便沒有必然性。如果習的「反腐」與改革能取得成功，則未來中共菁英甄補將會更大程度體現習的偏好與意志。此外，面對日益複雜的國內外情勢，中共專業菁英與派系色彩不明顯的技術官僚，仍可望有政治參與空間。中共現任政治局委員王滬寧擔任中共中央政策研究室主任，卻為江澤民、胡錦濤與習近平三朝總書記所重用，或能說明是其專業能力表現受到肯定與信任，才能獲不次拔擢。

　　在可預期的未來，中共政治局與中央委員成員年齡、資歷和歷練，仍將是高層菁英甄補必要考量因素。而地方諸侯與國務院部委交互歷練亦不可或缺。儘管近年中共高階官員學歷已有大幅提升，在職進修比重偏高，利用權力謀取學歷固不足取，[46] 但中共菁英階層漸有更多受社會科學培養之成員進入決策體系，且其地方領導之經歷、田野調查方法之運用，以及面對群眾之應變能力，皆有相當的歷練和優勢，不必然全由負面觀點批判。[47] 另隨著中共菁英甄補民意調查的引用，雖然仍是形式意義大於實質功能，但未來在黨內外民主壓力與政治生態變遷下，是否促成中共黨內更多元之政治參與和競爭仍有待觀察。此外，在未來中共菁英的預測，除須有基礎研究與制度規範的專業判斷外，善於運用加權統計與多元迴歸分析，亦有助於規避人為研判的盲點。儘管如此，畢竟中共體制仍與制度

---

[46] 李方，「中共中央的假學歷──中共領導層的『高知化』？自賣自誇也」，博訊新聞網，2012年9月11日，http://boxun.com/news/gb/pubvp/2012/09/201209110229.shtml#.UjbKHNKnrgQ。

[47] 習近平，之江新語（杭州：浙江人民出版社，2007年），頁1-273。

化、法制化有相當的差距，在特定時期與環境下，領導人的意志與人治色彩仍將影響中共人事的決策和布局。

參考書目

一、中文部分

專書

丁望，「世代的量化與胡錦濤後的接班群──以解構和歷史的視角分析政治世代的政治菁英」，陳德昇主編，中共「十八大」菁英甄補：人事、政策與挑戰（新北：印刻出版有限公司，2012年），頁3-53。

丁望，北京跨世紀接班人（香港：當代名家出版社，1997年）。

丁望，胡錦濤與共青團接班群：選拔接班人的政策和中央團系精英（香港：當代名家出版社，2005年）。

林和立，「中共『十八大』後的派系平衡與改革展望」，陳德昇主編，中共「十八大」菁英甄補：人事、政策與挑戰（新北：印刻出版有限公司，2012年），頁55-88。

寇健文，「中共『十八大』中央政治局常委會人選」，陳德昇主編，中共「十八大」菁英甄補：人事、政策與挑戰（新北：印刻出版有限公司，2012年），頁57-96。

寇健文，「中共『十八大』中央政治局常委會人選：分析與預測」，徐斯勤、陳德昇主編，中共「十八大」政治繼承：持續、變遷與挑戰（新北：印刻出版有限公司，2012年），頁57-96。

寇健文，「中共與蘇共高層政治的演變：軌跡、動力與影響」，徐斯儉、吳玉山主編，黨國蛻變──中共政權的菁英與政策（臺北：五南圖書出版公司，2007年），頁93-141。

寇健文，中共菁英政治的演變：制度化與權力轉移1978-2010（臺北：五南圖書出版公司，2010年）。

寇健文、蔡文軒，瞄準十八大：中共第五代領導菁英（臺北：博雅書屋，2012年）。

習近平，之江新語（杭州：浙江人民出版社，2007年）。

程大器，統計學理論與應用（下）（臺北：智勝文化事業公司，2002年）。

薄喬萍，多元回歸分析：影響點偵測與缺適性檢定（臺北：四章堂文化事業公司，2008年）。

期刊論文

「中國共產黨第十四屆中央委員會第一次全體會議公報」，**新華月報**，總第575期（1992年10
月30日），頁36-40。

「中國共產黨第十五屆中央委員會第一次全體會議公報」，**新華月報**，總第636期（1997年10
月30日），頁40-41。

「中國共產黨第十六屆中央委員會第一次全體會議公報」，**新華月報**，總第698期（2002年12
月15日），頁49。

「中國共產黨第十七屆中央委員會第一次全體會議公報」，**新華月報**，總第780期（2007年11
月15日），頁43。

「中國共產黨第十八屆中央委員會第一次全體會議公報」，**新華月報**，總第901期（2012年12
月1日），頁46。

「中國共產黨第十八次全國代表大會」，**新華月報**，總第901期（2012年12月1日），頁15-27。

北京東方信邦投資顧問專家研究組，「中國地方政府面臨硬著陸？」，**東方信邦**，總第4664期
（2013年3月5日），頁3。

周永坤，「政法委的歷史與演變」，**炎黃春秋**，2012年第9期（2012年9月），頁7-14。

胡鞍鋼，「中國如何跨越『中等收入陷阱』」，**當代經濟**，2010年第15期（2010年8月），頁
7-8。

「賀國強在貫徹落實《黨政領導幹部職務任期暫行規定》等五個法規文件視頻會上強調要認
真貫徹落實各項改革措施」，**新華月報**，總第748期（2006年7月15日），頁38-39。

楊開煌，「臺灣『中國大陸研究』之回顧與前瞻」，**東吳政治學報**，第11期（2000年），頁71-
105。

陳德昇、陳陸輝，「中共『十七大』政治精英甄補與地方治理策略」，**中國大陸研究**，第50卷
第4期（2007年12月），頁57-85。

陳陸輝、陳德昇、陳奕伶，「誰是明日之星？中共中央候補委員的政治潛力分析」，**中國大陸
研究**，第55卷第1期（2012年3月），頁1-21。

報紙

「十二屆全國人大一次會議舉行第六次全體會議　決定國務院其他組成人員」，人民日報，2013年3月17日，版1。

「中華人民共和國主席令第二號」，人民日報，2013年3月17日，版1。

高行，「央企高管換跑道　居陸政壇要津」，旺報，2013年3月25日，版A8。

劉俊、錢昊平，「『60後』官員在兩會」，南方周末，2013年3月14日，版2。

網際網路

「62名省委書記省長就位　45歲陸昊最年輕」，中國評論新聞網，2013年4月12日，http://www.chinareviewnews.com/doc/1025/0/0/4/102500478.html? coluid=7&kindid=0&docid=102500478。

「十八屆中央政治局關於改進工作作風、密切聯繫群眾的八項規定」，中國共產黨新聞網，2012年12月4日，http://fanfu.people.com.cn/n/2013/0109/c64371-20146477.html。

中央政府門戶網站綜合，「地方領導一覽」，中華人民共和國中央人民政府，http://www.gov.cn/test/2008-02/26/content_901628.htm，檢索日期：2013年4月10日。

「中共中央決定給予薄熙來開除黨籍、開除公職處分」，新華網，2012年9月28日，http://news.xinhuanet.com/legal/2012-09/28/c_113248574.htm。

「中國機構及領導人資料庫」，人民網，http://politics.people.com.cn/GB/8198/351134/index.html，檢索日期：2013年8月27日。

「巴音朝魯任吉林省代理省長」，央視網，2012年12月19日，http://news.cntv.cn/china/20121219/107098.shtml。

王開林，「『國民黨四字經』讓蔣介石暴跳如雷」，中國共產黨新聞網，2010年10月27日，http://dangshi.people.com.cn/GB/144956/13057777.html。

多維中國議題組，「中共十八大政治局常委3.0版」，多維新聞，2012年9月13日，http://18.dwnews.com/news/2012-09-13/58844030-all.html。

江岩北，「用文革手段逼胡耀邦下臺　習仲勛忍無可忍　指著薄一波斥責」，倍可親（德州），2011年2月5日，http://news.backchina.com/viewnews-125887-big5.html。

安思喬，「一場改變中國政治格局的車禍」，紐約時報中文網，2012年12月5日，http:// cn.nytimes.com/article/china/2012/12/05/c05crash/zh-hk/?pagemode=print。

李文，「王儒林接替袁純清擔任中共山西省委書記」，BBC中文網，http://www.bbc.co.uk/ zhongwen/trad/china/2014/09/140901_cn_shanxi_wangrulin。

李方，「中共中央的假學歷—— 中共領導層的『高知化』？自賣自誇也」，博訊新聞 網，2012年9月11日，http://boxun.com/news/gb/pubvp/2012/09/ 201209110229.shtml#. UjbKHNKnrgQ。

李成，「中國政治的焦點、難點、突破點」，FT中文網，2011年12月31日，http://www. ftchinese.com/story/001042491?full=y。

周亞輝，「代表民主派的李源潮汪洋被保守派攻擊而沒有進入常委」，蘋果日報（香港），2012年11月16日，http://blog.boxun.com/hero/201211/zhouyahui/15_1.shtml。

金晴，「『多面』李源潮被江派暗算 痛失『入常』」，大紀元，2012年11月15日，http://www. epochtimes.com/gb/12/11/15/n3730523.htm。

杰安迪，「中國改革派寄希望於汪洋」，紐約時報中文網，2012年11月6日，http://cn.nytimes. com/china/20121106/c06wang/。

「孟建柱：推進勞教等『四項改革』提高司法公信力」，中國新聞網，2013年2月16日，http:// www.chinanews.com/gn/2013/02-16/4564643.shtml。

姜剛、李勁峰，「新華時評：落實八項規定不容『我行我素』」，新華網，2013年3月19日，http://big5.xinhuanet.com/gate/big5/news.xinhuanet.com/2013-03-19/c_115084164.htm。

「胡錦濤習近平出席中央軍委擴大會議並發表重要講話」，新華網，2012年11月17日，http:// news.xinhuanet.com/politics/2012-11/17/c_113711639.htm。

高君，「獨家揭秘栗戰書30年仕途之路」，多維新聞，2013年3月30日，http://china.dwnews. com/news/2013-03-30/59160228-all.html。

「紐約時報：令計劃改變18大接班」，世界新聞網，2012年12月4日，http://www.worldjournal. com/view/full_news/21023150/article-紐約時報：令計劃改變18大接班。

「新聞人物：海協會會長陳德銘」，新華網，2013年4月26日，http://big5.xinhuanet.com/gate/

big5/news.xinhuanet.com/tw/2013-04/26/c_115560495.htm。

「網傳李源潮、汪洋不入常內幕的另一版本」，新唐人電視臺（紐約），2012年12月4日，http://www.ntdtv.com/xtr/b5/2012/12/04/a808087.html。

鄭永年，「鄭永年預測新一屆政治局常委」，聯合早報網，2011年7月12日，http://www.zaobao.com.sg/futurechina/pages/talk110712.shtml。

訪談資料

陳德昇，當面訪談，新加坡駐北京代表與香港媒體和跨國機構負責人（臺北），2013年4月3日。

二、英文部分

專書

Huang, Jing, *Factionalism in Chinese Communist Politics* (UK: Cambridge University Press, 2000).

Pye, Lucian W., *The Dynamics of Chinese Politics* (Cambridge, Mass.: Oelgeschlager, Gunn & Hain, 1981).

期刊論文

Dittmer, Lowell and Yu-Shan Wu, "The Modernization of Factionalism in Chinese Politics," *World Politics*, Vol. 47, No. 4 (July 1995), pp. 427-476.

Nathan, Andrew J., "A Factionalism Model for CCP Politics," *The China Quarterly*, No. 53 (January-March 1973), pp. 34-66.

網際網路

Wines, Michael, "Photos From China Offer Scant Clues to a Succession," *The New York Times* (October 14, 2011), http://www.nytimes.com/2011/10/15/world/asia/chinas-coming-leadership-change-leaves-analysts-guessing.html?pagewanted=all&_r=0.

中共「十八大」以來的政權調適：
「學習型列寧體制」的運作與意涵

蔡文軒

（中研院政治所助研究員）

摘要

　　中共近年來吸收西方管理學關於學習型組織的理論，試圖將中共改造成學習型政黨。自從胡錦濤執政之後，在建立學習型政黨的過程中，主要是運用了「學習」在中共黨史脈絡中的兩個功能：思想統一與政權調適，以建立自己的執政合法性。胡建立了一套獨立的「學習系統」，從政治局的集體學習開始，一直到各層級的黨委學習會，來貫徹個人的執政理念。習近平繼承了胡的作法，在習就任總書記之後，召開許多政治局學習會議，它對於全黨來說，扮演了一種規訓化的功能。

　　本文也指出，學習機制要運作完善，最高領導人最好必須掌握重要的職務任命，以及具備充分的個人權威。習近平在十八大之後，安排許多親信幹部執掌這套學習體制的職務，似乎可以看出習對於黨內學習的議程與細微的部署，有了全面的掌控。本文將這套學習體制稱為「學習型列寧體制」，它對於習近平政權的政策推動與政權鞏固，可能扮演了重要角色。

關鍵詞：中央政策研究室、中央辦公廳、政治局、集體學習、學習型列寧體制

壹、前言

　　中共「十八大」在2012年11月8日至14日，於北京正式召開。在「十八大」的政治報告中，有不少專家觀察到中共提出了所謂「三型政黨」的概念，即「建設學習型、服務型、創新型的馬克思主義執政黨」。[1]中共將「學習型」的位階放在「三型政黨」之首，可見其地位的重要性。2013年11月15日，中共於「十八屆三中全會」發布的「中共中央關於全面深化改革若干重大問題的決定」，再度提到要加強和改善黨的領導，充分發揮黨總攬全局的核心作用，建設「學習型、服務型、創新型的馬克思主義執政黨」，確保改革取得成功。[2]

　　沈大偉（David L. Shambaugh）認為，中共一直保有強大的學習能力，以進行組織改造來增加統治的能力，避免中國走向蘇聯與東歐的失敗路徑。[3]事實上，中共對於「學習型政黨」的思維，始於胡錦濤時期。包括胡錦濤在內的中共領導人一再強調，如果不學習勢必會落伍。[4]2007年的「十七大」政治報告，中共已經提出要建設「學習型政黨」；在2009年的「十七屆四中全會」，又再度宣示要「建設馬克思主義學習型政黨」。[5]「學習型政黨」成為中共近年來出現頻率最高的政治詞彙之一。

　　按照中共官方的說法，「學習型政黨」的構想，是借重於西方管理學

1　王姝，「十八大報告首提『三型政黨』：建設學習型、服務型、創新型的馬克思主義執政黨」，新京報，2012年11月10日，版A7。

2　「授權發布：中共中央關於全面深化改革若干重大問題的決定」，新華網，2013年11月15日，http://news.xinhuanet.com/politics/2013-11/15/c_118164235.htm，檢索日期：2014年5月1日。

3　David L. Shambaugh, *China's Communist Party: Atrophy & Adaptation* (Berkeley: University of California Press, 2008).

4　李斌，「加強黨的執政能力建設的重要舉措」，人民日報，2007年10月11日，版1。

5　本報評論員，「適應時代發展要求，建設學習型政黨」，人民日報，2009年9月26日，版8。

的理論。在2010年前後，一本受到中共高度重視的西方經典——彼德‧聖吉（Peter M. Senge）撰寫的《第五項修練》（*The Fifth Discipline*），似乎成為中共用來建立「學習型政黨」的教科書。該書的旨趣在於回答一個問題：為何大企業的平均壽命不到四十年？作者認為那是因為許多企業喪失了自我學習的能力。[6] 該書提出了一個新概念——學習型組織（Learning Organization）——也就是將企業改造成「學習型組織」來不斷吸收新知，如此才能確保它的永續生存。對於中共強化學習的努力，聖吉予以肯定。他說道：「中國共產黨建設學習型政黨，推動學習型組織運動，就可能成為世界的典範和實際工具、方法的開創者。」[7]

　　但我們必須指出，聖吉以及多數西方學者所認知的「學習」（learning），其意涵比較像是中共所稱的「培訓」（training）。[8] 在中共的語境中，「學習」和「培訓」是兩種很不同的概念，卻很容易讓外界混淆。前者比較像是國家發動全黨幹部，為了支持領導人的政治路線，所進行的儀式性政治運動；後者則是對於幹部進行實用性知識的傳授，例如外文、法律、科技。本文討論的議題，係針對中共語境的「學習」，而非「培訓」。[9] 我們認為，只有先正確掌握「學習」在中共政治脈絡下的特殊意涵，再去探究「十八大」之後所進行的黨內學習活動，才易進行較深入的討論。

　　我們還認為，中共對於「學習」的認知與功能，可以回到黨史的脈絡

---

[6] Peter M. Senge, *The Fifth Discipline: The Art and Practice of the Learning Organization* (New York: Doubleday/Currency, 1990), pp. 17-18.

[7] 鍾國興，從「第五項修練」到學習型政黨（北京：中共中央黨校出版社，2010年），頁5。

[8] Wen-Hsuan Tsai and Nicola Dean, "The CCP's Learning System: Thought Unification and Regime Adaptation," *The China Journal*, No. 69 (January 2013), p. 90.

[9] 對於中共幹部的「培訓」制度，文獻已經有詳盡的討論，可見Frank N. Pieke, *The Good Communist: Elite Training and State Building in Today's China* (Cambridge: Cambridge University Press, 2009); David L. Shambaugh, "Training China's Political Elite: The Party School System," *The China Quarterly*, No. 196 (December 2008), pp. 827-844.

去理解。有兩個功能組成了中共語境下的「學習」：政權調適、思想統一。[10] 從這兩個功能，我們進一步提出了更抽象的整合性概念：「學習型列寧體制」，並從「十八大」之後，習近平對於政治局集體學習的操控，去討論「學習型列寧體制」在當代中國政治的運作與意涵。

　　本文的寫作架構如下：第二節，從黨史的脈絡去建構「學習型列寧體制」的概念；第三節則爬梳「十八大」之後，「政治局集體學習」體制的運作梗概；第四節，我們將討論習近平如何透過學習議題的設定，去同時進行政權調適以及黨內的思想統一；第五節，則進一步討論中共如何運用這套學習系統，透過中央與地方的全黨學習，貫徹習近平的治國理念；第六節指出領導人應如何有效地控制這套學習體制；最後，提出本文的結論。

貳、「學習型列寧體制」的概念

　　「學習型列寧體制」是在「列寧體制」的概念之前，加了一個形容詞：學習型，用以建立新的次形態（subtype）。[11] 它意味著中共仍然保有列寧政黨的本質：黨對於國家權力的絕對壟斷。在這個前提下，中共強調透過國家主導的學習機制，來強化統治能力。近年來，學界認為在研究中共政治時，必須重新思索「把黨帶回來」（Bringing the Party Back In）的必要性。[12] 換言之，要去回答為何中共政權可以維持獨裁而存續，一個更

[10] Wen-Hsuan Tsai and Nicola Dean, "The CCP's Learning System: Thought Unification and Regime Adaptation," *The China Journal*, No. 69 (January 2013), pp. 91-94.

[11] 關於概念建構與次形態的討論，參見David Collier and Steven Levitsky, "Democracy with Adjectives: Conceptual Innovation in Comparative Research," *World Politics*, Vol. 49, No. 3 (April 1997), pp. 437-441.

[12] Kjeld Erik Brodsgaard and Zheng Yongnian, "Introduction: Bringing the Party Back In," in Kjeld Erik Brodsgaard and Zheng Yongnian, eds., *Bringing the Party Back In: How China is Governed*

適切的方式，可能是直接從黨組織的運作更具體的去分析，中共是如何透過一些手段的運用，來強化其執政能力，以便於更有效的統治中國。

擷取歷史上的成功經驗，可能是中共慣用的手法之一。[13] 對於中共的學習來說，第一個目的是藉此來進行「政權調適」（Regime Adaptation）。列寧政體存在著意識形態與體制僵硬等先天局限，「調適」意味著該政體能因應國家發展的需要，從而引進新的制度或思維，予以強化治理能力。[14] 早在1986年，為了推動法制建設，胡耀邦就指示中央書記處書記胡啟立，選派教授與官員，向政治局與書記處的成員開授四堂「法制講座」的課程。[15] 1994年至2002年，中共恢復政治局的法制講座，由司法部負責籌備，大約一年舉辦一次或兩次。[16] 由此可知，中共依據國家發展需要，為政治局的領導人選擇學習的議題，並透過集體教育來進行。

在1990年代之後，我們也看到中共借用「新公共行政」（New Public Management）等理念，去推動行政改革。[17] 例如，建立幹部考核的功績制（merit system），強調服務型政府，以強化行政效率。換言之，中共

(Singapore: Eastern University Press, 2004), p. 19.

[13] Sebastian Heilmann and Elizabeth J. Perry, eds., *Mao's Invisible Hand: The Political Foundations of Adaptive Governance in China* (Cambridge: Harvard University Asia Center: Distributed by Harvard University Press, 2011).

[14] 相關的討論，可參見Bruce J. Dickson, *Democratization in China and Taiwan: The Adaptability of Leninist Parties* (New York: Oxford University Press, 1997), pp. 5-14.

[15] 鄒瑜，「法制講座走進中南海」，百年潮，第4卷第25期（2009年4月），頁25。

[16] 孫榮飛、吳婷，「中南海裡的授課人」，東北之窗，第11卷第38期（2010年6月1日），頁38。

[17] Maria Heimer, "The Cadre Responsibility System and the Changing Needs of the Party," in Kjeld Erik Brodsgaard and Zheng Yongnian, eds., *The Chinese Communist Party in Reform* (London: Routledge, 2006), p. 127; Tom Christensen, Dong Lisheng, and Martin Painter, "Administrative Reform in China's Central Government—How Much 'Learning from the West'?" *International Review of Administrative Sciences*, Vol. 74, No. 3 (September 2008), p. 353.

試著去吸收各種有益於政權存續的制度，但這是有選擇性的。誠如中共一再強調：「需要借鑑人類政治文明有益成果，但我們絕不照搬西方政治制度模式，絕不放棄我國政治制度的根本。」[18] 一切制度或經驗的學習，都是有目的的，那就是在維持中共一黨專政的地位下，去進行政權調適。

「學習型列寧體制」所觸及的第二項概念，則為黨內的思想統一。誠如之前所述，在中共黨史的脈絡中，「學習」絕不僅限於西方意義下的學習（learning或study），它更有規訓（doctrine）的含義。在延安時期，毛澤東為了和「國際派」進行權力鬥爭，[19] 而建立了一種很特殊的機制：透過黨的力量來進行幹部的學習活動，讓毛澤東能控制住幹部的思想，並藉此來否定「國際派」的路線。毛澤東提到：「要把全黨變成一個大學校」，這個學校叫作「無期大學」。[20] 他希望藉由這種方式的「學習」，讓幹部進行思想改造，以便用毛澤東思想來統一全黨的共識。文革時期，若幹部或人民被認定沒有正確理解毛澤東的主張，則有可能被送到「毛澤東思想學習班」來「學習」。[21] 實際上，這種「學習」是一種軍事化的管理，以及對肉體的折磨，用以規訓幹部的思想。

從中共黨史上的脈絡，我們隱約可以看到「學習」在中共政治內部，存在著兩個功能：政權調適與思想統一。這兩個功能也共同建構「學習型

---

[18] 本報評論員，「堅持中國特色社會主義政治發展道路」，人民日報，2008年3月2日，版1。

[19] 「國際派」指的是中共黨內曾在莫斯科（Moscow）的孫逸仙大學（Sun Yat-sen University）留學的幹部，以王明、秦邦憲為代表。他們主張中國的革命路線必須依照蘇聯的方式來進行；而毛澤東則主張中國的國情與蘇聯不同，必須發展自己的革命方式。關於毛如何透過與國際派鬥爭來建立自己在黨內地位的討論，參見Tony Saich, "Writing or Rewriting History? The Construction of the Maoist Resolution on Party History," in Tony Saich and Hans van de Ven, eds., *New Perspectives on the Chinese Communist Revolution* (Armonk, N.Y.: M.E. Sharpe, 1995), pp. 299-338.

[20] 中共中央文獻研究室編，毛澤東文集：第二卷（北京：人民出版社，1993年），頁183。

[21] Roderick MacFarquhar and Michael Schoenhals, *Mao's Last Revolution* (Cambridge: Belknap Press of Harvard University Press, 2006), p. 240.

列寧體制」的整體概念。在胡溫時期乃至習近平主政後，中共積極建立的學習型政黨，也多有這兩種功能的遺緒。具體來說，從政治局的集體學習，我們更可以清楚看到這兩種功能的結合，彼此相互配套，從而強化最高領導人的執政合法性，並呼應國家發展的需要。

參、「十八大」之後「政治局集體學習」的運作

至少從胡錦濤主政時期，中共就開始將整個黨內學習制度予以深化。其中一個要項，是全面建立起政治局集體學習的規範與正式運作的機制。胡錦濤透過政治局的集體學習，與地方的學習會議，將執政理念透過學習機制來加以貫徹。從2002年的「十六大」到2007年的「十七大」，政治局共召開44次的集體學習；「十七大」到2012年的「十八大」期間，集體學習的次數達到33次；而「十八大」之後，集體學習的體制仍持續保留，到2013年底，政治局已經舉辦了12次的學習會議。這些學習的議題，範圍甚大，包括經濟貿易、外交政策、社會發展、政治體制、黨史教育等領域。[22]

習近平繼承了胡錦濤的作法。在2013年6月25日晚間中央電視臺的「新聞聯播」節目中，透露一些習近平時期，政治局集體學習的端倪。在當晚的直播中，政治局集體學習第一次進入到官方的攝影鏡頭，並公開播出。會議的舉辦地點在中南海懷仁堂，參加的人員除了政治局常委與委員，還包括三位中央書記處書記，包括全國政協副主席杜青林、中紀委副書記趙洪祝與國務委員楊晶。此外，央視鏡頭還帶到中組部常務副部長陳希（正部級），也坐在旁聽席上。在這個會議室裡面，放置一個橢圓形的桌子，總書記坐在中間，周圍是其他幾位常委，而講師則坐在總書記對

---

22 「中央政治局集體學習（十八屆）」，人民網，http://cpc.people.com.cn/n/2012/1119/c352109-19621672.html，檢索日期：2014年2月20日。

面;其他官員則坐在這個桌子外面,所安排第二圈的座位上。[23] 另外,從胡錦濤時期的資料顯示,授課時間為120分鐘,前90分鐘是課程演講,後30分鐘是課程討論。[24] 最後,由總書記做「總結講話」,一方面突出正確的思想觀點,一方面批判錯誤的看法,再將這些定調為「正確」或「錯誤」的思想,下發黨內作為學習的典則。

「十八大」之後的政治局集體學習,在議程安排上,往往與中央政治局會議同一天或隔一天舉行,但並不是每次召開政治局會議就一定安排集體學習。其目的是讓政治局會議的討論內容,能夠和集體學習的議題一致,彼此呼應對照。例如2013年4月19日召開政治局會議,討論部署「黨的群眾路線教育實踐活動」,[25] 下午就進行集體學習,討論如何借鑑歷史上的廉政文化,來進行預防腐敗。[26] 此外,「十八大」之後的集體學習,也採取和調研相互配套的新作法。2013年9月20日,政治局集體到中關村進行調研,並聽取百度董事長李彥宏、聯想集團名譽董事長柳傳志和小米科技董事長雷軍等人的簡報。[27]

授課的題材,可能是由中央政策研究室,依據總書記的需要來選擇,再報給總書記來圈選。江澤民時期的「法制講座」,是由江澤民來圈定題目。[28] 在胡錦濤時期的政治局集體學習,則由中央政策研究室規劃議程,

---

[23] 王俊,「『新聞聯播』第一次『直播』的政治局會議:中央政治局如何開會」,新華澳報,2013年8月22日,版3。

[24] 孫榮飛、吳婷,「與政治碰撞的『資政』們」,鳳凰週刊,第357卷第28期(2010年3月15日),頁28。

[25] 「中共中央政治局會議(十八屆)」,新華網,http://news.xinhuanet.com/ziliao/2012-11/15/c_123957678.htm,檢索日期:2014年4月23日。

[26] 「習近平:借鑑歷史上優秀廉政文化 不斷提高拒腐防變能力」,新華網,2013年4月20日,http://news.xinhuanet.com/politics/2013-04/20/c_115468016.htm,檢索日期:2014年4月23日。

[27] 馬靜,「政治局集體學習,『課堂』首設『紅牆』外」,文匯報,2013年10月2日,版A10。

[28] 周清印,「走上中南海講臺的學者們」,半月談讀書俱樂部編,政治局委員聽的課(北京:新華出版社,1999年),頁4。

再交給胡錦濤來圈定。[29] 換言之，高層領導人善於透過智庫系統來蒐集相關資訊，並決定改革的方向。[30] 中央政策研究室主任王滬寧從胡錦濤時期至習近平主政，可能都在政治局集體學習的議程規劃中，扮演重要角色。

　　一旦決定了授課題材，中共再由中央辦公廳進行更具體的部署。一般來說，中央辦公廳會在三個月前，聯繫適合的講師，再交由相關部門進行具體的規劃與至少三次的演練。例如，法律課程由司法部來負責，外事課程由外交部負責，科技發展的課程則由科技部來規劃。在講師進行演練的時候，中央辦公廳、中央政策研究室與相關部門的幹部，都會親自聆聽，並給予修正意見，包括授課內容、文字、語調、語速。[31] 由於報告的時間有限，講師的授課稿件都被上級單位（可能是中央辦公廳、相關部門）的幹部審閱並修改數次。在中關村為習近平等人授課的講師之一百度董事長李彥宏表示：由於講課只有幾分鐘，為此還數度易稿，最後只能突出精要的重點：如何促進信息消費並加快經濟轉型升級，以及如何帶動社會管理創新。[32]

　　至於講師的選擇，「十八大」之後也出現一些細微變化。基本上，還是延續江、胡時期，以官方色彩濃厚的智庫、學術系統之研究人員為主。[33] 這是因為這些研究人員熟悉官方的思維與陳述方式，因此比較適合在政治

---

[29] 孫榮飛、吳婷，「與政治碰撞的『資政』們」，鳳凰週刊，第357卷第28期（2010年3月15日），頁28。

[30] Joseph Fewsmith, "Where do Correct Ideas Come From? The Party School, Key Think Tanks, and the Intellectuals?" in David M. Finkelstein and Maryanne Kivlehan, eds., *Chinese Leadership in the Twenty-First Century: The Rise of the Fourth Generation* (Armonk, NY: M.E. Sharpe, 2003), pp. 152-164; Murray Scot Tanner, "Changing Windows on a Changing China: The Evolving 'Think Tank' System and the Case of the Public Security Sector," *The China Quarterly*, No. 171 (September 2002), pp. 559-574.

[31] 馬世領，「解密中央集體學習制度」，小康，2007年第3期（2007年），頁48。

[32] 張豈凡，「中央政治局集體學習首次搬到中關村」，新聞晨報，2013年11月8日，版A9。

[33] 參見崔常發、徐明善編，高層講壇：十六大以來中央政治局集體學習的重大課題（北京：紅旗出版社，2007年）。

意義重大的集體學習會議上，擔任講師。但在習近平主政後，除了上述中關村學習，聘請業界人士擔任講師外，還安排了官員授課。例如在2013年1月28日的學習，由外交部長楊潔篪、中央對外聯絡部長王家瑞、商務部長陳德銘擔任講師；2013年2月23日的學習，由司法系統的部級官員聯合講授。中央黨校黨史教研部副主任謝春濤認為，中央部門的負責人很多是專家型官員，他們的授課內容可能更符合中央的需要與期待。[34]

　　更有趣的是，在習近平的主政下，還出現過不安排講師，而是由政治局委員針對議題來相互討論的「自學」作法。例如2012年11月17日，在主題為「學習貫徹十八大精神」的學習中，由習近平主持，李克強、張德江、俞正聲、劉雲山、王岐山、張高麗等人都發言參與討論。2013年6月25日，在主題為「中國特色社會主義理論和實踐」的學習中，也是由習近平主持，馬凱、劉奇葆、范長龍、孟建柱、趙樂際、胡春華等人發言。這種透過議題設定，再發動幹部進行發言，最後由領導人來進行總結的作法，更像是當年毛澤東在延安整風時，所進行的幹部學習方式。[35] 論者以為習近平在執政之後，諸多施政，例如「黨的群眾路線教育實踐活動」，根本是毛式作風的翻版。[36] 從習近平對於學習制度的繼承與改造，我們也可以看出這種端倪。

　　「學習型列寧體制」的兩個內涵：政權調適、思想統一，可以從政治局的集體學習過程中看出。習近平透過智庫系統的研究與商議，制定出施政主軸作為學習的議題；其次，則是透過集體學習的運用，將他的施政理念化為黨內共識。從「十八大」之後，政治局集體學習的議題，可以發現這個脈絡。

---

[34] 黃瑩，「給政治局委員上課的老師們」，新華澳報，2013年11月23日，版3。

[35] 高華，紅太陽是怎樣升起的（香港：中文大學出版社，2000年），頁305-306。

[36] 蒙克，「習近平如何利用毛澤東的政治遺產」，BBC中文網，2013年12月22日，http://www.bbc.co.uk/zhongwen/trad/mobile/china/2013/12/131222_mao_xi_statehood.shtml，檢索日期：2014年4月24日。

肆、學習的議題：政權調適與思想統一的結合

　　習近平透過中央政策研究室的建議，提出相關的治國理念進行政權調適。從「十八大」到2014年10月，中共舉辦18次的政治局集體學習，相關議程、講師選定，整理於表1。

表1　「十八大」之後的政治局集體學習會議（2012/11-2014/10）

時間	議題	講師	備考
2012/11/17	深入學習宣傳貫徹十八大精神	無	採取幹部發言的方式來討論
2012/12/31	堅定不移推進改革開放	無	採取幹部發言的方式來討論
2013/1/29	堅定不移走和平發展道路	外交部長楊潔篪、中央對外聯絡部長王家瑞、商務部長陳德銘	由官員授課
2013/2/23	全面推進依法治國	全國人大常委會法工委主任李適時、最高人民法院副院長沈德詠、最高人民檢察院副檢察長胡澤君、司法部長吳愛英、國務院法制辦主任宋大涵	由官員授課
2013/4/19	中國歷史上的反腐倡廉	中國社會科學院歷史研究所卜憲群、政治學研究所房寧	
2013/5/24	大力推進生態文明建設	中國工程院院士郝吉明、中國工程院院士孟偉	
2013/6/25	中國特色社會主義理論和實踐	無	採取幹部發言的方式來討論
2013/7/30	建設海洋強國	中國工程院院士曾恆一、國家海洋局海洋發展戰略研究所研究員高之國	

時間	議題	講師	備考
2013/9/30	實施創新驅動發展戰略	百度董事長李彥宏、聯想集團名譽董事長柳傳志、小米科技董事長雷軍	至中關村進行集體學習
2013/10/29	加快推進住房保障體系和供應體系建設	清華大學土木水利學院劉洪玉、住房和城鄉建設部政策研究中心秦虹	
2013/12/3	歷史唯物主義基本原理和方法論	中國人民大學郭湛、中央黨校韓慶祥	
2013/12/31	提高國家文化軟實力	武漢大學沈壯海、全國宣傳幹部學院黃志堅	
2014/2/24	培育和弘揚社會主義核心價值觀、弘揚中華傳統美德	中宣部思想政治工作研究所戴木才	
2014/4/25	反對恐怖主義，使暴力恐怖分子成為「過街老鼠，人人喊打」	中央政法委汪永清	由官員授課
2014/5/26	使市場在資源配置中起決定性作用、更好發揮政府作用	孫春蘭、孫政才、汪洋、韓正就這個問題作了重點發言	採取幹部發言的方式來討論
2014/6/30	堅持從嚴治黨落實管黨、治黨責任，把作風建設要求融入黨的制度建設	中央組織部常務副部長陳希、河北省委書記周本順、貴州省委書記趙克志、國家發展改革委主任徐紹史、國家工商總局局長張茅	由官員授課
2014/8/30	準確把握世界軍事發展新趨勢與時俱進大力推進軍事創新	國防大學戰略教研部肖天亮	
2014/10/13	牢記歷史經驗、歷史教訓、歷史警示，為國家治理能力現代化提供有益借鑑	中國社會科學院歷史研究所卜憲群	

資料來源：「政治局集體學習一覽」，**新華網**，http://www.xinhuanet.com/politics/zzjjtxx/，檢索日期：2014年4月24日、2014年12月18日。

　　從表1可知，習近平確實將整個治國的大政方針與集體學習的議程掛鉤，以調適中共政權的發展。第一次與第二次的學習，是討論整個「十八大」精神，以及未來必須堅持改革開放的路線。這些理念，在一年之後的「十八屆三中全會」獲得落實，中共發布《中共中央關於全面深化改革若干重大問題的決定》，提出在「全面深化改革的部署」中，雖然經濟改革仍然居於最核心的位置，但必須處理過去改革開放以來，諸如社會分配、環保等未處理的發展的後遺症，並加速政府職能向市場經濟來轉型，以實踐全面性改革。官方媒體認為這次改革媲美「十一屆三中全會」的地位，[37] 甚至有境外媒體將之譽為「中國改革2.0版」。[38] 無論這些說法是否得宜，習近平確實成功的透過黨內學習機制，讓這些概念成為共識，並順利在「十八屆三中全會」發布相關文件來貫徹。此外，中央與地方分別成立「全面深化改革領導小組」，負責改革的總體設計與統籌協調，希望在2020年獲得實質的成果。[39] 這些宣示與期待，對於奠立習近平的歷史功勳，可能存在著重大的意義。

　　至於第四次、第五次與第十六次的學習：全面推進依法治國、中國歷史上的反腐倡廉，以及黨的制度建設，很大成分上是環扣在中共如何解決執政的毒瘤──貪腐，進行討論。在過去，中共黨內的實質監督機制並不明確，特別是紀委會的職能不彰，導致貪腐的情勢一直難以有效遏抑。[40] 在這次學習會議之後，中共確實掀起了一波紀委制度的改革。「十八屆三中全會」中共決議要將雙重領導制度明確化，未來查辦腐敗案件以上級紀

---

[37] 「全面深化改革歷史功績媲美十一屆三中」，大公報，2013年11月13日，版A3。

[38] 朱相遠，「三中全會 深化改革」，信報財經月刊，第441期（2013年12月1日），頁51-52。

[39] 海岩，「中央設領導小組推進改革，三中推出全面改革綱領2020獲決定性成果」，文匯報，2013年11月13日，版A2。

[40] 關於紀委會職能演進的討論，可參見Guo Yong, "The Evolvement of the Chinese Communist Party Discipline Inspection Commission in the Reform Era," *China Review*, Vol. 12, No. 1 (Spring 2012), pp. 1-24.

委領導為主,以避免同級黨委對同級紀委的干預。[41] 又例如中共決議要強化紀委巡視組的編制與作用,要做到對地方、部門、企事業單位全覆蓋。[42] 這種類似中國古代的御史巡察制度,有可能強化紀檢系統對於下屬地區的監控,也呼應中共在學習會議上,強調必須運用歷史上的反腐倡廉制度,進行貪腐治理的理念。

第三次的學習主題「堅定不移走和平發展道路」,第七次的「中國特色社會主義理論和實踐」,第十一次的「歷史唯物主義基本原理和方法論」,第十二次的「提高國家文化軟實力」,以及第十三次的「培育和弘揚社會主義核心價值觀、弘揚中華傳統美德」、十七次的「軍事創新」,以及十八次的「牢記歷史經驗、歷史教訓、歷史警示」,很大程度上共同構築了習近平在就任後提出的新概念:「中國夢」。習近平強調「中國夢」的內涵甚為複雜,可以歸結為:走中國自己的道路、推動世界的和平發展。[43] 上述這幾次的學習會議,緊扣住中國夢的核心概念:走中國道路、和平發展。

第六次的學習主題:「大力推進生態文明建設」,則繼承胡溫以降的執政思維。在胡溫主政之後,逐漸改變過去「唯GDP論」的發展模式,而將對環保工作表現不力的幹部,予以「一票否決」的懲處,這將意味著晉升無望。[44]「十八大」的政治報告,把生態文明建設納入中國特色社會主義事業總體布局,[45] 類似的觀點也在「十八屆三中全會」的決議中再度

---

[41] 葉曉楠,「上級紀委對下領得到強化『同級監督』將硬起來」,人民日報海外版,2013年11月22日,版4。

[42] 「中央紀委研究室:腐敗案線索須報上級紀委,提出落實『兩個為主』和『兩個全覆蓋』推進紀檢體制改革」,南方都市報,2014年2月3日,版A9。

[43] 「習近平總書記闡釋『中國夢』」,新華網,2013年5月8日,http://news.xinhuanet.com/ziliao/2013-05/08/c_124669102.htm,檢索日期:2014年4月30日。

[44] Maria Heimer, "The Cadre Responsibility System and the Changing Needs of the Party," in Kjeld Erik Brodsgaard and Zheng Yongnian, eds., *The Chinese Communist Party in Reform* (New York: Routledge, 2006), p. 129.

出現。西方學者觀察到，「文明」內涵的改變，象徵著中共執政思維的演進，從1980年代初期強調的物質文明、精神文明，到政治文明、社會文明，我們可以看到官方提法與政策主軸的關係。[46] 習近平於學習會議上再度討論這個議題，象徵著他將生態文明視為中國發展模式的第五個重要概念。

　　其餘的學習主題，也多和中國大陸現今的執政重點有關。第八次的學習為「建設海洋強國」，則可能源於中國大陸與日本的關係，因釣魚臺主權的歸屬議題，發生了高度緊張所致。[47]「實施創新驅動發展戰略」是第九次的學習主題，這和中共近年來強調要進行科技創新，以及運用科技力量管理社會，有很大的關係。特別是百度董事長李彥宏在學習會的過程中進行報告，強調現在已進入大數據時代，在兩方面表現出最重要的價值，一是促進訊息消費，加快經濟轉型升級；二是關注社會民生，帶動社會管理創新。這兩個觀點都可以視為是習近平的執政要項，例如後者，習近平在2014年2月成立「中央網路安全和資訊化領導小組」，親自擔任組長，象徵著中共希望透過網路科技來管理社會的執政思維。[48]

　　第十次的主題是「加快推進住房保障體系和供應體系建設」，也可以看出它們與習近平政策的密切相關性。從中共的執政術語來說，這是在處理「分蛋糕」的問題，也就是強調社會公平正義的重要性。[49] 有趣的是，

---

[45] 中共浙江省委理論學習中心組，「建設生態文明 推進永續發展」，浙江日報，2013年4月19日，版2。

[46] Nicholas Dynon, "'Four Civilizations' and the Evolution of Post-Mao Chinese Socialist Ideology," *The China Journal*, No. 60 (July 2008), pp. 83-109.

[47] 劉凝哲，「外交部反駁美報告：中方釣島領海基線符國際法」，文匯報，2013年5月8日，版A7。

[48] 「中央網路安全和資訊化領導小組成立：從網路大國邁向網路強國」，新華網，2014年2月27日，http://news.xinhuanet.com/politics/2014-02/27/c_119538719.htm，檢索日期：2014年4月30日。

[49] 徐印州，「做大蛋糕與分好蛋糕同等重要」，南方日報，2014年3月10日，版2。

強調社會公平正義的政策,是薄熙來在重慶施政的主軸之一。習近平是否有意藉由強調「分蛋糕」的立論,來緩和黨內與社會的「挺薄派」,頗值得關注。第十四次的「反對恐怖主義」,以及第十五次的「市場與政府的功能協調」,也呼應著中共對於治理邊疆恐怖主義,以及社會主義市場經濟的理念。

　　從表1的內容來看,習近平選定的學習議題,都是現今中共為調適國家發展,而擬定的一些大政方針。習近平透過集體學習的運作,彷彿重演了毛澤東在延安時期,透過「中央總學習委員會」,去學習毛著作來進行思想統一的舊戲碼。但與毛時期不同之處,是學習的議題不再僅是一些教條式的課程,更多的是符合國家發展需要的課題。透過集體學習的運作,習近平在中央層級強化思想統一與政權調適的結合,更進一步透過這套「學習型列寧體制」的動員,由上至下的強化全黨的集中學習。

伍、「學習型列寧體制」的實踐:全黨的集中學習

　　在政治局召開集體學習之後,由中央書記處擬定計畫,將政治局的學習議題推至各級黨委。中共通常會要求各級黨委召開學習會,進一步學習政治局集體學習的內容,以及習近平在學習會上的發言。各單位黨委的學習會,被稱作「黨委中心組」。這個官方名詞,是出現在1993年中共發布的《關於學習「鄧小平文選」第三卷的決定》,該文件指出:「各省、自治區、直轄市,中央黨、政、軍各部門,都要做出安排,特別要認真抓好各級黨委中心組的學習」。[50]

　　現今的「黨委中心組」,主要包括兩個範疇:其一,是各地方層級的黨委中心組。省級的黨委中心組可能會出現不同的名稱,例如:浙江省委

---

[50] 倪迅,「無期大學的一個大課堂:黨委中心組學習」,光明日報,2009年11月20日,版1。

專題讀書會、山東省委中心組讀書會、湖北領導幹部讀書班、湖南幹部學習促進會、廣東學習論壇。其二，則是中央黨、政、軍部門，例如教育部黨委中心組、中組部黨委中心組。[51]

　　黨委中心組的組長，由黨委書記擔任，並配備專任的「學習秘書」。學習秘書負責擬定學習計畫和教材，以及記錄幹部的學習狀況。在學習秘書制定學習計劃後，必須報給組長來審定。[52] 接著，組長再將學習計劃報到上級黨委的學習中心組，由上級黨委來審核下級的學習；若是中央部門的學習中心組，則要將學習計劃報到中央宣傳部來審核。黨委中心組的學習時間，每年應該不少於12天。黨委中心組的學習會有嚴格的資格限制，只限於黨委成員才能參加。從2009年開始，各級黨委中心組以按月安排學習議程的形式，將全年學習的內容予以細緻化，以便具體落實。[53]

　　從習近平主導下召開的政治局集體學習，再至各級黨委中心組，成為一套黨內的學習系統。為了指導學習的綱要，《人民日報》在近年來，每一年分都出版「黨委中心組學習參考」的議題，收錄了包括歷次政治局集體學習會議主題在內的一些官方宣教資料。[54] 這些議題，成為各級黨委中心組在進行學習時的重要參考來源。例如，習近平在2012年11月17日針對如何理解「十八大」的精神，舉行政治局學習會議，而中央對外宣傳辦公室（正部級），就在稍後的11月28日，由中央外宣辦主任王晨召開黨委中心組的學習會議，同樣學習「十八大」精神，與中央政治局的學習議題前

---

[51] Wen-hsuan Tsai and Nicola Dean, "The CCP's Learning System: Through Unification and Regime Adaption," *The China Journal*, No. 69 (Chicago: The University of Chicago Press, January 2013), p. 97.

[52] 張磊，「怎樣做好黨委中心組學習秘書工作」，黨建，第8卷第27期（2007年8月1日），頁27。

[53] Wen-Hsuan Tsai and Nicola Dean, "The CCP's Learning System: Thought Unification and Regime Adaptation," *The China Journal*, No. 69 (January 2013), p. 98.

[54] 例如：任仲文，黨委中心組學習參考2012重要論述（北京：人民日報出版社，2012年）。

後呼應。[55] 當習近平在第八次集體學習強調要建設海洋強國，國家海洋局的黨委中心組馬上進行學習，貫徹習近平的講話。[56] 以下，我們將這套黨內學習體制在習時期的運作，繪製於圖1。

透過這套「學習型列寧體制」的運作，習近平巧妙的透過黨內的集體學習，將自己的治國理念進一步形成黨內共識。雖然這個體制是在江、胡時期逐步建立，但由習近平繼承，並將他的治國理念下達。這些治國理念是透過智庫系統的建議來提出，以便調適中國的經社發展；繼之，再透過學習體制的落實，來統一黨內思想。

陸、掌握「學習型列寧體制」的權力關鍵：職務控制與個人權威

透過本文的討論，我們認為習近平在「十八大」之後，試圖繼承並深化自江、胡時期，中共逐漸形成的一種「學習型列寧體制」。「學習」一詞在中共政治脈絡內部，有其獨特的意涵，絕對不僅止於西方意義下的學習。當然，中共的「學習」在某種意義上，也帶有西方公共行政學界在討論政策學習的概念時，所強調國家之間相互學習或汲取需要制度的意涵。[57] 但中國政治的特殊之處在於「學習」的成敗，往往又和領導人的政治合法性有密切相關。

---

[55] 中央外宣辦機關黨委，「中央外宣辦召開理論學習中心組擴大會：專題學習黨的十八大精神」，中直黨建網，2012年12月10日，http://www.zzdjw.com/n/2012/1210/c153945-19851194. html，檢索日期：2014年4月29日。

[56] 呂寧、張華明，「國家海洋局東海分局學習貫徹講話精神 推動分局創新發展本報訊」，中國海洋報，2013年9月5日，http://www.soa.gov.cn/xw/ztbd/2013/dbchy/xxgc/201309/ t20130905_27215.html，檢索日期：2014年4月26日。

[57] Richard Rose, *Lesson-drawing in Public Policy: A Guide to Learning Across Time and Space* (Chatham: Chatham House Publishers, 1993), p. 4; David P. Dolowitz and David Marsh, "Learning from Abroad: The Role of Policy Transfer in Contemporary Policy-Making," *Governance: An*

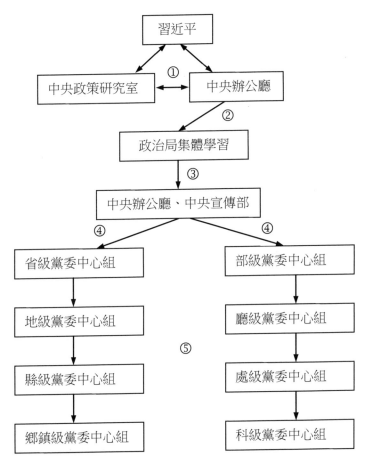

說　　明：①中央政策研究室和中央辦公廳協商出一系列的主題，交給習近平來做決定；②
中央辦公廳依據議題來指定相關的部門進行承辦，並由承辦部門負責選擇講師與
安排試講等工作，來規劃政治局的集體學習；③習近平將學習之後的發言與意
見，交由中央辦公廳與中央宣傳部等單位，向下宣達；④在集體學習結束後，中
央書記處與中央宣傳部協調，負責主導將議題推至全黨進行學習；⑤上級黨委中
心組指導下一級黨委中心組來進行集體學習。

資料來源：作者參考Wen-Hsuan Tsai and Nicola Dean, "The CCP's Learning System: Thought
Unification and Regime Adaptation," *The China Journal*, No. 69 (January 2013), p. 99，
並做出適度修改。

圖1　「學習型列寧體制」在習近平時期的運作

International Journal of Policy, Administration and Institution, Vol. 13, No. 1 (January 2000), pp. 5-24.

　　如何掌握住「學習型列寧體制」的權力關鍵？或許可以從職務控制與個人權威的面向去理解。首先，領導人最好能掌握住學習體制的重要職務配置，由此我們就不難理解為何中央政策研究室、中央辦公廳或中宣部，與中共領導人的關係極為密切。習近平主政之後，也拔擢了一些親信進入到這條學習系統內部去擔任重要職務。例如習近平在上海主政時的政治秘書丁薛祥，在習主政之後，調任中央辦公廳副主任，並兼總書記辦公室主任，[58] 負責習近平與學習系統之間的對口銜接。另一個待進一步確認的消息，是習近平在浙江任職時的政治秘書鍾紹軍，被調到中央辦公廳調研室擔任政治組組長。[59] 又例如在2013年10月調任中宣部副部長的黃坤明，與習近平有深厚的共事淵源，在習近平主政浙江時，他時任嘉興市委書記、省委宣傳部長。[60]

　　另一個更直接的例子，可能是中央辦公廳主任栗戰書的任命。雖然栗戰書有過「團派」的背景，但有許多觀察家也指出，栗戰書與習近平的關係非常深厚。習近平在1983年擔任河北省正定縣黨委書記時，栗戰書曾在當時，於正定縣不遠處的無極縣擔任黨委書記，兩縣同屬石家莊市，兩人可能因工作關係建立了交情。[61] 簡言之，最高領導人透過將親信幹部安插到學習體制內部，可以更有效地掌握學習議程的控制，以及講師名單的安排等細部環節。

---

58 「中辦副主任丁薛祥兼任習辦主任」，大公網，2013年7月24日，http://news.takungpao.com.hk/mainland/focus/2013-07/1783884.html，檢索日期：2014年5月1日。

59 「領導人前秘書有喜有悲」，信報財經新聞，2013年7月6日，版A14。

60 方樂迪，「黃坤明履新中宣部 宣傳班子十八大後再迎調整」，大公網，2013年10月23日，http://news.takungpao.com.hk/mainland/focus/2013-10/1986305.html，檢索日期：2014年5月1日。

61 莫豐齊，「栗戰書 不整人 不耍滑 不偷懶」，文匯報，2012年11月24日，版A8；馬浩亮，「令計劃兼掌統戰部栗戰書接中辦主任」，大公報，2012年9月2日，版A6。

　　其二，是最高領導人最好有一些個人權威，[62] 以便在學習會議上，透過「總結講話」等方式，去建立黨內共識。我們必須指出，這種黨內的集體學習活動，很像是「群眾動員」的政治運動，藉此來進行黨內幹部的規訓化。這裡的「群眾」指的是黨員與幹部。從黨史的發展來看，最高領導人透過「群眾路線」式的集體學習，讓中央與地方的領導人對於重要政策，逐步建立共識。[63] 但成敗的關鍵，在於領導人是否有足夠的個人威望去運作。一個失敗的例子，是華國鋒在1976年底，號召全黨學習「大寨經驗」，作為農業發展的樣板。但不幸的是，這次的集體學習不但沒有獲得黨內幹部的認同，反而使得華國鋒的聲望嚴重受損，最終導致華的失勢。[64]

　　究竟習近平有沒有足夠的個人權威，在學習會議上將「總結講話」作為黨內的共識，我們並沒有這方面的資料可以佐證。但在胡錦濤時期，確實有發生過「總結講話」的內容被推翻的例子。例如，胡錦濤曾在2004年的學習會上，在「總結講話」中使用了「和平崛起」的用語。但在此之後，「和平崛起」的用法卻鮮少出現在中共的公開講話當中。這似乎意味著胡錦濤的發言無法完全為政策路線來定調。[65] 若將習近平與胡錦濤對照，許多觀察家相信前者的個人權威要高過後者。舉例來說，習近平受軍方將領擁戴的程度可能要優於胡錦濤，這當然有助於習近平藉此來強化在

---

[62] 關於個人權威的討論，可參見寇健文，中共菁英政治的演變：制度化與權力繼承1978-2010（臺北：五南圖書出版公司，2011年），頁85。

[63] Mare Blecher, "Consensual Politics in Rural Chinese Communities: The Mass Line in Theory and Practice," *Modern China*, Vol. 5, No. 1 (January 1979), pp. 105-126.

[64] Ezra F. Vogel, *Deng Xiaoping and the Transformation of China* (Cambridge: The Belknap Press of Harvard University Press, 2011), pp. 438-441.

[65] Wen-Hsuan Tsai and Nicola Dean, "The CCP's Learning System: Thought Unification and Regime Adaptation," *The China Journal*, No. 69 (January 2013), p. 105.

黨內的個人威望。[66] 換言之，習近平較之胡錦濤，應該更有可能將執政的思想，貫徹在黨內的學習會議上，並落實政權調適與思想統一的結合。

柒、結論

習近平在「十八大」之後，繼承並深化了黨內的集體學習制度，建立了「學習型列寧體制」，以便達到政權調適與思想統一的目的。近年來，中共強調要建立「學習型政黨」，來學習先進的文明與技術。中共官方將這種革新，比喻為西方「學習型組織」理論在中共黨內的實踐。但我們認為從黨史的角度來看，西方所認知的「學習」並不能完全詮釋中共的「學習」。中共語境的「學習」，除了用以達到政權調適外，更像是一種規訓機制，用來建立黨內的共識，並強化領導人的執政合法性。

從毛澤東在延安整風開始，就透過全黨的「學習」來建立政權合法性，直至現今，我們似乎又看到這種作法，浮現在當代中國政治的內部。從延安到北京，毛、習兩個世代的領導人，都藉由發動「學習」來統一黨內的思想。習近平主政之後，使用了大量的毛式語言去包裝他的執政理論。我們似乎也可從學習體制的運作，看到毛澤東的影子重新浮現在當代的中國政治。

但我們也指出，學習機制要運作完善，最高領導人最好必須掌握重要的職務任命，以及具備充分的個人權威。習近平在「十八大」之後，安排許多親信幹部執掌這套學習體制的職務，似乎可以看出習對於黨內學習的議程與細微的部署，有了全面的掌控。其次，習近平的個人威望雖然不若毛、鄧，但應該高於胡錦濤。習透過「學習型列寧體制」的運作，至今為

---

[66] 「將領集體表態，習近平重塑領袖權威？」，BBC中文網，2014年4月3日，http://www.bbc.co.uk/zhongwen/trad/china/2014/04/140403_china_army_xi_jinping.shtml，檢索日期：2014年5月1日。

止，確實也能有效的將自己的治國理念推至全黨進行學習，並導引出許多相關的政策。

　　但本文一直沒有觸及到的問題，在於這套「學習型列寧體制」的黨內評價為何？以及它是否真的有效的達到中共政權的「威權鞏固」（authoritarian consolidation）。換言之，學習體制的效果如何？黨內幹部是否認為這套制度僅是習近平個人的一場政治遊戲？這可能是更重要的議題，需要深入而具體的資料來進行回答。就本文的內容，我們僅針對中共如何透過歷史經驗，去進行當代治理，做一個描述性的案例研究。本文希望為讀者指出，中共政治史的變遷，彷彿是一條剪不斷的河流，許多現今的現象都必須回到黨史的脈絡中，才能得到更妥切的認識。這或許也是從歷史脈絡去討論當代中國政治制度最有趣的地方。

參考書目

一、中文部分

中共中央文獻研究室編，毛澤東文集：第二卷（北京：人民出版社，1993年）。

中央外宣辦機關黨委，「中央外宣辦召開理論學習中心組擴大會：專題學習黨的十八大精神」，中直黨建網，2012年12月10日，http://www.zzdjw.com/n/2012/1210/c153945-19851194.html，檢索日期：2014年4月29日。

「中央政治局集體學習」，人民網，2012年11月19日，http://cpc.people.com.cn/n/2012/1119/c352109-19621672.html，檢索日期：2014年2月20日。

「中央紀委研究室：腐敗案線索須報上級紀委，提出落實『兩個為主』和『兩個全覆蓋』推進紀檢體制改革」，南方都市報，2014年2月3日，版A9。

「中央網路安全和資訊化領導小組成立：從網路大國邁向網路強國」，新華網，2014年2月27日，http://news.xinhuanet.com/politics/2014-02-27/c_119538719.htm，檢索日期：2014年4月30日。

「中共中央政治局會議（十八屆）」，新華網，http://news.xinhuanet.com/ziliao/2012-11/15/c_123957678.htm，檢索日期：2014年4月23日。

中共浙江省委理論學習中心組，「建設生態文明 推進永續發展」，浙江日報，2013年4月19日，版2。

「中辦副主任丁薛祥兼任習辦主任」，大公網，2013年7月24日，http://news.takungpao.com.hk/mainland/focus/2013-07/1783884.html，檢索日期：2014年5月1日。

王姝，「十八大報告首提『三型政黨』：建設學習型、服務型、創新型的馬克思主義執政黨」，新京報，2012年11月10日，版A7。

王俊，「『新聞聯播』第一次『直播』的政治局會議：中央政治局如何開會」，新華澳報，2013年8月22日，版3。

方樂迪，「黃坤明履新中宣部 宣傳班子十八大後再迎調整」，大公網，2013年10月23日，http://news.takungpao.com.hk/mainland/focus/2013-10/1986305.html，檢索日期：2014年5月

1日。

本報評論員，「堅持中國特色社會主義政治發展道路」，人民日報，2008年3月2日，版1。

本報評論員，「適應時代發展要求，建設學習型政黨」，人民日報，2009年9月26日，版8。

任仲文，黨委中心組學習參考2012重要論述（北京：人民日報出版社，2012年）。

「全面深化改革歷史功績媲美十一屆三中」，大公報，2013年11月13日，版A3。

朱相遠，「三中全會 深化改革」，信報財經月刊，第441期（2013年12月1日），頁51-58。

李斌，「加強黨的執政能力建設的重要舉措」，人民日報，2007年10月11日，版1。

呂寧、張華明，「國家海洋局東海分局學習貫徹講話精神 推動分局創新發展本報訊」，

　　中國海洋報，2013年9月5日，http://www.soa.gov.cn/xw/ztbd/2013/dbchy/xxgc/201309/

　　t20130905_27215.html，檢索日期：2014年4月26日。

「政治局集體學習一覽」，新華網，http://www.xinhuanet.com/politics/zzjjtxx/，檢索日期：2014

　　年4月24日、2014年12月18日。

周清印，「走上中南海講臺的學者們」，半月談讀書俱樂部編，政治局委員聽的課（北京：新

　　華出版社，1999年），頁1-8。

馬世領，「解密中央集體學習制度」，小康，2007年第3期（2007年），頁45-49。

馬浩亮，「令計劃兼掌統戰部栗戰書接中辦主任」，大公報，2012年9月2日，版A6。

馬靜，「政治局集體學習，『課堂』首設『紅牆』外」，文匯報，2013年10月2日，版A10。

徐印州，「做大蛋糕與分好蛋糕同等重要」，南方日報，2014年3月10日，版2。

倪迅，「無期大學的一個大課堂：黨委中心組學習」，光明日報，2009年11月20日，版1。

高華，紅太陽是怎樣升起的（香港：中文大學出版社，2000年）。

孫榮飛、吳婷，「中南海裡的授課人」，東北之窗，第11卷第38期（2010年6月1日），頁38-

　　41。

孫榮飛、吳婷，「與政治碰撞的『資政』們」，鳳凰週刊，第357卷第28期（2010年3月15

　　日），頁27-30。

海岩，「中央設領導小組推進改革，三中推出全面改革綱領2020年獲決定性成果」，文匯報，

　　2013年11月3日，版A2。

張豈凡，「中央政治局集體學習首次搬到中關村」，新聞晨報，2013年11月8日，版A9。

張磊，「怎樣做好黨委中心組學習秘書工作」，黨建，第8卷第27期（2007年8月1日），頁27。

寇健文，中共菁英政治的演變：制度化與權力繼承1978-2010（臺北：五南圖書出版公司，2011年）。

「習近平：借鑑歷史上優秀廉政文化 不斷提高拒腐防變能力」，新華網，2013年4月20日，http://news.xinhuanet.com/politics/2013-04/20/c_115468016.htm，檢索日期：2014年4月23日。

「習近平總書記闡釋『中國夢』」，新華網，2013年5月8日，http://news.xinhuanet.com/ziliao/2013-05/08/c_124669102.htm，檢索日期：2014年4月30日。

崔常發、徐明善編，高層講壇：十六大以來中央政治局集體學習的重大課題（北京：紅旗出版社，2007年）。

「將領集體表態，習近平重塑領袖權威？」，BBC中文網，2014年4月3日，http://www.bbc.co.uk/zhongwen/trad/china/2014/04/140403_china_army_xi_jinping.shtml，檢索日期：2014年5月1日。

黃瀅，「給政治局委員上課的老師們」，新華澳報，2013年11月23日，版3。

「授權發布：中共中央關於全面深化改革若干重大問題的決定」，新華網，2013年11月15日，http://news.xinhuanet.com/politics/2013-11/15/c_118164235.htm，檢索日期：2014年5月1日。

莫豐齊，「栗戰書 不整人 不耍滑 不偷懶」，文匯報，2012年11月24日，版A8。

「領導人前秘書有喜有悲」，信報財經新聞，2013年7月6日，版A14。

劉凝哲，「外交部反駁美報告：中方釣島領海基線符國際法」，文匯報，2013年5月8日，版A7。

葉曉楠，「上級紀委對下領導得到強化『同級監督』將硬起來」，人民日報海外版，2013年11月22日，版4。

蒙克，「習近平如何利用毛澤東的政治遺產」，BBC中文網，2013年12月22日，http://www.

bbc.co.uk/zhongwen/trad/mobile/china/2013/12/131222_mao_xi_statehood.shtml，檢索日期：

2014年4月24日。

鍾國興，從「第五項修練」到學習型政黨（北京：中共中央黨校出版社，2010年）。

鄒瑜，「法制講座走進中南海」，百年潮，第4卷第25期（2009年4月），頁23-25。

二、英文部分

Blecher, Mare, "Consensual Politics in Rural Chinese Communities: The Mass Line in Theory and Practice," *Modern China*, Vol. 5, No. 1 (January 1979), pp. 105-126.

Brodsgaard, Kjeld Erik and Zheng Yongnian, "Introduction: Bringing the Party Back In," in Kjeld Erik Brodsgaard and Zheng Yongnian, eds., *Bringing the Party Back In: How China is Governed* (Singapore: Eastern University Press, 2004), p. 1-21.

Christensen, Tom, Dong Lisheng, and Martin Painter, "Administrative Reform in China's Central Government—How Much 'Learning from the West'?" *International Review of Administrative Sciences*, Vol. 74, No. 3 (September 2008), pp. 351-371.

Collier, David and Steven Levitsky, "Democracy with Adjectives: Conceptual Innovation in Comparative Research," *World Politics*, Vol. 49. No. 3 (April 1997), pp. 430-451.

Dickson, Bruce J, *Democratization in China and Taiwan: The Adaptability of Leninist Parties* (New York: Oxford University Press, 1997), pp. 5-14.

Dolowitz, P. David and David Marsh, "Learning from Abroad: The Role of Policy Transfer in Contemporary Policy-Making," *Governance: An International Journal of Policy, Administration and Institution*, Vol. 13, No. 1 (January 2000), pp. 5-24.

Dynon, Nicholas, " 'Four Civilizations' and the Evolution of Post-Mao Chinese Socialist Ideology," *The China Journal*, No. 60 (July 2008), pp. 83-109.

Fewsmith, Joseph, "Where do Correct Ideas Come From? The Party School, Key Think Tanks, and the Intellectuals?" in David M. Finkelstein and Maryanne Kivlehan, eds., *Chinese Leadership in the Twenty-First Century: The Rise of the Fourth Generation* (Armonk, NY: M.E. Sharpe, 2003), pp. 152-164.

Heilmann, Sebastian and Elizabeth J. Perry, eds., *Mao's Invisible Hand: The Political Foundations of Adaptive Governance in China* (Cambridge: Harvard University Asia Center: Distributed by Harvard University Press, 2011).

Heimer, Maria, "The Cadre Responsibility System and the Changing Needs of the Party," in Kjeld Erik Brodsgaard and Zheng Yongnian, eds., *The Chinese Communist Party in Reform* (New York: Routledge, 2006), pp. 122-138.

MacFarquhar, Roderick and Michael Schoenhals, *Mao's Last Revolution* (Cambridge: Belknap Press of Harvard University Press, 2006).

Pieke, Frank N., *The Good Communist: Elite Training and State Building in Today's China* (Cambridge: Cambridge University Press, 2009).

Rose, Richard, *Lesson-drawing in Public Policy: A Guide to Learning Across Time and Space* (Chatham: Chatham House Publishers, 1993).

Saich, Tony, "Writing or Rewriting History? The Construction of the Maoist Resolution on Party History," in Tony Saich and Hans van de Ven, eds., *New Perspectives on the Chinese Communist Revolution* (Armonk, N.Y. : M.E. Sharpe, 1995), pp. 299-338.

Senge, Peter M., *The Fifth Discipline: The Art and Practice of the Learning Organization* (New York: Doubleday/Currency, 1990).

Shambaugh, David L., *China's Communist Party: Atrophy & Adaptation* (Berkeley: University of California Press, 2008).

Shambaugh, David L., "Training China's Political Elite: The Party School System," *The China Quarterly*, No. 196 (December 2008), pp. 827-844.

Tanner, Murray Scot, "Changing Windows on a Changing China: The Evolving 'Think Tank' System and the Case of the Public Security Sector," *The China Quarterly*, No. 171 (September 2002), pp. 559-574.

Tsai, Wen-Hsuan and Nicola Dean, 2013, "The CCP's Learning System: Thought Unification and

Regime Adaptation," *The China Journal*, No. 69 (January 2013), pp. 90-105.

Vogel, Ezra F., *Deng Xiaoping and the Transformation of China* (Cambridge: The Belknap Press of Harvard University Press, 2011).

Yong, Guo, "The Evolvement of the Chinese Communist Party Discipline Inspection Commission in the Reform Era," *China Review*, Vol. 12, No. 1 (Spring 2012), pp. 1-24.

第三條道路：習近平的烏托邦？

笑 蜀

（自由作家）

摘要

　　習近平特色的第三條道路，第一是所謂超越左右。不排除必要時對左對右都應付一下，講點他們喜歡聽的話，但不當真，而且堅決不被他們綁架。第二是不中不西。政治體制上堅決抵制所謂西方民主、美國民主尤其三權分立，但也要吸取發達國家的現代治理經驗和技術；也要搞一點民主搞一點法治，但必須由共產黨掌握解釋權和主導權。第三是既古且洋。把中華文化尤其儒學跟原教旨的馬克思主義調和起來。上述都是既拒絕，又調和；以我為主，雜揉百家。這所謂第三條道路或者說所謂中間道路，就是習模式的精髓。也可以說是不倫不類，屬於新的政治烏托邦。儘管習一定全力以赴、一定不惜代價改革，但局限於救黨保權的改革沒有成功概率；要打通他想像的所謂第三條道路或所謂特色社會主義道路，幾乎是不可能完成的任務。

關鍵詞：習近平、第三條道路、中國夢、烏托邦

壹、前言

習近平上任伊始，曾有所謂「南巡」之旅。其間，邀梁廣大[1]等廣東政壇四大元老一路同行。筆者事後向其中一位元老的公子打聽：幾日朝夕相處，令尊對習印象如何？答曰：最大印象是雄心勃勃，江、胡都不在他眼裡，他要跟毛、鄧一樣，開創自己的時代。習怎樣開創他自己的時代？現在已經很清楚，他主要透過康師傅下架[2]和「三中全會」兩大戰役，給自己的時代奠基。

貳、激戰康師傅

康師傅下架的消息，2013年底總算塵埃落定，再無疑義。大陸當局之所以沒有馬上宣布，第一是坐實證據需要時間，畢竟康師傅的反偵察能力非同尋常，要找到他本人涉案的直接證據並不容易；第二是，這屬於二十年未見的特大工程，還有複雜的內部談判、協調工作要做；第三是康師傅案性質過於嚴重，突然公布對社會震動太大，對政權合法性衝擊太大，需要逐步放風作為緩衝，讓社會逐漸有心理準備；第四，還有康師傅的很多黨羽必須先剪除。譬如，就在康師傅下架不久，又抓了康師傅的官場小弟李崇禧。[3]巧的是，此公曾在2009年以四川省委副書記身分率團訪臺，所以臺灣官場對他並不陌生。

---

[1] 梁廣大（1935- ），廣東南海人。曾任中共廣東省委常委、珠海市委書記、市長等職。是第七至第十屆全國人大代表，第九屆全國人大常委，中共第十二、十三次全國代表大會代表。

[2] 此處康師傅非指臺灣即食麵，而是大陸民間給前中共政治局常委、前中共政法委書記周永康取的諢名。下架是指軟禁。

[3] 李崇禧（1951.1- ），四川簡陽人，中共第十六屆中央紀律檢查委員會委員、第十七屆中央委員會候補委員。曾任中共四川省委副書記，第十一屆四川省人大常委會副主任、黨組書記，第十一屆四川省政協主席。2013年12月，因涉嫌嚴重違紀違法，正接受中紀委調查。

　　中共中央上屆常委九人，實權最大的，當屬康師傅：首先是直接控制除解放軍而外的幾乎全部國家暴力，即維穩系。它包括公安、國安、司法；還包括百萬武警。解放軍調一個連都要經過中央軍委，他個人居然可以整個整個師地調動武警。在恐龍級別的特殊利益集團中，維穩系屬於恐龍中的恐龍。這主要就是周永康苦心經營之功，2007年他接手中央政法委書記，即藉奧運安保之機極力擴張部門利益，維穩系自此正式成軍，而於2011年藉子虛烏有的所謂中國版茉莉花革命，擴張到了極點。其可支配的維穩經費持續高漲，竟至超過軍費，令人側目。

　　其次，他還間接控制兩大特殊利益集團：其一是四川官場。他在90年代曾任四川省委書記，後到北京，仍以中央常委身分遙控四川，四川遍布他的群從昆弟。這也是他的公子要把整個家族生意的基地放到四川的原因。其二是石油系，不必講，這是中國大陸國有利益集團中的大哥大，幾乎是頭號財富帝國。它牛逼到什麼程度呢？講一個故事就夠了：2011年10月，中央政府打算石油降價。消息才傳出，第二天，中石油旗下加油站即全部斷油，明擺著向中央政府示威。結果中央政府非但不敢處罰中石油，反而不得不發給巨額補貼以息事寧人。

　　要錢，錢可敵國；要槍，槍可敵國；要權，權可傾國。這就是周永康顯赫權勢的寫照。弱主胡、溫哪是他的對手，更遑論其他常委。周的坐大，顯然早成了其他諸侯的噩夢。而他完全不知收斂，這裡又有一個故事。2012年9月16日大陸反日大遊行，據稱即為他操縱。深圳遊行規模達十萬之眾，且不止深圳一城，而是多城連動。其組織動員和後勤供給，都不是等閒之輩所能勝任的。何況在完全禁止集會遊行之中國大陸，其政治風險更高到無法想像，背後不僅要有大手，而且非大到可以遮天的地步不可。稱周永康操縱，符合情理。恰巧當天筆者赴深圳飯局，飯局中有一人，正是深圳警局的高級警官，一邊喝酒一邊電話遙控街頭局勢。當時就談到康師傅，他說他的某戰友，是可以直接出入康師傅辦公室的。據戰友

稱，外界所傳康師傅邊緣化，根本就是不知內情的八卦之說，康師傅現在依然權勢熏天。比如，溫家寶儘管在中南海很孤立，但極少人敢當面反駁他，唯獨康師傅不僅敢當面反駁，拔槍頂到溫家寶頭上他都做得出。當時滿座皆驚，雖知道他牛，但誰也沒想到他可以這麼牛。

人狂有禍，這是不移至理。其實早在胡、溫時代，最高層就已經想動他了。最重要的風向標，是有周永康乾兒子之稱的公安部部長助理鄭少東[4]在2009年1月的落馬。把他介紹給周永康的廣東政法委書記陳紹基[5]幾乎同時落馬。當胡、溫動土動到太歲鄭少東頭上，誰都明白後面要動的是誰了。但就在關鍵時刻，胡居然大大咧咧地出訪。他前腳剛走，後腳就出大事，即爆發了震驚中外的烏魯木齊七五事件。[6]事態嚴重到胡錦濤不得不中斷出訪緊急回國。但回來也已經晚了，這時幾乎已是全國戰備狀態，維穩系不可撼動，一路高歌的「倒周」進程只好戛然而止。經此一挫，胡已無力氣再戰，放縱周永康一路狂奔，最終與薄熙來合流，更企圖聯手問鼎「十八大」。這時即便在統治集團，周永康也到了天怒人怨、四面楚歌的地步。

所以，固然是新君上任，須借人頭一用。但同時，也的確是周永康自作孽，逼得習沒法不動手。因為他們之間已經是你死我活的零和關係。否則，縱然借人頭一用也未必是借他的頭。畢竟他曾經控制而且還在隱性控

---

[4] 鄭少東（1958- ），廣東潮陽人。早年從警，後升任廣東刑警總隊副總隊長，調任公安部經偵局局長。2005年4月，晉升為公安部部長助理、一級警監。後因貪污受賄罪，被判死刑緩期執行。

[5] 陳紹基（1945.9- ），廣東中山人，中山大學中文系漢語言文學專業畢業，曾官至廣東省政協主席，2009年因涉嫌嚴重違紀而遭「雙規」，2009年4月23日被免去廣東省政協主席職務和撤銷其委員資格，同年8月27日中共中央紀委常委會審議決定給予陳紹基開除黨籍、開除公職處分。

[6] 烏魯木齊七五騷亂，又稱烏魯木齊七五事件，是於2009年7月5日、7日和9月3、4日發生在中國新疆維吾爾自治區首府烏魯木齊市的三次衝突事件。衝突中傷亡數百人。熱比婭和其領導的世界維吾爾大會被中國官方認為是事件的幕後主使，但她對中國政府的指控矢口否認。

制國家機器的核心力量，輕易動他，稍有疏忽，即可能遭到致命反撲。不說別的，25個政治局委員，七個政治局常委，哪個的隱私不掌握在他的手上？他隨便拋幾份材料出去，都可能讓當局吃不了兜著走。何況胡錦濤已經在這點上栽過跟頭。

說白了，周永康就是體制內最大的黑社會。國家機器最核心的部分，都控制在周永康這個最大的黑社會頭子的個人手中。要麼如胡下一任那樣，甘當店小二，甘當維持會長，聽任這個黑社會的囂張，聽任這個黑社會像黑洞那樣繼續吞噬天量公共資源和政府信用；要麼狹路相逢勇者勝，有你沒我，有我沒你。紅二代出身的習，膽子當然特別粗，遠非胡錦濤可以比，實力更在胡錦濤之上。習周之間，註定了必有一戰。

這一戰，是習上任的首戰。審判薄熙來算不得大事，這鍋湯，早在胡錦濤任內就熬好了。薄已經是死老虎。周永康才是真的活老虎，真的血盆大口。應該說，習是把倒周當作他上任第一年的中心工作，壓倒一切，為此幾乎投入了全部的力量。吸取了胡錦濤倒周的失敗教訓，他沒有一出手就直搗黃龍，而是首先掃蕩周的外圍。先從拿下周永康在四川的頭號親信李春城[7]入手，徹底掃蕩周在四川官場的舊部。再從拿下周永康在石油系的頭號親信蔣潔敏[8]入手，徹底掃蕩周在石油系的舊部。最後才從拿下公安部常務副部長李東生[9]入手，徹底掃蕩周在政法系的舊部。即首先集中

---

[7] 李春城（1956.4- ），遼寧海城人。哈爾濱工業大學電氣工程系研究所畢業，工學碩士，助理研究員。曾任哈爾濱市副市長，成都市市長、市委書記，四川省委副書記等職。2012年12月5日據新華社報導因涉及違紀被中紀委調查。

[8] 蔣潔敏（1955.10- ），山東陽信人。中國共產黨第十七屆中央候補委員，第十八屆中央委員。曾任中國石油天然氣集團公司副總經理、總經理，中國石油天然氣股份有限公司副董事長、總裁、董事長等職，直至2013年3月出任國有資產監督管理委員會主任。但僅僅半年之後，即因涉嫌嚴重違紀由中共中央紀委調查。

[9] 李東生（1955.12- ），山東諸城人。曾任中國共產黨第十八屆中央委員會委員、中共中央政法委員會委員，中華人民共和國公安部副部長、黨委副書記（正部長級），中央防範和處理邪教問題領導小組副組長、國務院防範和處理邪教問題辦公室主任。2013年底被中紀委宣布調查。

力量拔掉周永康這棵大樹的全部根系，等到周永康只剩下樹幹兀立十二級颱風中，這時再最後朝他下手，他也就全無還手之力，不難頃刻間應聲而倒了。

　　事態的客觀進程也正是如此。應該說周並不服氣，還試圖負嵎頑抗。2013年4月29日視察母校蘇州中學，10月初參加母校石油大學校慶，都屬於他的掙扎。他是想藉此釋放他餘威尚在的信號，但恰恰透露了他的巨大危機。視察蘇州中學時三個警衛抱著膀子對他虎視眈眈，一點也沒有把他當中央首長看，倒不如說是當犯人看，顯而易見是中央警衛局特意派來現場監控他的，是答應他出來視察的妥協條件。參加石油大學校慶，也故意把他單獨安排在校慶前一天，以避免他校慶當天出場，讓參加校慶的其他領導人碰到了彼此尷尬。當他的政治恩師、老上級唐克[10]去世時，他甚至連露頭送個花圈的機會都沒了，其下場也就不言而喻了。這頭二十年來最大的一隻老虎，在眼睜睜地看著自己的爪牙都被剪掉之後，終於萬般無奈地孤零零地被習關進了籠子裡。

　　像當年通過打倒「四人幫」開創新時代那樣，通過打倒新「四人幫」即周永康團夥，來殺人立威和振奮人心，開創習近平時代，這應該是習上任伊始已經規劃好的重大戰略。這步已經跨了出去，如果到此為止，應該還在習的控制範圍，不會導致大的震盪。畢竟周永康尾大不掉且過於跋扈，體制內沒多少人願意真的幫他。但如果不到周永康為止，而是擴大打擊面，問題可能就麻煩了，因為這會威脅到整個權貴集團，把他們逼到牆角，則他們抱團反擊，殊死一搏，就是遲早的事。那時習還能否掌控局面，就難說了。

---

[10] 唐克（1918-2013.12.5），江蘇省鹽城市建湖縣草墊口鎮人。1938年參加新四軍。1982年任石油工業部部長。1985年，任中國國際信託投資公司副董事長；兩年後改任中國康華發展總公司董事長。周永康即是他在石油部長任上提拔的。

參、三中框架：習冒死一搏的準戰時體制

　　奠基習時代的第二戰，是「十八屆三中全會」。「三中全會」不如康師傅下架那樣驚心動魄，但更舉世矚目。這當然不是沒道理。無論將來的歷史怎麼發展，即無論將來是禍是福，都不影響習氏三中的歷史地位：它是江時代以來的二十幾年中，最重要的轉捩點。

　　「三中全會」第一是確定了所謂全面改革的戰略方向，及相應的時間表和路線圖。第二是確立了習的絕對權威地位。這就是所謂三中框架。

　　從權力機構來說，這基本上就是一個準戰時框架，即戰時才需要的元首體制、統帥體制。亦即要集中全部的權力、全部的資源到習手中，以利全力推動和緊急動員。80年代以來，一直是黨政雙首長制，通常都稱胡趙體制、江朱體制、胡溫體制。所以習接班後，大家習慣成自然地稱習李體制。但這一慣例現在似乎廢了，不存在習李體制，習是唯一的權力重心，他的集權程度幾乎超過鄧小平。鄧當時還有所謂八老掣肘，尤其是陳雲的掣肘。而他現在幾乎不受掣肘。中共歷史上，大概只有毛的集權程度超過他。

　　這顯然是一種非常體制。最終說服各路驕兵悍將接受這種非常體制，接受這柄未來的達摩克利斯劍，無疑是需要因應非常時局，即無疑因為整個統治集團已經達成共識，胡、溫十年不作為導致危機的空前累積，不排除一切阻力，無條件建立一種非常體制，大家隨時可能一起翻船落水。即統治集團必須推出一個敢於負責任的絕對權威的強人，帶領他們闖越激流險灘。

　　這就是習氏三中的意義。這意義唯有中共黨史書寫的遵義會議可比。[11]如果還要打個比方，習氏三中確立的新權威體制，好比50年代初國民黨改

---

[11] 遵義會議是中共中央政治局的一次擴大會議。1935年1月15日至17日，紅一方面軍長征途中佔領了貴州遵義，於是順道於當地舉行會議，地點在遵義城琵琶橋（後改名子尹路、又改

造時的緊急體制。當時蔣介石也是越過全黨，用完全聽命於他一人的國民黨改造委員會，實際取代了國民黨中常委。習氏三中確定的國安會和體改小組，加上升級版的中紀委，則跟當年國民黨改造委員會的功能類似，很大程度上超越了中共政治局，完全成了習個人的左膀右臂。目的也跟剛撤到臺灣的蔣介石要徹底改造國民黨一樣，是要徹底改造中共。用四個字概括，這個新權威體制或者說緊急體制的主要使命，就是救黨、保權。

肆、習氏戰略：左右捭闔，中間突破，強勢推進

闖過康師傅下架和「三中全會」這兩關，習近平時代就算開了頭。但開頭難，接下來的路更難，更需要非凡身手。那麼習近平有著怎樣的三板斧？

三板斧的第一板是肅貪，第二板是清黨，第三板是經濟改革和司法改革為主的所謂全面改革。這些，我認為他一定要動真格。至於能否推得動，以及能否持續，那是另一回事。但他的決心不用懷疑。雖然習近平極為自信自負，但他並不缺問題意識、危機意識。他知道胡、溫留給他的是怎樣的攤子，他知道體制潰敗到了何等程度，他知道再沒有多少時間和空間像胡、溫那樣擊鼓傳火了，再擊鼓傳火，人們一定不會有耐心再等九年，這火一定要在他自己任內燒起來。所以我相信他不敢假打，不敢再一味的忽悠。

但是這三板斧，我認為都還屬於技術層面，不是總的戰略，總的指導方針。他的總的戰略，總的指導方針是什麼呢？我用八個字概括，叫作「中間突破，強勢推進」。

稱紅旗路）東側87號。會議改變了原來的三人團（博古、李德、周恩來）領導，增補毛澤東為中共中央政治局常委，形成了張聞天、周恩來、毛澤東等人的新領導集團，毛澤東恢復了對紅軍的指揮權。後來的中共黨史稱，這是恢復毛對黨和軍隊絕對領導權的轉捩點。

什麼叫中間突破？先講個最新的故事。

習接班後，先是講了一堆自由派高興的話，比如全面實施憲法，比如把權力關進籠子，比如共產黨要能夠聽得進尖銳的批評。但事實證明自由派高興得太早，因為他很快就轉了向，講前三十年後三十年不能彼此否定，講蘇共垮臺時沒有一人是男兒，講群眾路線，講批評與自我批評，幾乎全是毛的話語體系。接下來就是整頓網路尤其整頓微博。其中批憲政、全面鎮壓新公民運動，[12] 更讓自由派大跌眼鏡。左派尤其毛左則喜出望外，他們中的很多人都是薄熙來的鐵桿粉絲，薄的崩盤讓他們非常失落，他們需要新的教主，正好這時習的話語轉向毛，讓他們興奮異常，一股腦兒全變成了習的鐵桿粉絲。認為習、薄一家，沒有薄的習時代照樣會全國山河一片紅。烏有之鄉[13]的旗幟性人物張宏良[14]有個著名演講，標題就叫作「我們為什麼要支持習總書記」。

左派尤其毛左一片歡呼，自由派當然要一邊倒地批習。這種狀態，一直維持到「三中全會」閉幕。「三中全會」前官方的改革高調響徹雲霄，吊足了公眾的胃口，閉幕時發布的會議公報，卻不僅通篇黨八股，而且關於改革也沒有實質性的內容。這一下把自由派和中間派全惹惱了，原來希望越多，這時絕望就越多。整個網路尤其微博上，充斥著自由派的非議。很多觀望已久的菁英都紛紛表示堅決移民。左派尤其毛左則無不歡欣鼓

---

[12] 新公民運動是中國大陸法學博士許志永發起的系列公民行動的統稱。訴求之一是政治的，即推動整個國家以和平方式朝向憲政轉型；訴求之二是社會的，即推動整個社會從臣民社會朝向公民社會轉型。中國官方一直對新公民運動進行監控和壓制，2013年7月16日許志永被拘捕，2013年9月13日新公民運動發起人王功權被警方刑拘。新公民運動暫時轉入低潮。

[13] 烏有之鄉是中國大陸一個帶有毛主義色彩的雜誌社和政經評論網站，其與政治自由主義的炎黃春秋立場及意見相左。該站於2003年由北京烏有之鄉文化傳播有限公司開設。創辦人包括范景剛、韓德強等人。網站在2012年4月12日被當局關閉。

[14] 張宏良（1955.7.31- ），山東濟南人，烏有之鄉的主要撰稿人。

舞，簡直把公報的發布當作了狂歡日。

　　就在兩邊冰火兩重天時，通常要會議閉幕一周之後才發布的會議決定，卻突然提前四天全文發布。決定跟公報幾乎完全兩個調調，公布的改革力度之大，甚至超出很多自由派的預期。更重要的是，決定的話語方式也很少意識形態，更少毛的話語，屬於所謂淺藍的話語則比比皆是。比如列為所謂改革總目標的國家治理能力和治理體系現代化，就屬於典型的藍色話語，中共從來不用，最多講到「綜合治理」的程度，而那是跟社會管制對接的，跟維穩對接的。現代治理不然，現代治理本質上是公共治理，必須向社會開放，公共參與，官民共治。這實際上已經涉及思維方式的轉換了。於是，輿論馬上翻了個個兒，原來愁眉苦臉的自由派，大都喜笑顏開，左派尤其毛左則完全氣急敗壞，烏有之鄉代表的毛左，更是要跟習決裂、向習宣戰，認為習不僅是無產階級的叛徒，而且是老謀深算的騙子，把他們全給忽悠了。

　　但這只是開頭，左派尤其毛左的苦日子還在後頭。2013年12月26日是毛誕辰一百二十周年，左派尤其毛左把這天看作與習班長在毛的旗幟下全面會師，左派尤其毛左全面集結的決定性轉捩點。為此早就精心準備，大規模造勢。習雖然部分滿足了他們的願望，當天去紀念堂鞠了躬，講話中也對毛高度肯定了。但部分滿足的另一個意思就是大打折扣，即習的配合到此為止，再沒有傳聞中的其他盛大安排。而且他對毛的肯定只是抽象肯定；原定央視播出的百集大型紀錄片「毛澤東」，更是攔腰一砍只剩50集，1949年之後的全砍。不管怎樣，習既敷衍毛左，又刻意為毛誕辰降溫、刻意拒絕毛左綁架，這一心態已昭然若揭。

　　毛誕辰紀念是習近平給毛左的最後一個面子，目的只是為了不過分激怒毛左，免得他們在康師傅下架的關鍵時刻生事。此後就懶得再理會他們了。其新年前夜的長篇講話《切實把思想統一到黨的十八屆三中全會精神上來》，不僅不提毛或毛思想，反倒罕見地重新用「十年動亂」概括文

革，想來毛左應是痛心疾首。習的新年獻詞對馬列毛、鄧三科，[15] 更是不著一字。

一會兒向左，一會兒向右；一會兒鐵腕治左，一會兒鐵腕治右。彷彿打醉拳似的。習到底是左還是右？他到底要幹什麼？很多人都看糊塗了。

2013年上半年，因為意識形態急遽左轉，主流知識界很多人斷言，習終於露出真相，他骨子裡就是毛左，就是要復辟文革。甚至有人乾脆把他叫毛近平。這些話其實說得太早，太簡單化了。習當時打毛旗，可能基於以下幾個因素：一是話語習慣；二是因為倒薄倒周，需要用這套話語保正統、穩群眾，避免大震盪；第三，沒民主法治時，這套在黨內還管些用，用用也無妨。但所有這些都是純粹功能主義的。骨子裡習並不喜歡毛，這也並不是沒有端倪，比如《中國青年報》發表的習遠平代表習家寫的紀念習仲勛誕辰的文章，比如央視播放的紀錄片「習仲勛」，都充斥著對毛時代的控訴；而且習遠平的文章特意寫到習近平14歲被勞教，15歲獲釋回家時，已被摧殘得形銷骨立，好長時間才恢復。再比如習仲勛百年誕辰紀念日，突然關閉天安門廣場的毛主席紀念堂，都表明習對毛的真實態度。毛時代給習留下的身心巨創，恐怕終其一生都難以平復。

習很大程度上以鄧小平的繼承人自居，對毛的態度也類似鄧。鄧對毛其實恨之入骨，能報復的都報復了，比如對江青、對毛遠新的重刑。故意推出一個完全癡呆的毛新宇[16] 來代表毛氏家族，很大程度上也是對毛的羞辱和報復。但無論怎樣報復都不能大張旗鼓，只能心照不宣。公開場合，

---

[15] 鄧三科是對毛之後中國官方意識形態的統稱，包括鄧小平理論，江澤民創立的「三個代表」指導思想，以及胡錦濤創立的科學發展觀。

[16] 毛新宇（1970.1.17-），毛澤東之孫，毛岸青與邵華之子。2010年晉升為中國人民解放軍少將，是目前解放軍中最年輕的少將，也是第一位1970年代出生的少將。同時還是中國人民政治協商會議全國委員會委員、中華全國青年聯合會常委、北京市西城區政協委員、中國人民解放軍軍事科學院戰爭理論和戰略研究部副部長。

他還得承認毛，無可奈何。這不僅因為毛在中國確有群眾基礎，更因為毛是整個政權的代表，徹底否定毛，一定會內戰，政權一定會動搖，誰都沒這個膽，鄧沒有，習更沒有。所以習對毛，也是骨子裡恨，但又不得不承認毛的牌坊，不得不燒香進供。但只能當牌坊供著，既不允許對毛的崇拜真正落地，又不能讓毛的路線真正復活。即實質上是利用毛，虛毛而實鄧。毛左對習，純粹是熱臉貼了冷屁股。

習總是講不走老路。可見他不是說說而已，他是真的不走。第一他恨毛，恨文革，第二他也明白那是死路，客觀上走不通。但不走老路的同時，他不走邪路的話也是真的。他所謂的邪路，當然是指所謂的西方民主或者美國民主，重點就是指三權分立。即不僅不允許所謂顛覆，所謂奪權，連跟共產黨分權，也不允許。正因為如此，才有八一九講話，才有對網路尤其對微博的大規模整肅，也才有對新公民運動等民間抗爭的全面鎮壓。

也就是說，在習眼裡，毛派和自由派都屬於他所謂的極端。對這兩頭他都不客氣、不手軟。他要排除所謂兩個極端的干擾，爭取所謂中間群眾。拿什麼爭取中間群眾呢？兩個東西，第一是強勢反腐，甚至不惜弄到官不聊生。第二是所謂共富，這是他從重慶薄熙來那兒拿來的。他跟薄熙來是政敵，但他並不完全否定所謂重慶模式。因為他認為重慶模式能得人心。能得人心的原因就在於所謂共富。薄熙來崩盤了，但薄在民間尤其在底層社會的聲望一直上揚，至今很多老百姓（尤其重慶老百姓）仍為薄抱不平，這對習的刺激是很大的。中國的菁英，包括受過大學教育的中產人士、白領人士，更多傾向自由派；但沒有受過大學教育的普通老百姓，則更多傾向左派甚至毛左，他們沒有別的思想武庫，只有傳統的思想武庫，對現實強烈不滿，但只能通過向後看尋找解決辦法。他們是一個強大的力量，習對此心知肚明。所以拿下了薄，但要用薄的部分遺產即所謂共富的遺產，來迎合這個底層群體，穩住他們。

但是，這還不夠。在習看來，迎合這批人只有穩定的意義，而且只能是眼下的穩定，對發展沒多大幫助。這批人社會資源少，發展很難靠他們。但必須有發展，政權才有合法性，才有中長期的穩定。發展靠誰？當然要靠社會的中上層。所以社會的中上層更必須爭取。而社會的中上層往往既求穩，更求變。沒有實質性的大力度的改革，不可能在他們當中恢復早就失去的信用，也就不可能指望他們的認可。於是，提煉所謂重慶的共富經驗的同時，提取過去改革經驗，包括汪洋時代廣東的改革經驗，更刻不容緩。三中決定所推出的政策，很大程度上，就是對當初所謂重慶經驗和所謂改革經驗的全面升級。當然，所謂改革經驗更居主導地位。

用共富穩住底層，用他們認為的全面改革穩住中上層，整個中間社會就都穩住了。穩住了中間社會，在習看來政權的鞏固就不是問題了。他所認為的極端派即毛派和自由派，就不難徹底邊緣化。而一旦徹底邊緣化，則不足為慮，動靜不大時隨你折騰，不理你。動靜大了構成干擾了，惹毛了，則堅決打擊，殺一儆百，鎮壓成本也不會高。這麼一來，則所謂老路、邪路都不成氣候，他們就可以一門心思直奔他們的特色社會主義道路。

這就是說，習要的是習近平特色的第三條道路。第一是不左不右，不排除必要時對左對右都應付一下，講點他們喜歡聽的話，但不當真，而且堅決不被他們綁架，堅決對他們保持距離保持獨立性。因為中國社會被撕裂得太狠，被哪邊綁架都等於自樹死敵，而且哪邊的基礎都不夠深，實力都不夠強。所以要超越所謂的左與右，要有自己的主心骨，只埋頭走自己的所謂特色社會主義道路。

第二是不中不西。政治體制上堅決抵制所謂西方民主、美國民主尤其三權分立，但也要吸取發達國家的現代治理經驗和技術；也要搞一點民主搞一點法治。但無論怎麼搞民主搞法治，都必須由共產黨掌握解釋權和主導權。共產黨領導不能變，中國的所謂根本制度不能變，這是最大的紅

線。紅線以內，什麼都可以搞。但如果踩到紅線，則什麼都不許搞。

第三是既古且洋。洋是舶來的意思，但不是舶來的自由民主，不是憲政，而是舶來的原教旨的馬克思主義。所以上次政治局學習的主題是讀馬克思，絲毫不提毛。在共產主義體系中，毛跟馬既有一定聯繫，但更有區別。馬在歐洲變成民主社會主義或者社會民主主義；馬到俄國變成列寧主義尤其史達林主義；馬到中國變成最殘忍最陰毒的毛澤東主義。即馬克思主義越往東方走越變態，越野蠻。習提倡讀馬，竊以為某種程度上是要回到所謂馬克思主義的源頭。但他也同樣重視中華正統文化，公開宣揚儒學復興。[17] 他顯然想把中華文化，尤其儒學跟原教旨的馬克思主義調和起來。就這點來說，他也不同於毛，毛根本就以中華正統文化為敵，尤其以儒學為敵。毛對原教旨的馬克思主義也絲毫沒有興趣，自稱是山溝裡面出的馬克思主義者。

上述都是既拒絕，又調和。其中更暗含一種根本的調和：觀念上是理想主義的，即原教旨的馬克思主義，即真誠信仰所謂共產主義，真誠相信共產黨必須也能夠全心全意為人民服務；但在操作上是完全實用主義和功能主義，盡量淡化意識形態、超越意識形態，如同拿來主義，什麼好用，用什麼。所謂「中國夢」就是這個意思。夢是空的，無色無味，可以邊做邊往裡面裝。

伍、三中之後，習必定要踢到的兩大鐵板

以我為主，雜糅百家。這所謂第三條道路或者說所謂中間道路，就是習模式的精髓。也可以說是不倫不類，屬於新的政治烏托邦。因為任何政

---

[17] 據2013年11月27日《新京報》報導，見「習近平考察孔府 翻閱兩本書表示要仔細看看」，新浪網，2013年11月27日，http://news.sina.com.cn/c/p/2013-11-27/023428819034.shtml。

治主張，都要有實力做基礎。而習的實力，恰恰最成問題。

　　有人會反駁：所有最高權力都抓到手上了，習怎麼會缺乏實力？這說法忽略了一個基本事實，即習現在的集權，集的主要是名義權力。名義權力不等於實際力量。政治是什麼？從根本上說，政治就是數人頭。名義權力到手，不等於人都跟自己走，在官僚集團內部尤其如此。習現在面對一個根本的對立，即習代表的原始股，跟政權代理人即官僚集團之間的對立。他真要推進他所謂的全面改革，真要落實他所謂的全心全意為人民服務，官僚集團的特殊利益一定損失最大。但如前所述，習不動真格又不可能，因為社會不答應，他在這點上壓力大，絕無退路。那麼官僚集團一定會是他的攔路虎。現在萬事才開頭，官僚集團還沒看清他的牌路，被他的鐵腕尤其收拾薄和周的鐵腕所震撼。但這只是強光直射下的短暫失明。這狀態最多管兩年。兩年後，官僚集團一定會反應過來，那時習的真麻煩就來了。

　　習對此有足夠預見。軍隊、國安會、深改組和升級版的中紀委，是他的四大臂膀。急於打造這四大臂膀做什麼？目的之一就是對付官僚集團可能的反抗。姑且不論這能不能對付有形的反抗，光是對付無形的消極的反抗，就夠捉襟見肘的了。這是習的致命短板。習跟毛晚年一樣不信任整個官僚集團，但毛有對付官僚集團的殺手，以致鬧到踢開黨委鬧革命的地步，因為他可以讓億萬信眾指哪打哪。習甩得掉官僚集團麼？須知他沒有也不可能有毛那樣神一般的絕對權威，完全沒有信眾可言。同時他也不像毛那樣，有經過幾十年戰火考驗的強大而可靠的班底。他接班之前沒班底，接班之後才組建班底，這時已經來不及了，因為上位之後才追隨過來的人，都是沒有經過考驗的人，忠誠度和才幹都成問題。而且新組建的班底，只能限於中央層級，尤其三大機構，不可能在權力體系的所有層級都盤根錯節。這樣的班底也就缺乏基礎，如油浮於水。沒有可靠班底，註定了他不能不獨立寒秋。

　　所有薄弱環節中，最大的一個，是習跟鄧一樣怕社會，怕失控，怕亂，所以不敢動員社會。他也知道社會的重要，基本盤的重要，渴望通過共富政策的兌現和改革政策的兌現，來穩住民眾，打造他的基本盤。但那要兌了現才能算數；兌現之前，沒有人會真的相信他、真的跟他走，但要兌現何其難。沒有基本盤，名義權力抓得再多，也是流沙上的建築。中國的政治文化，特別講一個「勢」。所謂權勢，權必須跟勢結合，權必須以勢為依託，才可能穩固地起作用。沒有勢只有權，權力必然空心化。勢是什麼？如果說名義權力是顯權力，勢就是隱權力。如果說名義權力是水上的冰山，勢就是水下的冰山。但水下的冰山非一日之寒所能養成，時間卻不會等習近平。一言以蔽之，習固然是強權，卻是孤獨的和懸空的強權。這是他最大的政治危機。

　　政治危機之外，習還面臨一個價值危機，或者說人心危機。他的改革決心和改革力度再大，都有天花板，這天花板就是到改革為止。三中那套改革措施如果在十年前胡、溫接班時推出，沒問題，能滿足社會需求。最遲五年前，即汶川大地震之後推出，也還差強人意。但是現在，僅僅改革已經滿足不了社會需求了。為什麼？因為所謂改革，無非是所謂社會主義根本政治制度的自我完善而已，即救黨保權。可以限制官僚集團的利益，乃至權貴集團的利益，但絕對黨權不動搖，絕不對社會讓步。共產黨仍是凌駕於一切的統治黨，而不是像國民黨那樣轉化為接受憲政約束、跟反對派共存的現代意義上的執政黨。但當下社會所最抵觸的，恰恰是絕對黨權，以及保衛絕對黨權的、不受法律制約的國家暴力，即專政體制。

　　可以改革，不要憲政，這是習最大的價值短板。憲政是什麼？憲政無非保障基本人權和公民權，為此嚴格約束公權，在中國則重點是約束黨權。但在習看來，接受憲政則意味著中共交槍投降，意味著他做戈巴契夫[18]一樣的所謂叛徒。於是認定這是邪路。而當下中國的社會需求恰恰正是憲政轉型。無非是和平轉型還是暴力轉型的區別而已；無非是軟著陸還是

硬著陸的區別而已。看不透這點，說明習勇氣可嘉，但是智慧不足。他的價值短板實際上是他的智慧短板。而要領導中國這麼一個空前複雜的國家的變革，最需要的恰恰是大智慧。

也就因此，習不僅因為全面改革面臨跟官僚集團的政治衝突，更因為價值短板面臨跟社會的需求脫節，跟社會的價值衝突。那麼當他最需要社會支援來解決他跟官僚集團的衝突時，他會發現社會不理他，他的身後沒有他所需要的人民。傳統的人民正在升級成為公民，公民則要求重新訂立契約，訂立自由和平等基礎上的契約，廢除霸王條款。而這難道是習可能答應的麼？所以，儘管習一定全力以赴、一定不惜代價改革，但客觀地說，局限於救黨保權的改革沒有成功概率；要打通他想像的所謂第三條道路或所謂特色社會主義道路，幾乎是不可能完成的任務。

但是，社會有需求，就一定會有供給。習不做這樣的供給者，一定會有別的供給者。所謂「螳螂捕蟬，黃雀在後」。就在習的身邊，想必早已有別的勢力虎視眈眈，早做好了全部準備。習越是把全部權力抓到自己手上，把所謂全面改革變成他一個人的舞臺，就越意味著他把全部的責任、全部的風險都一個人扛了起來，他也就沒有了任何退路，只能冒死一搏。歷史不會給他任何重來的機會，他犯不起任何大的錯誤。有人說「三中全會」決定唱得好聽，但跟《歷史的先聲》[19] 一書彙集的中共承諾一樣都是忽悠。這其實是高估了他們，因為他們的信用卡早就刷爆了，早已沒有了

---

[18] 1985年擔任蘇聯共產黨中央委員會總書記，也是最後一位蘇聯最高領導人。他是唯一一位在蘇聯共產黨統治時期出生的總書記。

[19] 《歷史的先聲——中國共產黨曾經的承諾》（初版名《歷史的先聲——半個世紀前的莊嚴承諾》），本人彙編。此書摘選了1941年至1946年期間中國在國民政府統治下，中國共產黨在報紙、雜誌、書刊上所發表的要求自由民主憲政的談話、文章和評論。該書於1999年由汕頭大學出版社初版，2000年在大陸被查禁，2002年引進香港，由博思出版社推出，2013年香港大學新聞及傳媒研究中心再版，作為香港大學中國傳媒研究計劃叢書的一部分。

忽悠的本錢。不兌現，即崩盤，這個殘酷的現實習比誰都清楚。這根本就是高空鋼絲上的獨舞，習能走多遠？未來三到十年的中國時局，肯定會更加波譎雲詭。

參考書目

笑蜀，歷史的先聲——中國共產黨曾經的承諾（初版名歷史的先聲——半個世紀前的莊嚴承諾）（香港：香港大學新聞及傳媒研究中心，2013年8月1日）。

「習近平考察孔府 翻閱兩本書表示要仔細看看」，新浪網，2013年11月27日，http://news.sina.com.cn/c/p/2013-11-27/023428819034.shtml。

中共內政與安全治理：成效與風險

薄智躍

（紐西蘭當代中國研究中心主任）

摘要

　　2014年1月24日，習近平正式擔任中央國家安全委員會主席以來，在對內和對外的國家安全問題上採取了一些新舉措。在對待新疆問題上，他決定強力反恐，要深入開展各種形式的群防群治活動，使暴力恐怖分子成為「過街老鼠、人人喊打」。為了有所作為，他親自率領一班黨政軍領導人，到新疆進行考察。結果是適得其反，發生爆炸事件。

　　在對美國政策上，習本來是想同美國建立「新型大國關係」，但在「東海航空識別區」這一重大問題上，卻沒有同美國溝通，結果使得中美關係急遽惡化。為了保障中共的「政治安全」，習近平領導下的中央國家安全委員會，要求中國各級政府各個部門對「境外勢力」的滲透進行一次大排查。但是由於方法不當，結果招致輿論界的強烈批評。

關鍵詞：習近平、中央國家安全委員會、新疆問題、中美關係、境外勢力

壹、前言

習近平上臺以來，尤其是中共「十八屆三中全會」以來，「全面深化改革」已經成為中共媒體頻繁使用的話語。中共先後成立了四大新的機構：中央全面深化改革領導小組、中央網路安全與資訊化領導小組、中央軍委深化國防和軍隊改革領導小組、中央國家安全委員會，以推動改革。本文旨在分析習近平的改革新舉措，尤其是擔任中央國家安全委員會主席之後採取的新舉措，評估這些改革措施可能帶來的績效與風險。

貳、習近平「中央國家安全委員會」的三把火

根據中共中央政治局的建議，中共「十八屆三中全會」決定設立「國家安全委員會」。據習近平的解釋，中共「面臨對外維護國家主權、安全、發展利益，對內維護政治安全和社會穩定的雙重壓力」，所以需要「設立」國家安全委員會，以加強對國家安全工作的統一領導。[1] 其主要職責是「制定和實施國家安全戰略，推進國家安全法制建設，制定國家安全工作方針政策，研究解決國家安全工作中的重大問題」。

2014年1月24日，中共中央政治局召開會議，研究決定中央國家安全委員會的設置。會議決定，中央國家安全委員會由習近平任主席，李克強、張德江任副主席，下設常務委員和委員若干名。中央國家安全委員會作為中共中央關於國家安全工作的決策和議事協調機構，向中央政治局、中央政治局常務委員會負責，統籌協調涉及國家安全的重大事項和重要工作。[2]

---

[1] 「習近平：關於《中共中央關於全面深化改革若干重大問題的決定》的說明」，新華網，2013年11月15日，http://news.xinhuanet.com/politics/2013-11/15/c_118164294.htm?utm_content= buffer647e3&utm_source=buffer&utm_medium=twitter&utm_campaign=Buffer。

　　習近平於2014年4月15日上午主持召開了中央國家安全委員會第一次全體會議。他一口氣說出十一個安全概念，包括政治安全、國土安全、軍事安全、經濟安全、文化安全、社會安全、科技安全、資訊安全、生態安全、資源安全、核安全。並提出一個「總體國家安全觀」：既重視外部安全，又重視內部安全；既重視國土安全，又重視國民安全；既重視傳統安全，又重視非傳統安全；既重視發展問題，又重視安全問題；既重視自身安全，又重視共同安全。[3]

　　中央國家安全委員會成立後，習近平在國家安全問題上放了三把火。

參、第一把火：新疆問題

　　新疆問題一直是習近平的心頭大患。2009年烏魯木齊七五事件使習近平當年無緣進入中央軍事委員會，差點與皇位失之交臂。習近平上臺後，新疆一直暴力、恐怖活動不斷。就在三中全會召開之前，2013年10月28日，新疆維吾爾族一家三口在天安門金水橋上製造汽車襲擊事件，導致五人死亡，36人受傷。2014年3月1日，就在兩會召開之際，昆明火車站又發生砍人事件，造成32人死亡，143人受傷。

　　中央國家安全委員會第一次全體會議後，習近平又於2014年4月25日主持了中共中央第十八屆政治局第十四次集體學習，專門討論國家安全和社會安定問題。他指出，反恐怖鬥爭事關國家安全，事關人民切身利益，事關改革發展穩定全域。他要求，深入開展各種形式的群防群治活動，築起銅牆鐵壁，使暴力恐怖分子成為「過街老鼠、人人喊打」。[4]

2　「習近平任中央國家安全委員會主席」，新華網，2014年1月24日，http://news.xinhuanet.com/politics/2014-01/24/c_119122483.htm。

3　「習近平：堅持總體國家安全觀 走中國特色國家安全道路」，新華網，2014年4月15日，http://news.xinhuanet.com/politics/2014-04/15/c_1110253910.htm。

4　「習近平在中共中央政治局第十四次集體學習時強調 切實維護國家安全和社會安定為

習近平想在新疆問題上有所作為，親自帶領一班人馬於2014年4月27日至30日到新疆進行考察。隨行人員有中共中央政治局常委、政協主席、新疆工作協調小組組長俞正聲，中共中央政治局委員、中央軍委第一副主席范長龍，中共中央政治局委員、中央政策研究室主任王滬寧，中共中央政治局委員、中共中央辦公廳主任栗戰書，全國政協副主席王正偉，武警司令王建平等。中共中央政治局委員、新疆維吾爾自治區黨委書記張春賢和自治區政府主席努爾‧白克力全程陪同。

但是，就在他結束考察的那一天，4月30日，新疆火車站南站發生爆炸事件，造成三人死亡，79人受傷。緊接著，5月22日，新疆烏魯木齊沙依巴克區北街早市又發生爆炸事件，造成39人死亡，94人受傷。

可以說，習近平燒向新疆的這把火正好燒到了他的腳後跟。

肆、第二把火：中美關係

中美關係一直是中國對外關係的重中之重。習近平在2012年2月作為國家副主席訪問美國前，曾接受美國《華盛頓郵報》書面採訪指出，「寬廣的太平洋兩岸有足夠空間容納中美兩個大國。我們歡迎美國為本地區和平、穩定、繁榮發揮建設性作用，同時希望美方充分尊重和照顧亞太各國的重大利益與合理關切。」[5] 在他隨後的五天訪美期間，習近平提出，推動中美合作夥伴關係不斷取得新進展，努力把兩國合作夥伴關係塑造成21世紀的新型大國關係。[6]

實現奮鬥目標營造良好社會環境」，人民網，2014年4月27日，http://cpc.people.com.cn/n/2014/0427/c64094-24946886.html。

[5] 「習近平接受美國《華盛頓郵報》書面採訪」，人民日報，2012年2月14日，版1。

[6] 「中美新型大國關係的由來」，人民網，2013年6月7日，http://politics.people.com.cn/n/2013/0607/c1001-21774134.html。

在習近平擔任國家主席後，於2013年6月7日至8日到美國加州安納伯格莊園會見美國總統歐巴馬。據新華社記者報導，「兩國元首不拘形式，就重大戰略問題長時間深入交流」。[7] 隨行的國務委員楊潔篪認為，中美兩國元首會晤取得了七項重大成果。[8] 他提到，「雙方同意加強各層級對話溝通，不斷增進相互理解與信任。雙方將繼續通過互訪、會晤、通話、通信等方式保持密切聯繫，將盡早實現互訪，並適時在中國再次舉行類似會晤」。他還指出，「雙方認為，亞太是中美利益交織最緊密、互動最頻繁的地區，中美在亞太的共同利益遠大於分歧，雙方應加強溝通協調，減少摩擦，努力形成良性互動格局，給中美以及整個地區帶來發展機遇」。

但是，在「三中全會」結束11天之後，中國國防部於2013年11月23日單方宣布，在與日本有爭議的釣魚島附近的東海海域劃設「東海航空識別區」。[9] 很顯然，中國沒有就這一議題與美國方面協商。11月27日，在兩架美軍飛機進入東海防空識別區並飛越釣魚島區域後，美國國防部長哈格爾曾致電日本防衛大臣小野寺五典，就東海安全形勢進行磋商。哈格爾在12月4日的記者招待會上說明，現在美國的立場是：防空識別區本身並不是新概念或者獨特的概念；美國最大的「關切」在於，中國未經協商，單方面決定劃設東海防空識別區。[10]

---

[7] 「記習近平同美國總統歐巴馬安納伯格莊園會晤」，中華人民共和國中央人民政府門戶網站，2013年6月11日，http://www.gov.cn/ldhd/2013-06/11/content_2424357.htm。

[8] 「楊潔篪談習近平主席與歐巴馬安納伯格莊園會晤成果」，中華人民共和國中央人民政府門戶網站，2013年6月9日，http://www.gov.cn/ldhd/2013-06/09/ content_2423489.htm。

[9] 「中國宣布劃設東海防空識別區」，騰訊網，2013年11月23日，http://news.qq.com/a/20131123/004056.htm。

[10] Bill Gertz, "Pentagon: China Failed to Consult Before Imposing Air Defense Zone," *The Washington Free Beacon* (December 4, 2013), http://freebeacon.com/national-security/pentagon-china-failed-to-consult-before-imposing-air-defense-zone/.

習近平號稱要與美國建立「新型大國關係」，但是在這一雙方都十分關切的重大問題上卻不給美國打聲招呼。中國軍方單方面的宣布劃設「東海航空識別區」時，美國副總統拜登已經接受中國國家副主席李源潮的邀請，準備來中國訪問。「東海航空識別區」宣布之後11天，美國副總統拜登訪問中國。這樣，不僅使得美國軍方反應強烈，美國副總統本人也下不了臺。

為了給足習近平面子，美國副總統拜登在日本訪問期間有意不與日本首相保持完全一致，而且還私下表示習近平剛剛上臺，不願意給他添麻煩。[11] 但是，在2013年12月4日與拜登會談時，習近平卻隻字未提同美國就重大關切進行「磋商」。他只是「重申了中方在臺灣問題、涉藏問題及劃設東海防空識別區等問題上的原則立場」。[12]

日本首相安倍晉三於2013年12月26日參拜了供奉有二戰甲級戰犯的靖國神社，引起了中國政府的強烈不滿。中國外長王毅當天下午即召見日本駐華大使木寺昌人，表示如果日方蓄意繼續挑戰中日關係底線，中方必將奉陪到底。國務委員楊潔篪12月28日發表談話，強烈譴責安倍的行為。他強調，「中國人民不可侮，亞洲人民和世界人民不可欺。安倍必須承認錯誤，必須糾正錯誤，必須採取實際行動消除其嚴重錯誤的惡劣影響。」[13]到2014年1月10日為止，先後有32位中國大使在駐在國當地知名刊物上發表署名文章，批駁安倍。[14]

---

[11] 「拜登：習近平處於事業起步艱難時期 我不能給他添麻煩」，文匯網，2013年12月4日，http://news.wenweipo.com/2013/12/04/IN1312040030.htm。

[12] 「習近平同美國副總統拜登舉行會談」，新華網，2013年12月4日，http://news.xinhuanet.com/politics/2013-12/04/c_118422300.htm。

[13] 「楊潔篪就安倍參拜靖國神社發表談話：必須糾正錯誤」，中國新聞網，2013年12月28日，http://big5.chinanews.89/gn/2013/12-28/5674774.shtml。

[14] 「32名駐外使節發文批安倍拜鬼 規模大十分鮮見」，鳳凰網，2014年1月12日，http://js.ifeng.com/news/world/detail_2014_01/12/1721345_0.shtml。

　　2014年1月16日《人民日報》海外版發表一篇文章，原題為「日本是美國的『資產』還是『包袱』？」。作者是一位國際問題專家，名思楚。但是，這篇文章被轉載時，題目變為「人民日報：美若不想管住日本 中國和世界來管」。這篇文章的精彩之處在於最後兩段。作者稱，「中美兩個大國很有必要就這個問題對對表，今後日本能做什麼、不能做什麼，能『正常』到什麼程度，約束日本的『紅線』怎麼畫，中美可以加強溝通、形成默契、協調行動。」但是，「如果美國對日本不想管、不願管、不能管，也不要緊。今天的世界早已不是甲午戰爭的年代，中國和世界上其他愛好和平、主持正義的國家和人民完全有信心、有能力鎖住日本軍國主義這個『午夜凶靈』。」[15]

　　拉美國打擊中國的對手，是中共領導人的一貫作法。在胡錦濤擔任中共最高領導人期間，這一策略十分有效。正是由於中美兩國領導人在反對「臺獨」方面達成了高度一致，臺灣海峽才會在過去的十年裡基本上風平浪靜。而對待日本的策略上，中共新領導人本來也想通過與美國建立「新型大國關係」來「約束」日本，希望能夠同美國就日本的「正常化」問題「對對表」。

　　問題在於中共領導人一方面自己在重大問題上不主動與美國協調，另一方面卻希望美國能主動「約束」日本。 美國副總統拜登比較婉轉，而美國軍方卻極為強硬。美國國防部長哈格爾在訪問日本期間，明確站在日本一邊。關於中日釣魚島爭端，哈格爾稱釣魚島在日本「實效控制」之下，屬於《日美安全保障條約》適用範圍。[16]

---

[15] 「人民日報：美若不想管住日本 中國和世界來管」，環球網，2014年1月16日，http://mil. huanqiu.com/observation/2014-01/4759747.html。

[16] 「美國防部長哈格爾今起訪華　昨在日放厥詞　稱日本『實效控制』釣魚島　專家指出──美國『拉偏架』 亞太走不通」，網易，2014年4月7日，http://news.163.com/14/0407/13/9P7VI89O00014Q4P.html。

　　美國國防部長哈格爾在他上任以來首次訪華時，中國軍方領導人當面表示了他們的強烈不滿。2014年4月8日，中央軍委副主席范長龍在接見哈格爾時稱，「哈格爾部長近期在美國與東盟國防部長非正式會晤和訪日期間，發表了一些言論，中國人民是不滿意的」。[17] 同日，中國國防部長常萬全在與哈格爾共同舉行的記者招待會上表示，「現在我們周邊的確有人在挑事，在中日釣魚島問題和菲律賓非法侵佔島礁問題上，我們不會妥協、不會退讓、不會交易，領土和主權更不允許受到一絲一毫的侵犯。中國軍隊時刻做好面對各種威脅和挑戰的準備，做到招之即來，來之能戰，戰之必勝。」[18]

　　在這樣的情勢下，美國總統歐巴馬的反應也很強烈。在2014年4月的亞洲四國訪問之前，美國總統歐巴馬接受日本《讀賣新聞》書面專訪時指出，釣魚島在日本的實際控制下，美日安保條約第五條適用於釣魚島。他在訪日的第二天，4月24日，在與日本首相安倍共同舉行的記者招待會上，又一次重申了這一觀點。他的原文是 "And let me reiterate that our treaty commitment to Japan's security is absolute, and Article 5 covers all territories under Japan's administration, including the Senkaku Islands." [19] 在這裡，他沒有像以往那樣，稱這些有爭議的島嶼為「釣魚島／尖閣群島」，而是按照日本的說法，把它們直接稱為「尖閣群島」。

　　大約一個月後，5月21日，習近平藉在上海召開的亞信峰會，提出了一個新的亞洲安全觀。用他的話說，就是「亞洲的事情歸根結蒂要靠亞洲

---

[17] 「范長龍當面批美防長在日言論：中國人民不滿意」，鳳凰網，2014年4月9日，http://news.ifeng.com/mainland/special/hageerfanghua/content-5/detail_2014_04/09/35579601_0.shtml。

[18] 同前註。

[19] Office of the Press Secretary "Joint Press Conference with President Obama and Prime Minister Abe of Japan," *The White House* (April 24, 2014), http://www.whitehouse.gov/the-press-office/2014/04/24/joint-press-conference-president-obama-and-prime-minister-abe-japna.

人民來辦，亞洲的問題歸根結蒂要靠亞洲人民來處理，亞洲的安全歸根結蒂要靠亞洲人民來維護。亞洲人民有能力、有智慧通過加強合作來實現亞洲和平穩定」。[20] 在這裡，他把亞洲和太平洋分割開來，從而把美國分割出去。

這個新的亞洲安全觀實際上就是習氏版的亞洲「門羅主義」。他把亞洲當成是中國的勢力範圍，反對「外來勢力」（即美國）干涉亞洲的安全事務。這樣一來，就把美國在亞洲安全問題上推到了中國的對立面。

在隨後於新加坡舉行的香格里拉對話中，中國遭到日本、美國、越南等國的批評。日本首相安倍在5月30日的發言中，表示願意全力支持東南亞國家維護它們在南海海域和領空權利，以對抗中國。美國國防部長哈格爾在5月31日的發言中，指責中國在南中國海採取單邊行動、製造地區不穩定。而越南國防部長則稱，越南將探討把與中國在南中國海的爭端交給國際仲裁法庭的可能性。

至此，習近平試圖與美國建立「新型大國關係」的夢已經基本破碎。

伍、第三把火：「境外勢力」

中央紀委駐中國社會科學院紀檢組組長、中國社會科學院黨組成員張英偉2014年6月10日的一個內部講話，在海內外引發一場輿論風潮。他在中國社會科學院近代史研究所講話中，指出社科院的意識形態存在「四大問題」。第一，穿上學術的隱身衣，製造煙幕；第二，利用互聯網炮製跨國界的歪理；第三，每逢敏感時期，進行不法的勾連活動；第四，接受境外勢力點對點的滲透。張英偉就此要求全院「高度保持政治敏感性」、

---

[20] 「習近平在亞洲相互協作與信任措施會議第四次峰會上的講話（全文）」，新華網，2014年5月21日，http://news.xinhuanet.com/world/2014-05-21/c_1110796357.htm。

「絕不容忍任何人搞特例」。[21]

　　他的講話通過《人民日報》旗下的人民網刊發，引起輿論界的高度重視。《環球時報》於6月18日發表署名為中國人民公安大學犯罪學學院副教授華夏的文章，稱社科院個別學者吃裡扒外充當內鬼出賣民族利益。他說，「在學術交流『立體化』的今天，集中了『中國腦袋』的社科院難免遭遇『滲透』。極個別學者為一己之私或其他不可告人目的，置國家民族利益於不顧，『黃皮白心』，甘願做境外勢力代言人，甚至吃裡扒外，充當內鬼。對這些人，不管他們披上什麼『學術隱身衣』，都要一查到底，從學術隊伍中清除出去。」[22]

　　由於中國社會科學院近代史研究所網站和人民網都很快就刪掉了有關文章，很多人認為張英偉的講話不過是個人看法，既不代表以王岐山為書記的中紀委，又不代表劉雲山領導下的宣傳系統，更不代表中央高層的看法。

　　在1980年代曾在內蒙古自治區農牧學院馬列主義教研室，擔任過六年教職的張英偉，從1988年到2003年一直在內蒙古自治區黨委宣傳部工作，位至副部長。他2003年7月調到北京，成為「中國思想政治工作研究會」的專職副秘書長。一年後，他又調到「中央精神文明建設指導委員會」辦公室工作。2009年10月，任中共中央宣傳部辦公廳副主任。2013年10月，任中央紀委駐中國社會科學院紀檢組組長、中國社會科學院黨組成員。[23]

　　作為一個長期從事馬列主義教育和宣傳工作的中共幹部，張英偉對意識形態問題比較敏感，情有可原。但是，作為中央紀委駐中國社會科學院

---

[21]「中紀委張英偉：中國社科院受境外勢力滲透」，網易，2014年6月19日，http://bbs.news.163.com/bbs/zhongmei/424670748.html。

[22]「專家：個別學者吃裡扒外充當內鬼出賣民族利益」，人民網，2014年6月18日，http://gd.people.com.cn/n/2014/0618/c123932-21453628.html。

[23] 張英偉，百度百科，http://baike.baidu.com/subview/792187/13092842.htm。

的紀檢組組長，他似乎有些越界。2014年5月26日，中央紀委副書記楊曉渡還就「中央紀委監察部機關聚焦中心任務 深化『三轉』（轉職能、轉方式、轉作風）」與線民進行了線上交流。他提到，各級紀委要按照黨章第44條的規定，「聚焦黨風廉政建設和反腐敗鬥爭這一中心任務」，「把不該由紀委管的工作交還給主責部門，把該管的工作切實管好」。[24]

殊不知，張英偉的講話竟然是習近平領導下的中央國家安全委員會推出的又一重大舉措：在全國範圍內，對「境外勢力」進行一次全面、徹底的大排查。作為社會科學的最高學術單位，中國社會科學院當然是首當其衝。而紀委、監察系統正是執行這一舉措的重要機構之一。

6月17日，山西省運城市的「運城市陽光農廉網」[25]在「政務公開」欄目發布「長直鄉境外非政府組織和活動情況調查摸底工作方案」，[26]文中稱：「根據中央國家安全委員會統一部署，2014年5月至7月底擬對在華境外非政府組織及其活動情況開展一次全國範圍的全面、徹底調查摸底，摸清底數，為下一步加強規範管理打下基礎」。[27]而「運城市陽光農廉網」的主辦單位是中共山西省運城市紀委、監察局；它的承辦單位是運城市民政局、運城市農業委員會。

方案要求，對境外非政府組織和活動情況的調查摸底工作，本著「全面鋪開、深入細緻、積極穩妥、務實高效」的方針，堅持「地方為主，群策群力，不留死角」的原則，對在當地開展活動的社會團體、基金會、民辦非企業單位，包括協會、學會、商會、研究院（所、中心）等非政府、

---

[24] 楊曉渡，「中央紀委監察部機關 聚焦中心任務 深化『三轉』」，中央紀委監察部網站，2014年5月26日，http://v.mos.gov.cn/zhibo18/ index.shtml。

[25] 運城市陽光農廉網，http://www.ycsnlw.com/。

[26] 全文見附件。

[27] 獨行俠，「國安委開始運轉，徹查NGO境外勾連」，多維新聞，2014年6月20日，http://blog.dwnews.com/post-449135.html。

非營利組織，以及在工商部門登記的非企業經濟組織的常駐代表機構等，進行深入細緻的梳理排查。並要求當地政府全面梳理當地境外非政府組織、人員、中方合作單位、項目和資金等情況，並根據其活動性質從登記管理、項目審批、資金監督、引導利用、專項整治等方面，提出加強分類規範管理的建議意見。

文件稱，「根據中央國家安全委員會要求，成立專項工作領導組（專項組）」，專項組辦公室設在綜治辦。在長直鄉，專項組組長是鄉黨委書記楊春霞，副組長是鄉黨委副書記王小龍和宣傳委員兼綜治辦主任晉亞。成員包括鄉政府辦主任、鄉派出所所長、鄉民政辦主任、鄉聯校區校長。文件強調，工作中要注意方式方法，做到「內外有別、內緊外鬆，只做不說，不宣傳不報導，既最大限度獲取第一手資訊，又要避免引發國內外關注和炒作」。

從時間上看，這一舉措應該是在習近平主持的中央國家安全委員會第一次會議上推出的。此次會議於4月15日舉行，4月22日廣東省民政廳便發布了關於做好社會組織涉外活動及在粵境外非政府組織情況普查工作的通知。

隨後，6月5日，廣西壯族自治區黨委「維穩辦」，到隆林縣開展境外非政府組織活動情況工作調研；6月11日，山東省棗莊市薛城區召開了全區境外非政府組織和活動調查摸底工作動員會議。而一份福建平和縣教育局6月12日下達的文件「關於開展境外非政府組織和活動情況調查摸底工作的通知」，亦要求轄區內「梳理排查與本部門及直屬單位、全縣中小學、幼兒園（含民辦幼兒園）及其師生開展合作的境外非政府組織和活動情況」，並在6月19日前統一上報。同時，安徽省霍山縣等地也發布了關於開展境外非政府組織和活動情況調查摸底工作的通知。

對於習近平領導下的中央國家安全委員會來說，徹底了解境外非政府組織在中國的聯繫和活動，有助於中國的國家安全。但是，沒有想到，

「境外勢力」居然很快就聞到了氣味，把一個本來是非常嚴肅的問題，搞得沸沸揚揚。有關網站紛紛撤稿、改變網頁。中國社會科學院近代史研究所網站刪掉了張英偉的講話，「運城市陽光農廉網」也不再有「政務公開」欄目。中央國家安全委員會對「境外勢力」的大排查已經轉入地下。

習近平燒向「境外勢力」的一把火，卻使中央國家安全委員會的聲譽大打折扣。

陸、結語

習近平上臺不到兩年，權力迅速擴張、大力整頓吏治、強力懲治腐敗，並推出一系列的改革方案。但是，與他的前任相比，習近平的治國理念並不清晰，改革路徑並不清楚。鄧小平在1992年推出要建立市場經濟，江澤民、李鵬、朱鎔基在1994年搞分稅制，江澤民和朱鎔基在1997至98年對國有企業進行「抓大放小」的改革，胡錦濤和溫家寶在中共「十六大」後提出「科學發展觀」和「和諧社會」等理念。而習近平的「中國夢」讓人一頭霧水，不知所措。

在擔任中央國家安全委員會主席一職後，習近平在國家安全方面燒了三把火。一把火燒向新疆。他的本意是想在反恐方面有所作為，帶領大批黨政軍最高領導人在新疆進行了四天實地考察。結果是在他前腳剛剛離開烏魯木齊，後腳就在離他開座談會的新疆迎賓館不到十公里的新疆火車站南站發生爆炸事件。

習近平的另一把火燒向美國。他的初衷是想同美國建立一個「新型大國關係」，想通過美國來制衡日本。但是，中國在宣布「東海航空識別區」這一重大問題上，沒有同美國進行溝通。結果，美國軍方強烈反對，即將訪華的美國副總統拜登也很沒有面子。更有甚者，中國軍方不顧國際禮節，當面強烈批評首次來訪的美國國防部長，使美國總統首次公開表示

支持日本，認為美日安保條約適用於釣魚島。作為反應，習近平在亞信峰會上提出了他的亞洲安全觀，即習氏亞洲「門羅主義」。他認為，亞洲的安全歸根結蒂要靠亞洲人民來維護，不需要「外來勢力」的干涉。這樣，他就把本來要建立「新型大國關係」的議題推到了中國的對立面。

習近平在國家安全問題上的第三把火燒向了「境外勢力」。習近平上臺以來最擔心的就是「政治安全」。如果中共政權垮在他手上，他將永遠擔當這樣的罪名。為了保障中共的政治安全，他覺得應當防止「境外勢力」對中國的滲透。可是，自從改革開放以來，中國各種機構、各個地區與國外形形色色的組織已經建立了千絲萬縷的聯繫。查清這些組織，尤其是非政府組織，與中國各種機構、組織團體，以及個人的聯繫，將有助於掌握「境外勢力」在中國的滲透程度。但是，由於方法不當，結果在海內外輿論界引起一場軒然大波，使習近平本來一個非常嚴肅的任務變成一個政治笑話。

總而言之，習近平上臺以來，抓權有餘，治國無方。在短短的時間內，他迅速擴權，使自己成為政治、軍事、安全、經濟、改革、網路安全等各個方面的直接負責人。同時，他強力反腐，尤其是敢於對像徐才厚這樣的軍中大老虎下手，對於改變官場風氣、威懾貪官，起了一定的作用。但是，他和王岐山也因此樹敵過多，容易受到貪官的報復。更重要的是，如果他不能在近期內提出一個明晰的改革思路和改革路徑，黨內外對他的支持就會逐漸降低，而反對他的聲音將會越來越大。習近平將面臨的國內和國際挑戰將越來越嚴重，而他用來實現改革並取得實效的時間卻會變得越來越短。

我們將熱切期待他的成功！

附件：長直鄉境外非政府組織和活動情況調查摸底工作 方案[28]

　　根據中央國家安全委員會統一部署，2014年5月至7月底擬對在華境外非政府組織及其活動情況開展一次全國範圍的全面、徹底調查摸底，摸清底數，為下一步加強規範管理打下基礎。為全面貫徹落實中央國家安全委員會的重要工作部署，切實做好我鄉的調查摸底工作，現制定工作方案如下：

一、方針、原則及目標

　　調查摸底工作本著「全面鋪開、深入細緻、積極穩妥、務實高效」的方針，堅持「地方為主，群策群力，不留死角」的原則，對我鄉境內開展活動的社會團體、基金會、民辦非企業單位，包括協會、學會、商會、研究院（所、中心）等非政府、非營利組織以及在工商部門登記的企業、經濟組織的常駐代表機構等，進行深入細緻的梳理排查。全面梳理在我鄉的境外非政府組織、人員、中方合作單位、項目和資金等情況，並根據其活動性質從登記管理、項目審批、資金監督。引導利用、專項整治等方面提出加強分類規範管理的建議意見。

二、組織機構

　　根據中央國家安全委員會要求，成立專項工作領導組（以下簡稱專項組），專項組辦公室設在鄉綜治辦。

---

28 來源：運城市陽光農廉網，「國安委部署全國徹查在華境外NGO情況」，轉載：香港商報，
　2014年6月20日，http://www.wcn.com.hk/content/2014-06/20/content_852603.html。

　組　　長：楊春霞　鄉黨委書記

副組長：王小龍　鄉黨委副書記

　　　　　晉　亞　宣傳委員兼綜治辦主任

成　　員：趙林強　鄉政府辦主任

　　　　　劉明生　鄉派出所所長

　　　　　聶同超　鄉民政辦主任

　　　　　郭志剛　鄉聯校區校長

三、工作任務

（一）專項組成員單位

1. 鄉綜治辦：貫徹實施專項組工作部署，協調各部門開展調查摸底工作；牽頭協調專項組成員單位組成督導組，赴各村督導檢查調查摸底進展情況；協調鄉專項組成員單位整理、分析各部門、各村報送調查情況報鄉專項組辦公室。

2. 鄉民政辦：梳理排查與本部門合作及在民政部門登記註冊的境外非政府組織和活動情況；梳理排查日常工作中掌握的與國內社會組織開展合作的在長直鄉境外非政府組織和活動情況；參加督導各村開展調查摸底工作；參與整理、分析各村報送的調查情況；研提登記管理辦法建議意見形成調查報告。

3. 鄉派出所：部署本單位充分利用情報手段及工作彙總掌握的情報資訊，支援、協助並做好調查摸底工作；部署本單位在鄉黨委、政府領導下做好調查摸底工作；參與督導各村開展調查摸底工作；參與整理、分析各村報送的調查情況。

4. 鄉聯校區：梳理排查本部門、本系統所屬單位及個人與境外非政府組織開展合作（包括合作開展課題研究、接受境外非政府組織資助單獨開展學術研究、受邀講學、接受資助赴境外參加學術活

動等），形成調查報告。

（二）其他鄉直各單位及人民團體

鄉直各單位及人民團體確定一名分管領導負責此項工作，梳理排查與本部門及直屬單位開展合作的境外非政府組織和活動情況。

（三）各村支部、村委

各支部、村委同意部署調查摸底工作，要進行動員和部署，細化工作任務，成立專項工作小組，統一思想，提高認識，明確工作職責，結合本地實際，制定詳細周全的調查摸底工作方案，設立任務推進時間表，並將調查摸底情況報鄉專項工作辦公室。

四、工作進度安排

1. 6月6日前，鄉進行動員部署，並確定專項小組牽頭負責領導和摸底工作聯絡員。

2. 6月6日至6月20日，各村梳理排查本村開展合作的境外非政府組織和活動情況。

3. 6月20日至7月1日，各村填寫有關調查表、統計表，並報鄉專項組辦公室。

4. 7月1日至7月5日，鄉專項組覆核整理我鄉調查情況，撰寫專項工作報告並研提管理工作建議意見報縣專項組辦公室。

5. 6月6日至7月5日，鄉專項組督察、指導調查摸底工作。

五、工作要求

1. 此次調查摸底工作涉及面廣、時間緊、任務重，各村和各部門務必從維護國家政治體制安全和社會穩定的高度出發，本著對黨和

人民負責任的態度，高度重視並全力做好此次調查摸底工作。

2. 鄉直各單位和各人民團體要徹底梳理主管領域的方方面面，各村要深入到基層村組、街道一線，認真、全面、細緻開展工作，避免出現瞞報、漏報、誤報等情況。報送調查表時請加蓋單位公章。

3. 工作中注意方式方法，做到內外有別、內緊外鬆，只做不說，不宣傳不報導，既最大限度獲取第一手資訊，又要避免引發國內外關注和炒作。

4. 請嚴格按照工作方案進度推進調查摸底工作。鄉專項組將對各部門、各村調查摸底情況進行督導，並依據工作情況上報鄉黨委政府予以表彰或追責。

2014年6月16日

參考書目

一、中文部分

「32名駐外使節發文批安倍拜鬼 規模大十分鮮見」，鳳凰網，2014年1月12日，http://js.ifeng.com/news/world/detail_2014_01/12/1721345_0.shtml。

「人民日報：美若不想管住日本 中國和世界來管」，環球網，2014年1月16日，http://mil.huanqiu.com/observation/2014-01/4759747.html。

「中紀委張英偉：中國社科院受境外勢力滲透」，網易，2014年6月19日，http://bbs.news.163.com/bbs/zhongmei/424670748.html。

「中美新型大國關係的由來」，人民網，2013年6月7日，http://politics.people.com.cn/n/2013/0607/c1001-21774134.html。

「中國宣布劃設東海防空識別區」，騰訊網，2013年11月23日，http:// news.qq.com/a/20131123/004056.htm。

「美國防部長哈格爾今起訪華　昨在日放厥詞　稱日本『實效控制』釣魚島　專家指出──美國『拉偏架』亞太走不通」，網易，2014年4月7日，http://news.163.com/14/0407/13/9P7VI89O00014Q4P.html。

「拜登：習近平處於事業起步艱難時期 我不能給他添麻煩」，文匯網，2013年12月4日，http://news.wenweipo.com/2013/12/04/IN1312040030.htm。

「記習近平同美國總統歐巴馬安納伯格莊園會晤」，中華人民共和國中央人民政府門戶網站，2013年6月11日，http://www.gov.cn/ldhd/2013-06/11/content_2424357.htm。

「習近平任中央國家安全委員會主席」，新華網，2014年1月24日，http://news.xinhuanet.com/politics/2014-01/24/c_119122483.htm。

「習近平在中共中央政治局第十四次集體學習時強調 切實維護國家安全和社會安定為實現奮鬥目標營造良好社會環境」，人民網，2014年4月27日，http://cpc.people.com.cn/n/2014/0427/c64094-24946886.html。

「習近平在亞洲相互協作與信任措施會議第四次峰會上的講話（全文）」，新華網，2014年5月21日，http://news.xinhuanet.com/world/2014-05/21/c_1110796357.htm。

「習近平同美國副總統拜登舉行會談」，新華網，2013年12月4日，http://news.xinhuanet.com/politics/2013-12/04/c_118422300.htm。

「習近平接受美國《華盛頓郵報》書面採訪」，人民日報，2012年2月14日，版1。

「習近平：堅持總體國家安全觀 走中國特色國家安全道路」，新華網，2014年4月15日，http://news.xinhuanet.com/politics/2014-04/15/c_1110253910.htm。

「習近平：關於《中共中央關於全面深化改革若干重大問題的決定》的說明」，新華網，2013年11月15日，http://news.xinhuanet.com/politics/2013-11/15/c_118164294.htm?utm_content=buffer647e3&utm_source=buffer&utm_medium=twitter&utm_campaign=Buffer。

「范長龍當面批美防長在日言論：中國人民不滿意」，鳳凰網，2014年4月9日，http://news.ifeng.com/mainland/special/hageerfanghua/content-5/detail_2014_04/09/35579601_0.shtml。

「專家：個別學者吃裡扒外充當內鬼出賣民族利益」，人民網，2014年6月18日，http://gd.people.com.cn/n/2014/0618/c123932-21453628.html。

張英偉，百度百科，http://baike.baidu.com/subview/792187/13092842.htm。

楊曉渡，「中央紀委監察部機關 聚焦中心任務 深化『三轉』」，中央紀委監察部網站，2014年5月26日，http://v.mos.gov.cn/zhibo18/index.shtml。

「楊潔篪就安倍參拜靖國神社發表談話：必須糾正錯誤」，中國新聞網，2013年12月28日，http://big5.chinanews.com.89/gn/2013/12-28/5674774.shtml。

「楊潔篪談習近平主席與歐巴馬安納伯格莊園會晤成果」，中華人民共和國中央人民政府門戶網站，2013年6月9日，http://www.gov.cn/ldhd/2013-06/09/content_2423489.htm。

運城市陽光農廉網，http://www.ycsnlw.com/。

運城市陽光農廉網，「國安委部署全國徹查在華境外NGO情況」，香港商報，2014年6月20日，http://www.wcn.com.hk/content/2014-06/20/content_852603. html。

獨行俠，「國安委開始運轉，徹查NGO境外勾連」，多維新聞，2014年6月20日，http://blog.dwnews.com/post-449135.html。

二、英文部分

Gertz, Bill, "Pentagon: China Failed to Consult Before Imposing Air Defense Zone," *The Washington Free Beacon* (December 4, 2013), http://freebeacon.com/national-security/pentagon-china-failed-to-consult-before-imposing-air-defense-zone/.

Office of the Press Secretary, "Joint Press Conference with President Obama and Prime Minister Abe of Japan," *The White House* (April 24, 2014), http://www. whitehouse.gov/the-press-office/2014/04/24/joint-press-president-obama-and- prime-minister-abe-japan.

中共「十八大」後習近平掌軍執政前景

由冀

（澳門大學政府與行政系政治學教授）

摘要

　　十八屆軍委是一個人事大體均衡的最高統帥部，為今後五年的領軍奠定了穩固的基礎。在這個班子，習近平擁有明顯的人事優勢。輔之軍委主席的首長負責制，為他統領三軍提供了充實的條件。可以確定，習近平將成為中共後鄧時期最有權力的領袖。在中國政治、軍事、經濟發展的關鍵時刻，一個不同的領袖，一種不同的統領風格，或許會對中共未來十年的執政帶來不同的氣象。但習是新班子的福音，還是挑戰，將是外界的戰略關注點。

關鍵詞：習近平、解放軍菁英政治、十八屆軍委、政軍關係、政治繼承

* 本文刊登於《遠景基金會季刊》第14卷第4期（2013年10月），感謝匿名審查惠賜卓見及季刊同意刊載。

壹、前言

　　「十八大」大體上完成了中共最高權力向第五代領導移交，但整個過程並未終結。這主要因為政治局常委的主體，以及軍委副帥，仍以第四代（40後）為基礎，反映出中國政治體制在處理最高權力代級交替時，尚難真正的形成制度化機制。「十八大」反傳統的打破了自「十四大」以來每十年進行一次最高權力的總體代際交班的模式。就常委會而言，權力過渡變成了過渡性權力。完整的第五代領導形成，只能留待「十九大」完成了。這不惟是對後鄧時代高層人事政治制度化的反動，但並非是一種非理性的政治繼承安排。在2012年的特定環境下，無論是常委會，抑或是十八屆中央軍事委員會（以下簡稱軍委）的構成，或許是對今後五年政治穩定較好的妥協方案。

　　這主要是因為新班子為習近平快速建立穩固的權力中心提供組織基礎。一般認為習之地位的強勢確立完全實現了曾慶紅在2007年的構想，即俞正聲和王岐山在「十八大」上入常，為習總新政權保駕護航。[1] 習俞王新核心的建立，加上周邊的江系大員，結構性的習近平班底已經確立。就軍委而言，習在「十八大」之前對軍隊峰層的組成進行了有效干預。作為新的三軍統帥，這雖不違反中共政治運作的規範，但令胡錦濤及十七屆軍委為十八屆軍委人事醞釀有年的方案進行了重大調整，其結果和常委的形成異曲同工，即習班底浮出水面，並將在未來五年主導解放軍的發展方向。習在高層人事政治上的強勢作為，在一定程度上證實了有關習終結江、胡技術官僚領導風格，並將開創新型政治家治國的論述。[2]

---

[1] 由冀，當面訪談，A君（國務院機構資深幹部）（北京），2007年12月7日。

[2] 由冀，「中共『十八大』：聚焦權力過渡的政治理論以及習近平掌軍的前景」，徐斯勤、陳德昇主編，中共「十八大」政治繼承：持續、變遷與挑戰（臺北：印刻出版有限公司，2012年），頁244-245。

貳、十八屆軍委的人事分析

　　最高統帥部的世代交替已常態化。其主體以「十年一代」（例如30後、40後）為標誌接班，是實現後鄧時期黨政軍權力運行制度化的一個組成部分。自十四大以來，每一代的主體以十年為一周期，形成了某種邏輯性、制度性的發展。從另一角度說，第十五屆軍委是對以江澤民為核心的十七屆軍委的承上啟下，此性質也適用於對十七屆軍委的定義。而十七屆軍委亦是對以胡錦濤為核心的第十六屆軍委的承上啟下。[3] 然而，相較於前幾屆軍委的大出大進，十八屆軍委只能算是不完全的世代更替，其原因如下：首先，換代是由軍委成員的總體進退衡量的。前任成員的留任最小化是世代交替的顯著標誌之一，以區分「換屆」與「代交」兩個概念。一般來講，不會超過兩位委員留任下屆軍委。留任者的主要功能是避免權力轉移過程中可能出現的空檔。例如，十四屆軍委只有劉華清、遲浩田留任，而劉本已內定退休，因楊尚昆兄弟事件的特殊情況續任。但其構成是以晚20後、30後為主體，個別元老輔之作為過渡。曹剛川是第十五屆軍委中唯一續任到下一屆的成員。第二，「換屆」與「代交」兩個概念的一個重要標準是副帥的代際，如果生於1953年的習近平印證50後是第五代領導的標誌，生於1947年的范長龍顯然是上一代的人物。而在十八屆軍委中有近三分之一留任，其中海軍司令吳勝利因年齡應在兩年內的某一中央全會時異動。並且兩位已列入退休計劃的晚40後加入軍委——副帥范長龍和總後勤部部長趙克石，亦會在五年後交班，打破新任軍委一般服務兩屆的慣例。[4] 並且因為副帥的地位特殊，他的過渡性特徵亦對整個十八屆軍委打

---

[3] 由冀，「中共『十七大』：承上啟下的人事政治」，陳德昇主編，中共「十七大」：政治精英甄補與地方治理（臺北：印刻出版有限公司，2008年），頁191。

[4] 作為政治局委員，待「十九大」時，范長龍年歲已達70，勢必卸任。

下了過渡的烙印。但此種安排並非沒有先例，劉華清及張震在第十四屆軍委中的功能或許反映出范長龍在十八屆軍委的作用。[5] 簡言之，「十八大」軍委的構成，本應是人事換代的結果，在實質上有別於換屆，但因為「十八大」前黨內的高層博弈，以及新一代三軍統帥的介入，完整的以50後為標誌的世代交替，只能留待十九大完成了。

一、十八屆軍委的峰層三

　　就組織構成而言，中央軍委與中共其他的最高領導機關相類似，即都是層次森嚴，級別清晰。[6] 但從權力運作上看，軍委系統的上下級關係更為嚴謹清晰，與政治局有鮮明的區別。前者實行首長負責制，決策自上而下，沒有討價還價的空間。而後者是委員會制度，決策基於共識，方法是集體領導和協商。常委和政治局在處理重大問題時實行票決制，每個委員擁有大體上等價的投票權。最高層強調和實行集體領導，「總書記」雖是黨內最高領導職務，但並非黨的最高領導機制（power institution）。[7] 當然總書記在議題和程序設定上擁有主導權，而軍委的領導原則是一長制，基於主官（主席或常務副主席）個人意志和最終裁量權，而委員會常務會議大都例行批准，為此提供合法性。再從科層上看，軍委組成大體可分為峰層三（apex top three）、總部四 （headquarters four）和功能三（functions three）三個級等。[8] 每一層級的政治和專業重要性有顯著的差別，但是它們共同構成管理世界上最複雜軍隊的最高統帥部。

---

[5]　劉華清，劉華清回憶錄（北京：中國人民解放軍出版社，2004年），頁281-322。

[6]　關於中共組織構成，請見Kenneth G. Lieberthal, *Governing China: From Revolution Through Reform* (New York: W. W. Norton & Company, 1995), p. 135；Kenneth G. Lieberthal and David M. Lampton, *Bureaucracy, Politics and Decision Making in Post-Mao China* (Berkeley: University of California Press, 1992), pp. 23-47。

[7]　汪雲生，「我黨最高領導人何時稱『總書記』」，北京日報，2012年3月31日，版8。

　　研究「十八大」軍委的構成，首先從峰層三開始，即兩名軍委副主席和國防部長，他們的黨政地位堪比黨和國家領導人。更具體而言，兩位副主席的政治待遇可比照政治局常委，儘管他們只是政治局委員。而國防部長的待遇相當於有政治局委員頭銜的國務院副總理。這些黨政的級別，使他們成為中央軍委的決策核心。在功能上行使在軍委內實質上不存在的「常委會」制的首長負責制。第二，對峰層三的選拔標準基本上是政治主導，基於幾個重要考慮。比如，資深本身就是重要的政治條件。在論資排輩的傳統深刻影響下，資深是軍中倫理的基礎，資深的領導比較容易獲得軍委新同事的擁戴，維持人事和政策的穩定，保證軍委成員的向心力。所以，論資排輩維繫解放軍各層級領導班子的團結與穩定。親和力是另外一個重要因素，從整個世界範圍看，職業軍人專斷風格是所有文職最高統帥的大忌。[9]

（一）軍委副主席范長龍

　　范長龍簡任軍委副主席出乎多數人的意料，是自張震以來，未曾出任過軍委委員而成為峰層三的先例，更開創了解放軍有史以來，非在任軍委委員直任副帥的首例（王洪文除外）。[10] 然而，范的任命並非無厘頭或不

8　「峰層三」係指軍中最高的三個職位：兩個軍委副主席加上國防部長，范長龍、許其亮、常萬全目前承接此三職位，構成最高核心；「總部四」係指四總部的軍委成員：分別為總參謀長、總政治部主任、總後勤部部長及總裝備部部長，房峰輝、張陽、趙克石、張又俠目前承接此四職位；「功能三」係指空軍司令、海軍司令及第二砲兵司令三職位，目前由馬曉天、吳勝利、魏鳳和承接此三職位。

9　Eric A. Nordinger, *Soldier in Politics: Military Coups and Governments* (Englewood, NJ: Prentice-Hall, 1977), p. 15.

10　按照十三、十四、十五、十六屆中全會的慣例，「十八大」之前，某一十七屆中委全會應對軍委人員做出一定的增補，為進入新軍委峰層的人士搭造必要的擢升臺階，例如為郭、徐在1999年9月所做的安排：以常務副總長和常務總政副主任進入軍委。但直至「十八大」開幕，此種安排都未能實現，亦反映出本屆黨代會的人事政治的複雜性。同時導致新軍委的組成出現幾個創新，首先就是范長龍的擢升。

符合軍中倫理的基本標準。他符合前述的幾個先決條件，特別是資歷這一最重要的選項。范的親和力亦是有口皆碑。作為副帥，他的首要功能是幫助新的團隊鞏固權力，而不僅是自己權力的發揮，特別是范本身就是一個過渡性副帥。在一定程度上他既要善於主導，又要甘於配合，保障軍委作為一個團隊的整體功能。張震的資歷和劉華清的親和力，是1992年鄧小平挑選他們作為軍委峰層領導的基本考慮。[11] 張、劉則不負鄧的重託，迅速扭轉由楊家的專斷使軍委四分五裂的狀況。[12] 同時，也為其後軍委二十年的團結奠定基礎。所以，遴選峰層三的最重要條件首推政治性，而對他們專業能力的考慮則從屬之。

對范長龍的資歷判斷基於他的完備履歷，其中包括各級軍事院校的培養，戰術和戰略單位的主官崗位，參謀長位置的歷練、實戰的考驗、多軍區輪換的經歷，和上級、下屬合作的表現，特別是黨政最高領導人的薦舉。而資歷和軍人職業化的生涯密切相關。[13] 范起步早（列入大區及軍委候備幹部名單早），是1980年軍事學院指揮一期的學員（戲稱黃埔一期）。此班係「文革」後，總部為抓緊培養一批能成為軍隊跨世紀接班人所特建，學員主要是在對越反擊戰中表現突出的團職以上中青年軍政幹部。而此屆學員結束學習後，大都成為大區級領導，甚至升至軍委成員。郭伯雄是二期完成班（有別於集訓班），還晚范長龍一期。徐才厚進入的是政治學院第一期完成班。同為范一期的還有退位軍委委員廖錫龍，前副

---

11 張震，「新時期軍隊建設改革的回顧」，李繼耐主編，強軍之路：親歷中國軍隊重大改革與發展，第一卷（北京：中國人民解放軍出版社，2009年），頁46。

12 鄧小平之統軍基於軍內的三個強勢組別：楊家將，二野將領，以及其他可以依託重任的軍隊元老。到1990年代初期，楊氏兄弟已然獨大，其他組別的實力派被邊緣化，引起眾怒。特別是對鄧南巡的保駕護航，對江澤民的一線領導形成挑戰，不利於黨內軍內的團結。鄧最終決定將他們調職。

13 蔡永寧，「職業化：軍隊人才隊伍建設的重要途徑」，中國軍事科學，2010年第5期（2010年9-10月），頁81-82。

總長隗福臨、何其宗，大區司令李九龍、李乾元、朱文泉。就此經歷而言，范的資深度優於十八屆軍委所有其他的陸軍成員。例如他在2003年出任總長助理時，已享有正大區待遇，而他的十八屆軍委同事大都仍在大區副，正軍上任職。他出任大區司令的時間亦早於十七屆軍委委員常萬全。就所謂黨的幹部政策（軍中倫理）和副帥出於陸軍的慣例而言，如果安排范進入軍委，就很難不安排他進入峰層。

（二）第一政治委員許其亮[14]

　　空軍司令許其亮留任十八屆軍委不是問題，比較令人訝異的是，他出任解放軍第一政委而非國防部長。由一個軍事主官擔任國防部長比擔任第一政委更順理成章。當然由一個軍事主官擔任第一政委職並不讓人過於錯愕，張震已有先例。但由一個非陸軍的軍事主官擔任此職，的確是解放軍建軍以來的首次。許由空軍升任次高陸軍職（主管全軍政工者一向出自陸軍，其辦公地點亦在陸軍機關）對解放軍是一件有創新意義的大事。從軍種的關係上說，它有限度的突破了大陸軍主義對整個軍隊的傳統影響。許的繼任者馬曉天以空軍司令的身分進入軍委，在軍委中就有兩位出自空軍的委員，突出技術軍種在四軍中的地位。當然，許作為第一政委，是政治任命，已不再具有空軍代表的身分。但是許任陸軍職仍著空軍服，和劉華清當年有鮮明的區別，確有實質性的象徵意義。如從軍隊戰備的角度上看，專業技術軍種的領導進入峰層，有助於增進解放軍的聯合作戰指揮。[15]當然許的經歷並不全然局限於空軍。1966年許在空軍第一預校時曾在陸軍

---

[14] 稱許其亮為第一政委是因為他是主管軍隊政治工作，是所有政委的政委。

[15] You Ji, "Meeting the Challenge of the Upcoming PLAAF Leadership Reshuffle," in Richard P. Hallion, Roger Cliff, and Phillip C. Saunders, eds., *The Chinese Air Force: Evolving Concepts, Roles, and Capabilities* (Washington, D.C.: National Defense University Press, 2012), pp. 213-233.

最菁英的第38軍112師335團鍛鍊過十四個月。他在瀋陽空軍司令的任上兼任瀋陽軍區副司令，後又出任副總長，與陸軍有著深刻的聯繫。

許的優勢在於他的資歷，在十八屆軍委中許的資歷最老。他曾是全軍當時最年輕的師長（33歲），最年輕的軍長（42歲），以及最年輕的副總長（54歲）。1990年他出任空8軍軍長時，現任的軍委委員都還在副師職上歷練。90年代末江澤民決定在國防大學設立將軍班，著眼於研究國家與軍隊的大的戰略問題，號稱「龍班」。許是其「新黃埔一期」的學員。許的同學包括軍委委員靖志遠和房峰輝，以及現任國防大學政委劉亞洲。在空軍，許被稱作最懂政治的軍事主官，具有極強的親和力、人事敏感度和政治嗅覺。[16] 在任作戰部隊主官時，他深知飛行事故與職務升遷的關係，所以戰備飛行首重飛安。而在副總長與空軍司令的任上，他狠抓實戰化訓練，不以摔一兩架飛機為業績考量。在瀋陽空軍任上，他以大區副司令的身分曾是范長龍的領導（范任第16集團軍軍長時）和袍澤（范升任瀋陽軍區參謀長後，參謀長與副司令同級），共同指揮由瀋陽軍區組織的多軍種聯合作戰演習和訓練，與范副帥多有工作交流。如今，范許二人再度聯手，在某種程度上，應是珠聯璧合，替習總掌控世界上最大的武裝力量。

（三）新國防部長常萬全

按常理常萬全不僅應正常升入到軍委峰層，從資歷上看，他是十七屆軍委中陸軍將領僅存者，理論上賦予他陸軍第一代表的資格，當是副帥的順位首選。他的早期資歷或稍遜於范，但他經過對越戰爭的洗禮，是一優勢。在任職十七屆軍委的五年裡，他在推動國防科研與軍隊轉型上表現亮眼。在軍中以儒將見稱。對文史哲有愛好、有研究。[17] 而其低調的工作作

---

[16] 由冀，當面訪談，B君（空軍資深官員）（北京），2012年8月14日。

[17] 例如見其歷史研究之作，常萬全，「中國歷代中央王朝治理西部邊疆的基本經驗」，中國軍事科學，第15卷第5期（2002年9-10月），頁122-132。

風和表現出的親和力，十分類似胡錦濤和郭伯雄。事實上，作為最年輕的陸軍代表進入第十七屆軍委，其執掌下屆軍委的前景似乎在2007年就已呈現端倪。然而，為何被跨過至今仍是一個謎。身體不好，似乎是一種可能。用派系政治來解釋，似乎也有道理。他與胡錦濤和郭伯雄過往甚密，而從邏輯上看，習似應更傾向於一位較為中性的副帥，這有助於較快的建立起自己在軍中的權威。常還有一個重要的履歷缺失：他從未就任過連、營、團的軍事主官。這對強調基層主官鍛鍊的胡錦濤、習近平而言，不能不是一個硬傷。

二、四總部首長的安排

　　四總部的軍委成員，緊密銜接軍委的最高決策與軍兵種的執行過程。透過他們所執掌的軍令、軍政系統，令軍委的戰略部署落實到軍兵種的發展之中。所以，從政策執行和運作的角度看，四名總部軍委委員的遴選標準既是政治的也是專業的。相較於峰層三的遴選，政治考量相對少些，但相較於軍種首長的遴選又帶有明顯的政治性。四總部的首長相對於他們所統領的機關，常是非專業或非事務性的（最好的例子就是張又俠從大區司令升任總裝部長）。四總部在十八屆軍委的成員各具特色，可由以下幾方面分析。

（一）總參謀長房峰輝

　　首先，總長對整個解放軍的掌控，或許比峰層的第二、第三位更重要，是通向副統帥的過渡臺階。自劉華清以降，所有的副統帥都出任過總長或常務副總長一職。一般而言，副統帥的遴選和總長的遴選是一併考量的。范長龍跨過總長直任副帥的確反傳統。但范曾任總長助理，對總參的工作並不陌生。這或許也是他最後勝出的重要原因之一。第二，因為解放軍沒有陸軍司令，總長為保證全軍軍政、軍令實現時，實質上也代行此

職。[18] 第三，儘管副統帥協助軍委主席制定最高層次的決策，實際是總長將這些決策落實到軍令軍政之中。所以，就功能的重要性而言，總長堪稱三軍總管（chief executive officer, CEO）。

十八屆軍委對總長的遴選繼承了幾個定式（patterns）。首先，從解放軍的歷史上看，從未有總長從副總長提升的先例（只有楊成武代行過總長）。在本屆的遴選中，章沁生被擱置，此定式繼續發揮作用。第二，在後毛澤東時期，總長全部來自於大區司令。此屆亦然。基於對七個大區司令年齡、資歷等諸多因素的分析，有資格擔當此任的不超過三人，即張又俠、房峰輝和徐粉林，但徐的資歷尚淺，無法進入實質性的篩選階段。雖然房峰輝最終勝出，但是對他和張又俠的比較分析，有助於我們對軍隊高層的遴選政治有更深一步的理解。

張又俠和房峰輝一時瑜亮，張（1950年生）年齡稍長，與房（1951年生）都是從基層主官做起，長期在一線統領解放軍最精銳的拳頭部隊。而且，兩位將軍在軍事學術上有著不俗的記錄。[19] 兩者也都是「十七大」的中央委員，並在兩個以上的大區輪調過。他們在任集團軍軍長時均不足50歲，在年紀較輕時已被列入總部的預備幹部名單。兩人與軍界最高層均有密切的關係，張的人脈較寬廣，得益於其父與解放軍元老（及他們後代）的關係（其父張宗遜為第一野戰軍第一副司令，毛澤東曾將其列為57位上將之首）。與習總更是相交於孩提之時。房的關係較深厚，主要是因為他長期在郭伯雄手下任職（蘭州軍區），深受郭的賞識。是「西北軍」的下一代領軍者。[20]

---

[18] 雷淵，陸軍軍制學（北京：解放軍軍事科學院出版社，1997年），頁188-189。

[19] 例如，張又俠，「主權控制戰——現實軍事鬥爭擬可採用的一種作戰形式」，軍事學術，第29卷第11期（2002年11月），頁3-6。此文章仍是我至今所讀過的解放軍對臺戰略的最佳之作。

[20] 「西北軍」指因郭副帥長期工作於蘭州軍區，提拔了一批任職於西北的軍事幹部。他們現在在軍中有舉足輕重的影響力。

　　進一步的分析揭示他們之間各自的相對優勢。張於1979年（14軍20師119團營長）和1984年（119團長）兩次參加對越戰爭，這是兩人間一個關鍵性的區分。張是唯一一位在戰場上親自搏過火、受過傷的大區司令和歷屆軍委委員。[21] 戰後不久，因立功升入五大主力的13軍任師長。在就任軍長以前，他比房更資深一些，而且他的所有職務都是軍事主官，比參謀出身的軍事主官更能顯示帶兵作戰的能力。他的戰略視野，對重大軍事問題的敏感度也勝人一籌，出身一個統軍嚴屬的將軍家庭，而他自己亦治軍嚴苛，體現其果斷的領導風格。[22]

　　房峰輝的相對優勢可以從另一個角度予以敘述。他幾乎在所有的軍隊層級上任過參謀長，所以他對司令部的管理深諳其道，這有利於他對總參工作的駕馭。而參謀長的經歷亦是現今主官遴選的有利條件之一。[23] 他長期服務於西北邊陲，特別是他在新疆領軍的經歷，縮短了他與在政治局常委中分管西北事務的前三軍統帥的官場距離。房一路上來，深得胡的支持。他對軍事學術的新觀點，尤其對資訊化新軍事變革的理念既敏感又著力推動，屬於軍隊新一代的複合型人才，並擅長在新的戰爭形態下指揮聯合作戰。[24] 張、房相較引出一個辯論點：是張的軍事主官型，還是房的參謀主官型更有助於提升？因大批參謀主官型軍人在近年獲得升遷，使參謀主官的概念廣為流行。導致許多人認為房對張略有優勢。但本文強調這是

---

[21] 劉元勛，中國軍隊對外作戰重大實錄（拉薩：西藏人民出版社，2000年），頁231-236。

[22] 他和王西欣（瀋陽軍區副司令）合著的文章「一體化訓練——實現訓練模式的歷史性轉變」，是解放軍裡最早探討此題目的軍級幹部之一。請見張又俠、王西欣，「一體化訓練——實現訓練模式的歷史性轉變」，解放軍報，2004年1月21日，版6。

[23] 姜道洪、劉雷波、劉會民主編，參謀長素質論（北京：國防大學出版社，2007年），頁9。

[24] 房的長期個人愛好是無線電，平日常在電腦房研究電子戰指揮軟體發展。請見星島環球網，「國慶閱兵總指揮佚事：房峰輝中將」，西陸網，2011年3月18日，http://sjfm.xilu.com/2011/0318/news_456_146855.html，檢索日期：2012年3月10日。

一個簡單化的思路。一個不能忽略的事實是，總長代行陸軍司令之職，[25]
須獨當一面，乾綱獨斷，比參謀長提出聰明建議更加重要。在戰場形勢瞬
息萬變的條件下，軍事主官的位置是領導和決策素質的體現。參謀主官的
最佳歸宿仍然是軍事主官。

　　然而，除去軍事主官或參謀主官這一區分之外，以張、房二人的個人
素質相互比較，房似乎優於張。首先，在和平時代，個人的作戰指揮能力
並不是總長遴選的最重要選項。如果把對總長的遴選和三軍副帥的遴選一
併考慮的話，房作為下一屆副帥的綜合素質顯然比單純的帶兵能力更被強
調。這些因素包括容忍度、親和力、政治敏感度、個人的稟性氣質，以及
與同事相處的能力。這些無形素質的重要性在於它維繫著統帥部的團隊凝
聚力。[26] 與個性低調的房相比，張的個性強悍，帶兵嚴有餘而柔不足，近
年來雖隨著職務責任的磨練而有所收斂，但在高層的人緣仍略遜於房。[27]
郭伯雄當年的勝出，恰恰因為這些無形因素所綜合出的總體優勢。當然，
房與郭的長期關係更有決定性。因此房的最後勝出並不是偶然的。

（二）總政治部主任張陽

　　通常主管軍隊政治工作的領導人的選拔比軍事主官的選拔更具競爭
性。在雙首長制下，解放軍36個大區級軍政主官的比例大體相等。[28] 但在

---

[25] 胡光正主編，當代軍事體制變革研究（北京：軍事科學出版社，2007年），頁96。

[26] 關於這些素質對解放軍高級軍官升遷的影響，請見Ji You, "The Roadmap of Upward
Advancement for PLA Leaders," in Chien-wen Kou and Xiaowei Zang, eds., *Choosing China's
Leaders* (London: Routledge, 2013), p. 48。

[27] 張在34歲時已是陸軍最年輕的師級指揮官。但在本級任上沉潛了八年。這對那些早早列入
大區後備幹部名單的人員來說，是十分罕見的。究其原因，和他的性格很有關係。由冀，
當面訪談，C君（解放軍退休將領）（北京），2009年7月26日。

[28] 錢海皓主編，軍隊組織編制學（北京：軍事科學出版社，2001年），頁165。

進入軍委會的門檻時，最多只有兩名政工人員有此幸運，軍事主官則可達到八人。這符合解放軍歷來的政治主官從屬於軍事主官的慣例。[29] 所以政工人員較小的入選比例使得競爭最大化。本屆軍委構成更是如此，許其亮作為軍事主官改任第一政治委員，進一步壓縮了最高層政工人員升遷的空間。

廣州軍區政委張陽出任總政主任是順理成章的選擇。因他是最年輕的大區級政委，在資歷上或許稍遜於他的主要競爭對手蘭州軍區政委李長才，但人事政治、派系政治的平衡需要最終成就他的勝出。其中有許多幸運的因素。當然，張的資歷尚可。他是十七屆中央委員，從基層做起，一步步升任大區政委。作為42集團軍政委，協助將兩個摩步師升級為兩棲突擊師，並在該軍的資訊化建設中起到很大的推動作用。和李長才相比，他的履歷缺陷是沒有經過跨軍區的輪調，也未曾經歷過戰場上的考驗。

（三）總後勤部部長趙克石

就總後首長而言，自從趙南起卸任之後，尚未有任何一位由本部副職提升的先例。總後部長或者是從副總長升任，或者是由大區司令轉調。因此，總後部長的任命已有很長時間不基於專業性和事務性考慮了。趙克石的出線令許多人始料不及。他的年歲基本上已經過了提拔線。通常，軍委會在集團軍和大區兩個層級中分別安排兩個年齡組別的主官群，以確保高層權力梯隊式有序交替。集團軍軍長進入大區正的預備名單，而大區正通常列入未來軍委委員的預備名單。所以在兩個年齡段，那些屬於中生代的主官都可能有機會進入軍委。但如果他們在本次軍委改組中失去機會，他

---

[29] You Ji, "Unravelling the Myths About Political Commissars," in David M. Finkelstein and Kristen Gunness, eds., *Civil-Military Relations in Today's China: Swimming in a New Sea* (Armonk, NY: M.E. Sharpe, 2007), p. 157.

們將變成大區司令年齡段的年長一組，而失去下一次進入軍委的機會。趙克石原本屬於失去機會的那一組。如無特殊原因，他已退休在家頤養天年。[30]

但軍委培養自己的候選人有長期的計劃，如有機會，不會輕易放棄對大區司令的提拔，以進入軍委。趙的履歷完備，資歷深厚，有基層帶兵的經驗，亦有在大區司令部主管一面（南京軍區作訓部部長）的經歷。[31]集團軍主官的經歷，給予他臺海一線軍事對抗的歷練，使他具有某種比較優勢。當然，在福建的年月使他有了近距離接觸習近平的機會，實屬幸運。

（四）總裝備部部長張又俠（見總參謀長一節）

三、軍種首長的遴選

軍種首長的任命，多基於功能性的考慮。這是由他們各自軍種的專業特質所決定的。如空軍司令一貫是由特級飛行員擔任，海軍首長亦多出自主力作戰艦艇的艦長。統帥部對軍種首長的培養具有一套計劃，而被培養者的升遷路徑也有跡可循。例如在副總長的崗位過渡，似乎已成定律。[31]在軍委成員最終公布之前，他們大體上已浮出水面。

（一）空軍司令馬曉天

許其亮的升遷令馬接掌空軍大院順理成章。從空軍到總參，再回班空軍，延承十年來軍委培養軍種統領的既定機制。馬自始至終都沒有競爭

---

30 據北京的友人說，軍委對范和趙的考察在2012年的6、7月才進行，顯然這是一項北戴河會議後的倉促決定。

31 寇建文，「1987年以後解放軍領導人的政治流動：專業化與制度化的影響」，中國大陸研究，第54卷第2期（2011年6月），頁7。

者。目前，因為年齡和資歷的關係，現任的空軍副司令中並無可提升之人選。近年空軍剛浮現的接替許、馬二人當家機制的人選張劍平（廣州軍區副司令兼廣空司令）和乙曉光（南京軍區副司令兼南空司令，現任總參謀長助理）仍在歷練之中，尚不具備就位條件。[32] 而且馬曉天是現今全軍系統中出任大區正職的最長資深的軍官之一。二十年前（1983年）他在34歲的年齡時，就升任空軍24師副師長，1995年時就任空軍10軍軍長，四年後升任蘭州軍區副司令兼蘭州空軍司令。馬在2002年時當選「十六大」中央委員，在總參謀部的各位副老總中他是最具聲望的副總長。而他在歷屆香格里拉對話的表現，亦在國際上廣受好評。[33]

（二）海軍司令吳勝利

吳勝利明顯屬於過去的一代。從年齡上看，即便沿用「7上8下」的潛規則，他亦處於退留的邊緣。從功能上說，吳代表海軍入十七屆軍委。通常軍種的代表是功能性的，較容易被取代。一個比吳更年輕的幹部，如孫建國，能夠從2012年起幹滿兩屆，不僅對海軍有利，而且有助於降低十八屆軍委的平均年齡。另一個相關考慮是，吳只比二砲司令靖志遠小八個月，而靖已經離任。保留吳勝利的邏輯就變得更不充足了，除非是有什麼「特殊需要」。

吳之幸運在於恰恰就有幾個特殊需要可令其留任。首先，因他半途接任張定發，在本級職務上尚未任滿兩期，繼續一段時間，按中共組織條例

---

[32] 關於空軍領導層的構成，請見You Ji, "Meeting the Challenge of the Upcoming PLAAF Leadership Reshuffle," in Richard P. Hallion, Roger Cliff, and Phillip C. Saunders, eds., *The Chinese Air Force: Evolving Concepts, Roles, and Capabilities* (Washington, D.C.: National Defense University Press, 2012), pp. 213-233。

[33] 作者在參加歷次香格里拉對話時會廣泛徵求各代表團成員對解放軍代表的意見，大家均對馬曉天的表現予以很高的評價。

尚屬合理。第二,如將軍委和政治局的人選通盤考量,他和俞正聲年齡相仿,可以相互印證。當然,他的留任也可以勉強解釋為海軍的各項戰略計劃正處於發展的關鍵時刻,不宜中途換將。

吳的留任直接影響副總長孫建國的接班。孫是空軍馬曉天在海軍的再版。他從基層做起,當過戰役單位的主官,統領過海軍的09核戰略部隊,也出任過各級指揮機關的參謀長。在任403號核潛艇艇長時,曾創造過世界上最長潛航記錄。在此期間,403艇幾度遭不明軍艦的騷擾,處於臨戰狀態。此種經歷類似陸軍的實戰狀況。[34] 所以,在海軍中他被稱為「小巴頓」。按中共「黨政領導幹部選拔任用工作條例」的十年任期限定,吳勝利篤定在2014年十八屆某中全會時退休,孫仍是第一順位者。孫比馬年輕三歲,仍有許多進入軍委的機會。海軍的接班計劃並無大變化,只是時間有所調整而已。

(三)第二砲兵司令魏鳳和

第二砲兵的接班亦遵循海空軍的模式,由軍種到總參謀部再返回軍種。副總參謀長魏鳳和上位入軍委完全沒有懸念。其權力傳承的關係可由下列幾點概括:首先,因戰略導彈部隊的特殊性質,甄補將基於專業;第二,遴選的範圍僅限於本軍種;第三,候選人當屬第五代領導人,即生於1950年代者;第四,有在總部任職的經歷,這有利於指揮未來多軍種聯合作戰。

魏鳳和是目前最年輕的軍委委員(1954年生)。他的總體表現給人以深刻印象。例如在35歲任發射旅參謀長時,曾創造了洲際導彈發射的最短準備時間和最高精確度的記錄。從那時起,他步入了上升的快行線,幾年

---

[34] 彭子強,奇鯨神龍:中國核潛艇研製紀實,二版(北京:中共中央黨校出版社,2005年),頁143。

內連升54基地參謀長，55基地司令員，並於2006年出任二砲參謀長。三年後又速升為總參的第五位副總長，在與王久榮中將的競爭中勝出，其中重要的因素是年齡。

參、軍委人事政治的平衡原則與權力運作制度化實質

中共菁英政治的實質是派系人事平衡。有平衡，派系政治就不會對黨的穩定造成硬傷。黨的最高層不分裂，社會群體抗爭大體上可以控制。所以，平衡即是制衡，事關中共的前途。而穩定的派系平衡只能建立在菁英政治制度化的基礎上，即：制定共同遵守的遊戲規則並輔以懲處措施加強之。[35] 儘管派系政治在中共的黨章尚未合法化，但毛澤東的名言：「黨外無黨，帝王思想；黨內無派，千奇百怪」，在全黨是普遍認同的。看近日之中共，就政策取向，意識形態指導，結構性的人員組合而言，也許沒有真正意義上的派別。但圍繞在重量級領導周圍的「門生」在黨內形成了大大小小的隱形團體。他們之間的競爭，在組織人事制度化脆弱的狀態下，對黨的穩定是永久的威脅。[36]

平衡原則對解放軍的高層政治亦非常重要。首先，統帥部的和諧有賴於不同領導之間的人事協調。其指導方針即是「利益均霑的公平分配」。第二，公平分配並不排斥峰層三所薦之人佔有一定優勢的人事比例。第三，至關重要的是副統帥的選拔。在最高統帥無法全心的執掌軍隊的背景下，副帥極為權重。多數的人事安排經由他上達天聽。楊白冰在人事上的

---

[35] 就高層權力制度化的論述，請見 Yongnian Zheng, ed., *Contemporary China: A History since 1978* (Hoboken, NJ: John Wiley & Sons, 2013), pp. 11-28。

[36] 關於中共菁英權力派系鬥爭，請見 Jing Huang, *Factionalism in Chinese Communist Politics* (New York: Cambridge University Press, 2000), pp. 14-22。

獨斷專行攪亂當時軍隊高層的微妙平衡，迫使鄧小平不得不再出山擺平局面。[37] 其後由張震、遲浩田兩任第一政委主持人事，大體上為後來十年的軍隊高層團結打下堅實基礎。

然而到了「十八大」的前夕，高層人事的布局出現了新的日益擴大的失衡壓力，集中表現在兩個發展趨勢上。第一，胡的統而不治的治軍風格令郭伯雄、徐才厚在人事舉薦上有了很大的空間。久而久之，一批他們過去的部下得到了提升，逐漸在他們周圍形成了某種非結構性的班底，俗稱郭氏西北軍，徐氏東北軍。他們的核心成員在十八屆軍委候選團隊中佔有很大的比重（請見表1）。「山頭」是解放軍的特有現象，有很深的歷史淵源，「山頭」不平衡，軍隊就無法穩定。[38] 而如今的山頭已由過去的方面軍轉化至大軍區。軍史上的教訓反而鑄成了所謂五湖四海原則，對軍隊高層遴選有重要指導意義，並在十八屆軍委的組成過程中起到決定性作用。[39]

第二，十七屆軍委首長在為十八屆軍委人事布局，遇到了一個前所未有的問題，即在胡錦濤掌軍後期，較大比例的前軍隊高級將領的後代（軍二代）因年資積累、家庭關係和帶兵功績而被提升到大單位級別，離軍委委員的要職僅一步之遙。在更大的範圍裡，此問題亦困擾著政治局和政治局常委的遴選。由於軍委班子的盤子本來就小，軍二代的比重就顯得非常搶眼，所以挑戰更為突出。如果張海陽、馬曉天、張又俠均進入下一屆軍委，加上習近平，軍二代的比例近半，負面影響大。然而，張海陽、馬曉

---

[37] 張震，「新時期軍隊建設改革的回顧」，李繼耐主編，強軍之路：親歷中國軍隊重大改革與發展，第一卷（北京：中國人民解放軍出版社，2009年），頁48。

[38] 關於菁英權力組合，請見Lowell Dittmer and Yu-Shan Wu, "The Modernization of Factionalism in Chinese Politics," *World Politics*, Vol. 47, No, 4 (July 1995), p. 478。

[39] 胡錦濤十年後重提五湖四海原則，請見李章軍，「慶祝中國共產黨成立90周年大會在京隆重舉行 胡錦濤發表重要講話」，人民日報，2011年7月2日，版1。

天，還有張又俠都是優秀的軍人，合格的指揮員，有資歷，有經驗，還有軍功。如因「出身負資產」而與下一屆軍委失之交臂，亦不符合軍中倫理，也對他們個人不公不義。如何達成某種平衡，深刻地考驗了胡總、習總與郭、徐的政治智慧，領導藝術，以及人事技巧。處理不好，軍內多數將領的反彈會嚴重影響十八屆軍委的正常運作，新領導的威信，和廣大官兵士氣。在社會反感「太子黨」的輿論快速膨脹之際，多幾個或少幾個太子入閣，已不是單純的人事政治，或派系博弈所能概括承受的了。

表1　十八屆中央軍委醞釀人選三大組別淵源

	姓名	年齡	原職務	組別淵源	備註
軍二代	張又俠	62	瀋陽軍區司令	軍二代*	新總裝備部部長
	馬曉天	63	總參謀部副總參謀長	軍二代*	新空軍司令
	張海陽	62	第二砲兵政治委員	軍二代*	未入選
	習近平	59	十七屆軍委副主席	習之父長期任軍職	新三軍統帥
蘭州軍區	常萬全	63	總裝備部部長	蘭州軍區47軍	新國防部長
	房峰輝	61	北京軍區司令	蘭州軍區21軍	新總參謀部總參謀長
	徐粉林	59	廣州軍區司令	蘭州軍區47軍	未入選
瀋陽軍區	范長龍	65	濟南軍區司令	瀋陽軍區16軍	新軍委副主席
	陳國令	65	南京軍區政治委員	瀋陽軍區16軍	未入選
	侯樹森	62	總參謀部副總參謀長	瀋陽軍區16軍	未入選

資料來源：作者自行整理。

說　明：

　　1. *軍二代指解放軍第一代將領之後代。

　　2. 本文採用傳統分析框架，即扈從／門生關係（leader-follower relations）。例如，范長龍在幾個關鍵職位的任命，如16軍的師長和軍長，以及濟南軍區司令，均是在徐才厚主持16軍、瀋陽軍區及總政治部的人事工作的時間節點上完成的，即使不能稱其為門生，但他們的淵源是深刻的。

　　十八屆軍委的最後定案基本上解決以上兩個戰略性的挑戰。其作法似乎甚為簡單，即將先前的設定年齡從1948年推前一年，[40] 這樣預選的盤子就有實質性的擴大，即便摻沙子僅吸收一兩個非東北軍、西北軍、非軍二代的人員，也明顯改觀前期醞釀的候選人團隊過於聚集於某個領導的現象。具體而言，「西北軍」人員佔兩席：常萬全和房峰輝；「東北軍系」一人：范長龍；軍二代兩人：張又俠和馬曉天。但軍委的最大組合是五名在組別色譜上呈中性的委員，特別是其中的主管政治、人事的許其亮和張陽，加上技術軍種的功能性代表，一個大體平衡的軍委班子最終建立（請見表2）。

表2　十八屆中央軍委的相對平衡組成

	姓名	年齡	現職務	組別特徵	備註
峰層 3	習近平	59	軍委主席	軍二代	十七屆軍委副主席
	范長龍	65	軍委副主席	濟南軍區	首入軍委
	許其亮	62	副主席、第一政治委員	組別不明顯	由十七屆軍委委員提升
	常萬全	63	國防部長	蘭州軍區	由十七屆軍委委員提升
總部 4	房峰輝	61	總參謀部總參謀長	蘭州軍區	首入軍委
	張　陽	61	總政治部主任	組別不明顯	首入軍委
	趙克石	65	總後勤部部長	習在福建的長期同僚	首入軍委
	張又俠	62	總裝備部部長	軍二代	首入軍委
軍種 3	吳勝利	68	海軍司令	組別不明顯	十七屆軍委留任
	馬曉天	63	空軍司令	軍二代	首入軍委
	魏鳳和	58	第二砲兵司令	組別不明顯	首入軍委

資料來源：作者自行整理。

說　　明：此結構為7（組別不明顯，包括軍二代）+2（蘭州軍區）+1（瀋陽軍區）。

---

[40] 由冀，當面訪談，D君（解放軍退休將領）（北京），2012年9月18日。

　　在此過程中點睛之筆或許是習的參與。趙克石的簡任，令先前的人事布局出現質的變化。趙的入圍，令張陽、李長才的總政治部主任之權衡有了答案。李勢必出局。蘭州軍區政治委員李長才是十七屆中央委員，年齡適當（生於1950年）、履歷完備。他從基層做起，級級不落地升入大區政治委員。與趙克石搭檔，50歲就升任31集團軍政委，是當時最年輕的軍政委。這說明他較早地進入大區級預備幹部名單。他雖然沒有直接在戰場上打仗，可在31軍的經歷，給予他臺海一線軍事對抗的歷練。並且他在南京軍區擔任過幹部部部長，這種功能性的鍛鍊有助於他在總政治局掌握幹部選任的程序和規律。然而，在解放軍委的戰後歷史上，尚未有同一時期，同一集團軍的軍長政委同時進入軍委的先例。另外，李雖然出身於南京軍區，但其時任職於蘭州，而蘭州軍區已有數人入圍。張陽則代表廣州軍區，尚屬空白。因此李長才或許並非為張陽所影響，實是因為趙的因素。

　　而張陽的入選又波及到廣州軍區徐粉林的前景。軍區平衡原則無法安排某一軍區的司令政委同時進入軍委，這與解放軍的傳統和範式相抵觸。[41] 而徐粉林的出局又為張又俠的入圍上了保險，因為在同等年歲的候選人中，張已經沒有了競爭者（房峰輝已內定總參謀長）。當然，如前所述，張有其自身的優勢。從平衡原則的角度看，張來自瀋陽軍區，加之他在成都軍區長期服務，肩跨兩區，是平衡「西北軍」與「東北軍」的有益安排。因此，十八屆軍委最後兼顧七大軍區的代表性，是一個符合胡錦濤「五湖四海」原則的安排（請見表3）。[42]

---

[41] 另外一個重要原因是徐粉林的47集團軍的背景。常萬全亦出身47軍，已內定進入軍委峰層。兩個47軍的軍長同時供職於軍委，勢將打破派系平衡，造成非議。

[42] 「胡錦濤在『十八大』第二次全體會議上的講話」，人民日報，2012年11月12日，版1。

表3 十八屆軍委大軍區代表分布

姓名	年齡	原職務	現職務	軍區代表
范長龍	65	濟南軍區司令	軍委副主席	兼代表瀋陽軍區
房峰輝	59	北京軍區司令	總參謀部總參謀長	兼代表蘭州軍區
張又俠	62	瀋陽軍區司令	新總裝備部部長	兼代表成都軍區
張 陽	61	廣州軍區政治委員	總政治部主任	廣州軍區
趙克石	65	南京軍區司令	總後勤部部長	南京軍區

資料來源：作者自行整理。

再從組別平衡的角度看，郭系兩大員入峰層，顯示出郭作為前副帥舉足輕重的影響力。但如果常再任副帥，就顯然過了。徐主持大區軍委預備幹部的確定並負責十八屆軍委人事安排的日常工作，諸如提交遴選指導意見，編列候選人名單供政治局和軍委全會討論，以及組織實地民意測驗考察等事宜。該系僅一人入圍，表面上看稍微少了些。但范長龍是副帥，含金量甚重。當然最大的贏家是習近平。軍二代加上趙克石，使他在軍委中擁有數量的優勢。加之他本人是三軍統帥，有無可挑戰的權威。特別是在出現重大政策爭議時，習可以依賴在軍委中的支持者直接表達他的意見，例如張又俠。張的家庭與習家有著長期的關係。在西北軍區，張的父親長期與習的父親共事，受其領導，兩家私交從未間斷。因此，張、習關係源遠流長，現今更是互利互惠。習需要在軍中搭建自己的班底以加快固權，現在他的政治領導之基礎已然成形。

肆、十八屆軍委與習近平掌軍執政

中國在習近平領導下會發生什麼根本變化，目前還難以預測。習在「十八屆一中全會」的講話至少表示，中共新領導不會推進政治制度的改

革。[43] 但就人事政治而言，可以肯定的是，習的權力基礎與運行力度已經遠超過了江胡執政初期，甚至第一任的末期。而習目前在軍委的影響力，胡錦濤終其軍委主席的兩任，似乎尚難望其項背。因此，習李體制並不是一個準確的提法。江李（鵬）體制的概括在江之第一任大體上符合邏輯，但在江的第二任時已不符合實情。胡溫體制說法之所以廣被接受，基於胡在最高權力的劃分上尊重同僚的態度，而非真的權力均衡。將黨政一二把手並列於「XX體制」之下，是暗示二者的派系基礎，政治影響力，責任分工等諸權力因素大體上可以並行地量化定義。同時一二把手均有意願在同一「體制」下相互配合。然而，習與李在以上各方面的能量完全不在同一檔次上，另外也很難說習有意願在習李「體制」下與李共治天下。否則就不會有習的政治領導。因此，在「十八大」後的大權力大格局中，只有習體制，李配合。這點在軍政關係上尤為明顯。實際上，軍隊因素恰恰是最高一二把手的權力非均衡分布的首要原因。[44]

一、繼承政治制度化與習近平掌軍執政

中共菁英政治的核心是繼承政治，而繼承政治因其權力利益再分配的性質，通常都會呈現出某種零和的特徵。[45] 研究十八屆軍委的籌組過程，為我們提供了一個近距離觀察其演變的機會。「十八大」是在中共高層因權力分配（政治局常委組成）引出劇烈卡位博弈的大背景下召開的。薄熙來事件，俞正聲、王岐山的入常，汪洋、李源潮的「失常」，印證了中共

---

[43] 習近平的三個自信：理論、道路和制度，表達了一個理念，即堅持共產黨的領導。請見夏春濤，「堅定中國特色社會主義道路自信、理論自信、制度自信」，光明日報，2013年1月1日，版1。

[44] Michael Kiselycznyk and Phillip C. Saunders, *Civil-Military Relations in China: Assessing the PLA's Role in Elite Politics* (Washington, D.C.: National Defense University Press, 2010), p. 18.

[45] 關於中共繼承政治，請見 Joseph Fewsmith, "The Sixteenth National Party Congress: The Succession that Didn't Happen," *The China Quarterly*, No. 173 (March 2003), p. 8。

最高權力的傳承仍然孕育著深刻的內在矛盾，即高層博弈可能背離大家所認可的共識和規範（norms），而墜入零和的困局，這使權力機制化的努力常在政治發展的關鍵時刻出現逆轉。體制的缺陷、人性的因素、利益的驅動，以及派系的制約，使整個權力交接過程充斥著複雜的變數。在權力機制化、規範化與「造王者」的「運作」，角逐者算計之間，可謂「形勢比人強」。[46] 然而，中共總體性的權力機制化、規範化的趨勢，並未因其每一次全代會前的權力角鬥而打斷。事實證明，一旦全代會順利召開，即顯示此一輪矛盾的初步解決。儘管「十八大」的常務委員卡位使常務委員會的組成在年齡（世代交替）、組別平衡及黨內最廣泛認同等幾個重要指標上，與前幾屆相比有所後退，但胡總書記「裸退」使中共最高層權力繼承向制度化深化邁出了關鍵的一步。所以胡的後任很難再炮製鄧江「半退」，因此中共峰層「一線、二線」領導並存的不正常局面成為歷史。[47] 胡總書記「裸退」的最大收益者自然是習近平。現在，他在執政掌軍時應該沒有任何制度上和人事上的掣肘。而制度化在十八屆政治局的層面亦有一定的進步，其構成大體上兼顧了年齡、閱歷、資歷、組別平衡、地域代表分配平衡、技術官僚與職業政工人員（如團派）的比例平衡等諸制度化因素。權力規範化的指導原則仍然發揮出明顯的作用，或為「十九大」出現一個平衡的常委班子，奠定一個良性的基礎，當然亦預示著新一輪權力角逐的開始。

從習的百日執政看，他的執政理念和統領手段明顯有別於江澤民和胡錦濤。習的上臺或將終結由江開始的長達二十四年的技術官僚統治，在習

---

[46] David Shambaugh, "Peering Behind the Curtain and into the Future: Outlook for the Communist Party of China," *CHINA: An International Journal*, Vol. 10, No. 2 (August 2012), p. 6.

[47] 中共「一線、二線」領導的概念，請見 Ian Wilson and You Ji, "Leadership by 'Lines': China's Unresolved Succession," *Problems of Communism*, Vol. 39, No. 1 (January-February 1990), p. 34。

之任上回歸中共由政治家治黨治國的傳統。[48] 習在「十八大」前的人事推動，以及上位後的一系列新作為，大體上可以印證此一判斷。習後來居上有一定的邏輯性。首先是他的適任性。權力世代交替的現實政治意義，就是為統治方式及重大政策的改變提供新契機。少年時家庭的政治落難，使習似乎比李更懂政治，更理解權力關係的複雜，而長期從事黨務工作使他更諳於駕馭之術和官箴之道。而李克強則偏好經管，所以他主動選擇經濟學作為博士學位的專業。

所以習李配是各取所好，具有很大的歷史巧合之韻味。而李的政治性格和處事風格大體上可以讓我們推斷出他會恪守分際，主動配合習的戰略部署。因此，習李非對稱體制安排，應是「十八大」人事政治的亮點。如他們可以繼續合作下去，習在今後的十年應該不會出現強有力的挑戰者。

就高層人事安排而言，「十八大」既為習近平建立基本的班底提供了一個機會，也為他推出執政新理念（如果尚不是政策的話）構造出一個平臺。以此為基礎，他已進入權威鞏固的快車道。然而，他還需克服一系列的挑戰，例如建立一個什麼樣的派系平衡以有利於他的執政。對此胡錦濤的前車之鑑是他需要汲取的。首先，胡主動選擇不建立個人班底，是他無法主導「十八大」人事安排的主因。第二，胡在軍委中沒有直接為他直言的將領，使其在軍權的運用上難以發揮自如，從而又影響到他黨魁權力的實施。自律和所謂的「潔身自好」不符合政治領導的基本原則，應不是習的執政選項。江澤民在2013年7月家宴季辛吉時高度稱讚習總的有效治理，稱強勢領導是統領13億大國之必需。[49] 當然過快的派系營造，個人權力超速的膨脹，亦會對習總產生體制性反彈。

---

[48] 關於技術官僚領導的概念，請見Xiaowei Zang, "The Fourteenth Central Committee of the CCP: Technocracy or Political Technocracy?" *Asian Survey*, Vol. 33, No. 8 (August 1993), p. 792。

[49] 「江澤民會見美前國務卿基辛格憶26年前首次會面」，騰訊網，2013年7月22日，http://news.qq.com/a/20130722/014461.htm，檢索日期：2013年7月22日。

　　第三，技術官僚治國的方式難以長期適應中國這樣的大國，中共這樣的大黨。二十年來技術官僚掌國，大體上維持了國內穩定、國際拓展，和經濟擴張的局面。然而制度性深層次矛盾不斷積累激化，官民對峙日益加劇，周邊安全挑戰更加嚴峻。[50]「穩中求進」的被動性反應的治理方式應已走到盡頭，在管控理念上改弦更張更勢在必行。新班子意味著新機會，習若錯過，重大危機似不遠矣。習至少已將其新的執政面貌展示予世人。但重大的考驗還在前頭。是形勢比人強，還是相反，值得拭目以待。

二、解放軍與習近平的權力鞏固

　　在習的政治領導過程中，解放軍將扮演極為重要的角色，特別是在當前國內政經、外交嚴峻的局勢之下。如前節所述，在權力繼承和鞏固的過程中，它已強勢地幫助習近平建立權威。兩會軍方代表的講話，言必稱習總，令人印象深刻。習政治領導風格的一個重要標誌，就是緊密依靠軍隊以確立政治主導與意識形態路線、推出重大政策與構建新一輪人事組別平衡。當然這種強勢風格亦可能使得軍隊影響力擴大，對尚未深度制度化的文軍關係，對習總的繼任者帶來重大挑戰。兩會完成了十八屆中央新領導人由習帶領全面就位，標誌著習時代的開端。解放軍在中國未來幾年的政治關鍵期的新地位已見端倪。本文的主體應為習近平領軍，但因習的掌軍時日尚短，只能探討他可能的統軍理念。

　　自鄧之後中國的政軍關係向後強人統治時代過渡，透過制度化安排，新遊戲規則的限制，新政軍首長的自律，可能出現的權力真空得以避免。[51]強勢的軍隊服從於較為弱勢的文人領導，這得利於江胡治軍所建立的一系

---

[50] 黃衛平，「深化改革中共需有承擔風險的勇氣」，大公報，2013年1月14日，版4。

[51] You Ji, "Beyond Symbiosis: Redefining Civil-Military Relationship after Mao in China," in Wang Gungwu and Zheng Yongnian, eds., *China and the New International Order* (London: Routledge, 2008), p. 250.

列新理念，例如用制度化的三軍統帥權力（紀律和人事任免）來規範將領
們的行為，給予軍隊高度的軍令軍政自主權，以減少其對非軍隊事務的干
預等。將中共自毛之後複雜而動盪的政軍關係穩定下來，成為中共較為有
效的維護政治與社會穩定的前提。同時也為習近平掌軍奠定堅實的基礎。
[52] 自1989年以來，習作為首位有在軍中服役經歷的最高統帥（他不是一般
秘書，是主持軍委工作負責人的秘書，儘管時間不長，其服役經歷非常重
要），與軍隊的淵源，對軍隊文化的熟悉程度，對軍隊管理和運行的理
解，都是江、胡在治軍之初所無法比擬的。現在的政治挑戰不是軍隊對以
習為核心的文人領導的服從與否，而是習為固權和派系需要，政治性的運
用解放軍的支持，可能使軍隊政治干預傾向抬頭。[53]

（一）「統而不治」與「事必躬親」

「統而不治」是在文人統帥掌軍與職業軍人日常領軍之間，建立起有
效而微妙的平衡。在這一原則下，文人尊敬軍人的專業知識，豐富的治軍
經驗，以及在重大的國防安全政策指定過程中應有的地位。具體而言，這
包括軍委的職業軍人所擁有的人事自主權（大單位主管的舉薦）；國家國
防戰略的制定；軍隊轉型的指導方針與實施；軍費在不同軍種間的劃分；
武器發展的型號規劃與遠景安排等等。江和胡在自己的任期內都給予職業
軍人盡可能多的決策權，使他們對軍隊的日常管理有充分的主動性。當
然，「統而不治」不是「甩手」放任。江和胡基本上達成了對解放軍戰略
方向的發展主導。這其中，他們均較為有效的運用了人事任免權，從外部

---

[52] 關於鄧江時期的黨軍關係，請見Nan Li, ed., *Chinese Civil-Military Relations: The Transforma-tion of the People's Liberation Army* (London: Routledge, 2006), pp. 1-224。

[53] 解放軍很少主動介入政治，多是黨的領袖運用權力強使其介入。請見Ellis Joffe, "The PLA and the Succession Problem," in Richard H. Yang, ed., *China's Military: The PLA in 1992/1993* (Boulder, CO: Westview Press, 1993), p. 150。

制衡了軍內派系的互動，使楊家主軍時的人事亂象未再重演。在國防安全的總體政策上，樹立了國防服務於內政的原則。[54]

習近平百日新政揭示了某種與「統而不治」不同的，與解放軍互動的風格。他頻繁地視察部隊，在短短幾個月走遍了所有的軍兵種。和將士會談聚餐，攀登坦克軍艦，深入邊防海島。在解放軍的歷史上還從未有三軍統帥如此與官兵部隊密切接觸的前例，其頻率或許僅輸金正恩。就習近平的政治領導而言，「統而不治」的方向性主導原則，可能削弱三軍統帥的排他性最高權威，因為軍權是不能分割的。在此，軍委主席的直接介入程度有多深，職業軍人的自主權應有多大，在中國的軍政關係並無明確規定，多取決於最高統帥個人的行事風格，乃是權力制度化程度最低的領域。不同的掌軍方式直接影響政軍關係的穩定。習近平領軍顯然不會繼續胡的「必要距離」理念。畢竟對軍事事務的插手，最能體現最高統帥的權威。在軍委首長負責制的制度安排下，在權力自然心態的影響下，收斂和自律並非易事。

（二）利益共享與相互支持

然而，軍隊對習的支持並不是自然發生的。江、胡的制度性權威由公共職務所確立。除此之外，還有他們與軍方在利益關係上的共享和默契。基本上，黨魁須盡量滿足軍隊發展的需求，高級軍官的升遷渴望，以及軍隊在體制內的地位。具體而言，這由軍費增長速度，軍隊在安全決策領域的發言權，軍人生活水準的持續改善來衡量。軍隊雖沒有對最高統帥的選擇權，但對最高統帥的接受度，是後者能否迅速鞏固權力的保障。不難理解，江、胡為軍隊所尊重得益於某種共享關係（give and take），而此關

---

[54] 劉繼賢，「軍隊政治工作理論的創新發展——學習貫徹胡錦濤軍隊政治工作思想的認識（上）」，中國軍隊政治工作，2008年第10期（2008年10月），頁2。

係一經確立，軍隊對黨魁的政治與政策的支持就顯得順理成章。這又使黨魁執掌黨務國務時比較得心應手，特別是在危機處理上。這種兩大系統的利益共享與平衡，已成為現今良性政軍互動的前提。[55] 習治軍不會逆轉此趨勢，但習因本身的強勢，可能取比予多。但如習以政治化治軍，對自己的第一權力基礎絕不會忽視。習向解放軍的示好已有徵候。扶正之前，他在紀念志願軍赴朝60周年大會上的講話是軍人最愛聽的語言。[56] 近年亞洲安全局勢趨緊，引出解放軍官員在中國國家安全問題上的強勢發言，雖在體制上並無大的不妥（解放軍本身就主導中國的國防與安全政策），但明顯獲得習的強力支持，對文人外交造成壓力。文人主導整體外交政策，解放軍的第一職責是維護國家主權安全，亦是國家外交的一部分。但近來，文人在處理領土領海爭端的過程中以規避衝突升級為導向，往往被軍方人士認為是示弱。在權力鞏固期，習在執政路線選擇上，應該是安內先於擴外。但在一定的時間，安內擴外並舉可以獲得強力集團的支援，也可算是階段性的理性設計。習的「能打仗，打勝仗」的號召在軍內深得人心。他的狠抓軍訓，武器裝備升級也與軍隊高層有高度共識。[57] 僅在2013年度，四十餘次大型的四軍聯演聯訓被推出，其強度和廣度前所未有。僅就海軍而言，在習的掌軍元年就創造了多項記錄：7月大編隊前出對馬和津輕海峽，首次在北太平洋大規模軍演，並繞日本全島一周；10月，三大艦隊首次同時多路越過第一島鏈，在西太平洋展開名為「機動－5號」的實兵演練。如此種種，既對外揚威，對內凝聚民氣，又整訓部隊，令其熟悉未來

[55] You Ji, "The Supreme Leader and the Military," in Jonathan Unger, ed., *The Nature of Chinese Politics: From Mao to Jiang* (Armonk, NY: M.E. Sharpe, 2002), p. 282.

[56] 李宣良，「紀念中國人民志願軍抗美援朝出國作戰60周年座談會在京舉行」，人民日報，2010年10月26日，版1。

[57] 魏兵、覃照平，「準備打仗，先向『和平積習』開刀」，解放軍報，2013年1月20日，版1。

戰場環境。[58] 從習總書記統兵的角度看，不間斷地實戰練兵，亦是重整軍紀，提升戰力的最佳手段。將全軍向打仗聚焦，鮮明地區分出習與他的前任在治軍理念上的分野。

而習在權力得到初步鞏固後，整軍反腐將是其下一步的掌軍要點。打軍中蒼蠅、老虎的序幕現正在緩緩拉開。[59] 習引導解放軍為全黨改變奢靡之風走在前列，率先禁酒罷宴，清理違規住房，登記收入資產，大幅減少會議，視察，出訪。對文人黨政機構形成大的壓力。9月後全軍大單位以習的群眾路線，批評與自我批評為指標，檢驗各級首長的政治忠誠度。例如房總長在總參機關內強力貫徹習的整風指示，雷厲風行地令總參系統的九十餘名軍職以上軍官下連當兵，兩百餘名軍級單位的黨委成員自糾自查，清退超標住宅1,296套。同時為回應習總精簡會議的要求，合併全軍級會議32個，二級部業務會議159個，節省行政費56%。[60] 軍委在這些涉及個人利益的問題上，對習總書記有選擇地效法毛澤東治國治軍的歷史手段高度配合，令人印象深刻。在一定程度上，毛澤東的群眾路線，整風方法可以看作是在外部制衡體系缺失的背景下，使用內部制衡的措施來減緩組織機體的壞死。如輔之以必要的獎懲措施，雖然難以真正的杜絕吏治沉痾，卻也未必不能在某一時間段裡產生某種反腐治貪的效用。在現今多元的社會條件下，習總書記敢於祭出共產黨的傳統治理手段來觸動黨政軍各級幹部的「乳酪」，不可謂不冒政治風險，與其前任相比，也算是他的政治治國的具體標誌。

---

[58] 「軍事報導20131019」，中央電視臺軍事頻道，2013年10月19日，http://military.cntv.cn/2013/10/19/VIDE1382196480871677.shtml。

[59] 張光輝、范炬煒，「趙克石在全軍審計工作領導小組全會講話要求」，解放軍報，2013年4月3日，版1。

[60] 「軍事報導20131015」，中央電視臺軍事頻道，2013年10月15日，http://military.cntv.cn/2013/10/15/VIDE1381841524469814.shtml。

（三）徐才厚貪腐案的教訓

習近平透過整肅徐才厚，大幅提升了他掌控軍隊的能力。他從兩個方面處理胡錦濤在遂行文官掌軍所暴露的問題。第一是改變了胡錦濤任內對軍隊「統而不治」的作風，以事必躬親的態度，透過兩位軍委副主席，加強監督軍委的日常運作。例如習近平在人事管理管到「大單位」的層級。第二是透過徐才厚案，安撫了一批因徐任人唯親而心存積怨的高級軍官，特別是軍二代。打虎打到軍委副主席，確實讓習近平在廣大解放軍戰士心中贏得極大聲望，一個健全的幹部管理環境，讓習近平贏得更多支持。若人事升遷流程不公不義，多數將領會受到不平待遇。

徐案揭露了黨指揮槍的制度缺失，印證了縫隙化威權主義（fragmented authoritarianism）的概念，即中國的中央治理以及中央在與地方互動的過程中，或因監管機制不完善，或因機構間既得利益衝突而形成的令難行，禁難止的現象。政治局與軍委的制度性與功能性的職責劃分，導致了文官治軍的體制性弱化。在政治局內除總書記外，所有委員均未授權介入解放軍事務。干涉軍務會帶來諸多政治禁忌。同時解放軍的軍政軍令自主管理也令文官治軍缺乏必要的抓手。舉例來說，高度獨立的解放軍司法體系，是徐才厚等高級將領可以長期濫權的原因之一；若負責全軍政法事務的軍委成員貪腐，無論外部（中共）或內部（總政）的反貪機制均無法對他們予以制衡，使其得以逍遙法外。政治局與軍委的職能區分使中央對軍隊的領導止於政治和意識形態上的影響力，無法在組織上予以強化。

近年來文官治軍的體制與傳統因軍委主席的「統而不治」（reign-without-rule）而被進一步弱化。胡錦濤在統領高級將領上的不親身干預的作法，是軍中出現嚴重腐敗問題的原因之一，由徐案表現得淋漓盡致。若三軍統帥不插手，黨內和軍中很難有人甘冒風險挑戰現任政治局委員的軍委副主席。徐才厚任人唯親的流弊，引發眾怒，特別是「太子黨將

領」。劉少奇之子劉源早在2011年已向胡錦濤舉發谷俊山。副總長章沁生亦在「十八大」前，直接向習近平抱怨軍中人事管理上的嚴重弊端。劉、章二人均涉及到徐才厚，但胡錦濤和習近平此前不處理徐才厚也在情理之中。胡錦濤掌軍需要徐才厚的支持，特別是在「十八大」權力交接的關鍵時刻。胡錦濤2012年2月的九字指示：講政治，顧大局，守紀律，在一定程度上成為徐才厚的擋箭牌。若胡錦濤無意捨棄徐才厚，身為胡錦濤的副手，習近平的謹慎態度也是合情合理。此外，習遲來的懲處亦是合理之舉，因為這樣對軍中穩定和習近平權力鞏固的衝擊最小。如前文所述，畢竟徐才厚掌理軍中人事、法制和政治事務長達十年，有一批親信出任軍中要職。　因此，中共若過早揭發徐才厚，或許導致軍心不穩，在內部引起恐慌。而對徐退休後下手，代價應最小化。

另一方面，胡錦濤在任內並未受到軍委成員的挑戰。軍委支持胡錦濤在薄熙來一案上的決定，即是軍隊挺胡錦濤之表現。然而，若胡錦濤在任內肅清徐才厚可能引出一個問題，即他應如何有效控制軍委。胡錦濤既不需要事必躬親，又要有效治軍，只有在郭伯雄和徐才厚效忠他的時候才可奏效。這種互利互讓的互動模式，賦予了郭、徐二人極大的實權，超脫出黨內外機關有效監督的範圍。這就不可避免地會傷害軍中的紀律和清廉，並進而引出一個更大的問題：解放軍究竟是支持一個強勢的三軍統帥抑或一個弱勢領導人？前者限定軍頭們在日常工作管理上的權限，而後者予以解放軍寬泛的自主權。鄧之後解放軍第一次不受強人統管。我們可以理解軍中並不想要尋找另一個毛澤東或鄧小平來統領軍隊。另一方面，在胡錦濤弱勢領導下所引起的問題，似乎又凸顯出軍中歡迎一個親力勤為的統帥，以確保軍隊組織的高度統合性與戰鬥力。軍隊對習近平的支持度現已到了後鄧時代最高點，顯示了軍人在期待強力領袖與抗拒強人統治之間努力達到的微妙平衡點。

習近平在治軍上展現出的強悍傾向越加明顯。徐倒臺後，至少又有十

幾位高官因貪污與行為不端被免職，官員落馬的人數超越胡錦濤擔任軍委主席的整個任期。更深遠的改革是，習近平將軍隊的法制系統審計系統直接置於軍委的直接控制之下，並要求其負責人直接向軍委主席負責。如此確實增強了解放軍的內部制衡機制，並減緩了軍隊貪腐的速度。習近平的領導新常態糾正了過去十年來的一些弊端，但在文官有效掌控軍隊與解放軍應擁有多少自主權之間如何取得平衡，仍有待確立。在習近平治理下，鐘擺擺向了強勢掌制那一端，但若處理不當，強勢亦會引發新問題與新挑戰。

伍、結論

習近平是二十多年來中共首個非技術官僚榮登大統，他亦是自江、胡之後第一個有軍事經歷的三軍統帥。在中國政軍經濟發展的關鍵時刻，一個不同的領袖，一種不同的統領風格，或許會對中共未來十年的執政帶來不同的氣象。但習是新班子的福音，還是挑戰，將是外界的戰略關注點。一般來說，政治家治國可建大業，亦可留大患。而技術官僚治國，雖難以有大建樹，但亦可無大動盪。但中共現今的「無為而治」道路似乎已走到盡頭。所以習近平的接班，可能會將中共帶上一條發展新路。

「十八大」的軍委建立了一個大體上均衡的最高統帥部，為今後五年的領軍奠定了較為穩固的基礎。在這個班子裡，習近平擁有明顯的人事優勢。輔之軍委主席首長負責制，為他統領三軍提供了充實的條件。具體就習總書記治軍概而言之，某種脈絡已露端倪。在軍事上，令全軍向打仗聚焦，可以起到一石二鳥的效果：不間斷地大規模實兵實訓，既可以快速有效地提高三軍的備戰水準，促進人機契合，軍兵種結合的熟悉程度，又可以透過高強度的實彈化的演習來整頓將士的紀律、服從的意識，以及國土守責的責任感。此外，透過強化性的作戰行為，推進解放軍的專業化、正

規化進程。同時將全軍將士的關切引向外部威脅，並為此做不懈的準備，暗合西方文軍關係理論中的「客觀統領（objective control）」的精神，是被證明為行之有效的文人領軍方法。在政治上，透過祭出傳統的內部制衡手段，例如組織內整風、批評與自我批評、自糾自查、幹部下連當兵、整肅奢侈浪費之陋習等，達到樹立新統帥、新軍委的權威之目的，並且有助於減緩軍隊被嚴重腐蝕之速度，同時也為習近平更為有力的掌控黨政總體權力奠定基礎。

　　大體可以確定的是，習或將成為中共後鄧時期最有權力的領袖。在中國政經體制進行重大改革轉型的時刻，一個強勢的元首或許會為中共在關鍵時刻做出重大政策選擇時，提供較多的選項。但是，一個強勢的領袖亦會為中國的政治發展帶來許多難以確定的影響。對中國大陸的多數人民來說，習近平的歷史定位只能由他的執政功績來衡量。這在今後相當長的時間內，還是一個問號。

參考書目

一、中文部分

專書

由冀，「中共『十七大』：承上啟下的人事政治」，陳德昇主編，**中共「十七大」：政治精英甄補與地方治理**（臺北：印刻出版有限公司，2008年），頁187-212。

由冀，「中共『十八大』：聚焦權力過渡的政治理論以及習近平掌軍的前景」，徐斯勤、陳德昇主編，**中共「十八大」政治繼承：持續、變遷與挑戰**（臺北：印刻出版有限公司，2012年），頁243-270。

姜道洪、劉雷波、劉會民主編，**參謀長素質論**（北京：國防大學出版社，2007年）。

胡光正主編，**當代軍事體制變革研究**（北京：軍事科學出版社，2007年）。

張震，「新時期軍隊建設改革的回顧」，李繼耐主編，**強軍之路：親歷中國軍隊重大改革與發展**，第一卷（北京：中國人民解放軍出版社，2009年），頁38-49。

彭子強，**奇鯨神龍：中國核潛艇研製紀實**，二版（北京：中共中央黨校出版社，2005年）。

雷淵，**陸軍軍制學**（北京：解放軍軍事科學院出版社，1997年）。

劉元勛，**中國軍隊對外作戰重大實錄**（拉薩：西藏人民出版社，2000年）。

劉華清，**劉華清回憶錄**（北京：中國人民解放軍出版社，2004年）。

錢海皓主編，**軍隊組織編制學**（北京：軍事科學出版社，2001年）。

期刊論文

寇建文，「1987年以後解放軍領導人的政治流動：專業化與制度化的影響」，**中國大陸研究**，第54卷第2期（2011年6月），頁1-34。

常萬全，「中國歷代中央王朝治理西部邊疆的基本經驗」，**中國軍事科學**，第15卷第5期（2002年9-10月），頁122-132。

張又俠，「主權控制戰——現實軍事鬥爭擬可採用的一種作戰形式」，**軍事學術**，第29卷第11期（2002年11月），頁3-6。

劉繼賢，「軍隊政治工作理論的創新發展——學習貫徹胡錦濤軍隊政治工作思想的認識
　　（上）」，中國軍隊政治工作，2008年第10期（2008年10月），頁1-12。

蔡永寧，「職業化：軍隊人才隊伍建設的重要途徑」，中國軍事科學，2010年第5期（2010年
　　9-10月），頁77-85。

報紙

申琳、楊明方、孫秀豔、張志峰、馬躍峰、錢偉，「十八大代表熱議黨必須長期堅持的指導
　　思想 科學發展觀開闢馬克思主義中國化新境界」，人民日報，2012年11月12日，版1。

李宣良，「紀念中國人民志願軍抗美援朝出國作戰60周年座談會在京舉行」，人民日報，2010
　　年10月26日，版1。

李章軍，「慶祝中國共產黨成立90周年大會在京隆重舉行 胡錦濤發表重要講話」，人民日報，
　　2011年7月2日，版1。

汪雲生，「我黨最高領導人何時稱『總書記』」，北京日報，2012年3月31日，版8。

夏春濤，「堅定中國特色社會主義道路自信、理論自信、制度自信」，光明日報，2013年1月1
　　日，版1。

張又俠、王西欣，「一體化訓練——實現訓練模式的歷史性轉變」，解放軍報，2004年1月21
　　日，版6。

張光輝、范炬煒，「趙克石在全軍審計工作領導小組全會講話要求」，解放軍報，2013年4月3
　　日，版1。

黃衛平，「深化改革 中共需有承擔風險的勇氣」，大公報，2013年1月14日，版4。

「趙克石在全軍審計工作領導小組全會講話」，解放軍報，2013年4月3日，版1。

魏兵、覃照平，「準備打仗，先向『和平積習』開刀」，解放軍報，2013年1月20日，版1。

網際網路

「江澤民會見美前國務卿基辛格憶26年前首次會面」，騰訊網，2013年7月22日，http://news.
　　qq.com/a/20130722/014461.htm，檢索日期：2013年7月22日。

「軍事報導20131019」，中央電視臺軍事頻道，2013年10月19日，http://military.cntv.
　　cn/2013/10/19/VIDE1382196480871677.shtml。

「軍事報導20131015」，中央電視臺軍事頻道，2013年10月15日，http://military.cntv.
cn/2013/10/15/VIDE1381841524469814.shtml。

星島環球網，「國慶閱兵總指揮佚事：房峰輝中將」，西陸網，2011年3月18日，http://sjfm.
xilu.com/2011/0318/news_456_146855.html，檢索日期：2012年3月10日。

訪談資料

由冀，當面訪談，A君（國務院機構資深幹部）（北京），2007年12月7日。

由冀，當面訪談，B君（空軍資深官員）（北京），2012年8月14日。

由冀，當面訪談，C君（解放軍退休將領）（北京），2009年7月26日。

由冀，當面訪談，D君（解放軍退休將領）（北京），2012年9月18日。

二、英文部分

專書

Huang, Jing, *Factionalism in Chinese Communist Politics* (New York: Cambridge University Press, 2000).

Joffe, Ellis, "The PLA and the Succession Problem," in Richard H. Yang, ed., China's Military: *The PLA in 1992/1993* (Boulder, CO: Westview Press, 1993), pp. 149-160.

Kiselycznyk, Michael and Phillip C. Saunders, *Civil-Military Relations in China: Assessing the PLA's Role in Elite Politics* (Washington, D.C.: National Defense University Press, 2010).

Li, Nan, ed., *Chinese Civil-Military Relations: The Transformation of the People's Liberation Army* (London: Routledge, 2006).

Lieberthal, Kenneth G., *Governing China: From Revolution Through Reform* (New York: W. W. Norton & Company, 1995).

Lieberthal, Kenneth G. and David M. Lampton, *Bureaucracy, Politics and Decision Making in Post-Mao China* (Berkeley: University of California Press, 1992).

Nordinger, Eric A., *Soldier in Politics: Military Coups and Governments* (Englewood, NJ: Prentice-Hall, 1977).

Saunders, Phillip and Dick Hallion, eds., *The PLA Air Force: Leadership, Structure and Capabilities* (Washington, D.C.: US National Defense University Press, 2012).

You, Ji, "The Supreme Leader and the Military," in Jonathan Unger, ed., *The Nature of Chinese Politics: From Mao to Jiang* (Armonk, NY: M.E. Sharpe, 2002), pp. 274-296.

You, Ji, "Unravelling the Myths About Political Commissars," in David M. Finkelstein and Kristen Gunness, eds., *Civil-Military Relations in Today's China: Swimming in a New Sea* (Armonk, NY: M.E. Sharpe, 2007), pp. 146-170.

You, Ji, "Beyond Symbiosis: Redefining Civil-Military Relationship after Mao in China," in Wang Gungwu and Zheng Yongnian, eds., *China and the New International Order* (London: Routledge, 2008), pp. 247-260.

You, Ji, "Decipher PLAAF Leadership Reshuffle," in Phillip Saunders and Dick Hallion, eds., *The PLA Air Force: Leadership, Structure and Capabilities* (Washington, D.C.: US National Defense University Press, 2012), pp. 112-136.

You, Ji, "Meeting the Challenge of the Upcoming PLAAF Leadership Reshuffle," in Richard P. Hallion, Roger Cliff, and Phillip C. Saunders, eds., *The Chinese Air Force: Evolving Concepts, Roles, and Capabilities* (Washington, D.C.: National Defense University Press, 2012), pp. 213-233.

You, Ji, "The Roadmap of Upward Advancement for PLA Leaders," in Chien-wen Kou and Xiaowei Zang, eds., *Choosing China's Leaders* (London: Routledge, 2013), pp. 42-54.

Zheng, Yongnian, ed., *Contemporary China: A History since 1978* (Hoboken, NJ: John Wiley & Sons, 2013).

期刊論文

Dittmer, Lowell and Yu-Shan Wu, "The Modernization of Factionalism in Chinese Politics," *World Politics*, Vol. 47, No. 4 (July 1995), pp. 467-494.

Fewsmith, Joseph, "The Sixteenth National Party Congress: The Succession that Didn't Happen," *The China Quarterly*, No. 173 (March 2003), pp. 1-16.

Shambaugh, David, "Peering Behind the Curtain and into the Future: Outlook for the Communist Party of China," *CHINA: An International Journal*, Vol. 10, No. 2 (August 2012), pp. 3-7.

Wilson, Ian and You Ji, "Leadership by 'Lines': China's Unresolved Succession," *Problems of Communism*, Vol. 39, No. 1 (January-February 1990), pp. 28-44.

Zang, Xiaowei, "The Fourteenth Central Committee of the CCP: Technocracy or Political Technocracy?" *Asian Survey*, Vol. 33, No. 8 (August 1993), pp. 787-803.

經濟發展與社會治理挑戰

大陸經濟發展、問題與挑戰
──兼論「十二五規劃」與「三中全會決定」

李志強

（淡江大學中國大陸研究所副教授）

摘要

　　經過三十多年來的高速發展，大陸潛在經濟成長率已開始減緩，同時各種經濟失衡和扭曲的現象紛紛出現，當前經濟結構的主要問題包括：投資率過高、低成本優勢不再、國外需求疲弱、人口紅利消退和所得分配惡化。大陸政府希望透過以消費帶動成長、產業升級與創新、改革收入分配制度和推動城鎮化作為因應政策。其中城鎮化因受到固有體制的牽制較少，甚至可以緩解傳統產業產能過剩危機，以及符合農民需求的因素，效果將較為明顯。但由於政府部門仍然設有行業准入門檻，並管制利率和掌握銀行貸款的分配權力，所以其餘政策的成效仍不樂觀。

　　即使「十八屆三中全會」宣布的改革綱領，把市場角色在資源配置中從「基礎性作用」提升到「決定性作用」，且主要的改革方向是要素市場化和排除各種市場障礙，特別是允許民營銀行參與銀行業的競爭，並推動利率市場化，但未來將面臨兩種阻力：一是意識形態上對國有經濟的堅持；二是既得利益者的抗拒，主要是政府部門和國企。只有持續與徹底的財產權和市場化改革，採取先進國家的財產權和市場化制度，大陸經濟才能走出「中等收入陷阱」。

關鍵詞：大陸經濟、中等收入陷阱、十二五規劃、十八大、十八屆三中全會

壹、前言

　　根據許多新興工業化國家的發展經驗，一國經過三、四十年的高速成長後，由於經濟結構的轉變，會逐漸邁入中度成長階段。如果不做必要的轉型，就會面臨發展瓶頸，但經濟轉型之路相當艱困，二戰後的亞洲四小龍都經歷過這個階段。自1978年經濟改革以來，大陸年均GDP成長率高達9.8%，不過卻仍然存在許多經濟失衡和扭曲的現象，必須推動進一步的經濟轉型，才能達到永續發展的目標。

　　本文的研究問題有三個，一是當前大陸的經濟發展有哪些主要問題？二是未來數年在習近平與李克強主政下，大陸的經濟發展規劃與政策方向是什麼？三是大陸要進行經濟轉型將面臨哪些挑戰？最後本文認為，持續與徹底的財產權和市場化改革，才能讓大陸跨過「中等收入陷阱」（middle income trap），並真正解決當前許多的經濟結構失衡問題。

貳、十年發展成果與當前經濟問題

一、胡、溫十年的經濟發展成果

　　在胡錦濤與溫家寶主政下的十年，大陸年均GDP成長率達到10.4%，比朱鎔基擔任總理時的8.2%高出2.2個百分點（見表1）；人均GDP由2002年的9,398元（人民幣，下同）上升至2012年的38,354元，[1] 年均名目成長

---

[1]　2012年大陸GDP為51.9兆元，人均GDP已達到38,354元，約合6,100美元，在國際貨幣基金組織（IMF）統計的185個國家中排名第84位。參見國家統計局，「2012年國民經濟和社會發展統計公報」，中國統計年鑑2013（北京：中國統計出版社，2013年2月22日），http://www.stats.gov.cn/tjgbndtjgb/qgndtjgb/t20130221_402874525.htm。

率15.1%；在全球的經貿地位更顯著上升，外匯存底從2002年的2,864億美元增加至2012年的3.3兆美元，年均成長率達10.7%；經濟規模從2002年世界排名第六位，在2010年取代日本上升至第二名，2012年底超越美國成為全球第一大貿易國。[2] 根據國際貨幣基金組織（IMF）的資料顯示，2012年美國、大陸、日本三國GDP分別為15.7兆美元、8.3兆美元和6兆美元，[3] 雖然美陸差距仍大，但世界銀行與國務院發展研究中心預估，大陸將在2030年之前就會超過美國，成為全球第一大經濟體。[4]

二、當前大陸經濟結構的主要問題

　　根據新古典成長理論（Neoclassical Growth Theory），開發中國家由於原來的資本存量不高，因此在資本深化（capital deepening）的過程中，資本的邊際產出較高，人均資本的增加可以讓發展中國家享有高成長率。但從世界各國的發展經驗來看，一國的人均GDP超過3,000美元之後，往往就面臨「中等收入陷阱」的問題，經濟結構的轉變，使原有的優勢逐漸喪失，但新的優勢尚未形成，因此長期難以突破10,000美元的關卡。如果不能改善經濟結構，就會導致成長動力不足，最終出現停滯不前的局面。大陸經歷過去三十多年的高速成長，其經濟結構不但出現許多失衡問題，同時也面臨各種發展瓶頸，尤其在胡、溫主政的後五年日益嚴重，主要包括：

---

[2] 2012年美國的進出口總額為3.82兆美元，而大陸則達到3.87兆美元。不過這一數字僅包括實體物品的交易，如果考慮到服務貿易，美國仍然暫時領先，參見「大陸首次超美成全球最大貿易國」，聯合新聞網，2013年2月11日，http://udn.com/NEWS/WORLD/WOR2/7695445.shtml。

[3] IMF, "Report for Selected Countries and Subjects," *World Economic Outlook Database, October 2012 Edition* (Washington, D.C.: International Monetary Fund), http://www.imf.org/external/pubs/ft/weo/ 2012/02/weodata/index.aspx.

[4] The World Bank, Development Research Center of the State Council, *China 2030: Building a Modern, Harmonious, and Creative High-Income Society* (2012), p. 3, http://www.worldbank.org/content/dam/Worldbank/document/China-2030-complete.pdf.

表1　1998年以來大陸GDP成長率

單位：%

年別	GDP成長率
1998	7.8
1999	7.6
2000	8.4
2001	8.3
2002	9.1
2003	10.0
2004	10.1
2005	11.3
2006	12.7
2007	14.2
2008	9.6
2009	9.2
2010	10.4
2011	9.2
2012	7.8
2013	7.7

資料來源：國家統計局，**中國統計年鑑2014**（北京：中國統計出版社，2014年）。

（一）投資率過高

　　一直以來，大陸經濟成長的主要來源依賴投資帶動，消費佔GDP比重過低是長期的經濟結構問題。表2顯示近十年來大陸居民消費率持續下跌，由2001年的45.3%降至2010年的34.9%，與許多國家60%至70%的水準有很大差距。而投資率卻由2001年的36.5%升至40%以上，尤其是2008年金融海嘯後推出的4兆元擴大內需方案，集中在大型建設如「鐵公基」（鐵路、公路、基礎建設）等項目，更讓投資率攀上48.3%的歷史高點。不過，這項擴張性財政政策也只能有兩年好光景，GDP在2010年強勁反彈後，很快又失去了成長動力。大舉對基礎設施投資雖有助於穩定經濟，但

短期內供給太多也衍生出浪費資源的爭議。據國際貨幣基金組織的研究報告顯示，大陸實際的過度投資高達GDP的10%。[5] 而且投資效率也不彰，投資產出率從1997年的3.17元持續下降到2010年的1.44元。[6]

表2 大陸居民消費率與投資率

單位：%

年別	居民消費率	投資率
2001	45.3	36.5
2002	44.0	37.8
2003	42.2	41.0
2004	40.5	43.0
2005	38.9	41.5
2006	37.1	41.7
2007	36.1	41.6
2008	35.3	43.8
2009	35.4	47.2
2010	34.9	48.1
2011	35.8	48.3
2012	36.0	47.8
2013	36.2	47.8

資料來源：中國國家統計局，http://data.stats.gov.cn/workspace/index;jsessionid=B43A4DD1150 F2E6007802013E99CC197?m=hgnd，再按國民經濟核算，再按支出法國內生產總值。

---

[5] I. H. Lee, M. Syed, and X. Liu, "Is China Over-Investing and Does it Matter?" *IMF Working Paper* (November 2012), http://www.imf.org/external/pubs/ft/wp/2012/wp12277.pdf.

[6] 遲福林，「加快推進以消費為主導的轉型與改革」，中國網，2012年8月15日，http://finance. china.com.cn/stock/20120815/948672.shtml。

伴隨著高投資率的配套政策，是過度寬鬆的貨幣環境，2008年底大陸M2餘額為47.52兆元，2012年底已上升至97.42兆元，短短四年間增加一倍，平均年成長率是GDP成長率的兩倍以上，接近全球貨幣供給量的四分之一，是美國的1.5倍（見表3），M2/GDP約是美國的三倍，比整個歐元區的貨幣供給量還多出20多兆元。[7] 貨幣數量太多，不但進一步推高了房價，使房地產陷入泡沫化的危機，也使得大陸近年來飽受物價上漲的威脅。擴張性的貨幣與財政政策都只有短期的成長與就業效果，但是卻無法提高大陸經濟的長期競爭力。

表3　2012年大陸和美國M2/GDP比率

	M2（兆美元）	GDP（兆美元）	M2/GDP
大陸	15.46	8.24	1.88
美國	10.4	15.6	0.67

資料來源：同註7。

（二）低成本優勢不再

投資帶動的成長模式建立在兩個條件之上：一是大陸低價生產要素的大量供給。由於生產成本低，企業（包括內外資）可以在產品價格低廉的同時仍保有可觀的獲利，然後再以利潤不斷擴張產能，形成良性循環。但本身經濟發展的結果，資源需求的持續增加，以及資源供給的有限，加上美國量化寬鬆貨幣政策造成的全球性通貨膨脹，讓大陸的生產要素不再便宜，包括工資、原物料成本等永久性的上升，使企業不能再依靠低成本擴張。根據大陸人力資源和社會保障部的統計，近年來最低工資標準不斷上升，2010年有30個省份平均漲幅達22.8%；2011年有25個省份平均漲幅為

---

[7]　「去年M2餘額97萬億中國成全球貨幣存量第一大國」，搜狐財經，2013年2月1日，http://business.sohu.com/20130201/n365306409.shtml。

22%，[8] 2012年也有25個省份平均增幅為20.2%。[9]

（三）國外需求疲軟

　　過往另一個投資可以帶動成長的原因，在於龐大的國內外市場需求，包括1980年代大陸內部潛在消費需求的釋放，[10] 以及1990年代國外需求的增加，[11] 即使亞洲金融風暴讓大陸產能過剩的問題逐漸浮現，但2001年加入世界貿易組織又延長了投資帶動模式的生命周期。2002年至2007年大陸出口金額增加了3.6倍，年均成長率高達28.9%（見表4），由於投資形成的新產能可利用海外市場消化，於是靠著外貿再維持了六年的高成長。淨出口對大陸GDP成長率的貢獻度在三大需求中雖然不高（見表5），卻提供了管道消化投資後的新增產能，而出口帶動的就業機會更是內部消費需求的基礎。但金融海嘯後的歐債危機，以及美國的財政懸崖問題，都使得這兩大消費地區的經濟狀況短期內不易強勁復甦，因此大陸的對外貿易很難恢復到2008年之前的高成長水準。[12] 當出口成長走緩，勢必影響到大陸投資和消費的持續成長。

---

[8] 林則宏，「大陸明年各省市工資漲幅可望縮小」，聯合新聞網，2012年12月27日，http://udn.com/NEWS/MAINLAND/MAI3/7593544.shtml#ixzz2NsAbxSBa。

[9] 「2012年25個省調整最低工資標準平均增幅20.2%」，新華網，2013年1月25日，http://news.xinhuanet.com/fortune/2013-01/25/c_124279396.htm。

[10] 例如當時大陸內部對家電的高度需求帶動了家電業的快速成長。

[11] 當時的外商投資不只帶來資金和技術，也同時帶來了訂單，使大陸逐漸成為世界工廠，外資出口金額一直都佔大陸出口總金額一半以上。

[12] 從表4可算出2008年至2013年出口金額的年均成長率只有9.08%。

表4　大陸2000年後的對外貿易

單位：億美元

年別	出口金額	進口金額	淨出口
2000	2,492.03	2,250.94	241.09
2001	2,660.98	2,435.53	225.45
2002	3,255.96	2,951.70	304.26
2003	4,382.28	4,127.60	254.68
2004	5,933.26	5,612.29	320.97
2005	7,619.53	6,599.53	1,020.00
2006	9,689.78	7,914.61	1,775.17
2007	12,204.56	9,561.16	2,643.40
2008	14,306.93	11,325.67	2,981.26
2009	12,016.12	10,059.23	1,956.89
2010	15,777.54	13,962.44	1,815.10
2011	18,983.81	17,434.84	1,548.97
2012	20,487.14	18,184.05	2,303.09
2013	22,093.72	19,503.21	2,590.51

資料來源：中國國家統計局，http://data.stats.gov.cn/workspace/index;jsessionid=B43A4DD1150F
2E6007802013E99CC197?m=hgnd，再按對外經濟貿易，再按貨物進出口總額。

表5　大陸三大需求對GDP成長率貢獻度

單位：%

年別	消費	投資	淨出口
2002	43.9	48.5	7.6
2003	35.8	63.3	0.9
2004	39.0	54.0	7.0
2005	39.0	38.8	22.2
2006	40.3	43.6	16.1
2007	39.6	42.4	18.0
2008	44.2	47.0	8.8
2009	49.8	87.6	-37.4
2010	43.1	52.9	4.0
2011	56.5	47.7	-4.2
2012	55.0	47.1	-2.1
2013	50.0	54.4	-4.4

資料來源：中國國家統計局，http://data.stats.gov.cn/workspace/index;jsessionid=B43A4DD1150F
2E6007802013E99CC197?m=hgnd，再按國民經濟核算，再按三大需求對國內生產
總值增長的貢獻率和拉動。

（四）人口紅利消退

　　不只是勞動力價格上升，勞動力數量也出現改革開放以來的第一次下降。依大陸國家統計局公布的資料顯示，2012年15至59歲勞動年齡人口比上年減少了345萬人，而且從2010年至2020年間，勞動年齡人口將減少2,900多萬人，[13] 這表示大陸的人口紅利消退已在2012年出現，將對經濟成長產生負面影響。根據世界銀行的預測報告顯示，由於人口紅利的逐漸消失，大陸經濟成長率將呈現階梯式的下降，二十年後GDP成長率將從過去三十年來的平均9.8%降低至5.0%（見表6），並預言「中國模式」即將結束，投資帶動高成長的政策也無法延續。[14]

　　大陸學者也估算出，由於勞動力供給的衰退，大陸的潛在GDP成長率（Potential GDP Growth Rate）已經由「十一五」時期的10.5%降至「十二五」時期的7.2%，「十三五」時期將進一步下跌至6.1%（見表7）。[15] 所謂潛在GDP成長率是指各種生產要素在充分就業下的成長率，只要成長率不低於潛在GDP成長率，就不會有非自願性的失業，這可以解釋2012年大陸GDP成長率只有7.8%，是1999年以來首次低於8%，但卻沒有出現大量失業的原因，[16] 也印證了大陸開始進入中度成長階段。近年來，大陸工資水準的不斷上漲，其實是反映勞動力逐漸短缺的結果。從市場的供需分析，如果現在的勞動力還像以前一樣充裕，即使大陸有心照顧勞工階層，連續大幅提高最低工資標準就必然會產生大量失業。

---

[13] 國家統計局，「2012年國民經濟和社會發展統計公報」，中國統計年鑑2013（北京：中國統計出版社，2013年2月22日），http://www.stats.gov.cn/tjgbndtjgb/qgndtjgb/t20130221_402874525.htm。

[14] 同註4，頁9。

[15] 蔡昉，「就業格局變化與挑戰」，RIETI電子資訊，No.115（2013年1月），http://www.rieti.go.jp/cn/rr/115.html。

[16] 如果超過潛在成長率則容易導致通貨膨脹，例如2011年GDP成長率為9.2%，高出潛在經濟成長率不少，該年消費者物價指數即高達5.5%。

表6　世界銀行對大陸未來二十年GDP成長率的預測

指標	1995-2010	2011-2015	2016-2020	2021-2025	2026-2030
GDP成長率（%）	9.9	8.6	7.0	5.9	5.0
勞動力成長率（%）	0.9	0.3	-0.2	-0.2	-0.4
勞動生產力成長率（%）	8.9	8.3	7.1	6.2	5.5

資料來源：同註15。

表7　各時期大陸潛在GDP成長率的估計

時期	十一五 （2006-2010）	十二五 （2011-2015）	十三五 （2016-2020）
潛在GDP成長率（%）	10.5	7.2	6.1

資料來源：同註15。

（五）所得分配不均

　　改革以來，大陸逐漸從社會主義經濟轉向市場經濟，雖然民營企業發展迅速，但生產工具公有的體制並沒有完全轉變。政府掌握的龐大國企並未有效的移轉給民間經營，土地的所有權仍然不得私有，以致經濟發展成果雖然壯大了國家及地方政府的財政能力，但廣大人民卻甚少享受到財富的增值，加上高度依賴以廉價勞力為基礎的加工出口業，在增加出口及創匯的考量下，勞工權益長期未得到應有的重視。雖然近三年來工資漲幅較快，但因基期低，勞動階層還是薪資微薄，尤其是農民工收入偏低的問題仍然嚴重，貧富差距日漸擴大，快速的成長並沒有讓大部分人民享受到經濟發展的成果，所得分配不均的情況相當嚴重，甚至形成「國富民貧」的現象。

　　據大陸人力資源和社會保障部勞動工資研究所發布的《2011中國薪酬報告》顯示，居民收入佔國民收入的比重持續下降，表示一般民眾的所得成長落後於GDP，所得分配嚴重向政府與企業傾斜。[17] 尤其是勞動者

報酬在GDP中的比重十多年來都呈現下降的趨勢，從1998年的53.1%下降為2010年的45%，在成熟的市場經濟體中一般都在55%至65%。[18] 反之，全國預算內財政收入在2000年為1.34兆元，2012年增加到11.72兆元，扣除通貨膨脹因素，實際年均成長率達15%，高出同期GDP成長率5個百分點。全國財政收入佔GDP的比重在2000年時為13.5%，到2012年已上升到22.6%。[19] 如果把以賣地為主的預算外財政收入包括在內，這比重將會更高。

不僅如此，民眾之間的所得分配也在惡化。2013年大陸的吉尼係數為0.473，雖然與2008年最高值0.491相比逐步回落（見表8），[20] 但仍高於0.4的國際警戒線，不少大陸經濟學者都認為，官方數據嚴重低估了真正的貧富懸殊。[21] 另一方面，近十年來房價的快速上漲更拉大了民眾的財富

---

[17] 以2011年為例，大陸城鎮居民人均可支配收入比上年名目成長14.1%，扣除價格因素，成長8.4%，低於GDP成長率0.8個百分點。而公共財政收入名目成長24.8%，企業收入名目成長20%，兩者增速都遠高於居民收入，參見耿雁冰，「中國薪酬報告：居民收入佔國民收入比重不升反降」，新浪財經，2012年9月18日，http://finance.sina.com.cn/china/20120918/023713162025.shtml。

[18] 陳建奇，「收入分配體制改革四大難點」，FT中文網，2013年1月17日，http://big5.ftchinese.com/story/001048517/?print=y。

[19] 劉育英，「第一觀察：中國應降低財政收入佔GDP比重嗎？」，雅虎財經，2013年2月24日，http://biz.cn.yahoo.com/ypen/20130224/1621053.html。

[20] 「國家統計局首次公布2003至2012年中國基尼係數」，人民網，2013年1月18日，http://politics.people.com.cn/n/2013/0118/c1001-20253603.html。「2013年全國基尼係數為0.473」，新浪財經，2014年1月20日，http://finance.sina.com.cn/china/hgjj/20140120/101518011675.shtml。

[21] 由西南財經大學與中國人民銀行金融研究所共同成立的中國家庭金融調查與研究中心公布的《中國家庭金融調查報告》顯示，2010年吉尼係數達到0.61，報告稱中國大陸家庭收入差距世所少見。參見「中國家庭基尼係數達0.61高於全球平均水準」，新華網，2012年12月10日，http://news.xinhuanet.com/politics/2012-12/10/c_124070295.htm。中國社科院12月18日公布的2013年社會藍皮書也聲稱，中國大陸收入分配不平等的程度總體上仍在繼續提

差距。2009年金融海嘯後出臺的房地產鼓勵政策，刺激成交量與房價，房地產市值增加超過10兆元，成為財富成長的主要推動力。[22] 由於財富代表的是存量，財富的分配不均比流量的所得差距影響更為深遠。

表8　大陸十年來的吉尼係數

年	吉尼係數
2003	0.479
2004	0.473
2005	0.485
2006	0.487
2007	0.484
2008	0.491
2009	0.490
2010	0.481
2011	0.477
2012	0.474
2013	0.473

資料來源：同註20。

高。參見「內地收入分配不均續惡化」，文匯報，2012年12月19日，http://paper.wenweipo.com/2012/12/19/CH1212190012.htm。中國經濟改革研究基金會在2010年所做的研究報告也顯示，中國收入最高的10%家庭與收入最低的10%家庭的人均收入相差65倍，而非統計資料顯示的23倍，參見「王小魯：中國最富家庭和最窮家庭人均收入差65倍」，MSN中文網，2012年1月11日，http://money.msn.com.cn/internal/20120111/09271352318.shtml。

[22] 參見招商銀行、貝恩諮詢公司，2011中國私人財富報告，頁8，http://images.cmbchina.com/pv_obj_cache/pv_obj_id_578D9F3F1BD4A1CA76E4492FAE59143B026B2800/filename/8e0597fb-dd78-4a49-a128-99aa80c4ef0e.pdf。

參、經濟發展規劃與政策方向

在中共「十八大」會議中，胡錦濤特別提到兩個「翻一番」──要達成到2020年GDP和城鄉居民人均收入比2010年倍增的目標。如果以2010年大陸GDP為39.8兆元、人均GDP達30,615元來看，若不考慮人口的增加，收入增加一倍表示人均GDP將達到61,230元，接近10,000美元的水準。[23]由於目標不高，預期要完成「十八大」強調的「國民收入倍增計劃」並沒有太大的困難度，未來只要每年GDP成長率維持在6.0%以上就可以輕易達成。

體現到長期經濟成長面臨的挑戰，「十二五規劃」強調要推動經濟發展方式的轉型，「十八大」報告也提到要「實施創新驅動發展戰略」、「推進經濟結構戰略性調整」和「推動城鄉發展一體化」。綜合來看，「十八大」後大陸的經濟發展規劃政策方向主要包括：

一、經濟成長從投資帶動向消費帶動轉變

為減少對外部市場的依賴，不但要提高消費佔GDP的比重，也要提升服務業佔三級產業的比例，在先進國家這兩項比率都在60%至70%之間。目前大陸這兩項比重都只有40%左右，預估未來至少有20個百分點以上的上升空間，其中服務業又是勞動密集型的產業，也是解決就業問題的希望所在。

在金融海嘯後，大陸為帶動消費，從2009年推出的家電以舊換新、汽車以舊換新和汽車下鄉等政策，都已經在2010年底、2011年底陸續到期。2013年1月底，實施了五年多的家電下鄉政策也期滿退場，大規模的中央財政補貼政策短期內不會再出現，未來將更加著重改善消費環境和增加

---

[23] 以2012年年底1美元兌人民幣中間價為6.2855元計算。

民眾收入。例如鼓勵消費信貸和擴大銀行卡的使用範圍等。從2013年2月25日起，人民銀行全面調低銀行卡刷卡手續費標準，刷卡費率總體上調降23%至24%，最大降幅達37.5%，希望能藉此刺激民間消費市場。[24]

二、從製造往創新轉變

在過去十年中，房地產的榮景一直是大陸經濟成長的關鍵因素，但2011年房價的泡沫化已經令大陸心生警惕，一直試圖降低經濟上對房地產投資的依賴。

即使近兩年來有加強調控，2012年房地產投資在大陸GDP中所佔比重仍高達13.8%，[25] 未來房地產業的發展趨緩，必然會對整體景氣擴張形成壓力。加上拉動經濟成長的傳統因素，如工資低廉等正在消退，當生產成本上升後，過去具有競爭優勢的勞力密集產業將面臨衰退，此時必須要有新的產業取代，以帶動經濟成長。

「十二五規劃」確定包括：節能環保、新一代資訊技術、生物、高端裝備製造、新能源、新材料和新能源汽車在內的戰略性新興產業七大領域。根據大陸國務院訂定的總體目標，到2015年和2020年，戰略性新興產業的增加值佔GDP的比重將分別達到8%和15%，使新興產業成為大陸產業升級的重要推動力量。

此外，2006年大陸國務院發布《國家中長期科學和技術發展規劃綱要（2006-2020年）》，不但強調「自主創新」，並透過大幅增加研發預算，來提升國企的研發能力，以及降低依賴進口技術的比例，目標要將全

---

[24] 韓化宇，「擴內需陸大降銀行刷卡手續費」，中時電子報，2013年2月26日，http://money.chinatimes.com/news/news-content.aspx?id=20130226001204&cid=1208。

[25] 美國住宅投資在2005年達到高峰時也只有GDP的6%。參見李志強，「大陸房市泡沫化問題簡析」，大陸與兩岸情勢簡報（臺北：行政院大陸委員會全球網，2012年3月8日），頁5-8，http://www.mac.gov.tw/public/Attachment/2399443041.pdf。

大陸研發支出佔GDP比重，由2004年的1.23%，提高到2020年的2.5%。其次，大陸對外科技的依賴度，在2020年時要下降到40%以下。以大陸研發支出金額的成長，和其佔GDP比重的增加來看（見表9），顯示大陸正積極進行技術上的追趕，企圖將產業結構逐步從「中國製造」轉型到「中國創造」。

表9　大陸研發支出金額與佔GDP比重

年別	金額（億美元）	佔GDP比重（%）
2001	126	0.95
2002	155	1.07
2003	186	1.13
2004	237	1.23
2005	303	1.34
2006	385	1.42
2007	508	1.49
2008	662	1.52
2009	866	1.70
2010	1,044	1.76
2011	1,346	1.84

資料來源：X. L. Liu and P. Cheng, "Is China's Indigenous Innovation Strategy Compatible with Globalization," *Policy Studies*, No. 61 (2011), p. 19；國家統計局、科學技術部、財政部，「2011年全國科技經費投入統計公報」，**科學技術部**，2012年10月25日，http://www.most.gov.cn/kjtj/tjbg/201211/P020121105537284214293.pdf。

三、收入分配制度改革

「十二五規劃」和「十八大」報告中都提到「努力實現居民收入增長和經濟發展同步、勞動報酬增長和勞動生產率提高同步」；在2012年2月大陸國務院轉發的《促進就業規劃（2011-2015年）》中也規定，「十二五」期間最低工資標準年均要成長13%以上，到2015年底大部分地

區的最低工資標準，應達到當地城鎮從業人員平均工資的40%以上，因此未來三年大陸的工資水準還是會以相當的幅度上漲。

2013年2月5日，大陸國務院批准《關於深化收入分配制度改革的若干意見》，對於收入分配制度改革提出30條指導意見。具體作法將是「提低、擴中、控高」，即提高低收入群的所得、擴大中收入群的數量、控制壟斷部門和部分國企高階主管的過高收入，並繼續改善社會保障制度、縮小所得分配差距等。從凱因斯經濟理論來看，當所得分配越不平均時，社會的消費就越難增加，因為邊際消費傾向隨所得增加而遞減，如果所得往高所得者集中，新增加的消費一定較所得平均分配時為少，因此所得分配差距的縮小將有助於提高居民消費率。

四、推動城鎮化

大陸對城鎮化的研究由來已久，但過去對推動城鎮化沒有像目前那樣有急迫性，由於預期外需將持續不振，城鎮化已經被看作是「實現經濟發展方式轉變的重點」之一。「十七大」報告中提到城鎮化只有兩次，「十八大」報告則多達七次。在2012年李克強多次提到城鎮化是大陸帶動內需的最大潛力領域，較為重要的兩次講話都以全文刊登的方式發表在中共核心刊物上。[26] 攸關城鎮化發展總體綱要的《國家新型城鎮化規劃（2014-2020年）》已在2014年3月公布。

2011年大陸公布的城鎮化比例為51.27%，不過這一數字可能高估了實際的水準。因為從2000年開始，大陸國家統計局計算城鎮人口時用「常住人口」而不是「戶籍人口」為基礎，這樣就有1.8億的農民工被歸入為城

---

[26] 李克強，「在改革開放進程中深入實施擴大內需戰略」，求是，2012年第4期（2012年2月），http://www.qstheory.cn/zxdk/2012/201204/201202/t20120213_138404.htm；李克強，「認真學習深刻領會全面貫徹黨的十八大精神促進經濟持續健康發展和社會全面進步」，人民日報，2012年11月21日，版3。

鎮人口。以此估算，真正的城鎮化比例還不到40%，而隨著農村城鎮化的推展，對各種城市設施和服務，例如道路、住宅、教育、醫療等都有龐大的需求，同時也可以消化前幾年刺激內需政策下增加的鋼鐵、水泥、玻璃等傳統行業的過剩產能，因此城鎮化是大陸經濟未來的成長潛力來源。

肆、經濟轉型的挑戰

針對上述四項政策方向，根據大陸本身的經濟體制和發展現況，評估大陸經濟轉型的可能效果與障礙包括：

一、以消費取代投資帶動成長

雖然2011至2012年消費對大陸GDP成長的貢獻比重已超過一半（見表5），但相當程度上是因為淨出口成長衰退，以及政策調控引致的投資成長趨緩形成的，長期的趨勢仍然不確定。如果所得分配不改善，消費就難以大幅成長。而且所得是影響消費的最重要原因，當大陸經濟成長趨緩，必然遲早會導致薪資成長的下滑，同時也會扭轉民眾一直以來對經濟前景的樂觀預期，進而引起當期消費支出保守，因此未來消費能否取代投資帶動成長仍充滿變數。

從大陸高達54.3%的儲蓄率，可理解以上效應可能正在發生，[27] 即使在這樣高的儲蓄率下，居民儲蓄餘額也不過18兆元，人均餘額才13,000元，表示將來儲蓄還有很大的增加空間。[28] 對中低收入者而言，增加儲蓄

---

[27] 韓化宇，「陸儲蓄率逼近55% 世界第一」，中時電子報，2013年1月14日，http://news.chinatimes.com/mainland/11050501/112013011400369.html。

[28] 例如日本人均GDP為大陸的八倍，但人均儲蓄餘額達50萬元人民幣，約為大陸的38倍。參見「中國人均儲蓄過萬元 日本人儲蓄餘額居世界第一」，人民網，2012年11月22日，http://finance.people.com.cn/n/2012/1122/c70846-19660974.html。

的目的是為了提高安全感，所以除了收入政策外，未來大陸必須進一步改善社會保障，才可使儲蓄率降低，讓消費率上升。但未來城鎮化的推動，投資主體仍將是國企，故可以預期未來一段時期內，投資依然是經濟成長的關鍵因素。

二、產業升級與創新

　　雖然大陸已成為世界工廠，但產業的主導力量一直是三分天下。國企和民企分別集中在重工業和民生工業，而外商則在科技業或新興產業中居主導地位，掌握著產業的關鍵技術、位居全球生產網絡價值鏈的前端，相對地大陸還是從事價值鏈最末端、附加價值最低的生產活動，甚至很多高科技業的代工還是由臺商包攬，大陸只提供土地與勞動力。以2010年為例，高技術產業總產值中三資企業所佔比例達65.1%；其中電子電腦及辦公設備製造業高達91.7%，電子及通信設備製造業中也有69.7%，外商獨資企業在高技術產品出口中的比重為66.5%，而國企只佔15.7%，[29] 所以大陸要在短期內跨越與外資之間的技術差距幾乎是不可能。

　　未來大陸在新興產業的發展上還是以國企為主，透過國企進行研發，達到技術追趕西方國家的目標。配套作法是保護國企在新興產業上的壟斷地位，並藉由擴大壟斷利潤來加速成長，其發展模式仍然類似計劃經濟時代的形態。雖然國家絕大部分的研發經費都撥給國企，但其自主創新的研發成果一直都不明顯。主要是在公有體制下，國企自主研發的誘因不足，所以最直接和快速的作法就是對外購買技術。例如在購買國內與國外技術的比例中，國企所佔比重分別高達68.7%與51.2%，但屬於產出面的專利

---

[29] 參見中國科學技術發展戰略研究院，「中國科技統計2011年度報告」，中國科技統計（2012），http://www.sts.org.cn/zlhb/2012/hb3.1.htm。

申請與新產品銷售卻只有35.3%與44.1%。[30] 因此，大陸產業結構能否順利轉型並不樂觀。

三、改善人民收入分配結構

自改革以來，國企在許多重要產業仍然是寡佔或獨佔者，近年來甚至常出現「國進民退」的現象，而國有經濟部門一直享有超額利潤，相關員工的薪資和福利等當然欲小不易。例如2011年民企500強的利潤為4,387.31億元，還不到工、農、中、建、交五大國有銀行合計利潤6,808.49億元的三分之二。[31]《2011年中央決算報告》資料顯示：2011年央企利潤為9,173.3億元，但作為最大股東，國家分到的紅利卻只有800.6億元，其中用於社會保障等支出的僅有40億元，[32] 剩餘的利潤實際上大都在央企內部進行分配。而央企利潤的80%以上皆來自中石油、中石化、中海油、中聯通、中移動、中電信等不到十家的獨佔企業，雖然這種產業結構對經濟效率或社會公平都有不利影響，但短期間公有制為主的財產體制仍將難以改變，加上「十八大」報告中仍然高度強調國企在重大關鍵領域的控制力和影響力，認為這是公有經濟的代表形式，所以能否有效改善人民收入分配仍有疑問。

---

[30] OECD, *China in Focus: Lessons and Challenges* (Paris: OECD, 2012), p. 84, http://www.oecd.org/china/50011051.pdf.

[31] 參見「民企五百強利潤為何遠低於五大銀行」，中國評論新聞網，2012年9月3日，http://www.chinareviewnews.com/doc/1022/2/0/7/102220791.html?coluid=0&kindid=0&docid=102220791。

[32] 「利益博弈掣肘收入分配改革方案再延期」，中國評論新聞網，2012年12月17日，http://www.chinareviewnews.com/doc/1023/4/9/6/102349690_2.html?coluid=7&kindid=0&docid=102349690&mdate=1217092834。

　　長期以來，民企希望能進入金融、通訊、能源等央企佔據的產業，但一直進展停滯。直至近兩年來大陸陸續推出一些開放民間資本的措施，例如2010年發布的「新36條」，[33] 以及2012年以來45個相關部門推出的42項「新36條」的實施細則。以往銀行、鐵路、航空、電信等由國企寡佔甚至獨佔的產業都紛紛對民間資本開放，希望藉此能改善所得分配偏向國家的扭曲現象，並紓緩「國富民窮」的問題。但在實際推動過程中，來自既得利益者的阻力依然很大。譬如說「新36條」的實施細則，其實都是原則性多於可行性，沒有具體規範民間資本該如何進入、經營權和收益權如何分配等關鍵問題。大部分民企對於政府是否真的有誠意開放民間資本仍有所懷疑，尤其是國企的長期獨佔已經在相關產業設定高門檻，[34] 加上國企背後有著國有金融支持，在這種不平等的競爭環境下，如果國企不完全退場，即使民企進入相關領域，在目前體制下也可能很快被淘汰。何況之前有些領域開放民間資本後又再度被國有化，民企當然不敢貿然進入投資。[35]

　　目前政府在國民收入中的比重，也是大陸所得分配改革中最為重要的一環。例如2011年政府財政收入及土地收入加總達13.5兆元，佔城市居民和農民全部可支配收入的75.8%，而同期美國的比例則僅為25%，[36] 因此

---

[33] 原名為「國務院關於鼓勵和引導民間投資健康發展的若干意見」。

[34] 例如這些國企原有的客戶數量龐大，其平均固定成本就遠低於尚未有大量客源的新競爭者。

[35] 2009年山西煤炭業強制性的國有化併購過程中，民營煤礦的補償價款計算方法是由山西省政府單方面決定，大部分民營煤礦合法採礦權的併購價格只有實際價值的一半左右。參見鄧偉，「『國進民退』的學術論爭及其下一步」，改革，2010年第4期（2010年4月），http://www.usc.cuhk.edu.hk/PaperCollection/Details.aspx?id=7743。

[36] 「收入分配改革撥正公私邊界方能健步航行」，中國評論新聞網，2012年11月8日，http://www.chinareviewnews.com/doc/1022/9/5/9/102295974.html?coluid=50&kindid=1071&docid=102295974。

大陸也應推動財政預算收支制度和稅制方面的改革。此外，就算不考慮體制問題，一般而言，在勞動密集產業快速成長的階段，因勞動力貢獻較大，所得分配會傾向為數眾多的勞動者，因此會顯得較為平均，一旦轉型到以資本密集產業，或以創新產業帶動發展時，由於資本擁有者和具能力創新者屬於少數人，所得分配就會往此少數者集中。依據這樣的推論，大陸過去在勞動密集產業具有比較利益（comparative advantage）的經濟結構下，勞動者收入佔GDP比重尚且一直下降，因此更不能期待未來要進行經濟轉型時所得分配會大幅改善，但如果政府違反市場規律，強制性的剝奪高貢獻者獲得的高報酬，其代價必然是產業升級將更為困難。

四、城鎮化的普及

城鎮化是大陸各種經濟政策中預估最有成效的一項，主要是農民確實有這方面的需求，所以未來城鎮化的進度將決定在中央及地方政府的供給能力。雖然城鎮化被認為是提高內需的可行措施，但資金將首先是要面對的問題。據大陸國家發改委估算，到2020年城鎮化所需要的硬體建設，還有醫療、社會保障、教育等配套投資支出共計將超過30兆元，[37] 龐大的資金需求將讓不少地方政府面臨缺錢的問題，而且大陸的資源分配與城市等級掛鉤，級別高的大城市分配到的資源最多，而級別低的中小城鎮就沒什麼資源，對農民的吸引力相對有限。

再者，中小型城鎮吸引外資的環境不佳，加上國企效益較低，吸收的勞動力數量有限，而民企又受到體制壓抑，經營規模不大，能雇用勞動的能力較弱，因此中小型城鎮的發展缺乏就業支援。如果推動城鎮化的過程中部分新增的社保支出要由企業分攤，其工資成本將進一步提高，也不利

---

[37] 參見楊海霞，「30萬億投資城鎮化」，新浪財經，2012年7月2日，http://finance.sina.com.cn/leadership/mroll/20120702/160212456256.shtml。

於吸引企業聚集在新城鎮。在沒有足夠的就業機會下，中小城鎮的農民還是會選擇長途奔波，跨省區的往原來大城市流動，城鎮化很可能最後只發揮前段的投資效果，缺乏後段帶動消費的效應，這樣又將回到過去以投資帶動成長的老路，對大陸經濟長期的永續發展依舊不利。

歸納而言，當前大陸經濟結構中的扭曲和失衡問題，是因為改革不夠徹底所造成。中共從1995年「十四屆五中全會」，就已經提出要進行經濟轉型，但十多年來實際效果卻不彰，主要是政府在資源配置上仍扮演著主導性的角色。1978年以來經濟改革的核心有兩個，一是財產制度，二是市場制度。就財產制度而言，雖然放開了所有制限制，容許非國企進入民生產業經營，但各重大領域仍由國企壟斷與把持。政府掌握了大量經濟資源，國家刻意保護某些產業來保留市場的租金給國企。除了規定銀行、保險、電信、金融、能源和電力等產業為策略性行業以外，也設立了行業准入門檻，排除外資和民企進入經營，以維持國企在市場的獨佔地位。[38]

此外，國家給予國企各項資源分配上特權，包括低利貸款、補貼、免稅等等財務優惠。一方面，國企透過增加投資來累積資本，務求短時間內達到規模效率，並帶動經濟發展與GDP成長。[39] 另一方面，國家只容許市場存在有限度的競爭，目的在保留市場利益分享給國企與地方幹部菁英，使他們擁有高利潤和高收入，之後國家又可享有國企上繳的稅收，藉由國企利益與國家稅收的循環來強化和穩定共產黨的政權。[40] 由於這種黨國體制的特性，使得國企的高投資難以遏制，當投資對經濟成長貢獻最大，所

---

[38] Margaret M. Pearson, "The Business of Governing Business in China: Institutions and Norms of the Emerging Regulatory State," *World Politics*, Vol. 57, No. 2 (2005), pp. 296-322.

[39] Barry Naughton, "China's Distinctive System: Can It Be a Model for Others?" *Journal of Contemporary China*, Vol. 19, No. 65 (2010), pp. 437-460.

[40] Minxin Pei, *China's Trapped Transition: The Limits of Developmental Autocracy* (Cambridge, Mass.: Harvard University Press, 2006), p. 31.

得分配自然會傾向國有經濟部門，加上在制度性租金的保障下，國企缺乏努力誘因，不管投入多少國家研發補助都不易有技術上的突破，產業升級與創新就很難實現。

就市場制度來說，為了維持國企的地位和重要性，市場化的改革就必須做一部分的保留。例如在價格改革上，至今利率仍然沒有市場化，長期以來，處於寡佔地位的國有銀行三分之二的貸款都以低利率貸給低效率的國企，在資金取得容易且利率低廉的情況下，國企要過度投資就變成了常態。另一方面，大多數民企卻借不到錢，據2011年全國工商聯調查顯示，90%的中小企業沒有與金融機構發生過任何的借貸關係，而小微企業的比例更高達95%。[41]

伍、「十八屆三中全會」揭櫫的改革綱領

一、市場角色從「基礎性作用」提升到「決定性作用」

大陸領導階層也深切了解大陸經濟結構的問題根源，因此2013年「十八屆三中全會」審議通過的《中共中央關於全面深化改革若干重大問題的決定》（以下簡稱《決定》），就針對當前問題提出了未來五到十年經濟改革的綱領。《決定》的內容涵蓋了15個領域和60個具體任務，包括經濟、政治制度、環境、文化、社會和黨的能力建設等六大類，但重點還是在經濟方面。外界認為「十八屆三中全會」的重大意義不下於1978年的「十一屆三中全會」和1993年的「十四屆三中全會」，前者揭開了改革的序幕，後者則勾畫出社會主義市場經濟體制的基本架構。「十四屆三中全

41 「小微企業融資發展報告：95%小微企業未從銀行借貸」，新浪財經，2013年4月6日，http://finance.sina.com.cn/money/bank/yhpl/20130406/125915058720.shtml。

會」第一次提出市場要在資源配置中起「基礎性作用」，具體的是指商品價格的完全市場化，但要素市場尤其是金融市場仍然受到政府嚴格的管制，導致了前述各種經濟結構的扭曲和失衡現象。

而《決定》則強調經濟體制改革的「核心問題是處理好政府和市場的關係，使市場在資源配置中起決定性作用和更好發揮政府作用」、「凡是能由市場形成價格的都交給市場，政府不進行不當干預」，[42]「十八屆三中全會」把市場的角色從「十四屆三中全會」的「基礎性作用」提升至「決定性作用」，彰顯了習、李主政下要強化市場化改革的決心。其中重點有三項：一是降低政府對資源配置的過度干預。二是健全市場體系並形成由市場決定價格的機制，提供真正公平競爭的環境。三是消除對非公有制經濟的歧視性規定。所以未來改革的主要目標是要素市場化和排除各種市場障礙。

在各種要素市場中資本市場特別顯得重要，過去大陸對金融改革的需求並不迫切，但現在勞動力便宜的優勢已漸消失，資本的使用效率就必須改善。如果利率不能市場化，無法反映資本的真正價格，大陸的經濟轉型和產業升級就很難成功。因此《決定》提出要「加快推進利率市場化」和「允許具備條件的民間資本依法發起設立中小型銀行等金融機構」，[43]前者可以提高資本的使用效率，淘汰低效率的國企投資，後者可以提供中小型民企融資，降低金融市場對民企的歧視。以往大陸對民間資本設立銀行的政策一直模糊，這次提出可以「發起設立」算是多年來的一項突破。

不過，《決定》中列出的許多經濟改革綱領，例如「推動國有企業完善現代企業制度」、「加快轉變政府職能」、「加快完善現代市場體

---

[42] 參見「中共中央關於全面深化改革若干重大問題的決定」，中國共產黨新聞網，2013年11月15日，http://cpc.people.com.cn/n/2013/1115/c64094-23559163.html。

[43] 同前註。

系」、「完善產權保護制度」等，都算不上是新的政策，之前在「十六屆三中全會」的改革決定中就出現過。[44] 過往許多重大改革一到執行的時候，就會受到阻力而速度放緩甚至停頓。未來的改革仍將遇到類似的兩種阻力：一是意識形態上對國有經濟的堅持。《決定》雖然提出「保證各種所有制經濟依法平等使用生產要素、公開公平公正參與市場競爭」，但又強調「必須毫不動搖鞏固和發展公有制經濟，堅持公有制主體地位，發揮國有經濟主導作用，不斷增強國有經濟活力、控制力、影響力」，所以非公有制企業能否真正獲得公平待遇仍令人懷疑。二是既得利益者的抗拒，主要是政府部門和國企。一旦干預減少，政府部門的權力將大為減縮，尋租空間下降。此外，《決定》中不少的改革方向是針對國企享受的不公平待遇，例如「廢除對非公有制經濟各種形式的不合理規定」、到2020年國企稅後利潤上繳國家財政的比例要提高到30%、國企要增加市場化選聘員工的比例、嚴格規範國企管理人員薪酬水準與其他待遇等。因此《決定》中的改革綱領能否落實，仍然要繼續追蹤觀察。

二、上海自貿區的改革試點

　　由於《決定》提出的改革範圍廣泛，而且短期內要在全大陸開放各種市場管制會有很大的風險和不確定性。考慮到改革之複雜性，突破口就是在2013年9月掛牌成立的上海自貿區推動的試點工作。上海自貿區在「十八屆三中全會」中被定義為大陸新一波的改革起點。根據規劃，其試點內容主要有四項：貿易自由化、投資便利化、金融市場化與行政精簡化。因此上海自貿區的設立不只單純的著眼於自由貿易，而是以建立市場化經濟體制為最終目標，透過區內相關的體制改革為試點，待取得成效後

---

44 參見「中共中央關於完善社會主義市場經濟體制若干問題的決定（全文）」，中國網，2003年10月22日，http://www.china.com.cn/chinese/zhuanti/sljszqh/426675.htm。

再把試點範圍推廣到各地。

　　實際運作一年後，上海自貿區在先試驗再推廣方面，與外界原先的期望仍有不少落差。目前與《決定》有關的顯著成果有兩項：一是「推進工商註冊制度便利化，削減資質認定項目，由先證後照改為先照後證，把註冊資本實繳登記制逐步改為認繳登記制」。二是「對外商投資實行准入前國民待遇加負面清單的管理模式」。這兩項試驗的成果之所以較明顯：一是相關事務不涉及多個中央部委間的協調，改革對象較單純，例如工商登記制度屬於國家工商管理總局的管轄範圍，而負面清單的制定則屬於商務部的職權。二是改革過程只觸及到程序性事務，被改革的對象沒感受到實際利益受損。反之，涉及多個部委和實際利益的金融試驗則在進展上就沒那麼順利，大多數的金融開放措施都是象徵性的，實施細則還未完全推出，尚未進入大幅放寬管制的階段。一個地方的局部改革都如此緩慢，更遑論要在全大陸推動《決定》的60條改革任務。由此看來，「十八屆三中全會」宣布的改革綱領不必太樂觀看待。

三、十八屆三中全會後的經濟政策

　　十八屆三中全會後，大陸陸續推出了3項重要的經濟轉型政策：一是持續簡政放權。自李克強上任總理後一直強調簡政放權可以激發市場活力，實質上就是減少各級政府對經濟的干預。2014年就分3次累計取消和下放了219項行政審批項目。如果加計2013年取消和下放的362項，總數已達國務院各部門1,700多個行政審批項目的1/3。二是以「三個1億人」落實城鎮化。即促進約1億農業轉移人口落戶城鎮，改造約1億人居住的城鎮棚戶區和城中村，引導約1億人在中西部地區就近城鎮化。這是在政策上首次提出量化目標，著重改善城鎮弱勢群體的居住品質，而且要藉由加強對中西部地區新城鎮的支援，把人口留在中西部，過去的「西部大開發」並沒有這樣的規劃。三是開放民營銀行的籌建。2014年7月至9月，大陸銀監

會分別批准了深圳前海微眾銀行、溫州民商銀行、天津金城銀行、浙江網商銀行和上海華瑞銀行共五家民營銀行的籌建申請。

　　上述三項政策中，開放民營銀行試點最具有突破性。在體制內貸款仍偏重在國企的情況下，即使利率能夠市場化，民企能否容易取得貸款仍有疑問，配套的解決方法在於實施雙軌制，讓民營資本能開設專為中小型民企服務的民營銀行。但目前大陸民營銀行對民企融資的幫助還是有限。一是民營銀行仍處在試點與籌建階段，相應的監管機制還沒有推出，業務範圍受限，少數幾家民營銀行難以滿足大量民企的資金需求。二是民營銀行剛成立不久，在缺乏國家保護、沒有品牌與通路優勢、信用風險較高等因素下，吸引社會存款的能力薄弱，導致貸款規模不大。因此，國有銀行仍將是金融市場的寡占者，而民營銀行頂多只扮演點綴的角色，未來民企的融資環境仍然會相當艱困。

陸、結論

　　投資率偏高、低成本優勢漸失、國外需求疲弱、人口紅利消退和所得分配惡化都是當前大陸經濟發展面臨的問題，大陸政府希望透過以消費帶動成長、產業升級與創新、改革收入分配制度和推動城鎮化作為因應政策。其中城鎮化因受到固有體制的牽制較少，甚至可以緩解傳統產業產能過剩危機，以及符合農民需求的因素，效果將較為明顯。不過政府部門仍然掌握了太多的資源和太大的資源配置權力，所以其餘政策的成效將不會很顯著。假如不改革金融體系，真正的允許民營銀行參與銀行業的競爭，並推動利率市場化，打破國企壟斷，則投資率偏高與缺乏效率的現象仍將繼續，所得分配不均依舊難以化解，產業升級與創新也不會有突出成果，而城鎮化最後也只是延續過去投資帶動成長的模式。如果利率能夠市場化，讓利率扮演著分配資本至有效率使用者的功能，則資金就會從低效率

的國企流向高效率的民企，不但可降低過度的投資，提高投資效率，同時也可以還富於民，只有透過市場競爭，並開放重要產業讓高誘因的民企進入經營，產業升級與創新才有機會實現。

新古典成長理論的趨同假說（convergence hypothesis）認為，當先進國家出現資本邊際報酬遞減時，資本就會流向尚未出現報酬遞減的發展中國家，造成已開發國家成長趨緩，而發展中國家成長加快，最後導致兩類國家的發展程度趨向相同，人均所得接近。但群體趨同假說（club convergence hypothesis）則認為，不同國家有不同的體制，並形成不同的群體，趨同效應只發生在制度相同的群體內，如果發展中國家不採取先進國家的制度，則可能一直停留在低所得的群體中，永遠不會追上先進國家的生活水準。群體趨同假說可以解釋為什麼有些發展中國家，儘管曾經有過快速的經濟成長，但因為沒有推動適當的政治和經濟改革，最終其發展依然遠落後於先進國家。

改革三十多年來大陸的快速成長，一定程度上呼應了趨同假說的預測，但目前大陸經濟發展已經到達一個關鍵的臨界點，從「增量改革」進入「存量調整」階段，只有徹底的進行改革，採取先進國家的財產權和市場化制度，未來大陸經濟才能走出「中等收入陷阱」，實現與歐美日等國的群體趨同，縮小彼此的人均所得差距。不過，任何改革都是一種利益的重分配，尤其是政府部門本身就是既得利益者，加上缺乏外部的制衡與監督力量，因此大陸經濟結構的轉型會面臨相當多的阻力，對習李體制而言將是一項長期挑戰。

參考書目

一、中文部分

「2012年25個省調整最低工資標準平均增幅20.2%」，新華網，2013年1月25日，http://news. xinhuanet.com/fortune/2013-01/25/c_124279396.htm。

「2013年全國基尼係數為0.473」，新浪財經，2014年1月20日，http://finance.sina.com.cn/china/ hgjj/20140120/101518011675.shtml。

「小微企業融資發展報告：95%小微企業未從銀行借貸」，新浪財經，2013年4月6日，http:// finance.sina.com.cn/money/bank/yhpl/20130406/125915058720.shtml。

「大陸首次超美成全球最大貿易國」，聯合新聞網，2013年2月11日，http://udn.com/NEWS/ WORLD/WOR2/7695445.shtml。

「王小魯：中國最富家庭和最窮家庭人均收入差65倍」，MSN中文網，2012年1月11日，http:// money.msn.com.cn/internal/20120111/09271352318.shtml。

「內地收入分配不均續惡化」，文匯報，2012年12月19日，http://paper.wenweipo. com/2012/12/19/CH1212190012.htm。

「中共中央關於全面深化改革若干重大問題的決定」，中國共產黨新聞網，2013年11月15日，http://cpc.people.com.cn/n/2013/1115/c64094-23559163.html。

「中共中央關於完善社會主義市場經濟體制若干問題的決定（全文）」，中國網，2003年10月22日，http://www.china.com.cn/chinese/zhuanti/sljszqh/426675.htm。

「中國人均儲蓄過萬元日本人儲蓄餘額居世界第一」，人民網，2012年11月22日，http:// finance.people.com.cn/n/2012/1122/c70846-19660974.html。

中國科學技術發展戰略研究院，「中國科技統計2011年度報告」，中國科技統計（2012），http://www.sts.org.cn/zlhb/2012/hb3.1.htm。

「中國家庭基尼係數達0.61高於全球平均水準」，新華網，2012年12月10日，http://news. xinhuanet.com/politics/2012-12/10/c_124070295.htm。

「去年M2餘額97萬億中國成全球貨幣存量第一大國」，搜狐財經，2013年2月1日，http://business.sohu.com/20130201/n365306409.shtml。

「民企五百強利潤為何遠低於五大銀行」，中國評論新聞網，2012年9月3日，http://www.chinareviewnews.com/doc/1022/2/0/7/102220791.html?coluid=0&kindid=0&docid=102220791。

「收入分配改革撥正公私邊界方能健步航行」，中國評論新聞網，2012年11月8日，http://www.chinareviewnews.com/doc/1022/9/5/9/102295974.html?coluid=50&kindid=1071&docid=102295974。

李志強，「大陸房市泡沫化問題簡析」，大陸與兩岸情勢簡報（臺北：行政院大陸委員會全球網，2012年3月8日），http://www.mac.gov.tw/public/Attachment/2399443041.pdf。

李克強，「在改革開放進程中深入實施擴大內需戰略」，求是，2012年第4期（2012年2月），http://www.qstheory.cn/zxdk/2012/201204/201202/t20120213_138404.htm。

李克強，「認真學習深刻領會全面貫徹黨的十八大精神促進經濟持續健康發展和社會全面進步」，人民日報，2012年11月21日，版3。

「利益博弈掣肘收入分配改革方案再延期」，中國評論新聞網，2012年12月17日，http://www.chinareviewnews.com/doc/1023/4/9/6/102349690_2.html?coluid= 7&kindid=0&docid=10234969 0&mdate=1217092834。

林則宏，「大陸明年各省市工資漲幅可望縮小」，聯合新聞網，2012年12月27日，http://udn.com/NEWS/MAINLAND/MAI3/7593544.shtml#ixzz2NsAbxSBa。

招商銀行、貝恩諮詢公司，2011中國私人財富報告，頁5-14，http://images.cmbchina.com/pv_obj_cache/pv_obj_id_578D9F3F1BD4A1CA76E4492FAE59143B026B2800/filename/8e0597fb-dd78-4a49-a128-99aa80c4ef0e.pdf。

耿雁冰，「中國薪酬報告：居民收入佔國民收入比重不升反降」，新浪財經，2012年9月18日，http://finance.sina.com.cn/china/20120918/023713162025.shtml。

「《國家中長期科學和技術發展規劃綱要（2006-2020年）》若干配套政策」，科學技術部，http://www.most.gov.cn/ztzl/qgkjdh/qgkjdhzywj/200602/t20060227_htm。

國家統計局，「2012年國民經濟和社會發展統計公報」，中國統計年鑑2013（北京：中國統計出版社，2013年2月22日），http://www.stats.gov.cn/tjgb/ndtjgb/qgndtjgb/t20130221_402874525.htm。

國家統計局，中國統計年鑑2014（北京：中國統計出版社，2014年）。

國家統計局貿易外經統計司，中國貿易外經統計年鑑2014（北京：中國統計出版社，2014年）。

「國家統計局首次公布2003至2012年中國基尼係數」，人民網，2013年1月18日，http://politics.people.com.cn/n/2013/0118/c1001-20253603.html。

國家統計局、科學技術部、財政部，「2011年全國科技經費投入統計公報」，科學技術部，2012年10月25日，http://www.most.gov.cn/kjtj/tjbg/201211/P020121105537284214293.pdf。

楊海霞，「30萬億投資城鎮化」，新浪財經，2012年7月2日，http://finance.sina.com.cn/leadership/mroll/20120702/160212456256.shtml。

劉育英，「第一觀察：中國應降低財政收入佔GDP比重嗎？」，雅虎財經，2013年2月24日，http://biz.cn.yahoo.com/ypen/20130224/1621053.html。

陳建奇，「收入分配體制改革四大難點」，FT中文網，2013年1月17日，http://big5.ftchinese.com/story/001048517/?print=y。

蔡昉，「就業格局變化與挑戰」，RIETI電子資訊，No. 115（2013年1月），http://www.rieti.go.jp/cn/rr/115.html。

韓化宇，「陸儲蓄率逼近55% 世界第一」，中時電子報，2013年1月14日，http://news.chinatimes.com/mainland/11050501/112013011400369.html。

韓化宇，「擴內需陸大降銀行刷卡手續費」，中時電子報，2013年2月26日，http://money.chinatimes.com/news/news-content.aspx?id=20130226001204&cid=1208。

鄧偉，「『國進民退』的學術論爭及其下一步」，改革，2010年第4期（2010年4月），http://www.usc.cuhk.edu.hk/PaperCollection/Details.aspx?id=7743。

遲福林，「加快推進以消費為主導的轉型與改革」，中國網，2012年8月15日，http://finance.china.com.cn/stock/20120815/948672.shtml。

嚴先溥，「對我國居民消費能力的基本判斷與思考」，調研世界，2012年第8期（2012年8月2

日），http://www.stats.gov.cn:82/tjshujia/dysj/t20120802_402823946.htm。

二、英文部分

IMF, "Report for Selected Countries and Subjects," *World Economic Outlook Database, October 2012 Edition* (Washington, D.C.: International Monetary Fund), http://www.imf.org/external/pubs/ft/weo/2012/02/weodata/index.aspx.

Lee, I. H., M. Syed, and X. Liu, "Is China Over-Investing and Does it Matter?" *IMF Working Paper* (November 2012), http://www.imf.org/external/pubs/ft/wp/2012/ wp12277.pdf.

Liu, X. L. and P. Cheng, "Is China's Indigenous Innovation Strategy Compatible with Globalization," *Policy Studies*, No. 61 (2011), pp. 1-54.

OECD, *China in Focus: Lessons and Challenges* (Paris: OECD, 2012), pp. 72-88, http://www. oecd. org/china/50011051.pdf.sites/default/files/documents/CLM37BN.pdf.

Naughton, Barry, "China's Distinctive System: Can It Be a Model for Others?" *Journal of Contemporary China*, Vol. 19, No. 65(2010), pp. 437-460.

Pearson, Margaret M., "The Business of Governing Business in China: Institutions and Norms of the Emerging Regulatory State," *World Politics*, Vol. 57, No. 2(2005), pp. 296-322.

Pei, Minxin, *China's Trapped Transition: The Limits of Developmental Autocracy* (Cambridge, Mass.: Harvard University Press, 2006).

The World Bank, Development Research Center of the State Council, *China 2030: Building a Modern, Harmonious, and Creative High-Income Society* (2012), http:// www.worldbank.org/content/dam/Worldbank/document/China-2030-complete.pdf.

當前中國社會管理分析：
「國家－社會」關係的視角

王信賢

（政治大學東亞研究所教授）

摘要

　　近年來隨著社會力量的崛起，民眾的「維權」與官方的「維穩」成為我們觀察中國大陸的重要視角。在此基礎上，本文試圖回答兩方面問題，一是關於社會管理政策，另一則是當前中國國家社會關係的理論爭辯。就前者而言，「加強與創新社會管理」，幾乎是近年中國社會政策的核心，本文認為其困境在於：一方面可能為各官僚部門與地方政府的力量所切割；另一方面，在現實的狀況下仍是以黨國為核心，社會部門的參與仍有限。因此，當前社會管理仍是「統治」而非「治理」的邏輯。此外，本文也將回答關於社會管理的理論爭辯，包括「強或弱國家能力」、「分裂威權主義1.0或2.0」，以及「國家或社會統合主義」等。

關鍵詞：社會管理、「國家－社會」關係、分裂威權主義、國家能力

壹、前言

　　近十餘年來，不論是中共黨的《政治報告》或每年的《政府工作報告》，「社會建設」受重視的程度不斷攀升，甚至可說是各報告中內容與篇幅增加較多的。此反映出這些年來中國大陸伴隨經濟快速發展而來，包括社會不公、各類拆遷與「圈地」問題、「三農問題」、農民工問題、教育問題、就業問題、環境污染、衛生醫療問題、食品安全問題，以及各種人為災變的社會問題的不斷湧現，[1] 緊接著猛爆社會問題而來的就是社會抗爭的頻仍、各類草根組織的出現，再加上網際網路的催化，使得中共將「社會穩定」拉到施政的前沿。

　　過去三年來，國際媒體不斷報導中國「公共安全」預算超越「國防」經費，即可看出端倪。以2013年為例，在十二屆人大審議的《關於2012年中央和地方預算執行情況與2013年中央和地方預算草案的報告》中，被外界稱為「維穩經費」的公共安全預算編列了7,690億人民幣，超越了國防預算的7,406億人民幣。雖然大陸官方一再強調「中國向來預算根本沒有『維穩』這一項，且強調美、法等國也是公共安全支出高於軍費」，[2] 但面對社會情勢的變化與政府的回應，仍可看出此議題的重要性。就此看來，社會的「維權」與政府的「維穩」是當前觀察中國政經社會發展的重要主軸。

---

[1] 王信賢，「傾斜的三角：當代中國社會問題與政策困境」，中國大陸研究，第51卷第3期（2008年9月），頁37-58。

[2] 林克倫，「大陸維穩預算 連3年高出軍費」，聯合報，2013年3月6日，http://udn.com/NEWS/MAINLAND/MAI1/7739426.shtml#ixzz2Mk4WA7oW。「解讀中國預算的『維穩費用』」，BBC中文網，2013年3月6日，http://www.bbc.co.uk/zhongwen/trad/china/2013/03/130306_budget_military_security.shtml。

隨著中國大陸「社會力」（social forces）的崛起，「國家社會關係」（state-society relationship）將是影響中國大陸整體發展的重要因素，在「胡溫」時期如此，在「習李政權」開展之際更是如此。我們也看到從2011年以來不斷強調的「社會管理創新」，成為2012年底「十八大」《政治報告》中的主軸，[3] 也成為2013年《政府工作報告》中社會建設的重點；2011年9月，中共甚至將「中央社會治安綜合治理委員會」更名為「中央社會管理綜合治理委員會」，[4] 而社會管理「創新」，以及由「治安」向「管理」的改變，是否預示中國社會管理將發生改變？而在部分學者不斷提出「善治」（good governance）與協同治理（collaborative governance）的推波助瀾下，[5] 過往「由上而下」的社會統治思維，是否有機會進一步向「上下協同」的社會治理轉變？

本文將從國家能力（state capacity）與「國家－社會」關係（state-society relationship）的理論研究出發，探討關於當前中國研究上的幾組辯論：國家能力的強弱、分裂威權主義（fragmented authoritarianism）的類型、國家或社會統合主義（corporatism）；其次，在此基礎上，本文將說明中國社會力量的崛起，包括社會組織的湧現、網際網路的普及、社會抗爭事件的頻發等，以及國家的政策回應。最後則是討論當前中國社會發展與黨國調適，特別是針對「十八大」《政治報告》所強調的「加強與創新

3　「胡錦濤在中國共產黨第十八次全國代表大會上的報告」，新華網，2012年11月17日，http://news.xinhuanet.com/18cpcnc/2012-11/17/c_113711665.htm。

4　鄭巧，「中共執政理念轉變 社會管理加碼創新」，新京報網，2012年2月25日，http:// www. bjnews.com.cn/news/2012/02/25/184724.html。

5　俞可平，「中國治理評估框架」，經濟社會體制比較，第6期（2008年6月），頁1-9。俞可平，「全球治理的趨勢及我國的戰略選擇」，國外理論動態，第10期（2012年10月），頁7-10。郁建興、任澤濤，「當代中國社會建設中的協同治理：一個分析框架」，學術月刊，第8期（2012年8月），頁23-31。

社會管理」，以及相關政策進行評析。

貳、 國家能力研究與中國經驗

　　70年代末、80年代初，社會科學界針對行為科學研究進行一場方法論的省思，其中最突出的即是Theda Skocpol等人認為：許多研究都將關注的焦點集中於社會部門，而忽略對國家角色的探討。而隨著此種方法論省思的開啟，一種「以社會為中心」（society-center）轉向「以國家為中心」（state-center）的典範開始進行，也因而帶動了「國家－社會」關係的研究風潮，而此即是「將國家帶回」（Bringing the State Back In）的呼籲。[6]此種呼籲隨著近一、二十年全球化與資訊科技的發展，不僅未受到忽略，反而因全球金融海嘯的席捲、部分阿拉伯國家茉莉花革命後的動盪，以及威權主義國家的多樣化發展而更加受到重視。就中國研究看來，由於國家過於介入經濟運作與社會生活，因此，「國家研究」（state studies）一直處於主流地位。[7]

一、國家能力的探討

　　國家研究有兩個主要的觀察點，一是「國家自主性」（state autonomy），另一則是國家能力。然而，「國家自主性」的存在必須具備兩個條件：第一，只有在國家確實能夠提出獨立的目標時，才有必要將國家視為一個重要的行為主體；第二，必須進一步思考的就是，當國家確立

---

[6] 參閱Theda Skocpol, "Bringing the State Back In: Strategies of Analysis in Current," in Peter Evans and Theda Skocpol, *Bringing the State Back In* (New York: Cambridge University Press, 1985), pp. 3-37.

[7] 趙文詞，「五代美國社會學者對中國國家與社會關係的研究」，涂肇慶、林益民編，改革開放與中國社會：西方社會學文獻述評（香港：牛津大學出版社，1999年），頁35-56。

自身的目標時，是否具備「能力」去執行，尤其是面對強大的社會集團現實或潛在的反對時。

　　根據Joel Migdal的看法，國家職能可區分為決定性的穿透社會（penetrate society）、管制社會關係（regulate social relationships）、汲取資源（extract resources），以及分配處置資源（appropriate resources）。[8]而Michael Mann則是將國家權力區分為「專制權力」（despotic power）與「基礎權力」（infrastructural power），前者指的是一種分配力量，國家執政者可不經由社會的同意而遂行其意志，後者指的是國家貫穿、滲透社會的力量，其透過組織的建構與政策制定去協調人民的生活，而現代國家的特徵即是「基礎能力」的增強，在對社會的滲透、影響社會生活的能力增強後，能使人民對民族國家的認同越強；而除了基礎建設外，國家亦介入經濟發展、社會福利以及人民生活，政策可滲透到領土的角落，擴張對社會的介入。[9]因此，從國家社會關係的角度觀之，現代國家的強弱取決於兩個特徵：

（一）強化基礎權力

　　Mann從歷史社會學的角度指出，十九世紀以來，隨著工業社會的成熟、階級妥協的制度化，和社會對公民權的要求，社會生活逐漸被地域性地整合和局限、國家也逐漸成形為民族國家，與此同時顯示出的是國家的基礎權力不斷強化，其表現在直接稅汲取的成長、教育年限的提高、醫療保健服務的提供等，而群眾性政黨與志願組織的發展也體現出現代國家所

---

[8] Joel Migdal, *Strong Society and Weak State: State-Society Relations and State Capacities in the Third World* (New Jersey: Princeton University Press, 1988), p. 4.

[9] 參見Michael Mann, *The Sources of Social Power: The Rise of Classes and Nation-states, 1760-1914* (New York: Cambridge University Press, 1993), pp. 54-63.

擁有的基礎權力。[10] Hillel Soifer則指出：國家基礎結構權力具有三種研究途徑：一是國家的能力，其注重的是「強度」，強調國家透過資源配置以對社會與領土進行控制；二是國家的影響，注重的是「深度」，相較於前述國家配置資源的權力，其更關心國家對其他行為者的約束與建構作用，強調國家對社會的影響，而此影響必須是國家有意圖的結果；三是次級國家的變異，注重的是「廣度」，強調國家權力的灌輸與運作並非均勻的，其滲透到各地會有所差異。[11] 就此看來，當代國家能力的強化非鎮壓力量的加大，而是取決於國家對社會的政策滲透所代表的基礎權力。

（二）與社會部門保持協作關係

延續前述的邏輯，「強國家」除了國家對社會的政策滲透與福利供給外，還有一個重要的指標是與社會部門合作與協作的能力。Peter Evans 在其《鑲嵌自主性》（*Embedded Autonomy*）一書中探討國家角色與產業轉型的關係，其強調國家不僅應具有相對於社會的「自主性」，也應保有與社會部門鑲嵌的能力。[12] 而Linda Weiss與John Hobson則是承襲了 Mann 的「基礎權力」與權力網絡的概念，認為國家能力除了制定政策的權威外，還包含與組織團體的協調，其稱之為「治理性互賴」（governed interdependence），國家與社會菁英間的合作，不僅未削弱國家的權力，反而使得國家促進產業轉型的自主性與能力獲得強化。[13] 這也是為何新公

---

[10] Michael Mann, "Infrastructural Power Revisited," *Studies in Comparative International Development (SCID)*, Vol. 43, No. 3-4 (December 2008), pp. 355-365.

[11] Hillel Soifer, "State Infrastructural Power: Approaches to Conceptualization and Measurement," *Studies in Comparative International Development (SCID)* ,Vol. 43, No. 3-4 (December 2008), pp. 231-251.

[12] Peter Evans, *Embedded Autonomy: States and Industrial Transformation* (New Jersey: Princeton University Press, 1995).

[13] Linda Weiss, *The Myth of the Powerless State: Governing the Economy in a Global Era* (UK: Polity Press, 1998), pp. 1-40; Linda Weiss and John Hobson, *State and Economic Development: A Comparative Historical Analysis* (Cambridge: Polity Press, 1995).

共管理學派一再強調「公私協力夥伴關係」（public-private partnerships, PPPs）的重要性，其主張公私部門間不再是傳統的層級關係，也不應是單純由效率機制所引導的市場關係，而是一種協力的網絡關係，其間不只是互動，也是一種「連結」（linkage）。[14]

　　就此而言，在國家能力的研究中，國家基礎建設能力的重要性，遠超過傳統的強制性能力，而其強度係由國家在社會中的鑲嵌程度而非「物質能力」來檢測。基於此，我們將探討當前中國國家能力的變化與調適。

二、中國國家能力研究與國家社會關係

　　在傳統極權主義（totalitarianism）的典範下，研究者將黨國機器視為一個有機的整體，組織內部高度整合，利益一致，且上下級之間存在著命令與服從的關係。換言之，國家形成政治、經濟與意識形態三位一體的結構，其所暗示的是國家穿透社會的能力無遠弗屆。在改革開放近三十年的今天，國家不再獨斷所有生產資料，農業的非集體化、地方政府企業的興起，以及相應的私營和外資企業的發展有效地瓦解國家獨斷的根基；新的所有制形式興起，意味著國家對就業機會的控制被削弱。此外，黨組織也不再像毛澤東時代，要求其成員保持高度的忠誠和嚴格的紀律，國家不再尋求以激進的方式改造社會，而是承擔維持社會秩序和促進經濟發展的職責。

　　因此，在新的研究典範下，中國已不具備極權主義的典型，侍從主

---

[14] Jon Pierre, ed., *Partnerships in Urban Governance: European and American Experiences* (Basingstoke, Hampshire: Macmillan Press, 1997); Chris Huxham, ed., *Creating Collaborative Advantage* (London: Sage Publications, 1996); D. Grimshaw, S. Vincent, and H. Willmott, "Going Privately: Partnership and Outsourcing in UK Public Services," *Public Administration*, Vol. 80, No. 3 (2002), pp. 475-502.

義、[15] 宗族力量，[16] 以及地方利益的複雜結構，[17] 均使國家向社會的滲透受到阻絕。Elezebeth Perry甚至從中國歷史的角度觀察，認為當前中國的社會抗爭是一種由下而上「挑戰天命」（Challenging the Mandate of Heaven）的行動，而其確實在政權合法性上扮演不尋常的角色。[18] Harley Balzer則認為，隨著社會價值的變遷，傳統的「天命」意識已由財富欲望所取代。[19] 因此，Tony Saich主張，相對於社會部門，中國大陸的國家角色發生了巨大的變遷，已從自主型國家（autonomous state）轉變成協商型國家（negotiated state）。[20]

　　然而如前所述，隨著改革開放的發展與深化，雖已不是「極權主義」模式可以完全解釋，但依然維持著「威權政體」（authoritarian

---

[15] Andrew Walder, *Communist Neo-Traditionalism: Work and Authority in Chinese Industry* (Berkeley: University of California Press, 1986); Jean C. Oi, *State and Peasant in Contemporary China: The Political Economy of Village Government* (California:University of California Press,1989), pp. 1-12.

[16] Lin Nan and Chih-jou Jay Chen, "Local Elites as Officials and Owners: Shareholding and Property Rights in Daqiuzhuang," in Jean Oi and Andrew Walder, eds., *Property Rights and Economic Reform in China* (Stanford: Stanford University Press, 1999), pp. 301-354.

[17] Andrew Walder, "Local Governments as Industrial Firms: An Organizational Analysis of China's Transitional Economy," *The American Journal of Sociology*, Vol. 101, No. 2 (September 1995), pp. 263-301; Andrew Walder, ed., *Zouping in Transition: The Process of Reform in Rural North China* (Cambridge: Harvard University Press, 1998); Jean Oi, *Rural China Takes Off* (California: University of California Press, 1999); David Wank, *Commodifying Communism: Business, Trust, and Politics in a Chinese City* (Cambridge: Cambridge University Press, 1999), pp. 23-40.

[18] Elezebeth J. Perry, *Challenging the Mandate of Heaven: Social Protest and State Power in China* (Armonk, N.Y. : M.E. Sharpe, 2002).

[19] Harley Balzer, "State and Society in Transitions From Communism: China in a Comparative Perspective," in Peter Hays Gries and Stanley Rosen, eds., *State and Society in 21st-century China: Crisis, Contention, and Legitimation* (New York: Routledge, 2004), pp. 235-256.

[20] Tony Saich, "Negotiating the State: The Development of Social Organizations in China," *The China Quarterly*, No. 161 (March 2000), pp. 124-141; Tony Saich, *Governance and Politics of China* (New York: Palgrave Macmillan, 2004), pp. 213-232.

regime），或呈現出「後共產／後極權政體」（post-communist／post-
totalitarian regime）的特徵，[21] 有學者稱之為「退化的極權主義」、[22]
「全能主義」（totalism）、[23]「後全能主義」[24] 或是「韌性威權主義」
（resilient authoritarianism）。[25] 換言之，社會部門雖具相對自主性，但
依然由國家所駕馭。[26] 且就全球角度觀之，過去二十多年來，各種私有化
（privatization）、分權化（decentralization）、去壟斷化、去管制化以及
各種「外包」制度的盛行，在各種治理發展議題中，市場、非政府組織與
社會網絡成為與國家並立的力量，但儘管如此，國家依然是各種政策的
主導者，而官僚的「國家性」（stateness）是無庸置疑的。[27] 就此觀察中
國，由於黨國體制依然強大，雖然目前已出現各種社會部門與組織，但國
家確實仍有無可取代的宰制地位，也因此仍必須嚴肅看待國家的影響力。
我們認為，隨著國家內部所發生的組織變遷，以及社會力量的崛起，使得

---

[21] Juan Linz and Alfred Stepan, *Problems of Democratic Transition and Democratic Consolidation: Southern Europe, South America, and Post Communist Europe* (Baltimore and London: The Johns Hopkins University Press, 1996); Juan Linz, *Totalitarian and Authoritarian Regimes* (Boulder, Colo.: Lynne Rienner Publishers, 2000).

[22] 林佳龍主編，未來中國：退化的極權主義（臺北：時報文化出版公司，2003年）。

[23] 鄒讜，「後記：從傳統權威政治系統到現代全能主義政治系統——宏觀分析與微觀分析的結合」，二十世紀中國政治：從宏觀歷史與微觀行動角度看（香港：牛津大學出版社，1994年），頁204-265。

[24] 蕭功秦，「後全能體制與二十一世紀中國的政治發展」，戰略與管理，第6期（2000年6月），頁1-8。

[25] Andrew Nathan, "Authoritarian Resilience," *Journal of Democracy*, Vol. 14, No. 1 (January 2003), pp. 6-17.

[26] B. Michael Frolic, "State-led Civil Society," in Timothy Brook and B. Michael Frolic, *Civil Society in China* (Armonk, N.Y. : M.E. Sharpe, 1997), pp. 46-67.

[27] Oscar Oszlak, "State Bureaucracy: Politics and Policies," in Thomas Janoski, Robert Alford, Alexander Hicks, and Mildred Schwarts, eds., *The Handbook of Political Sociology: States, Civil Societies, and Globalization* (New York: Cambridge University Press, 2005), pp. 482-505.

國家內部以及國家社會關係發生了變化，連帶也使得近年來關於中國能力與國家社會關係研究出現以下三組理論爭辯：

（一）國家能力：強或弱

一般而言，中國「強國家、弱社會」的印象一直深植人心。然若按照前述國家研究所強調的，現代國家的強弱取決於兩個特徵：一是國家是否擁有強大的基礎權力，二是能否與社會部門保持協作關係，而非國家所具備的鎮壓機制與力量。根據此一特質，我們發現確實其不論在政策宣示，或實際運作上也朝此方向前進，一方面強化基礎權力，避免過度依賴專制權力；另一方面也多處尋求與社會部門形成協作關係。這種趨勢從近年來中共中央所提出的政策，包括「和諧社會」、「科學發展觀」、「以人為本」、「加強黨的執政能力」，以及「加強與創新社會管理」等均可看出端倪。但在「社會建設」與「社會管理」上是否能如其所願地強化國家能力？此將是本文要回答的問題之一。

（二）分裂權威主義：1.0或2.0

Kenneth Liberthal所提出的「分裂式的威權主義」幾乎是近三十年來中國政治與政策研究的顯學。[28] 此種觀點強調中國政府不是一個完整的實體，而是由許多擁有不同程度自主權的機構所組成，其出現高度的府際（intergovernmental）與部際（interagency）利益衝突，在「條塊切割」下，不僅官僚部門成為名副其實的「獨立王國」，政策也受到扭曲。[29] 然

---

[28] Kenneth Lieberthal, "Introduction: The 'Fragmented Authoritarianism' Model and Its Limitations," in Kenneth Lieberthal and Michel Oksengerg, eds., *Policy Making in China: Leaders, Structures, and Processes* (N.J.: Princeton University Press, 1988), pp. 1-30.

[29] Richard Baum and Alexei Shevchenko, "The 'State of the State'," in Merle Goldman and Roderick MacFarquhar, eds., *The Paradox of China's Post-Mao Reforms* (Cambridge: Harvard University Press, 1999), pp. 333-360.

而，在改革開放三十餘年的今天，「分裂式的權威主義」究竟出現何種轉變？Andrew Mertha認為，中國目前出現了包括媒體與社會組織等政策企業家（policy entrepreneurs），此種力量的出現，使得各政府部門得以和其進行結盟以推動政策，此即分裂式的威權主義的進化版——「分裂式的威權主義2.0」（fragmented authoritarianism 2.0）。[30] 然而，此種「分裂威權」的特徵究竟對社會管理有何影響？當前中國社會力量是否強大到得以讓此模式從「1.0」進化到「2.0」？

（三）統合主義：國家或社會主導

　　近二十多年來，不論中外學者，「國家統合主義」（state corporatism）[31] 幾乎是解釋中國「國家－社會」關係的主流，[32] 就當前中

[30] Andrew C. Mertha, " 'Fragmented Authoritarianism 2.0': Political Pluralization in the Chinese Policy Process," *The China Quarterly*, No. 200 (December 2009), pp. 995-1012.

[31] Phillippe Schmitter, "Still the Century of Corporatism? " *Review of Politics*, Vol. 36, No. 1 (January 1974), pp. 85-131. Leo Panitch, *Social Democracy and Industrial Militancy: The Labour Party, the Trade Unions, and Incomes Policy, 1945-1974* (New York: Cambridge University Press, 1976). 按照Phillippe Schmitter的經典定義，其所指的是「一個利益匯集的系統，其中組成單元被組織成少數單一的（singular）、強迫性的（compulsory）、非競爭性的（noncompetitive）、層級秩序的（hierarchically ordered）及功能區分的（functionally differentiated）領域，這些領域的組成乃經由國家認可或授權，並容許其在個別範圍內擁有完全的代表壟斷權，以交換國家機器在其選任組織領導或表達需要與支援時有一定的控制力」。

[32] Anita Chan, "Revolution or Corporatism? Workers and Trade Unions in Post-Mao China," *The Australian Journal of Chinese Affairs*, No. 29 (January 1993), pp. 31-61; Margaret Pearson, "The Janus Face of Business Associations in China: Socialist Corporatism in Foreign Enterprises," *The Australian Journal of Chinese Affairs*, No. 30 (January 1994), pp. 25-46; Jonathan Unger and Anita Chan, "China, Corporatism, and East Asian Model," *Australian Journal of Chinese Affairs*, No. 33 (January 1995), pp. 29-53; Kenneth W. Foster, "Embedded Within State Agencies: Business Associations in Yantai," *The China Journal*, No. 47 (January 2002), pp.41-65. 張靜，法團主義（北京：社會科學

國大陸各項社團法規來看，確實符合「國家統合主義」的框架。[33] 但隨著市場轉型與社會結構變遷，國家是否有能力維持全然地「統合」社會？針對此種質疑，近來不少大陸學者亦紛紛提出中國已從「國家統合主義」向「社會統合主義」（social corporatism）過渡的看法。[34] 故在當前中國國家與社會的關係中，究竟是國家統合亦或是社會統合成為爭辯的焦點。

因此，我們將透過這些理論觀點的對話，觀察當前中國社會力量崛起以及黨國的回應，並針對近年來，特別是「十八大」以來的各種社會管理政策、人事的調整進行評析。

參、社會力量崛起與國家回應

近年來中國社會轉型過程中，社會組織、社會抗爭與網際網路的蓬勃發展，可說是代表社會力量崛起的主要特徵。以下將從這三方面觀察當前中國社會力量的崛起，以及國家部門的回應。

文獻出版社，1998年）。康曉光，「轉型時期的中國社團」，中國青少年發展基金會主編，處於十字路口的中國社團（天津：天津人民出版社，2001年），頁3-29。田凱，「非協調約束與組織運作：一個研究中國慈善組織與政府關係的理論框架」，中國行政管理，第5期（2004年5月），頁88-95。亦有持不同觀點者，如吳建平，「理解法團主義：兼論其在中國國家與社會關係研究中的適用性」，社會學研究，第1期（2012年1月），頁174-198。

[33] 王信賢，爭辯中的中國社會組織研究：「國家－社會」關係的視角（臺北：韋伯文化出版社，2006年）。

[34] 顧昕、王旭，「從國家主義到法團主義：中國市場轉型過程中國家與專業團體關係的演變」，社會學研究，第2期（2005年3月），頁155-175。蕭功秦，「選擇法團主義發展中國公民社會」，綠葉，第7期（2009年7月），頁73-76。王向民，「工人成熟與社會法團主義：中國工會的轉型研究」，經濟社會體制比較，第4期（2008年7月），頁151-156。

一、社會組織的發展

根據民政部的資料顯示，截至2013年3月，全大陸合法登記的社會組織共計已突破50萬個，其中包括社會團體27.2萬個，民辦非企業單位22.6萬個，基金會3,076個。[35] 然而，這些組織多是與政府關係密切的GONGO（Government Organized NGO），目前在結構和數量上並不能滿足社會的需求，而且多數政府組織僅是公部門的另一塊招牌，服務社會的能力遠遠不足。然而，據估計，實際上社會組織遠比官方公布的多上十倍，[36] 許多是在政府的控制之外，這些組織包括環保、愛滋、扶貧、婦女、扶助農民工與慈善組織等，且在地方（甚至某些領域的影響力已達全國）均極為活躍。[37]

以當前最為活躍的環保草根組織為例，近年來諸多「綠色行動」，包括拯救藏羚羊、滇西金絲猴、披露淮河污染、北京動物園搬遷、抗議怒江建水壩、反對圓明園鋪設防滲膜事件等，都可看到民間環保組織所展現的活躍力量。但若就此論斷其已具有理論意義上之「公民社會」的政策影響力，可能就嚴重忽略中國政治體制與運作，其活動領域多為不觸及國家「底線」的「環保教育與倡議」，且對於越來越激化的環保抗爭不僅是謹慎小心，更是保持距離。[38]

在國家回應方面，目前中共對社會組織的約束最主要是《社會團體登記管理條例》，所明訂的「雙重管理體制」，指的是社會團體須接受行政

---

[35] 「2013年一季度全國社會服務統計資料」，中華人民共和國民政部，2013年4月24日，http://files2.mca.gov.cn/cws/201304/20130424180115126.htm。

[36] 王名，「改革民間組織雙重管理體制的分析和建議」，北京市社會組織網上服務網，2012年5月25日，http://210.73.89.225/cms/zxux/402.jhtml。

[37] 王占璽、王信賢，「中國社會組織的治理結構與場域分析：環保與愛滋NGO的比較」，臺灣政治學刊，第15卷第2期（2011年12月），頁115-175。

[38] 王信賢，「當代中國『國家－社會』關係的變與常：以環保組織的發展為例」，政治學報，第49期（2010年6月），頁1-39。

部門的雙重約束，即同時要有兩個「婆婆」，一是「登記管理機關」，另一是「業務主管單位」（民政部門）。在此種「雙保險」下，社團的發展完全在國家掌控之中。除了登記制度外，也分別針對不同組織採取「分類控制」或「底線控制」；[39] 即以社團「對政權的威脅程度」，以及「協助政府經濟社會服務」等為考量，將社會組織進行分類與管理，以統治利益為核心，採取包括「納入體制」、「鼓勵成立並積極管理」、「有限放任」，以及「嚴格禁止」等分而治之的策略。[40]

近來我們可以看到幾個明顯的趨勢：一、放寬「雙重管理體制」：根據「國務院辦公廳關於實施《國務院機構改革和職能轉變方案》任務分工的通知」，其明確在社會組織發展上的優先順序和重點領域，實行有差別的發展政策，並指出將重點培育、優先發展行業協會商業類、科技類、公益慈善類、城鄉社區服務類社會組織。[41] 換言之，經過「審核」過的上述四類組織，僅需向民政部門登記即可。二、加速「政府購買服務」：主要是由政府提供資金與資源，吸引民間社團申請參與社會服務，2013年中央財政預算總資金為2億元人民幣；在地方政府方面，包括北京、上海、廣東與西安等地，亦已加速「政府購買服務」的政策推動。[42] 三、加快「樞紐型組織」的建構：即透過原本業已存在的人民團體等GONGO扮演「樞紐組織」，「分管」相關的草根組織，或進行資源分配，如廣東省即由工

---

[39] 康曉光、韓恆，「分類控制：當前中國大陸國家與社會關係研究」，社會學研究，2005年第6期（2005年11月），頁73-89。

[40] 王信賢、王占璽，「夾縫求生：中國大陸社會組織的發展與困境」，中國大陸研究，第49卷第1期（2006年3月），頁27-51。

[41] 「國務院辦公廳關於實施《國務院機構改革和職能轉變方案》任務分工的通知」，中央政府門戶網站，2013年3月28日，http://www.gov.cn/zwgk/2013-03/28/content_2364821.htm。

[42] 「民政部關於印發《2013年中央財政支持社會組織參與社會服務項目實施方案》的通知」，中國社會組織網，2012年12月13日，http://www.chinanpo.gov.cn/2351/59052/index.html。

會、婦聯與共青團等扮演此種角色。就此看來，其吸納社會組織參加公共服務的意圖極為明顯。

二、網際網路的作用

隨著近年網際網路興起，新興公共領域於焉產生。根據中國互聯網絡信息中心（CNNIC）第32次「中國互聯網絡發展狀況統計報告」，截至2013年7月，中國總體網友規模達5.91億，網路普及度達44.1%。手機網友有4.64億，手機上網於2012年6月底已經超過電腦上網，成為中國第一大上網終端，目前手機網友佔中國全體網友的78.5%；[43] 再加上手機與微博帳戶的接通、手機網路購物等數字的攀升，顯見手機上網將能因其迅速、便利傳遞訊息、所需成本低等優勢持續成長，進而對中國監控網路能力造成挑戰。當前中國網路輿情環境特徵包括：「微博影響力呈爆發式增長」、「網路意見領袖的出現」，以及「手機上網用戶大增」等，使得網路成為輿論反映的重要平臺，呈現網路民意對社會現實的強大影響力。

因此，近年大陸民眾透過網路「拷問」政府部門的頻率與深度日益增加，特別是微博的重大衝擊力所造成的「廣場效應」，使輿情的強度和社會政治壓力都大幅提高，網民透過微博所產生的「臨場感」，使得相關事件的公共性、社會政治效果都被強化，並形成所謂「圍觀改變中國」的輿情政治態勢。針對此，官方一方面透過增強「防火長城」，利用技術過濾危險關鍵字，抑或透過網路警察、五毛黨、斷網等手段；另一方面也要求各級政府、各系統發揮「政務微博」的作用以建立「服務型政府」。

雖然目前官方網管部門的技術能力不斷強化，但網民「翻牆」能力亦

---

[43] 中國互聯網絡發展狀況統計報告，「中國互聯網絡發展狀況統計報告（2013年7月）」，中國互聯網絡信息中心，2013年7月17日，http://www.cnnic.cn/hlwfzyj/hlwxzbg/hlwtjbg/201307/P020130717505343100851.pdf。

不斷提升。近年來許多地方政府曾建議中央取締、關閉「微博」，但為黨中央反對，主要原因有二：一是中共目前也無法逆轉微博註冊戶數超過五億的事實，其二是因為微博具有即時、便捷、開放、貼近群眾的特點，故在微博上開一口子讓民眾宣洩也有助於減輕民怨，且網民亦可成為中央獲知地方「民情」的重要管道。此外，我們也發現「十八大」後，中共加快了回應網路上的言論，如在習近平上臺後所掀起的「微博反腐」風潮，遭「微博」舉報的各地貪腐高官，都以超乎尋常的速度遭到查處落馬，被查處的官員中多數與網路實名舉報有關，甚至包括副部級與正廳級的官員。此種「反腐要速度，更要力度」的舉措，不僅可為黨中央的新領導立威，也可讓民怨找到宣洩口。

三、社會抗爭的趨勢

　　近十餘年來中國大陸社會抗爭急遽增加，這也成為觀察中國社會穩定最重要的指標。根據公安部2006年1月公布，2005年未經批准的群體遊行、示威、集會活動96,000件，超過820萬人次參加，平均一天發生高達263件集體抗爭事件。但耐人尋味的是，近年來未見中共當局公布相關數字。而按照北京清華大學社會系孫立平教授估計，2010年中國共發生18萬起社會抗議事件，[44] 幾乎包括各種議題，如抗議徵地不公、幹部貪腐、勞資糾紛、環境保護、消費者、社區權益、種族議題、民族主義或是突發事件等，不一而足，也含括各類人群，且重要的是，在規模與頻率不斷增加。就此而言，中國儼然成為研究者筆下的「運動社會」（Movement Society）。[45]

---

[44] 「中國學者：2010年18萬起抗議事件，中國社會動盪加劇」，多維新聞網，2011年9月26日，http://china.dwnews.com/big5/news/2011-09-26/58160315.html。

　　近年來我們也發現，在部分抗爭事件中，群眾的抗爭方式遠非採取「不合作」運動（non-cooperation movement）或透過敷衍了事、曠工與消極怠工等「弱者的武器」（weapons of the weak）來宣洩，[46] 而是打砸燒抗議對象（政府機關或企業）、製造衝突、攻擊警察、癱瘓交通等暴力方式。近年來，多次大規模的抗爭中也凸顯出此種特質，其中包括四川「巴中事件」、廣東省中山市沙溪鎮的四川籍民眾的抗爭、四川「什邡事件」、江蘇「啟東事件」與寧波「PX事件」等。而少數民族議題對中共而言猶如芒刺在背，特別是近年來新疆的騷動，如2013年3月7日適逢兩會期間，新疆庫爾勒市發生維族人持刀襲擊漢人事件引發騷亂，2013年4月23日，新疆喀什巴楚縣發生了繼2009年「七五事件」以來最嚴重的暴力事件。事件起因是社區人員進行居家調查，在清查過程中引發衝突，造成21人死亡。中共官方將此事件定調為「嚴重暴力恐怖案」，習近平更表示「新疆的反恐形勢變得更複雜，維持穩定的工作更加艱巨」。[47] 除此之外，2013年6月26日新疆吐魯番魯克沁鎮發生維族人士攻擊當地派出所和政府辦公室等處，警方也開火還擊，整起事件造成極為嚴重的流血衝突。

　　整體而言，當前中國社會抗爭具有以下特徵：抗爭主體多是社會弱勢、抗爭因素多屬生存權、多採非暴力抗爭、抗爭對象多針對政府與缺少組織性反對等，若將國家與國際因素加入，則可發現國家權力依舊強大，

---

[45] David Meyer and Sidney Tarrow, *The Social Movement Society: Contentious Politics for the New Century* (Lanham, MD: Rowman and Littlefield, 1998); Sarah Soule and Jennifer Earl, "A Movement Society Evaluated Collective Protest in the United States, 1960-1986," *Mobilization: An International Journal*, Vol. 10, No. 3 (October 2005), pp. 345-364.

[46] James Scott, *Weapons of the Weak: Everyday Forms of Peasant Resistance* (New Haven: Yale University Press, 1985).

[47] 「新疆巴楚事件：受害者還是恐怖分子？」，BBC中文網，2013年4月27日，http://www. bbc. co.uk/zhongwen/trad/china/2013/04/130427_xinjiang_bachu_attack_damian.shtm。

特別是地方政府在鎮壓權力的使用上，且外國勢力難以介入大陸內部的社會抗爭等。[48] 此外，在大多數的抗爭中，基本上是不跨區域、階級與議題，這也是為何中國有如此高頻率的社會抗爭，僅只是屬於小區域的騷動，不致影響社會穩定的緣故。但近來我們也發現，在部分抗爭事件中，抗爭議題透過網路逐漸形成跨區域與跨階級運動，且透過資訊的傳遞出現學習效應，使得群眾抗爭技巧有所提升等，如在發生於2011年底的「烏坎事件」後，「反政策而不反政權」、「反地方政府而不反中央政府」，此種「依法抗爭」[49] 幾乎成為各地抗爭的「共識」。

　　面對社會抗爭的頻發，國家的回應則如本文所提及的，中國「公共安全」預算不斷提升可看出端倪。且近年來中國大陸地方政府的工作重心似乎發生質的變化，主因是「維穩」成為一票否決指標的效應逐步擴大，各地也增加相關經費。在多數地區都超過教育與醫療經費，特別是在相對落後的區域，貧困地區投入在維穩方面的經費越多，用於發展經濟改善民生的錢就可能越少，蓄積的社會矛盾也就越多，維穩的緊迫性也就越強。

肆、「加強與創新社會管理」的提出與評析

　　政權的自我調適（adaptation）與對社會的回饋機制，不論從理論或實際出發，都是觀察一個國家政治、社會轉型的關鍵。[50] 從此出發，也可

---

[48] 王信賢、王信實，「中國經濟不均衡發展與社會抗爭」，中國大陸研究，第56卷第3期（2013年9月），頁69-98。

[49] Kevin O'Brien and Lianjiang Li, *Rightful Resistance in Rural China* (New York: Cambridge University Press, 2006).

[50] Bruce Dickson, "Leninist Adaptability in China and Taiwan," in Edwin A. Winckler, ed., *Transition from Communism in China: Institutional and Comparative Analysis* (Boulder: Lynne Rienner Publishers, 1999), pp. 49-77; Bruce Gilley, "Comparing and Rethinking Political Change in China and Taiwan" in Bruce Gilley and Larry Diamond, eds., *Political Change in China: Comparisons*

說明黨國對於社會轉型的回應，特別是近年所提出的「社會管理創新」，即後來「十八大」所定調的「加強與創新社會管理」。

一、「加強與創新社會管理」的內涵與理論意義

相對於其他威權政體，中國共產黨確實在自我反省、調適與改革方面有其出色的表現，這也是其能持續存活的關鍵。[51] 而面對社會結構的轉型與變遷，近年來中共確實也對社會議題做出回應，特別是「十八大」《政治報告》所提及的「在改善民生和創新管理中加強社會建設」，以及本次《政府工作報告》所強調的「以保障和改善民生為重點，全面提高人民物質文化生活水平」。[52] 在《政治報告》社會部分開宗明義即提到：「加強社會建設，是社會和諧穩定的重要保證」。而「社會建設」大致可區分為「強化民生」與「社會管理」兩方面，這也將是未來中共處理社會問題的框架。民生工程主要是社會政策，包括教育、就業、收入分配、社會保障體系、衛生醫療等，《政治報告》中也提出「實現國內生產總值和城鄉居民人均收入比2010年『翻一番』」[53] 的說法。

社會建設除了「民生工程」外，另一個主軸就是強調「加強和創新社會管理」，相較於「十七大」報告，不論在字數、內容與概念界定上都更加強調「社會管理」的重要性。就此而言，由黨國主導的「社會管理」被

---

with Taiwan (Boulder, Colo.: Lynne Rienner Publishers, 2008), pp. 1-23; Axel Hadenius and Jan Teorell, "Pathways from Authoritarianism." *Journal of Democracy*, Vol. 18, No. 1 (January 2007), pp. 143-157.

[51] David Shambaugh, *China's Communist Party: Atrophy and Adaptation* (Berkeley, Calif.: University of California Press, 2008).

[52] 溫家寶，「政府工作報告——2013年3月5日在第十二屆全國人民代表大會第一次會議上」，新華網，2013年3月18日，http://big5.xinhuanet.com/gate/big5/news.xinhuanet.com/2013lh/2013-03/18/c_115064553.htm。

[53] 同註3。

拉到與「民生建設」同等重要的位階，代表著社會矛盾僅仰賴「緩解」是不夠的，仍須積極地對社會進行「管理」才行。而在《政府工作報告》中亦提出「改進政府提供公共服務方式，加強基層社會管理和服務體系建設」相呼應。

（一）起源與內涵

　　關於「社會管理」早在2004年6月的「十六屆四中全會」就提出要「加強社會建設和管理，推進社會管理體制創新」。而「完善社會管理」這一概念，則出自2007年黨的「十七大」報告，社會管理由此列入中國政治的最高議程。2010年底以來，中東北非的茉莉花革命與阿拉伯之春的民主浪潮，亦從外部國際環境對中國造成壓力，使中共面臨內外考驗之局勢。而以往過於強調「壓制」或「被動反應」的社會控制必須有所調整，故「社會管理創新」政策浮上檯面。胡錦濤於2011年2月針對社會管理體系研討班談話，指出「扎實提高社會管理科學化水平，建構中國特色的管理體系」，反映在黨和政府主導的維護群眾權益機制、基層社會管理和服務體系、公共安全體系、社會組織管理、網絡管理等面向。[54] 同年7月5日，中共黨中央、國務院印發《關於加強和創新社會管理的意見》，進一步確立加強和創新社會管理的指導思想、基本原則、目標任務和主要措施。在中央的指示下，2011年以來各地陸續的社會管理創新試點，因此被稱作中國的「社會管理創新元年」。[55]

　　從2011初提出到醞釀，「十八大」《政治報告》將「加強和創新社會管理」做了較清楚的界定與說明：一、由黨和國家主導：形成由「黨委領

---

[54] 胡錦濤，「扎扎實實提高社會管理科學化水平建設中國特色社會主義社會管理體系」，人民網，2011年2月20日，http://politics.people.com.cn/GB/1024/13959222.html。

[55] 顧遠，「社會創新：一場已經發生的未來」，東方早報，2012年3月14日，版A20。

導、政府負責、社會協同、公眾參與、法治保障的社會管理體制」，並「建立健全黨和政府主導的維護群眾權益機制，暢通和規範群眾訴求表達、利益協調、權益保障管道」；二、強化公共服務體系：加快形成「政府主導、覆蓋城鄉、可持續的基本公共服務體系」；三、加快形成政社分開、權責明確、依法自治的現代社會組織體制；四、健全重大決策社會穩定風險評估機制，並強化公共安全體系和企業安全生產基礎建設，遏制重特大安全事故。五、加快形成源頭治理、動態管理、應急處置相結合的社會管理機制。就此看來，當前中國社會管理是以黨國為核心，強化公共服務、統合社會組織、建立源頭治理與應急處置的風險評估，以及社會管理機制。[56]

（二）理論意涵

整體而言，當前中國社會建設的目標即是強化國家能力，其涉及兩方面的發展，一方面是強化基礎權力，避免過度依賴專制權力；另一方面則是從以黨國為核心的「治安」，轉變成以「黨委領導、政府負責」為核心，加入「社會協同、公眾參與」的「管理」，即嘗試透過與社會部門協作以解決社會問題，進而維持社會穩定。

從「胡溫體制」至今，社會政策與民生工程的推動，代表中共政策明確朝向強化「基礎權力」前進，而在避免過度依賴專制權力方面，則明顯可看到政法委員會（政法委）權力與角色的調整。近年來在強化社會穩定過程中，政法系統特別是公安部門明顯在其中「擴權」與「獲利」，此從公安部門的經費、警力編制、基層派出所數量可看出端倪。[57] 而近年來各

---

[56] 「胡錦濤在中國共產黨第十八次全國代表大會上的報告」，前引文。

[57] 樊鵬，「中國社會結構與社會意識對國家穩定的影響」，政治學研究，第2期（2009年4月），頁54-67。樊鵬、汪衛華、王紹光，「中國國家強制能力建設的軌跡與邏輯」，經濟社會體制比較，第5期（2009年9月），頁33-43。

省公安廳長（通常由政法委書記或副書記兼任）進入黨委的比例直線增加亦然。此種現象，至少造成兩大問題：（一）公安、法院、檢察院間的界線模糊：公安局長、政法委書記為省常委，導致公安凌駕於法院與檢察院之上；（二）在「社會管理」方面造成政法委、民政部與統戰部間的博弈。

　　從2011年以來我們看到中共試圖直接從「組織」上進行調整，包括前文所述，將「中央社會治安綜合治理委員會」更名為「中央社會管理綜合治理委員會」。由「治安」改為「管理」，似乎預示社會治理由過去單一強力控制向社會綜合協調轉變。此外，在各省市常委換屆中，多數原政法委書記未進常委，政法委書記由非政法系統的官員轉任；此外，在此次眾所矚目的新任政治局常委中，原本「十六大」、「十七大」政法委書記「入常」的狀況也有所改變。由於無法由外部對於權力進行監督，因此只能採內部制衡機制，使政治局常委不直接兼任政法委書記，改成政治局委員擔任，由政治局常委分管業務，藉以削弱原先權力過度集中的弊端。由此可見中央有意識地弱化政法委的職能。因此，從地方到中央，代表強制力量的「政法」系統權力受到約束，可能隱含著「社會管理」的內涵出現「質」的變化。

　　而強化基礎權力以及與社會部門協作等兩方面，在實踐過程中由於黨國體制的慣性，從一些跡象亦顯示國家能力的不足導致政策大打折扣，國家也從未真正「讓權」給社會部門，削弱國家能力最大的不是來自社會，而是來自國家本身，以下論述將在此基礎上展開。

二、「加強與創新社會管理」的評析

　　針對以「加強與創新社會管理」為主的社會建設評析，並回應前述關於當前中國國家社會關係的理論問題。

（一）基礎能力被「條塊」嚴重削弱

如前所述，民生政策一再地推動代表中央明確朝向強化「基礎權力」前進。然而，此種願望往往被垂直（條條）或水平（塊塊）的政府組織輕易切割。就此看來，在依然是不完全競爭市場的中國，官僚部門是最大的利益團體。以醫療衛生改革為例，雖說從管理主體上是衛生部門，但缺少其他部門的支持將會面臨巨大困難，按現行中國行政機構體系，與衛生相關的部門，少則有衛生部、發改委、人力資源與社會保障部、藥監局等，多則涉及十幾個部委。在食品安全問題亦然，涉及工商、衛生、藥監、質監、農業部與商務部等十多個部門；房地產問題也多牽涉住房與城鄉建設部等利益，環保議題亦然。若再涉及地方利益，將會使政策的執行更加碎裂與複雜。而此種分裂權威結構與官僚競爭不僅出現在經濟社會等議題，也出現在「社會穩定」這種具政治意涵的議題上，如民政部意圖放寬社團的「雙重管理體制」，與政法委強調「公民社會陷阱」間的衝突，[58] 而此種衝突到了地方更為嚴重，民政部推動的「社區建設」與政法系統的「網格化管理」即是一例。

正由於基礎能力偏弱，在推動各種社會政策時成效往往大打折扣，因此在面對社會的訴求與挑戰時，國家往往透過較為擅長的專制權力以彌補基礎權力的不足。尤其作為面對群眾社會穩定第一線的中國地方政府，向來介入各種經濟社會生活甚深，其為直接處理抗爭的公權力主體，也可能是誘發抗爭的主因、抗爭的對象。目前看來，「壓制」依然是地方政府的首選，其一方面來自地方政府「怕出事」導致「先鎮壓再說」的邏輯；另一方面則是來自體制本身的「一把手負責制」，「一把手」可調動所有行

---

58 此文原文「慎防公民社會陷阱」，後改為「走中國特色社會管理創新之路」，見「周本順：走中國特色社會管理創新之路」，中國共產黨新聞網，2011年5月17日，http://theory.people.com.cn/GB/14660754.html。

政區內的資源，且自由裁量權極大，導致「鎮壓」的決定缺乏制約。而更結構性的問題是本文所強調的，基礎權力不足且無法與社會協作，導致其用專制權力以彌補基礎權力的不足。

（二）社會統治而非治理

80年代中後期以來，西方國家尤其是英、美，展開了一場新政府（reinventing government）與新公共管理（new public management, NPM）運動，其強調「企業型政府」（entrepreneurial government），期能大幅提升政府部門的效率效能、適應能力、革新能力以及治理能力。此外，不僅注重提供公共服務，也重視引導所有部門（公部門、民間與自願性團體），來解決社會問題。[59] 而在學界，一場由「統治」（government）到「治理」（governance）的風潮就此展開。[60] 此股風潮確實也對中國造成影響，90年代以來確實在政府精簡、績效考核，以及市場改革不斷推進，但在社會面向上卻顯得躊躇不前。

所謂社會「治理」就是政府、社會組織、社區以及個人等諸行為者，通過平等的合作型夥伴關係，對社會事務、社會組織和社會生活進行規範和管理。但我們看到當前中國在處理社會議題上，仍是「統治」而非「治理」。一方面，其所提的依然是「加強與創新社會管理」，在內涵方面是指「黨委領導、政府負責、社會協同、公眾參與、法治保障」，而「黨委領導，關鍵是要發揮黨委總攬全局、協調各方的領導核心作用」、「政府

---

[59] David Osborne and P. Plastrik, *Banishing Bureaucracy: The Five Strategies for Reinventing Government* (Mass: Addison-Wesley, 1997); Owen E. Hughes, *Public Management and Administration: An Introduction* (New York: St. Martin's Press, 1998).

[60] George Frederickson, "Whatever Happened to Public Administration? Governance, Governance Everywhere," in Ewan Ferlie, Laurence E. Lynn, and Christopher Pollitt, eds., *The Oxford Handbook of Public Management* (New York: Oxford University Press, 2005), pp. 282-304.

負責，關鍵是要更加注重發揮政府的主導作用，落實好各部門的職責。」因此，關鍵仍是黨與政府。另一方面，就國際經驗看來，各類民生、社會議題的解決，僅透過政府部門依然有限，也必須與民間力量進行結合。而當前「社會管理」雖加入「社會協同」與「公眾參與」，但由於在「黨委領導」與「政府負責」的大框架下，公私協力與參與式治理都被限制在黨國體制的政治框架中，因此真正的「社會」勢必受到忽略。

　　因此，承前所述，當前中國大陸確實意圖強化國家基礎能力，但這種願望往往被條條、塊塊等分利集團所切割而大打折扣；而在與社會部門合作方面，黨國體制向來「集權」的慣性與對社會部門的不信任，再加上民間部門本身實力過弱，都導致「真正的」官民協作極為困難。就此看來，此種強化國家能力的企圖與現實仍有一段差距。故在各種立法、政策制定與執行過程中，社會力量仍無法被視為利益博弈中一個有力的角色。如在「怒江大壩」一例中，乃是當時國家環保總局（現環境保護部）在無力與強勢的經濟部門（發改委）、地方政府（雲南省）以及央企（中國華電集團公司）對抗的狀況下，尋求媒體與環保組織協助「造勢」的結果，環保組織乃是「被結盟」的對象，且最終的結果是國家環保總局在得到「環評權」後，也在對抗中撤退了，而怒江大壩也在續蓋中。[61] 作為「最大可能個案」（most-likely case），[62] 社會力量在此案例中顯然力有未逮，真正起作用的依然是條條塊塊與央企等部門。故就目前中國政治環境看來，中國政策過程依然是「分裂威權主義1.0」，前述Andrew Mertha所描述的「分裂威權主義2.0」圖景顯然言過其實。

---

[61] 王信賢，「當代中國『國家－社會』關係的變與常：以環保組織的發展為例」，前引文。

[62] John Gerring, "Is There a (Viable) Crucial-Case Method?" *Comparative Political Studies*, Vol. 40 No. 3 (March 2007), pp. 231-253.

（三）「統合主義」架構下的「社會吸納」

關於當前中國國家與社會組織的關係究竟是何種模式的問題，必須區分兩個層次理解。第一，是否為統合主義，第二，若是的話，是國家統合還是社會統合。就前者而言，「市民社會」與「統合主義」向來是觀察中國國家社會關係的兩個主要觀點，[63] 然就目前的發展看來，中國現實和市民社會仍有一段距離；而在統合主義方面，我們從《社會團體登記管理條例》、《民辦非企業單位登記管理暫行條例》與《基金會管理條例》等相關法規所形塑的制度環境，以及被國家牢牢掌控在手中的工會、婦聯等「人民團體」看來，皆符合此種描述。因此，在正式制度制約下，中國國家與社會組織的互動是在統合主義的架構下運行。

關於第二個問題，國家統合主義則是由國家主導，「由上而下」將社會部門組織成單一的、強迫性的、非競爭性的、層級秩序的及功能區分的領域，上述第一個問題的答案與此較接近。然而，若加上近來的發展，如前述 「雙重管理體制」的放寬，開放讓行業協會商業類、科技類、公益慈善類、城鄉社區服務類等組織的登記，就可能打破國家統合主義單一性、非競爭性、層級秩序及功能區分等特徵。但這是否意味著中國即將走向社會統合主義？就理論而言，國家統合主義多存在於自由主義傳統較弱、資本主義發展晚、傾向威權主義及新重商主義的國家，而社會統合主義通常出現在自由主義傳統強、資本主義發展較早，類似的制度環境是相當獨立的民間社會、公平競爭的選舉過程及政黨體制與價值多元的體系中。[64] 因此，社會統合主義所描述的多是在民主國家中，社團組織「由下而上」進行利益整合，進而表達利益並影響國家的決策，而此顯然與中國

---

[63] Qiusha Ma, "Defining Chinese Nongovernmental Organizations," *Voluntas: International Journal of Voluntary and Nonprofit Organizations*, Vol. 13, No. 2 (June 2002), pp. 113-130.

[64] Howard J. Wiarda, *Corporatism and Comparative Politics: The Other Great "ism"* (New York: M.E. Sharpe, 1997).

的現狀不符。如前所述，在「加強與創新社會管理」中黨國主導的「統治」思維仍是核心，若貿然地斷定中國已「向社會統合主義邁進」確實有理論上的風險。

因此，我們似乎可以稱之為「統合主義」架構下的「社會吸納」，亦即在法規制度上符合統合主義，但在實際運作上，各級政府往往透過各種制度（調整法規限制）與非制度的力量（提供資源），進一步「吸納」社會力量。近兩年關於放寬「雙重管理體制」、加速「政府購買服務」以及「樞紐型組織」的建構，均是國家吸納社會的明證。

伍、結語

當前中國國家與社會關係確實呈現多元的樣態，且要觀察的向度不僅是社會部門的崛起以及國家的回應，因為還涉及政權本身的自我調適，以及國家內部的權力切割與互動。本文認為現代國家的強弱取決於兩個特徵，一是基礎權力的強化，另一則是有無能力與社會部門合作。本文以當前中國實際社會發展，以及其「加強與創新社會管理」政策，說明社會力量的崛起與黨國回應，本文認為，當前中國大陸的「社會建設」戰略中確實意圖強化國家基礎能力，但這種願望往往被條條、塊塊等分利集團所切割而大打折扣。此外，在與社會部門合作方面，黨國體制向來「集權」的慣性以及對社會部門的不信任，再加上民間部門本身實力過弱，都導致「真正的」官民協作極為困難。就此看來，此種強化國家能力的企圖與現實仍有一段差距。

目前中國社會發展所遭遇的困難來自兩方面：一方面，諸多加深與擴大經濟社會問題的始作俑者，都是與黨國體制有關的既得利益集團與壟斷性部門，部門、行業、地方利益的形成已具普遍性，一旦需要利益調整，便會遭受極大阻力，迫使改革路徑出現「鎖入」（lock in）效應；另一方

面，由於國家過度介入與防範，使得公民社會先天不足後天失調，一旦國家失靈、市場又為國家部門主導而失序，社會將無法發揮緩衝與穩定的作用，進而加速體制崩壞。因此，不論從「國家－社會」關係或是「國家」自身來看，當前中國「社會管理」改革與創新的關鍵不在社會，而是政治，包括官員貪腐與政策執行受到以官僚部門為核心的分利集團，和條條塊塊間的競爭所阻礙，若僅從經濟與社會層面著手能否解決真正的問題，不無疑問。這也代表著其最終遭遇的將會是政治問題，而在「政治改革」進程緩慢，社會力量快速崛起且越趨多元的狀況下，社會管理的難度將會越來越高。

參考書目

一、中文部分

專書

王信賢，爭辯中的中國社會組織研究：「國家－社會」關係的視角（臺北：韋伯文化出版社，2006年）。

林佳龍主編，未來中國：退化的極權主義（臺北：時報文化出版公司，2003年）。

張靜，法團主義（北京：社會科學文獻出版社，1998年）。

康曉光，「轉型時期的中國社團」，中國青少年發展基金會主編，處於十字路口的中國社團（天津：天津人民出版社，2001年），頁3-29。

趙文詞，「五代美國社會學者對中國國家與社會關係的研究」，涂肇慶、林益民編，改革開放與中國社會：西方社會學文獻述評（香港：牛津大學出版社，1999年），頁35-56。

鄒讜，二十世紀中國政治：從宏觀歷史與微觀行動角度看（香港：牛津大學出版社，1994年）。

期刊論文

王占璽、王信賢，「中國社會組織的治理結構與場域分析：環保與愛滋NGO的比較」，臺灣政治學刊，第15卷第2期（2011年12月），頁115-175。

王向民，「工人成熟與社會法團主義：中國工會的轉型研究」，經濟社會體制比較，第4期（2008年7月），頁151-156。

王信賢，「傾斜的三角：當代中國社會問題與政策困境」，中國大陸研究，第51卷第3期（2008年9月），頁37-58。

王信賢，「當代中國『國家－社會』關係的變與常：以環保組織的發展為例」，政治學報，第49期（2010年6月），頁1-39。

王信賢、王占璽，「夾縫求生：中國大陸社會組織的發展與困境」，中國大陸研究，第49卷第1期（2006年3月），頁27-51。

王信賢、王信實，「中國經濟不均衡發展與社會抗爭」，中國大陸研究，第56卷第3期（2013年

9月），頁69-98。

田凱，「非協調約束與組織運作：一個研究中國慈善組織與政府關係的理論框架」，**中國行政管理**，第5期（2004年5月），頁88-95。

吳建平，「理解法團主義：兼論其在中國國家與社會關係研究中的適用性」，**社會學研究**，第1期（2012年1月），頁174-198。

俞可平，「中國治理評估框架」，**經濟社會體制比較**，第6期（2008年6月），頁1-9。

俞可平，「全球治理的趨勢及我國的戰略選擇」，**國外理論動態**，第10期（2012年10月），頁7-10。

郁建興、任澤濤，「當代中國社會建設中的協同治理：一個分析框架」，**學術月刊**，第8期（2012年8月），頁23-31。

康曉光、韓恆，「分類控制：當前中國大陸國家與社會關係研究」，**社會學研究**，2005年第6期（2005年11月），頁73-89。

樊鵬，「中國社會結構與社會意識對國家穩定的影響」，**政治學研究**，第2期（2009年4月），頁54-67。

樊鵬、汪衛華、王紹光，「中國國家強制能力建設的軌跡與邏輯」，**經濟社會體制比較**，第5期（2009年9月），頁33-43。

蕭功秦，「後全能體制與二十一世紀中國的政治發展」，**戰略與管理**，第6期（2000年6月），頁1-8。

蕭功秦，「選擇法團主義發展中國公民社會」，**綠葉**，第7期（2009年7月），頁73-76。

顧昕、王旭，「從國家主義到法團主義：中國市場轉型過程中國家與專業團體關係的演變」，**社會學研究**，第2期（2005年3月），頁155-175。

報紙

顧遠，「社會創新：一場已經發生的未來」，**東方早報**，2012年3月14日，版A20。

網際網路

「2013年一季度全國社會服務統計資料」，**中華人民共和國民政部**，2013年4月24日，http://files2.mca.gov.cn/cws/201304/20130424180115126.htm。

王名，「改革民間組織雙重管理體制的分析和建議」，北京市社會組織網上服務網，2012年5月
　　25日，http://210.73.89.225/cms/zxux/402.jhtml。

中國互聯網絡發展狀況統計報告，「中國互聯網絡發展狀況統計報告（2013年7月）」，中國
　　互聯網絡信息中心，2013年7月17日，http://www.cnnic.cn/hlwfzyj/hlwxzbg/hlwtjbg/201307/
　　P020130717505343100851.pdf。

「中國學者：2010年18萬起抗議事件，中國社會動盪加劇」，多維新聞網，2011年9月26日，
　　http://china.dwnews.com/big5/news/2011-09-26/58160315.html。

「民政部關於印發《2013年中央財政支持社會組織參與社會服務項目實施方案》的通知」，中
　　國社會組織網，2012年12月13日，http://www.chinanpo.gov.cn/2351/59052/index.html。

「周本順：走中國特色社會管理創新之路」，中國共產黨新聞網，2011年5月17日，http://theory.
　　people.com.cn/GB/14660754.html。

林克倫，「大陸維穩預算 連3年高出軍費」，聯合報，2013年3月6日，http:// udn.com/NEWS/
　　MAINLAND/MAI1/7739426.SHTML# ixzz2MkWA7oW。

「國務院辦公廳關於實施《國務院機構改革和職能轉變方案》任務分工的通知」，中央政府門
　　戶網站，2013年3月28日，http://www.gov.cn/zwgk/2013-03/28/content_2364821.htm。

胡錦濤，「扎扎實實提高社會管理科學化水平建設中國特色社會主義社會管理體系」，人民
　　網，2011年2月20日，http://politics.people.com.cn/GB/1024/ 13959222.html。

「胡錦濤在中國共產黨第十八次全國代表大會上的報告」，新華網，2012年11月17日，http://
　　news.xinhuanet.com/18cpcnc/2012-11/17/c_113711665.htm。

「新疆巴楚事件：受害者還是恐怖分子？」，BBC中文網，2013年4月27日，http://www.bbc.
　　co.uk/zhongwen/trad/china/2013/04/130427_xinjiang_bachu_attack_damian.shtm。

「解讀中國預算的『維穩費用』」，BBC中文網，2013年3月6日，http://www.bbc.co.uk/
　　zhongwen/trad/china/2013/03/130306_budget_military_security.shtml。

溫家寶，「政府工作報告──2013年3月5日在第十二屆全國人民代表大會第一次會議
　　上」，新華網，2013年3月18日，http://big5.xinhuanet.com/gate/big5/news.xinhuanet.
　　com/2013lh/2013-03/18/c_115064553.htm。

鄭巧，「中共執政理念轉變 社會管理加碼創新」，新京報網，2012年2月25日，http://www.
bjnews.com.cn/news/2012/02/25/184724.html。

二、英文部分
專書

Balzer, Harley, "State and Society in Transitions From Communism: China in a Comparative
Perspective, " in Peter Hays Gries and Stanley Rosen, eds., *State and Society in 21st-century
China: Crisis, Contention, and Legitimation* (New York: Routledge, 2004) , pp. 235-256.

Baum, Richard and Alexei Shevchenko, "The 'State of the State'," in Merle Goldman and Roderick
MacFarquhar, eds., *The Paradox of China's Post-Mao Reforms* (Cambridge: Harvard University
Press, 1999), pp. 333-360.

Dickson, Bruce, "Leninist Adaptability in China and Taiwan," in Edwin A. Winckler, ed., *Transition
from Communism in China: Institutional and Comparative Analysis* (Boulder: Lynne Rienner
Publishers, 1999), pp. 49-77.

Evans, Peter and Theda Skocpol, *Bringing the State Back In* (New York: Cambridge University Press,
1985).

Evans, Peter, *Embedded Autonomy: States and Industrial Transformation* (New Jersey: Princeton
University Press, 1995).

Frederickson, George, "Whatever Happened to Public Administration? Governance, Governance
Everywhere." in Ewan Ferlie, Laurence E. Lynn, and Christopher Pollitt, eds., *The Oxford
Handbook of Public Management* (New York: Oxford University Press, 2005), pp. 282-304.

Frolic, B. Michael, "State-led Civil Society, " in Timothy Brook and B. Michael Frolic, *Civil Society
in China* (Armonk, N.Y.: M.E. Sharpe, 1997), pp.46-67.

Gilley, Bruce, "Comparing and Rethinking Political Change in China and Taiwan," in Bruce Gilley
and Larry Diamond, eds., *Political Change in China: Comparisons with Taiwan* (Boulder, Colo.:
Lynne Rienner Publishers, 2008), pp. 1-23.

Hughes, Owen E., *Public Management and Administration: An Introduction* (New York: St. Martin's Press, 1998).

Huxham, Chris, ed., *Creating Collaborative Advantage* (London: Sage Publications, 1996).

Lieberthal, Kenneth, "Introduction: The 'Fragmented Authoritarianism' Model and Its Limitations," in Kenneth Lieberthal and Michel Oksengerg eds., *Policy Making in China: Leaders, Structures, and Processes* (New Jersey: Princeton University Press, 1988), pp. 1-30.

Lieberthal, Kenneth and Michel Oksengerg, eds., *Policy Making in China: Leaders, Structures, and Processes* (New Jersey: Princeton University Press, 1998).

Linz, Juan and Alfred Stepan, *Problems of Democratic Transition and Democratic Consolidation: Southern Europe, South America, and Post Communist Europe* (Baltimore and London: The Johns Hopkins University Press, 1996).

Linz, Juan, *Totalitarian and Authoritarian Regimes* (Boulder, Colo.: Lynne Rienner Publishers, 2000).

Mann, Michael, *The Sources of Social Power: The Rise of Classes and Nation-states, 1760-1914* (New York: Cambridge University Press, 1993).

Meyer, David and Sidney Tarrow, *The Social Movement Society: Contentious Politics for the New Century* (Lanham, MD: Rowman and Littlefield, 1998).

Migdal, Joel, *Strong Society and Weak State: State-Society Relations and State Capacities in the Third World* (New Jersey: Princeton University Press, 1988).

Nan, Lin and Chih-jou Jay Chen, "Local Elites as Officials and Owners：Shareholding and Property Rights in Daqiuzhuang," in Jean Oi and Andrew Walder, eds., *Property Rights and Economic Reform in China* (Stanford: Stanford University Press, 1999), pp. 301-354.

O'Brien, Kevin and Lianjiang Li, *Rightful Resistance in Rural China* (New York: Cambridge University Press, 2006).

Oi, Jean C., *State and Peasant in Contemporary China: The Political Economy of Village Government* (California: University of California Press, 1989).

Oi, Jean, *Rural China Takes Off* (California: University of California Press, 1999).

Osborne, David and P. Plastrik, *Banishing Bureaucracy: The Five Strategies for Reinventing Government* (Mass: Addison-Wesley, 1997).

Oszlak, Oscar, "State Bureaucracy: Politics and Policies", in Thomas Janoski, Robert Alford, Alexander Hicks, and Mildred Schwarts, eds., *The Handbook of Political Sociology: States, Civil Societies, and Globalization* (New York: Cambridge University Press, 2005), pp. 482-505.

Panitch, Leo, *Social Democracy and Industrial Militancy: The Labour Party, the Trade Unions, and Incomes Policy, 1945-1974* (New York: Cambridge University Press, 1976).

Perry, Elezabeth J., *Challenging the Mandate of Heaven: Social Protest and State Power in China* (Armonk, N.Y. : M.E. Sharpe, 2002).

Pierre, Jon ed., *Partnerships in Urban Governance: European and American Experiences* (Basingstoke, Hampshire: Macmillan Press, 1997).

Saich, Tony, *Governance and Politics of China* (New York: Palgrave Macmillan, 2004).

Scott, James, *Weapons of the Weak: Everyday Forms of Peasant Resistance* (New Haven: Yale University Press, 1985).

Shambaugh, David, *China's Communist Party: Atrophy and Adaptation* (Berkeley, Calif.: University of California Press, 2008).

Walder, Andrew, *Communist Neo-Traditionalism: Work and Authority in Chinese Industry* (Berkeley: University of California Press, 1986).

Walder, Andrew ed., *Zouping in Transition: The Process of Reform in Rural North China* (Cambridge: Harvard University Press, 1998).

Wank, David, *Commodifying Communism: Business, Trust, and Politics in a Chinese City* (Cambridge: Cambridge University Press, 1999).

Weiss, Linda, *The Myth of the Powerless State: Governing the Economy in a Global Era* (UK: Polity Press, 1998).

Weiss, Linda and John Hobson, *State and Economic Development: A Comparative Historical Analysis* (Cambridge: Polity Press, 1995).

Wiarda, Howard J., *Corporatism and Comparative Politics: The Other Great "ism"* (New York: M.E. Sharpe, 1997).

期刊論文

Chan, Anita, "Revolution or Corporatism? Workers and Trade Unions in Post-Mao China," *The Australian Journal of Chinese Affairs*, No. 29 (January 1993), pp. 31-61.

Foster, Kenneth W., "Embedded Within State Agencies: Business Associations in Yantai," *The China Journal*, No. 47 (January 2002), pp. 41-65.

Gerring, John, "Is There a (Viable) Crucial-Case Method? " *Comparative Political Studies*, Vol. 40, No. 3 (March 2007), pp. 231-253.

Grimshaw, D., S. Vincent, and H. Willmott, "Going Privately: Partnership and Outsourcing in UK Public Services," *Public Administration*, Vol. 80, No. 3 (2002), pp. 475-502.

Hadenius, Axel and Jan Teorell, "Pathways from Authoritarianism," *Journal of Democracy*, Vol. 18, No. 1 (January 2007), pp. 143-157.

Ma, Qiusha, "Defining Chinese Nongovernmental Organizations," *Voluntas: International Journal of Voluntary and Nonprofit Organizations*, Vol. 13, No. 2 (June 2002), pp. 113-130.

Mann, Michael, "Infrastructural Power Revisited," *Studies in Comparative International Development (SCID)*, Vol. 43, No. 3-4 (December 2008), pp. 355-365.

Mertha, Andrew, "'Fragmented Authoritarianism 2.0': Political Pluralization in the Chinese Policy Process," *The China Quarterly*, No. 200 (December 2009), pp. 995-1012.

Nathan, Andrew, "Authoritarian Resilience," *Journal of Democracy*, Vol. 14, No. 1 (January 2003), pp. 6-17.

Pearson, Margaret, "The Janus Face of Business Associations in China: Socialist Corporatism in Foreign Enterprises," *The Australian Journal of Chinese Affairs*, No. 30 (January 1994), pp. 25-46.

Saich, Tony, "Negotiating the State: The Development of Social Organizations in China," *The China Quarterly*, No. 161 (March 2000), pp. 124-141.

Schmitter, Phillippe, "Still the Century of Corporatism? " *Review of Politics*, Vol. 36, No.1 (January 1974), pp. 85-131.

Soifer, Hillel, "State Infrastructural Power: Approaches to Conceptualization and Measurement, " *Studies in Comparative International Development (SCID)* ,Vol. 43, No. 3-4 (December 2008), pp. 231-251.

Soule, Sarah and Jennifer Earl, "A Movement Society Evaluated Collective Protest in the United States, 1960-1986, " *Mobilization: An International Journal*, Vol. 10, No. 3 (October 2005), pp. 345-364.

Unger, Jonathan and Anita Chan, "China, Corporatism, and the East Asian Model," *Australian Journal of Chinese Affairs*, No. 33 (January 1995), pp. 29-53.

Walder, Andrew, "Local Governments as Industrial Firms: An Organizational Analysis of China's Transitional Economy," *The American Journal of Sociology*, Vol. 101, No. 2 (September 1995), pp. 263-301.

中共「十八大」與和諧社會：
調解組織的非政府化運作和上海案例

胡潔人[1]

（同濟大學法學院／知識產權學院副教授）

摘要

　　中國大陸尚處於法治建設的初級階段和社會轉型期，錯綜複雜的群體性糾紛難以完全透過司法、行政途徑解決，特別需要透過發展多元化的糾紛解決機制，來預防和解決各類社會矛盾。中共「十八大」明確提出要在改善民生和創新管理中加強社會建設。針對多發的群體性事件之原因和特徵分析，要在創新社會管理推動全面社會建設的大背景下，從不同角度對多發群體性事件的應對之策做出分析和探討。

　　本文以上海「李琴人民調解工作室」為案例，論述了當前中國大陸城市社區調解組織，透過非政府化運作模式，發揮其在化解社會衝突和維護社會穩定的作用。與司法、信訪等途徑相比，以「政府購買服務」方式運作的非政府組織，所提供的人民調解是一種更為有效地解決群體性糾紛的方式，並在大陸具有推廣的可行性。本文的實證研究和上海社區的經驗，顯示地方政府對社會組織的選擇性管理，為非政府組織參與社會糾紛化解的自主性的獲得，提供了發展空間。

關鍵詞：政府購買服務、人民調解工作室、調解組織、群體性糾紛、中國大陸

[1] 作者是同濟大學法學院／知識產權學院副教授、浙江大學公民社會研究中心研究員。本文係「學習實踐科學發展觀重大問題研究──防範現代危機的公共政策系統研究」（課題號：08AKS003）階段性成果之一及2012年度西南政法大學校級科研重點課題「社區調解與基層政權合法性再生產」（項目批准號：2012-XZZD06）的階段性成果之一。

壹、中國大陸社區群體性糾紛的現狀和問題

　　群體性衝突和群體性事件一直被認為是影響社會穩定的重要因素，也是當前中國大陸建設和諧社會進程中的重點和難點。群體性衝突是指在群體之間公開表露出來的敵意和相互對對方活動的干涉；群體性事件是指由某些社會矛盾引發，特定群體或不特定多數人聚合臨時形成的偶合群體，以人民內部矛盾的形式，透過沒有合法依據的規模性聚集、對社會造成負面影響的群體活動、發生多數人間語言行為或肢體行為上的衝突等群體行為的方式，或表達訴求和主張，或直接爭取和維護自身利益，或發洩不滿、製造影響，因而對社會秩序和社會穩定造成負面重大影響的各種事件。[2] 一些學者與專家預測，中國已經進入危機頻發時期。[3] 從社會矛盾的產生觀察，主要是結構性和利益性的矛盾，即因政治體制轉型或宗教、民族差異等問題和利益衝突矛盾引起的。其次，從社會矛盾的表現看，往往具有群體性和突發性的特點，在極端情況下，還會具有攻擊性，甚至極大破壞性。再次，從社會矛盾的發展過程來看，具有複雜性、反覆性的特點，處理起來的難度很大。最後，從社會矛盾的處理手段來看，具有綜合

---

[2] 周保剛，社會轉型期群體性事件預防、處置工作方略（北京：中國人民公安大學出版社，2008年1月），頁37。

[3] 陳光金，「我國社會結構的重大變化與結構性矛盾（上）」，學習時報，http://www.china.com.cn/xxsb/txt/2007-12/10/content_9367214.htm，檢索日期：2013年9月28日。據不完全統計，全大陸（除海南、西藏）參加集體上訪、請願、集會、遊行等群體性事件（不包括經公安機關批准的集會、遊行）的人數，1997、1998、1999年分別比上年上升8.3%、65.6%、44.6%。參見公安部辦公廳研究室，「我國當前由人民內部矛盾引發的群體性事件問題綜合研究報告」，轉引自宋勝瀾，處置群體性事件的法律對策研究，山西大學法律碩士論文，2004年。2004年發生在天安門、中南海等重點地區，僅上訪類群體性事件同比上升三倍和七倍，參見台運啟，「首都群體性事件研究項目基本情況」，http://www.bjpopss.gov.cn/asp_xxgl_400/ReadPJI.asp?ID=1357，檢索日期：2013年9月28日。

性、多樣性的特點，需要社會各方面的相互配合和協同來解決。提高國家
危機管理和解決衝突的綜合應對能力，是擺在各級政府面前的緊迫任務。
中共「十八大」報告也明確提出要求：正確處理人民內部矛盾，建立健全
黨和政府主導的維護群眾權益機制，完善信訪制度，完善人民調解、行政
調解、司法調解連動的工作體系，暢通和規範群眾訴求表達、利益協調、
權益保障管道。貫徹落實黨的「十八大」精神，做好群眾權益維護保障工
作，要堅持做到「三個貫徹始終」。[4]

　　中央組織部領銜開展的《新形勢下人民內部矛盾研究》課題研究結果
顯示，近年來大陸人民內部矛盾呈現出「群體性事件增多」、「對抗性增
強」、「利益性矛盾突出」、「發展趨勢更加複雜多變」的新特點。[5]中
國行政管理學會課題組的研究也顯示，「近年來，我國群體性事件越來越
多，規模不斷擴大，表現形式趨於激烈，造成的後果和影響也越來越嚴
重」。[6]從1997年起，中國發生的群體性事件開始大幅度飆升。1993年全
大陸發生群體性事件8,700多起，1995年發生1.1萬多起，1997年則上升到
1.5萬多起，1999年劇增3.2萬多起，而2000年1月至9月就突破了3萬起。[7]
群體性衝突劇增的深層原因，在於轉型期中國大陸社會利益分配格局的嚴
重失衡，社會矛盾錯綜複雜，社會不公和權力腐敗日益突出，導致各種政
治和社會問題頻發，以及民眾對腐敗和官僚主義之風盛行的基層政府極度

---

[4] 「三個貫徹始終」具體指出要把依法辦事貫徹始終，要把分類指導貫徹始終和要把熱忱服
　　務貫徹始終，參見李正友，「做好群眾工作要做到『三個貫徹始終』」，人民網，http://
　　theory.people.com.cn/n/2013/0417/c40537-21166399.html，檢索日期：2013年10月2日。

[5] 中組部黨建所課題組，中國調查報告（北京：中央編譯出版社，2001年）。

[6] 「群體性事件研究專輯」，載中國行政管理，2002年增刊（北京：中國行政管理雜誌社，
　　2002年），頁2。中央政法委研究室所組織的調查與此結論一致，詳見維護社會穩定調研文集
　　（北京：法律出版社，2001年12月）。

[7] 公安部第四研究所「群體性事件」課題組，「我國發生群體性事件的調查與思考」，人民
　　日報總編室，內部參閱，第31期（2001年8月10日）。

不信任。但同時，面對群體衝突的層出不窮，各級公部門也在積極努力開闢更多解決管道，透過調解、仲裁等方式盡可能高效率地妥善解決事件。從大陸的統計資料來看，截至2000年底，針對複雜的社會矛盾問題，全大陸建立了96.3萬個人民調解委員會，共有調解人員844萬人。而人民調解組織確實在維護社會穩定方面具有突出作用：2000年，共調解各類民間糾紛502萬件，調解成功476萬件，成功率為94.8%；防止因民間糾紛引起的自殺2.7萬件，涉及3.6萬人；防止因民間糾紛可能轉化的刑事案件5.7萬件，涉及13.7萬人。2001年，全大陸人民法院判決的民事案件高達600多萬件，刑事案件也有72萬多件。[8]

　　「十八大」報告也明確和諧社會不是一個沒有利益衝突的社會，而是一個能容納並能夠用制度化的方式解決衝突的社會，是一個透過衝突和解決衝突，來實現利益大體均衡的社會，最終解決社會矛盾，推動中國特色社會主義事業的發展，建設社會主義社會和諧的根本方法，就在於轉變政府社會管理理念，全面推進社會建設。因此，及時有效地化解社會矛盾衝突，維護社會穩定，已成為關乎國家長治久安和鞏固執政黨地位的重大問題。中國城市的社區居民在日常社會生活中除了存在人際之間的各類衝突，或稱矛盾、糾紛，很多也曾經歷大規模的群體性上訪、靜坐、示威甚至自殘抗議。當社區居民難以自行解決問題的時候，通常會嘗試三種途徑來處理糾紛。第一，透過司法程序進行審判和裁決；第二，去區政府、市政府甚至中央上訪，尋求政府部門的幫助和裁決；第三，需要透過協力廠商（通常是人民調解組織）介入調解，以對事件做出評判、達成具有法律效力的協定。

---

[8] 胡潔人，「國家主導的社會多元主義及群體性衝突處理研究」，香港社會科學學報，第37期秋／冬季（2009年），頁155-190。

　　然而，當社區面臨諸多群體性糾紛的時候，司法、信訪與人民調解哪種處理方式更有效？能更快速解決矛盾且令當事人滿意而徹底解決糾紛？作為傳統調解機構的居委會和司法機構在解決群體性衝突上有何制約？新型的人民調解工作室在解決糾紛中有何優勢？本文期望透過對上海社區中非政府組織形式的人民調解機構，處理兩起實際糾紛案例的深入研究來回答以上問題。並試圖說明地方政府面對解決糾紛維穩的壓力時，已經適當放寬對社會組織的控制，並為其參與糾紛解決預留了一定空間，這對基層民主的發展和社區自治具有重要意義，是「十八大」報告中提及的「創新社會管理，必須建立社會矛盾的有效化解機制」的具體體現。

　　本文的研究對象是上海市的社區人民調解組織——李琴人民調解工作室（以下簡稱「工作室」）。這是一個專門接待和處理社區衝突和居民問題的窗口，是由在街道工作幾十年的人民調解員李琴，帶領一班具有專業調解技能的人員組成的人民調解民辦非企業機構。選擇研究「李琴工作室」的原因，首先因為它在2004年10月正式註冊為民辦非企業組織，是合法的獨立法人，其誕生是城市社區建設中權力下放到街道層面的結果，在縱向和橫向上都與其他機構有密切的合作和聯繫，工作室是嵌入在社會工作網絡與制度環境中運作的，是在國家主導下的社會組織多元化發展的典型代表。[9] 而面對不同類型的衝突，其行動策略和處理方式上都有差異。

9　嵌入性（embeddedness）是由波蘭尼（K. Polanyi）首先提出，隨後由網絡學派代表人物格蘭諾維特（M. Granovetter）發揚光大，認為人類有目的的行動是嵌入在具體的、不斷變化的社會關係之中的。這裡的「嵌入性」是指工作室組織形式的誕生是上海市對舊有的人民調解網絡的一次組織變革，因此屬於一種制度和結構嵌入。范愉，「社會轉型中的人民調解制度——以上海市長寧區人民調解組織改革的經驗為視點」，中國司法，2004年第10期（2004年10月），頁55-62；范愉，「調解的重構——以法院調解改革為重點」，法制與社會發展，2004年第2、3期（2004年3、5月），頁113-125、91-109；胡潔人，同註8，頁160。

透過對工作室的研究，可以透視以政府購買的人民調解組織的非政府化運作及其受到的制約因素。

其次，可以反映在當前中國大陸政治體制下，人民調解組織在處理糾紛時受到國家力量干預的程度，以此研究國家與社會組織的互動關係，和對社會組織控制的變化。從法律角度看，人民調解屬於自治範疇，人民調解機構與政府職能部門是業務指導關係，因此工作室的社團化運作從理論上講應該是其自治性的表現，而且它可以簽定一般民間組織無法實現的，具有法律效力的人民調解協議書，對調解結果做出法律保證。但在實際工作中，工作室與政府各部門有著很強的行政依賴關係，有時表現為領導與被領導的關係，體現出依靠國家的非政府組織（GONGO）的特點。這樣的社區人民調解工作室，可以作為研究當前中國政府與社會民間組織互動很好的切入點。

另外，「李琴工作室」是全大陸的典範，是對人民調解工作室形式的一種新的變革。它也是在上海率先實施成立工作室的典型代表，這種形式到現在為止已經在上海其他區的街道推廣。其運作和處理衝突的模式也開始推廣到中國其他的城市社區，亦可以為之後其他城市或者鄉村衝突處理的比較研究提供一個參考，以考察國家與社會組織關係變化和中國民營非企業、公民社會發展變化。

貳、上海人民調解的發展現狀

民間調解作為解決衝突的一種有效方式在中國有特別悠久的歷史，是一種古老且具有重要地位的衝突解決方式，其源頭可以追溯到傳統儒家文化。儒學強調和解、讓步、無訟，而和諧是最理想的狀態和境界，一旦人際之間的和諧關係被擾亂，最好的恢復方式就是透過退讓和妥協。[10] 中國傳統社會的結構特徵是家國同構，父是家君，君是國父，家國一體，這種

特徵對於任何衝突都不主張採用對抗性的訴訟方式，而偏重選擇民間調解這種不傷和氣、有利於社會和諧穩定的衝突解決方式。所以「古代中國人在整個自然世界尋求秩序和諧，並將此視為一切人類關係的理想」。[11]

　　中國大陸現行的調解制度主要由三個部分組成：一是法院調解；二是行政調解；三是人民調解。人民調解又稱訴訟外調解，是指在調解委員會的主持下，以國家的法律、法規規章、政策和社會公德為依據，對民間糾紛當事人進行說服教育，規勸疏導，消除紛爭的一種群眾自治活動。社會糾紛的調解機構可以分為國家、社會和社區三個層面，分別重點調解幹群矛盾、專業矛盾和一般民間矛盾（如表1所示）。

表1　中國大陸糾紛調解的機構和具體功能[12]

	典型機構	主要功能
國家層面	法院、仲裁所、行政機構、人民來信來訪辦公室（簡稱信訪辦）	調解民商事矛盾、幹群矛盾等
社會層面	消費者協會、行業性協會、各類民間調解組織	調解專業性、技術性、行業性矛盾
社區層面	街道社會矛盾調解中心、居委會、調解工作站（室）	調解一般性民間矛盾

資料來源：作者整理。

[10] James A. Wall, Jr. and Michael Blum, "Community Mediation in the People's Republic of China," *Journal of Conflict Resolution*, Vol. 35, No. 1 (1991), pp. 3-20; James A. Cohen, "Chinese Mediation on the Eve of Modernization," *California Law Review*, No. 54 (1966), pp. 1201-1226.

[11] 梁治平，尋求自然秩序中的和諧（北京：中國政法大學出版社，2002年11月1日），頁207。

[12] 彭勃、陶丹萍，「替代性糾紛解決機制本土化問題初探」，政治與法律，2007年第4期（2007年8月5日），頁73。

　　人民調解是現行調解制度的一個重要組成部分，亦是大陸法制建設中一項獨特的制度，它是在社會主義建設的實踐中不斷完善和發展起來的。人民調解制度的產生，一方面是因為對其調解紛爭功能的需要，政權建立初期，司法體系尚未健全，社會法制意識淡薄，絕大多數糾紛必須依靠調解解決；另一方面則是因為對人民調解制度政治功能的期待。[13] 面對多發頻發的社會糾紛，大陸當前正在醞釀構建多元組織參與、形式多樣化的「多元化、社會化、專業化」的社會矛盾調解機制。以上海市為例，除了法院附設的替代性糾紛解決（ADR）機構之外，司法職能部門根據人民調解及組織的性質和新時期矛盾糾紛的特點，以「依法組建、加強扶持、提供保障、服務社會」為原則，培育自制性和自律性的人民調解組織機構。[14]

　　政府之所以要積極推進人民調解的專業化與社會化，建立新型的調解組織，正是基於對「傳統」的內設於村／居委會的人民調解委員會的反思。在很大程度上，人民調解在1990年代所陷入的衰退局面與這種組織形式不無關聯。另一方面，由於目前中國社會的自治程度較低，社會在很大程度上更期待透過確定的法律規則和具有強制力的國家規制，進行社會調整，對公力救濟的需求遠大於社會自治性調整。在糾紛發生時，當事人更多地向基層政府、行政機關和司法機關尋求救濟和解決，由此導致村／居委會調解出現明顯的功能弱化。[15] 因而，欲使人民調解重煥生機，一個重

---

[13] 陸思禮，「毛澤東與調解：共產主義中國的政治和糾紛解決」，許旭譯，載強世功主編，調解、法制與現代性：中國調解制度研究（北京：中國法制出版社，2001年），頁117-203。

[14] 上海市政府積極推動社區人民調解工作的發展，並注重在基層健全區縣、街道（鄉鎮）、居（村）委三級社會矛盾調解網絡，建立社區人民調解庭，全面推行首席人民調解員制度，切實提高基層組織化解人民內部矛盾的能力和水準。參考「上海市國民經濟和社會發展第十個五年計劃綱要」，http://news.eastday.com/eastday/zfgb/jhgy/userobject1ai14893.html，檢索日期：2013年9月23日。

[15] 范愉，「社會轉型中的人民調解制度——以上海市長寧區人民調解組織改革的經驗為視點」，中國司法，2004年第10期（2004年10月），頁55-62。

要的步驟就是對調解的組織形式進行調整和改造。[16]

　　1995年6月29日上海「浦東新區社會矛盾調解中心」誕生，這是全大陸受理社會矛盾調處職責的專業機構。[17] 1996年，根據國家司法部《關於進一步加強人民調解員協會建設的通知》（1996年6月6日司發通1996074號），國家積極推進省級人民調解員協會的建立，上海人民調解協會也隨之誕生。[18] 由於調解在法制國家具有彌補法制局限性的功能，還可以為民間社會規範的發展提供空間，人民調解作為憲法、法律規定的人民群眾實行自我教育、自我管理、自我服務、自我約束的一項重要民主法律制度，應該由群眾自治性組織來承擔。隨著行政管理部門理念的變化，其主要任務轉向對人民調解組織機構提供經費保障，加強對其扶持，培育其較強的自治性和自律性，並為其工作開展創造有利條件。

　　上海還在全大陸率先實行人民調解協議書審核制（2000年）、首席人民調解員制度（2001年）、區級人民調解委員會和人民調解工作室（2003年）。[19] 尤其值得注意的是，2003年在街道層面建立人民調解工作室的政

---

[16] 熊易寒，「人民調解的社會化與再組織——對上海楊伯壽工作室的個案分析」，社會，2006年第26卷第6期（2006年11月20日），頁95-116。

[17] 「上海市浦東新區創辦社區矛盾調解中心」，http://news.sina.com.cn/c/2007-07-16/161713458451.shtml，檢索日期：2013年9月24日。

[18] 「關於進一步加強人民調解員協會建設的通知」，浙江省司法廳，http://www.zjsft.gov.cn/art/1996/6/6/art_188_152.html，檢索日期：2013年9月24日。

[19] 人民調解協議書審核在楊浦區首推實施，參見杜萌、劉建，「合情合理化解紛爭 上海全面推行輕傷害刑案委託人民調解」，法制網，2008年11月11日，http://www.legaldaily.com.cn/index_article/content/2008-11/11/content_978744.htm，檢索日期：2014年12月14日。首席人民調解員的實施請參考國務院法制辦公室，「上海市加強人民調解專業化社會化建設構築解決社會矛盾新機制」，中國政府法制信息網，2005年1月14日，http://law.bjzf.gov.cn/show.aspx?cid=56&id=88。關於人民調解工作室的建立，參考上海市司法局，「2003年本市人民調解工作概況」，政府工作360題，http://www.shanghai.gov.cn/shanghai/node2314/node11019/node11036/u43ai844.html，檢索日期：2013年9月24日。文勇，「上海試行首席人民調解員制度的調查與思考」，中國司法，2002年第3期（2002年3月），頁59-60。

策規定，還推行對部分工作室進行政府購買服務的舉措，實行調解機構的社團化運作，從而對人民調解組織進行重構，加強街道層面解決衝突的力度。從1990年到2006年上海市人民調解的統計數字來看，總體上調解人員和調解委員會的數量呈下降趨勢，調解民間糾紛的數量在2004年後呈現增長的趨勢（見表2）。

表2　上海市律師、公證及調解工作基本情況（1990-2006）

單位：件

指標				
人民調解工作	1990年	2000年	2005年	2006年
專職司法助理員（個）	386	416	608	736
人民調解委員會 （萬個）	1.18	0.89	0.62	0.59
調解人員（萬人）	5.50	3.55	3.58	3.13
調解民間糾紛 （萬件）	8.11	6.37	8.15	9.09

資料來源：上海市統計局，上海市統計年鑑2007（北京：中國統計出版社，2008年）。

　　這是上海進行的人民調解組織體系的改革成果體現：傳統的數量龐大而效率低下的街道、居委會的調委會和民事調解者相應減少，繼而被更精簡、專業化的調解機構、調解員（如現今的「首席人民調解員」）取代；而各類民間糾紛隨著社區制的實行、單位制的消失紛紛在社區中呈現出來。另據統計，至2006年，上海市19個區縣中有93個街道、鎮已建立了100多個街道、鎮調委會工作室，工作室的專職人民調解員和居民村調委會調解主任共計6,000餘人，初步形成了一支專業化的人民調解隊伍。

　　而本研究的重點區域——上海市長寧區在人民調解改革方面又位於上海市的前列。該區的人民調解組織建設發展較快，已形成由居（村）調委會，十個街道調委會和區聯合調委會（一個）、市場調委會（三個），物業調委會（三個）和企事業調委會（一個）組成的工作網絡。2003年以來

長寧區在街鎮一級的調委會組織建立「李琴人民調解工作室」，「人民調解工作事務所」和「疑難民間糾紛調處中心」等。其中江蘇街道在2004年5月明確提出「政府購買服務」的思路，與「工作室」簽約，從而積極推進人民調解制度的改革。

上海市人民調解的最主要變化是在人民調解組織的形式上。原來的人民調解委員會主要設在基層居民委員會，和村民委員會等自治組織和各種單位組織中，而自2003年開始在市各區街道、鎮設立「工作室」以來，人民調解的組織形式經歷了重構的過程，「工作室」成為人民調解專業化和社會化的重要標誌。2003年上海市的各街道成立了「人民調解工作室」，以推進人民調解的專業化、規範化和社會化建設。2006年，在全市19個區（縣）人民調解員舉行的「市人民調解協會會員代表大會」上，新一屆協會的常務理事、理事均從專業人民調解員代表中選舉產生，司法行政幹部全面退出市人民調解行業組織，徹底改變以往調解協會依附於行政機關的狀況。

上海社區專門為調解民間糾紛成立行業性的調解組織，例如上海浦東個體勞動者協會、私營企業協會等。上海市長寧區天山路則組織了有律師、教師、國家公務員參與的社區法律志願者服務隊，在周末為社區居民提供免費法律服務，處置各類糾紛。

人民調解是多元化的糾紛解決方式之一，也並不排斥法律訴訟。上海之所以對人民調解進行改革，因為社區人民調解有它存在和發展的必要性。其一，調解得以運作需要一定的社會基礎，即由地域或是共同體成員的特定身分聯繫結成的共同體。共同體的存在是共同規範的形成和衝突解決機制建立的需要，也是令接受調解的居民自願認同其管轄權並放棄訴訟權利的基礎。這種共同體由生活方式、價值觀和社會結構等多種因素的變遷而形成，成員的認同感和凝聚力是其賴以生存的基礎。如果沒有這樣的共同體，社區人民調解的生存、運作和效果就會弱化。在擁有一定社會資

本的社區，成員間的共同道德約束和誠信度越高，社區內的人民調解發揮的作用越好。當然在一些具有特定文化和習俗的社區，對衝突解決方式的選擇也會隨居民觀念不同而有所差異。衝突的性質和處理方式在很大程度上隨著社區特質的改變而調整。如在以外來居民為主的社區中，相對本地居民的社區則出現更多身分上的衝突，調解方在處理方式上也較少關注人際關係的維持，因為他們的流動性較大，對社區的歸屬感較弱。

　　其二，社區人民調解的良好運作，還依賴於人民調解機構與其他各部門和相關機構的協作情況。要解決社會問題尤其是對抗性質的衝突，僅靠單一部門往往難以應對複雜的矛盾衝突，要令人民調解機構高效率地發揮作用，解決社區矛盾，在中國社會是需要政府支援的，至少對其成立和運作給予政策上的鼓勵。同時，調解機構若可與其他司法、公安、社工、NGO等專業機構合作，則能更好地發揮多元化解決社會衝突機制的優勢。

　　第三，上海是各類衝突較集中的城市，表3顯示了多年來上海市民間糾紛處理的統計資料。

表3　主要年分民間糾紛調解分類情況（2007）

單位：件（%）

類別	1990年	2000年	2005年	2006年
婚姻家庭	42,426（52.34）	19,722（30.98）	20,074（24.63）	22,211（24.42）
鄰里	22,658（27.94）	25,064（39.38）	33,244（40.79）	34,975（38.46）
賠償	1,909（ 2.35）	2,483（ 3.90）	4,451（ 5.46）	5,594（ 6.16）
房屋宅基地	9,671（11.93）	10,359（16.27）	11,341（13.92）	11,568（12.72）
其他	4,412（ 5.44）	6,025（ 9.47）	12,385（15.20）	16,592（18.24）
總計	**81,076**	**63,653**	**81,495**	**90,940**

資料來源：上海市統計局，**上海市統計年鑑2007**（北京：中國統計出版社，2008年）。

　　可以看到，近年各類糾紛都呈增長趨勢。到2006年為止，唯有婚姻與家庭糾紛總數比90年代有所下降，但依然為數不少，有兩萬多的調解個案，佔糾紛調解總數的24.4%。賠償類的糾紛從1990年到2000年幾乎增長了近一倍，尤其在05年以後又翻倍增加。到2006年，發生頻率最多的是鄰里糾紛，佔了總數的38.5%。房屋建築以及其他各類糾紛也增長不少，這些都是引起群體性糾紛的原因。尤其隨著城市發展，很多大規模基礎設施改建工程的開展，需要對棚戶區危房的清除和改建，這些城市建設項目的進行難免給市區居民帶來動拆遷的問題。而當拆遷費沒達到居民的預期標準時，往往產生很多社會衝突，且通常會涉及某一區域內較大範圍的人群，而遇到同樣問題和怨憤的個人可能聚集，一起向政府進行集體示威。[20] 對政府而言，龐大的信訪案件和上訪隊伍給信訪部門造成沉重的工作壓力，未能妥善處理又會導致民怨積聚，引發民眾的激進行為；而傳統的人民調解效率很低，調解員的素質也難以應對複雜的矛盾，很難令當事人得到滿意的處理結果。所以政府不得不主動宣導推進社區人民調解走多元化的道路，以更有效地解決社會矛盾和更好地發展經濟。

　　因此，發展法律和信訪之外的多元化的民事糾紛解決機制，是國家希望透過開發、增加新的代替性糾紛解決機制（ADR），減輕訴訟機制的壓力，促進糾紛解決機制的合理化、多樣化。國家的這種態度和相應政策受到包含中國在內的東方法律文化傳統因素的影響：調解在中國有悠久的歷史傳統和廣泛的社會基礎，與「無訟」、「和為貴」等傳統文化價值一致。自古以來，中國衝突解決的著眼點並不是確定或維護什麼人的權利，而是要辨明善惡，權衡利弊，尋找合乎情理的解決辦法平息紛爭，重新恢復理想的和諧和按照道德原則組織起來的秩序。

---

[20] Tingwei Zhang, "Urban Development and a Socialist Pro-Growth Coalition in Shanghai," *Urban Affairs Review*, Vol. 37, No. 4（March 2002）, pp. 475-499.

參、李琴人民調解工作室及其工作網絡

「李琴人民調解工作室」在2004年10月註冊為民辦非企業機構，是獨立的法人。長寧區的江蘇街道政府保障工作室的運作經費，剛開始依據街道常住人口計算，共六萬人口，以每人2元人民幣的標準，因此街道每年撥款12萬元給工作室，到現在已增加至每年18萬元人民幣。在接受街道資金支援的同時，工作室也承擔了相當的衝突解決任務，它與街道司法所簽訂人民調解合作書，工作室每年要承擔街道40%普通糾紛的調解，成功率須達到95%以上；需要完成90%疑難糾紛的化解工作，且成功率要達80%以上；還要指導和培訓各居委會調解幹部處理矛盾衝突的技能以及負責社區內維護和諧穩定的工作、活動的組織策劃。[21] 工作室擁有一組富有經驗的調解人員和法律援助者，並且透過開設「李琴熱線」，更有效地提高解決衝突的能力，和居民對糾紛解決結果的滿意度。2004年工作室成立之初，已經成功處理個案382件，全年受理各種衝突人次464人，其中382人是老年居民，24人是外國居民，99人來自上海其他區域，還有六人來自外省。工作室作為一個集體，李琴擔任法人代表，對工作室成員的任命、工資、福利和工作分配等有主導權力。工作室的工作人員除了李琴這個首席調解員之外，還有四名調解員，整個團隊的年齡分布是老、中、青的組合。江蘇街道的13個居委會被劃分為五個片，工作室的五位人員每人負責一片，約三至四個居委會的衝突調處工作。同時每人還兼負一個調解連動小組，對其進行業務指導和能力培訓，並協助社區的各個居委會開展專項排摸，接待來訪、來電、來信及網上諮詢者，根據有關政策認真進行解答和疏導，幫助符合條件的申請人聯繫法律援助。

---

[21] 長寧區司法局資料，江蘇街道創建「李琴人民調解工作室」的基本思路及運行模式（2004年6月）。

　　「工作室」作為民辦非企業機構註冊以來，對探索人民調解隊伍走專業化、職業化和社會化道路發揮積極作用。工作室的誕生是城市社區建設中國家權力下放到街道層面的結果，目的是為了加強街道調委會的工作力度。其成立也是上海市人民調解組織變革的代表，是在原有的居民調解小組、居委會調解委員會，以及街道調解委員會的工作網絡中新增的調解機構。這種在街道層面建立的人民調解工作室的方式，到現在為止已經在上海其他區的街道推廣，成為一種新型的調解機構模式。在社區裡，工作室並非獨立開展工作的，而是形成一個工作網絡，以更有效和迅速的處理社區矛盾和糾紛。工作室的網絡縱向上包括工作室與街道（司法所）、區司法局、居委會、信息調解員的關係；橫向上包括工作中與其發生密切關係的公安部門、區法院，以及與社區其他民間團體的支持與合作（見圖1）。

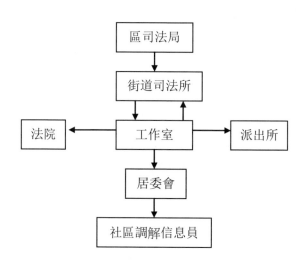

圖1　工作室的嵌入性工作網絡

　　隨著政府機構的改革和調整，在街道層面原來分立的條塊之間的矛盾得到緩解，條塊之間的各機構部門也開始了廣泛合作，所以無論從縱向還

是橫向的網絡來看，工作室是嵌入在社會工作網絡與制度環境中的。[22] 透過兩起「工作室」介入並化解群體性事件的案例，可以具體展現其在網絡體系中運作的過程來解決糾紛，從而深入探討非政府的民間組織在處理衝突中的優勢和存在問題。

一、「福滿樓」酒店的後門風波[23]

　　李琴人民調解工作室處理並成功解決的一起長期衝突，是因社區內一家酒店營業期間在後門通道處嚴重污染社區公共環境，並對居民的安全構成威脅，嚴重擾亂居民的日常生活而引發的社區群體性衝突。大量居民也曾透過上訪、在政府門口集體靜坐、示威等行動，抗議他們的利益受損和家園受到的侵害，要求得到應有的賠償，並對酒店做出懲罰。這個案件相較前兩起，由於不涉及歷史遺留問題，被投訴者也與政府機構無直接關聯，工作室在處理和解決時都相對迅速和容易，且行動自由度也較大，政府和街道基本上不會干預工作室的處理過程。而且居民對解決結果也更為滿意，沒有留下後續衝突的隱患。

　　這家福滿樓酒店位於江蘇街道的東面，有南北兩道門進出酒店，問題就出在後門上。據當時參與衝突的居民小林講述：

---

[22]　「條」一般指從中央到地方各級政府中業務內容性質相同的職能部門，「塊」指的是由不同職能部門組合而成的各個層級的政府。在社區層面上的屬於條的機構有公安、稅務、工商、環衛等專業管理機構，塊主要是指街道辦事處等綜合性管理組織。為了解決條塊矛盾，上海政府自1996年開始推行兩級政府、三級管理、四級網絡的社區管理體制改革，兩級政府指的是市、區兩級政府；三級管理指的是市、區、街（鎮）三級管理，依各自的職責對城市進行管理；四級網絡指的是市、區、街道（鎮）和居民區四級網絡。實行在上海市統一領導下，形成「以條為主、條塊結合」的管理機制。上海的條塊發展的歷史為「條強塊弱」，到「以塊為主」再到「條塊結合、容於塊」的過程。同時面對城市基層社會對治理要求日益增長的態勢，原有政府包攬式的管理模式已無法應對激增的城市公共需求，啟動政府主導下的社區建設運動，上海社區自治和發育都是走在全大陸的前列。

[23]　此案例見胡潔人，「威權政體下的衝突解決──上海社區群體性衝突的經驗研究」，中國行政評論，第18卷第2期（2011年6月），頁131-134。

「這家酒店的後門是與我們居民住宅區相通的，按規定應該
鎖住常關的。但自2000年以來，酒店一直把門開著，很多員工從
後門運送材料、送外賣，更過分的是老把吃剩的食物、垃圾從後
門倒出來，有的骨頭剩菜就直接倒在路邊，髒得叫人噁心。天一
熱，蒼蠅、老鼠都引來了，老百姓當然要有強烈意見啦！我們曾
經很多人一起到店裡要求見他們老闆，這樣不行的！但老闆避而
不見，派來一個女經理，告訴我們會盡快處理，知道了大家的意
見，還跟我們道歉。」[24]

然而，「福滿樓」酒店的老闆根本對居民的投訴置若罔聞，不僅繼續
以往的「污染行為」，甚至還變本加厲。而且酒店的後門對居民區的環境
衛生、安全以及夜晚出入產生的噪音已造成嚴重影響，社區居民堅決要求
酒店封鎖後門。但這個事件反映了多年，不少居民去居委會投訴和尋找解
決辦法，但居委會的調解主任除了做些協調工作，缺乏足夠權威命令老闆
關閉後門，因此難以令事件有具體的解決方案。

在尋求居委會說明無效的情況下，2006年居民們在幾個代表的號召帶
領下，群集到區政府去上訪，但依然未能得到落實和解決。直到2008年6
月，居民的集體抗爭還是沒停，街道得知資訊後馬上與李琴工作室聯繫，
工作室高度重視並主動介入，馬上分配信訪代理員小張具體負責此事。一
邊撫慰居民，控制他們的激動情緒，防止他們有過激的行為，一邊告知居
民可以來工作室面談，一切可以透過工作室的調解來解決。「福滿樓」酒
店後門影響到的居民共有40戶，他們知道李琴工作室可以解決這個問題，
也都聽說李琴在社區中是解決衝突的模範，就來了一大幫人。在大家憤怒

---

[24] 2008年8月訪談記錄。本案例見胡潔人，「威權體制下的衝突解決——上海社區群體性衝突
的經驗研究」，中國行政評論，第18卷第2期（2011年6月），頁131-134。

與吵鬧之時，李琴要求他們派出公正、能反映群眾意見、說話有權威的居民代表。因此，居民以這三個根據選了八名代表，其中老陳也在內，還有幾位中年以上的居民。八名代表在工作室召開的初步會議上把廣大居民的意見和要求一條條整理出來，使下一步解決方案有了更明確的方向。

　　在了解問題的關鍵以及居民的想法後，工作室迅速與酒店老闆進行了溝通，李琴親自上門找到老闆，但工作室與酒店老闆第一次見面交涉的時候，老闆很傲氣，態度也很不友善，他對李琴的勸慰沒有直接做出回應，聽完後只說：「我們也是納稅人，我們交了稅了，我們的權利要得到保護！」但李琴認為，社區的公共物品沒有一樣不是納稅人的！但老闆依然不怕，要工作室去請稅務局，如果稅務局要求酒店把後門關掉，他們就關。針對老闆的這種態度，李琴進一步警告他，如果大量居民來跟他抗爭，到時候不要來尋求支援。

　　老闆一聽這個威脅，想到確實可能招致對自己生意的嚴重影響，連忙表示不同意，並且準備做出讓步。在工作室的警告下，趙老闆開始讓步表示願意妥協，要求工作室穩住居民不要來酒店鬧，並承諾盡快將後門封掉。但就在民工和材料都準備好要封後門的時候，又出現了波折。老闆居然讓民工出來打居民，有些人甚至被打得骨折和流血。打人事件一出，本身處於矛盾激烈狀態下的居民和酒店，衝突越加變本加厲。李琴帶領工作室成員馬上找到老闆，告訴他現在由街道出錢來施工，一定要盡快進行，為老百姓買平安。他言而無信，答應的事情不兌現，竟然還讓民工出來與百姓打架，嚴重破壞社區的安全和秩序。

　　在工作室和政府兩方的壓力下，趙老闆終於答應與社區居民進行調解協商，補償對居民的損失和應承改善後門環境。為了徹底解決這起衝突，李琴與街道領導聯繫後一起去區稅務局和商委，並請相關領導也到現場，在各方監督下，要求老闆封鎖後門，不准再開啟。當時，在場的居民們齊手鼓掌、一起歡呼，對工作室的處理表示讚賞和感謝。因此很快的工作室

召開第二次協調會議，雙方就簽訂協定，「福滿樓」酒店同意把後門封鎖，貨物從此不從後門走，只要不走後門，老百姓就沒意見了。

　　在此事件的解決過程中，李琴利用了街道政府的支持和威懾力，解決了以盈利為目的的酒店對群眾生活造成嚴重不良影響的事件。這期間由於酒店老闆缺乏信用，對居民一再欺騙，互相之間的衝突打鬧不斷，導致持續多年的衝突一直沒有解決。而李琴工作室在與街道、稅務部門和商委的合作聯盟下，共同對酒店老闆施壓，要求他做出讓步，信守承諾封鎖後門。這反映了在社區治理和解決衝突的過程中，工作室與政府部門有著緊密的合作和聯繫，必要時可以得到上級部門的支持和協助，這對快速化解群眾集體上訪，把群體衝突控制在社區內部有直接和明顯的效果，而這正是政府需要工作室發揮的作用，讓居民與政府之間的矛盾有個緩衝帶，減少了居民直接投訴政府的行為。一旦衝突解決令居民滿意了，也就增加了老百姓對政府的信任、滿意和支持，是一舉多得的衝突處理機制。

二、工作室與老年人維權

　　由於人口結構變化的自然規律，上海的老年人口比例逐步上升，已經進入「老齡化」城市的行列。據上海統計年鑑報導，長寧區人口是61.83萬人，60歲以上的有12.28萬人，佔了19.96%。而江蘇路街道作為老城區，24%的居民是老人。在新形勢下，老年人面臨許多新問題，如兒女出國深造，或在外買房，造成留守老人的情況等。據工作室統計，現在民間糾紛中老年人的投訴比例迅速增加，約佔矛盾總數的60%左右。以江蘇路街道1999年的情況為例，全街道調解糾紛209起，其中涉老糾紛139起，佔總糾紛數的66%。涉老糾紛中，婚姻家庭40起、房屋宅基地15起、鄰里75起、損害賠償一起，其他八起。[25]

---

[25] 資料來源：李琴工作室內部資料，2008年。

　　李琴工作室認為要真正解決這個日益明顯的社會問題，就必須從根本解決老年人的維權問題，而最根本的就是要使老年人有退路，有靠山。老年人的需要應更加得到關注，要讓辛勞一輩的老年人真正地老有所養、老有所樂。透過多方打聽，了解到上海近郊奉賢區奉城老年護理院是個不錯的單位，其環境、醫療調解和收費情況都比較適合權利受到侵害的老年人。

　　透過李琴牽線和各級領導的努力合作，終於與這個護理院達成協議，將有需要的老年人送往這個單位。工夫不負有心人，奉城護理院成了長寧區江蘇路街道社區維護老年人權益的後方基地，那些權益受到侵害的老年人也終於有安享晚年的樂土。工作室在糾紛調解中非常重視老年人的利益，對涉老糾紛特別關注，以維護老年人的合法權益。此外，社區老年協會和居委會也做了大量工作，幫助孤獨老人。

肆、人民調解非政府化運作的優勢和問題

　　從以上案例顯示，李琴人民調解工作室之所以可以得到政府的大力支持成立運作，除了工作室成員本身的高素質和調解技巧，還因其特別注重「情、理、法」有機結合的解決方法，在化解矛盾的同時增強了社區認同感和凝聚力，維繫社區共同體的良好關係。同時更重要地也解決傳統居委會和信訪都難以擺平的長期社區糾紛，把矛盾化解在第一道防線上。傳統的居委會調解組織難以應對目前複雜的社區糾紛，尤其是群體性衝突的主要原因：一是居委會的調解人員難以保證。具體包括：調解人員流動性大。江蘇街道的居委會每年有30%以上的調解幹部有崗位調動，有些居委會的調委會已經連續換了三任調解幹部，培訓跟不上流動，工作無法銜接；調解人員能力素質參差不齊且兼職過多。隨著各種類型衝突的日益凸顯，居村調解幹部難以勝任大量的新類型民間糾紛的化解調處工作。J街

道的居委會內有調解主任一名，十名兼職治保主任，佔到77%，調解工作難以確保。

二是網絡作用難以發揮。2003年6月，街道建立了調委會，形成了街道調委會、居委會調委會和調解小組的三級調解網絡，覆蓋整個社區。街道調委會由司法所幹部、街道各條線負責人和各居村委員會主任等組成。由於人員來自各部門，工作重心仍在原單位，遇到衝突時街鎮調委會成了「空架子」。而且本來力量不足的居村調委會各自為戰，調解網絡無法進一步形成合力，調解民間糾紛效率低，效果也不理想。政府依然處於衝突解決的風口浪尖，不利於政府職能的轉變，也不利於人民調解組織的發展。綜合上述情況，街道政府認為人民調解工作必須突破傳統模式，需要在現行法律框架內，進行人民調解組織、機制和工作方法的創新，開創多元化的社區衝突解決組織，這也是成立「工作室」的最初考慮。

三是因為居委會沒有固定經費的保障，較難利用國家的資源開展工作。但據街道趙主任的訪談得知，工作室與居委會實際上不存在上、下級關係，工作室是一個人民調解機構，是街道設置的一個工作平臺，對於各居委會來說，工作室起到一個指導作用。在處理一般衝突時，工作室會提出一些指導性建議，對於突發性以及久調不決的衝突，工作室將會及時、直接介入調解。同時，工作室的職能也補充了街道調委會只有牌子，實際沒人員的這一空白。

而司法途徑也是當前越來越多市民尋求救濟的一種途徑，只是其不僅成本相對高，時間長，更重要的是對無權無勢的普通社區居民而言，能否得到一個理想的結果還是未知數。案例一中不少街道居民也曾經嘗試透過司法途徑去告老闆，結果他們本身不懂法律，在與老闆對簿公堂後依然敗訴。唯有人民調解可以相對做出一個令雙方都較為滿意的解決結果，來平息社區矛盾。這裡必須強調李琴工作室在處理糾紛過程中的依據是國家的法律，這是調解員做出裁定的準則，每一起案例的調解都是有理有據的。

　　而從政府的立場出發，街道司法所所長也表示，成立工作室的目的都是為了減輕政府過重的信訪負擔，針對當前社會轉型期紛繁複雜、頻發的群體衝突，開闢一種更有效的解決途徑，為社區居民提供免費並具法律效力的人民調解服務，由此透過在民政部門的掛靠下，成立在政府主導下的非政府組織（GONGO）。事實上，工作室在衝突解決的代理中，也一定程度地代表了政府，李琴個人在處理衝突時也流露出「政府要管」的無奈姿態，如案例二透過工作室所解決的養老問題，也是街道政府長期以來關注並未能具體落實的問題。這點體現了米格代爾（Joel S. Migdal）[26] 的「國家嵌入於社會中」並與社會發生互動（state embedded in society）的狀態，但在中國社會，國家依然是處於主導的地位，工作室也承擔著每年完成指定數量的衝突解決的任務。因此，可以說社區調解組織的社會化運作，是國家給予社會組織發展空間，但又將其掌管於自己的控制之下的運作模式。

　　除了在解決衝突時結合「情、理、法」的策略之外，工作室還充分利用其嵌入性的工作網絡，在預防和化解矛盾時積極調動各方力量的配合。面對複雜和激烈的衝突，工作室還運用資源整合的策略，以求快速平息衝突。其中包括行政資源、法律和社會資源、輿論資源等。工作室可整合的行政資源包括街道政府、司法所、警署等；法律和社會資源包括市區級司法領導機構（如法院、民政局等）、社會學家、律師和心理學家等諮詢團，這是工作室開展調處的堅強後盾，還有熱心參與社區建設的義務調解員和法律諮詢志願者隊伍。這裡的輿論資源主要是在老城區，尤其一些老式弄堂的熟人鄰里之間，居民群眾的輿論對個體行為產生的巨大影響。工

---

[26] Joel S. Migdal, *State in Society, Studying How States and Societies Transform and Constitute One Another* (UK: Cambridge University Press, 2001); Joel S. Migdal, *Strong Societies and Weak States-State-Society Relations and State Capabilities in the Third World* (New Jersey: Princeton University Press, 1988).

作室在化解矛盾時，經常會勸說當事人考慮周圍鄰居的輿論影響，站在別人的角度思考問題，結合傳統文化和社會道德的力量，通常可以產生理想的效果，對社區居民長久關係的維持也有很大幫助。

　　工作室對具體案例的處理解決展示了在上海社區裡，解決群眾上訪和群體性衝突，採用的是人民調解與行政調控結合的方式（見圖2）。[27]

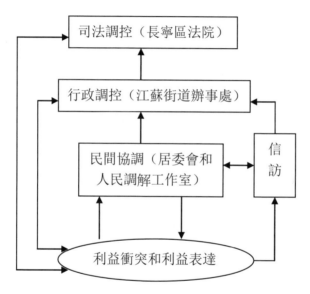

圖2　社區居民利益表達機構

　　人民調解組織的非政府化運作，反應出中國大陸社會尚處在「組織化調控」的階段，國家更多地依靠具體的組織（及組織技術），而不是抽象的制度對社會進行治理，每當遇到新的問題或挑戰，國家就成立相應的組

---

[27] 這不僅局限於江蘇街道居委會，在長寧區的其他街道也有類似的人民調解工作室，同時上海市的其他區像楊浦區繼林樂人民調解工作室成立之後，也相繼成立以個人名義命名的糾紛調解工作室，見熊易寒，「人民調解的社會化與再組織──對上海楊伯壽工作室的個案分析」，社會，2006年第26卷第6期（2006年11月20日），頁95-116。

織或組織協調機制來加以回應。[28] 國家推行人民調解社會化的目的並不是為了提升市民社會的組織能力，而只是為了擴大自身的治理資源。而「組織化調控」之所以能夠奏效，很大程度上是因為組織形式不僅僅是「形式」，它會制約組織獲取資源的方式和途徑，進而影響到組織目標和功能的實現。斯科特（W. Richard Scott）指出，適當的組織形式的發明對於組織的資源獲得是非常重要的。[29] 每一類型的組織都代表了特定的經濟、技術和社會的資源集合。因此，人民調解組織非政府化的發展，表明人民調解的重心向街道層面上移，實際上也就實現了政府管理與人民調解的對接。這樣可以一舉兩得：既節約了國家的治理成本，又繞開了合法性問題，畢竟居民自治制度是全國性制度，而街道調委會和工作室模式僅是探索中的地方性制度，將後者納入國家治理體系不會遭受過多的質疑。[30]

其次，人民調解相對於司法和行政途徑來解決糾紛，是以執政黨（中共）主導下的組織化調控，向以法治為核心的制度化治理的轉變。國家與社會是人類組織和秩序供給的兩種基本形式。社會管理和社會自治的相互融合、相輔相成，共同構成了社會控制和治理結構。但過往一切由國家安排控制的模式已經不適應現代中國大陸社會，以傳統的人民調解組織為媒介，發展非政府性質的半官方民間組織來處理糾紛，也是一種國家透過社會管理創新來培育社會自治的標誌。人民調解自身具有包容性強、衝突

---

[28] 2003年江蘇南通推行「大調解」之後，推廣到大陸各地，也反映出國家制定新的機制來應對新的糾紛形式的挑戰，見胡潔人，「中國大陸衝突解決與執政合法性增強：作為糾紛解決方式的大調解機制研究」，中國行政評論，第19卷第1期（2013年6月），頁65-91；熊易寒，「人民調解的社會化與再組織——對上海楊伯壽工作室的個案分析」，社會，2006年第26卷第6期（2006年11月20日），頁95-116。

[29] W. Richard Scott, *Organizations: Rational, Natural and Open Systems* (New Jersey: Prentice-Hall, Inc., 1992).

[30] 同註16，頁112。

小、成本低和靈活快捷等優點，一直是最古老、最常用的糾紛解決方式。同時，它也是執政黨動員、組織和整合社會各方面資源，改造中國社會的一種政治性策略。而「工作室」正是在社會轉型這一新背景下的進一步發展，以調解為媒介，透過對糾紛的和諧解決，將不穩定因素排除化解，把分散的政治治理資源重新統一起來，把流失的社會治理資源重新組織起來，把破碎的社會結構重新整合起來，以社會管理創新帶動社會自治的發展，最終實現社會治理與社會自治有效融合。

第三，作為半官方的民間組織，「工作室」扮演連接民眾和政府的橋梁作用。特別是透過「體制內」的方式（即政府購買服務），促使調解同時為政府與民間溝通服務，一方面使得政府的行政目標有可能透過他們的協調、溝通，變成社會和個人易於接受的行為規範，從而防範和減少群體性事件的發生；另一方面，「工作室」實際上經由一個自下而上的利益表達、利益綜合和民意輸送的過程，這個過程對政府的政策和決策的影響，也能體現民間組織的「民間性」。[31]

但在當前中國大陸，非政府組織的生存和發展依然面臨較大的困境。「工作室」雖然在調解工作中可以得到政府和各行政部門的支援和資助，但也在很大程度上依附於政府，成為政府的「另一條腿」，由此缺乏民間組織所應有的獨立和自由。這也是當前大陸NGO的困境，特別是公部門對民間組織管理採取雙重管理體制，一個民間組織先要獲得政府業務主管部門的同意，然後再到民政部門去登記。「工作室」就是在區政府批准下掛靠在民政局，而資金來源就是街道政府，所以從某種程度來說，依然不是完全獨立於政府的組織。因此在調解過程中，未能作為完全獨立的「協力廠商」來進行調停糾紛。特別在處理涉及針對政府部門的群體性糾

---

31 陳明明，「民間組織成長的時間與空間」，探索與爭鳴，2006年第4期（2006年4月），頁29-30。

紛時，其中立性常常受到民眾質疑。另外NGO自身的治理也存在較大問題。特別是專業人才的聘用還需要大量資金和資源的支援，「工作室」的現狀也是受資金的限制，無法聘用專業的調解人員，而是依賴於街道社區內有名望和經驗的人來指導調解工作。

然而，公部門允許並鼓勵「工作室」以非政府組織的名義登記和發展，表明公民社會在大陸逐步受到認可。而社會組織本身也在利用各種策略同國家進行談判，消解國家的控制力或利用國家控制來謀求自身的利益，甚至主動要求「嵌入」到國家體系當中。[32]「李琴工作室」參與處理社區糾紛矛盾也印證了弗洛利克（B. Michael Frolic）[33] 在研究中國大陸國家主導的市民社會時所看到的：新的社會組織並不反對國家，而是成為附屬於國家的一部分，充當公民意識發展的培育基地，作為國家與社會之間的「中間人」。

伍、結論

「十八大」報告指出，正確處理人民內部矛盾，建立健全黨和政府主導的維護群眾權益機制，完善信訪制度，完善人民調解、行政調解、司法調解連動的工作體系，暢通和規範群眾的訴求表達、利益協調、權益保障管道。這為政法機關創新社會管理指明了方向。在社會轉型期的中國大陸，社會結構變遷導致糾紛多發、頻發、劇烈，矛盾糾紛與社會管理創新是共生共長的關係，大量群體性衝突和公部門的治理合法性危機，也在客

---

[32] Tony Saich, "Negotiating the State: The Development of Social Organizations in China," *The China Quarterly*, No. 161 (2000), pp. 124-141; Dorothy J. Solinger, "State and Society in Urban China in the Wake of the 16th Party Congress," *The China Quarterly*, No. 176 (2003), pp. 943-959.

[33] B. Michael Frolic, "State-led Civil Society," in Timothy Brook and B. Michael Frolic, eds., *Civil Society in China* (New York: M.E. Sharpe, 1997).

觀上推動了社會管理的不斷創新。「李琴工作室」作為基層糾紛調解和處理的新型方式，代表了新的社會治理形式，成為一種國家、社會和民間力量的銜接點和協調利益關係的平衡點。「工作室」的成立和運作雖然含有政府推動的制度特徵，及解決紛爭政治化的傾向，但它仍是社會轉型的回應物。其回應性甚至體現在頗具法律意涵的非制度性作法中，反映了社會組織與國家的博弈和互動。這也印證了「在當代以及任何其他的時代，法制的發展重心既不在於立法，也不在於法學或司法判決，而在於社會本身」。[34]

「李琴人民調解工作室」這種非政府化的運作模式，是在政府主導下的「國家與社會合作」的具體體現，人民調解屬於一個建立在基層社會組織中的草根糾紛解決機制，不僅具有最低程度的制度化和規範化，同時還體現民間性、基層性和地方性的特點。這種以政府購買服務運行的基層人民調解機構開始社會化運作，雖然在經濟上依賴政府的支出，但在法律上屬於獨立法人且擁有一定自主權，透過在社區的衝突處理，和解決中反映出國家法律和民間社會規範的互動，在某種程度上也是中國社會自治發展的體現。近年來，這類人民調解工作室已在上海各區以及大陸廣泛推行，並透過實踐證明在解決社區糾紛上發揮了很有效的功能。中共「十八大」報告也指出，人民的利益與國家的利益不是對立關係，敢於正視人民群眾的合理利益要求，給予民眾利益表達和訴求表達的利益驅動機制和協調機制，在公民與政府之間建立了良好的互動關係，才是解決社會矛盾，保持社會和諧的關鍵。

---

34 歐根・埃利希（Eugen Ehrich）著，舒國瀅譯，法社會學原理（北京：中國大百科全書出版社，2009年），頁25。

參考書目

一、中文部分

上海市人民代表大會常務委員會公告第61號，**上海市信訪條例**，上海市第十三屆人民代表大會常務委員會修訂通過（2012年12月26日）。

上海市司法局，「2003年本市人民調解工作概況」，政府工作360題，http://www. shanghai.gov. cn/shanghai/node2314/node11019/node11036/u43ai844.html，檢索日期：2013年9月24日

上海市長寧區司法局、上海市長寧區江蘇街道辦事處編，**社區紅葉情——李琴調解工作法**（上海：政府內部資料，2004年）。

上海市長寧區統計局，**上海市長寧區統計年鑑2005**（北京：中國統計出版社，2005年）。

「上海市國民經濟和社會發展第十個五年計劃綱要」，http://news.eastday.com/eastday/zfgb/jhgy/userobject1ai14893.html，檢索日期：2013年9月23日。

「上海市浦東新區創辦社區矛盾調解中心」，http://news.sina.com.cn/c/2007-07-16/161713458451.shtml，檢索日期：2013年9月24日。

上海市統計局，**上海市統計年鑑2005**（北京：中國統計出版社，2006年）。

上海市統計局，**上海市統計年鑑2007**（北京：中國統計出版社，2008年）。

中央政法委研究室，**維護社會穩定調研文集**（北京：法律出版社，2001年12月）。

中組部黨建所課題組，**中國調查報告**（北京：中央編譯出版社，2001年）。

公安部第四研究所「群體性事件」課題組，「我國發生群體性事件的調查與思考」，人民日報總編室，**內部參閱**，第31期（2001年8月10日）。

文勇，「上海試行首席人民調解員制度的調查與思考」，**中國司法**，2002年第3期（2002年3月），頁59-60。

台運啟，「首都群體性事件研究項目基本情況」，http://www.bjpopss.gov.cn/asp_xxgl_400/ReadPJI.asp?ID=1357，檢索日期：2013年9月28日。

李正友，「做好群眾工作要做到『三個貫徹始終』」，人民網，http://theory.people.com.cn/

n/2013/0417/c40537-21166399.html，檢索日期：2013年10月2日。

宋勝瀾，**處置群體性事件的法律對策研究**，山西大學法律碩士論文，2004年。

杜萌、劉建，「合情合理化解紛爭 上海全面推行輕傷害刑案委託人民調解」，**法制網**，2008年11月11日，http://www.legaldaily.com.cn/index_article/content/2008-11/11/content_978744.htm，檢索日期：2013年9月24日。

周保剛，**社會轉型期群體性事件預防、處置工作方略**（北京：中國人民公安大學出版社，2008年1月）。

長寧區司法局資料，**江蘇街道創建「李琴人民調解工作室」的基本思路及運行模式**（2004年6月）。

梁治平，**尋求自然秩序中的和諧**（北京：中國政法大學出版社，2002年11月1日）。

國務院令第 251 號，**民辦非企業單位登記管理暫行條例**，國務院第8次常務會議通過（1998年9月25日）。

國務院法制辦公室，「上海市加強人民調解專業化社會化建設構築解決社會矛盾新機制」，**中國政府法制信息網**，2005年1月14日，http://law.bjzf.gov.cn/show.aspx?cid=56& id=88。

范愉，「社會轉型中的人民調解制度——以上海市長寧區人民調解組織改革的經驗為視點」，**中國司法**，2004年第10期（2004年10月），頁55-62。

范愉，「調解的重構——以法院調解改革為重點」，**法制與社會發展**，2004年第 2、3期（2004年3、5月），頁113-125、91-109。

胡潔人，「中國大陸衝突解決與執政合法性增強：作為糾紛解決方式的大調解機制研究」，**中國行政評論**，第19卷第1期（2013年6月），頁65-91。

胡潔人，「威權體制下的衝突解決——上海社區群體性衝突的經驗研究」，**中國行政評論**，第18卷第2期（2011年6月），頁113-144。

胡潔人，「國家主導的社會多元主義及群體性衝突處理研究」，**香港社會科學學報**，第37期秋／冬季（2009年），頁155-190。

彭勃，「國家控制和社區治理：以上海社區調解為例」，**復旦政治學評論**，第1期（2003年），頁227-248。

彭勃、陶丹萍，「替代性糾紛解決機制本土化問題初探」，**政治與法律**，2007年第4期（2007年

8月5日），頁71-76。

「群體性事件研究專輯」，載中國行政管理，2002年增刊（北京：中國行政管理雜誌社，2002年），頁2。

熊易寒，「人民調解的社會化與再組織——對上海楊伯壽工作室的個案分析」，社會，2006年第26卷第6期（2006年11月20日），頁95-116。

歐根‧埃利希（Eugen Ehrich）著，舒國瀅譯，法社會學原理（北京：中國大百科全書出版社，2009年）。

陳光金，「我國社會結構的重大變化與結構性矛盾（上）」，學習時報，http://www.china.com.cn/xxsb/txt/2007-12/10/content_9367214.htm，檢索日期：2013年9月28日。

陳明明，「民間組織成長的時間與空間」，探索與爭鳴，2006年第4期（2006年4月），頁29-30。

陸思禮，「毛澤東與調解：共產主義中國的政治和糾紛解決」，許旭譯、載強世功主編，調解、法制與現代性：中國調解制度研究（北京：中國法制出版社，2001年），頁117-203。

應星，大河移民上訪的故事——從「討個說法」到「擺平理順」（北京：三聯書店，2001年）。

「關於進一步加強人民調解員協會建設的通知」，浙江省司法廳，http://www.zjsft.gov.cn/art/1996/6/6/art_188_152.html，檢索日期：2013年9月24日。

二、英文部分

Cohen, James A., "Chinese Mediation on the Eve of Modernization," *California Law Review*, No. 54 (1966), pp. 1201-1226.

Frolic, B. Michael, "State-led Civil Society," in Timothy Brook and B. Michael Frolic, eds., *Civil Society in China* (New York: M.E. Sharpe, 1997).

Migdal, Joel S., *State in Society, Studying How States and Societies Transform and Constitute One Another* (UK: Cambridge University Press, 2001).

Migdal, Joel S., *Strong Societies and Weak States-State-Society Relations and State Capabilities in the Third World* (New Jersey: Princeton University Press, 1988).

Saich, Tony, "Negotiating the State: The Development of Social Organizations in China," *The China Quarterly*, No. 161 (2000), pp. 124-141.

Scott, W. Richard, *Organizations: Rational, Natural and Open Systems* (New Jersey: Prentice-Hall, Inc., 1992).

Solinger, Dorothy J., "State and Society in Urban China in the Wake of the 16th Party Congress," *The China Quarterly*, No. 176 (2003), pp. 943-959.

Wall, James A., Jr., and Michael Blum, "Community Mediation in the People's Republic of China," *Journal of Conflict Resolution*, Vol. 35, No. 1 (1991), pp. 3-20.

Zhang, Tingwei, "Urban Development and a Socialist Pro-Growth Coalition in Shanghai," *Urban Affairs Review*, Vol. 37, No. 4 (March 2002), pp. 475-499.

外交政策與對臺人事變革

中共「十八大」後對外政策走向：
區域與全球挑戰

蔡東杰

（中興大學國際政治研究所教授兼所長）

摘要

　　隨著2012年中共「十八大」，與2013年「人大」與「政協」兩會分別召開後，不僅習近平正式成為中共政權的「第五代領導人」。與此同時，一方面由於美國在伊拉克戰爭與金融海嘯壓力下，單邊主義政策大為動搖，世界格局亦持續朝權力分散特徵邁進，此種多極化發展加上近二十年來「中國崛起」的明顯態勢，既使中共面臨了一個有利於改善其國際地位的「機遇期」，也讓其對外政策認知悄悄產生質變。放眼未來，究竟中共下一階段的對外戰略走向為何？此種可能之新作為又將面臨何種挑戰？本文試圖從周邊環境與國際格局兩個角度，同時進行廣泛之觀察與分析。

關鍵詞：中共、外交政策、東亞、權力轉移、美國

壹、十字路口的抉擇：韜光養晦vs.「走出去」戰略

　　相較於1950年與1966年分別因為參加韓戰與爆發文化大革命，兩度帶來外交挫折，由於與1979年啟動「改革開放」後的正面形象有著強烈對比，1989年的「天安門事件」對中共外交處境的影響或許更為深遠。[1] 更甚者，經歷十年的普遍性改革運動，不僅隨後扭轉其經濟結構，也逐步改變人民的生活方式與思維路徑，從而既使挑戰權威的想法應運而生，[2] 亦埋下前述大規模政治示威事件的深層社會背景。[3] 對此，包括美國、歐洲共同體與日本等主要國際行為者紛紛提出各種制裁與管制措施、[4] 凍結官方互訪，並取消合作計劃等；至於事件帶來的國內效果則包括趙紫陽下臺及所謂「第三代領導核心」江澤民的繼任；從「十三屆四中全會」被比為「新遵義會議」，並認為「老一輩無產階級革命家」因此「挽救了黨」看來，可見此際中共面臨的嚴峻形勢。[5] 面對此一挑戰，鄧小平務實地擬定「冷靜觀察，韜光養晦，站穩腳跟，沉著應付，朋友要交，心中有數」等一系列方針，[6] 其中，具有消極守勢意味的「韜光養晦」，也成為此後二十餘年間中共處理對外關係時的核心原則。

---

[1] 這年正好也是「五四運動」70周年，中共建政40周年，以及中美關係正常化十周年。

[2] Orville Schell, *Discos and Democracy: China in the Throes of Reform* (New York: Praeger Press, 1988), p.132.

[3] C.Y. Cheng, *Behind the Tiananmen Massacre* (Boulder: Westview Press, 1990), Ch.1.

[4] Jeffrey T. Richelson, ed., *China and the United States: From Hostility to Engagement, 1960-1998* (Washington, D.C.: The National Security Archive, 1999), Document 01148.

[5] 魯競，「江澤民主政後中共外交走向分析」，中共研究，第30卷第3期（1996年），頁26。

[6] 相關方針見鄧小平文選：第三卷（北京：人民出版社，1993年），「社會主義的中國誰也動搖不了」，頁328-334；「堅持社會主義，防止和平演變」，頁346-348；「中國永遠不允許別國干涉內政」，頁361-364。有時也簡化為「冷靜觀察，韜光養晦，站穩腳跟，有所作為」之十六字方針，見唐家璇，「當前國際形勢與我國對外關係」，解放軍報，1994年3月7日，版3。

　　進言之，中共的對外方針與外交政策，儘管受到某些個人（建政初期的周恩來或改革開放初期的鄧小平），與特定國內環境（例如1960年代末的文化大革命或1980年代起的經濟改革）的左右，國際環境變化帶來的影響仍舊值得注意。[7] 例如，中共在冷戰時期所以存在「造反者」大於「建設者」的國際形象，固然源自它在國際體系中的相對邊緣位置，[8] 兩極體系所帶來「非美即蘇」的國際空間選擇壓力，也是促使中共等積極尋求獨立自主的第三世界國家，投入所謂「不結盟運動」的環境背景。無論如何，針對後冷戰初期國際體系架構與內涵的變化，中共在由於經改成功以致提高實質權力之餘，也開始調整其外交政策；[9] 除了自我肯定之外，中共高層更須解決因新時代來臨所出現的相關發展，特別是「和平演變」（peaceful transformation）問題。在東歐變局致使共產主義頓成弱勢想法，民主自由制度則不啻成為主流後，身為少數碩果僅存共黨政權（或稱後社會主義國家）之一的中共政權，當然有一定程度的危機意識感；例如錢其琛便指出，「蘇聯的瓦解，及其所造成的國際局勢突變和世界社會主義運動的挫折，加上當時西方大國自1989年以來對我國施加的政治經濟壓力依然存在，這一切都使得中國所面臨的國際環境更為嚴峻和複雜」，[10] 甚至以「黑雲壓城城欲摧」來形容此時中共所承受的龐大壓力，這也是它宣稱天安門事件乃是國際反動勢力企圖對中國大陸實施和平演變陰謀的

[7] Thomas W. Robinson, "Chinese Foreign Policy, 1940s-1990s," in Thomas Robinson and David Shambaugh, eds., *Chinese Foreign Policy: Theory and Practice* (New York: Oxford University Press, 1995), pp. 555-602.

[8] 王逸舟、譚秀英主編，中國外交六十年（1949-2009）（北京：中國社會科學出版社，2009年9月），頁21。

[9] 章一平，「從冷戰後國際體系的複雜化看中國與大國關係」，世界經濟與政治，第12期（2000年），頁23-26。

[10] 錢其琛，外交十記（香港：三聯書店，2008年），頁196。

原因所在；事實上，西方也的確有向中共推動類似戰略的意圖與行動。[11]

　　值得注意的是，儘管天安門事件為後冷戰初期的中共對外關係，設下了一個至今難以突破的隱性限制，但此時期國際體系所呈現之越來越趨於權力多元化的特徵，則不啻亦埋下了另一個政策變遷的伏筆。正如眾所周知，根據中共高層或知識界的共識，當前世局基本上趨近所謂「一超多強」格局，[12] 例如鄧小平便指出：「美蘇壟斷一切的情況正在變化……所謂多極，中國算一極。中國不要貶低自己，怎麼樣也算一極」；[13] 至於中共對於自身作為國際當中「一極」或世界「五強」之一的期許與肯定，[14] 一方面讓許多觀察家推論它未來將成為可與美國「並駕齊驅的競爭者」，[15] 其次，由於認定美國不可能鞏固其單邊主義政策，因此世界新格局不僅將繼續朝權力分散特徵邁進，此種多極化結果將提供有利於改善其國際地位的「機遇期」後，[16] 中共的對外政策認知也悄悄產生質變，例如部分學者便試圖指出，鄧小平「韜光養晦，有所作為」是針對冷戰末期國際變局的暫時方針，「沒有任何證據表明它被當成中國外交的長期全面戰略」，[17] 這當然是值得觀察的思考轉變。

　　接著，不僅王逸舟將1989至2002年間視為中共對外關係在「冷戰結束後的適應與調整時期」，並將其後稱為一個「全新成長時期」。[18] 與

---

[11] 黎文森、段宗志，論西方國家的和平演變戰略（杭州：浙江大學出版社，1992年）。

[12] 俞正梁等，大國戰略研究（北京：中央編譯出版社，1998年），頁317-319。

[13] 鄧小平，「國際形勢和經濟問題」，鄧小平文選（北京：人民出版社，1989年），頁353-356。

[14] 杜攻主編，轉換中的世界格局（北京：世界知識出版社，1992年），頁7。

[15] Thomas E. Ricks, "Changing Winds of U.S. Defense Strategy," *Herald International Tribune*（May 27-28, 2000），pp. 27-28.

[16] 陳佩堯、夏立平主編，新世紀機遇期與中國國際戰略（北京：時事出版社，2004年）；徐堅主編，國際環境與中國的戰略機遇期（北京：人民出版社，2004年）。

[17] 楚樹龍、金威主編，中國外交戰略和政策（北京：時事出版社，2008年），頁116。

[18] 王逸舟、譚秀英主編，中國外交六十年（1949-2009）（北京：中國社會科學出版社，2009年9

此同時，美國在2002年公布的《國家安全戰略報告》（National Security Strategy, NSS）即指出必須維持足夠能力來因應可能的敵人（暗指中共），[19] 外交關係委員會也宣稱，中共已對美國與東南亞造成經濟、軍事與政治上的嚴重挑戰；[20] 其後，Niall Ferguson在2007年創造「中美國」（Chimerica）這個新詞彙，強調由最大消費國（美國）與最大儲蓄國（中共）構成的利益共同體，將對全世界經濟帶來重大影響，[21] 至於Fred Bergstan則於2008年提出所謂「G2」概念，主張中美應建立平等協商領導全球經濟事務的模式。[22] 這些討論不啻都對美國西太平洋政策的轉變發揮相當的影響作用。由此看來，美中關係不僅可能是美國在新世紀全球戰略布局中最重要的一對雙邊關係，更甚者，從經濟角度看來，若根據購買力平價指數（PPP）計算，中國的GDP總額可望迅速與美國並駕齊驅，[23] 從

月），頁16-20。

[19] U.S. White House, *The National Security Strategy of the United States of America* (Washington, D.C.: U.S. White House, 2002), p. 30.

[20] J. Robert Kerrey and Robert A. Manning, *The United States and Southeast Asia: A Policy Agenda for the New Administration* (New York: Council on Foreign Relations, 2001), p. 17.

[21] Niall Ferguson and Moritz Schularick, "Chimerica and the Global Asset Market Boom," *International Finance*, Vol. 10, No. 3 (2007), pp. 215-239; see also Niall Ferguson, "What Chimerica Hath Wrought," *The American Interest*, Vol. 4, No. 3 (2009), http://www.the-american-interest.com/contents.cfm? MId=23.

[22] Fred Bergstan, "A Partnership of Equals: How Washington Should Respond to China's Economic Challenge," *Foreign Affairs* (July/August, 2008), http://www.foreignaffairs.com/articles/64448/c-fred-bergsten/a-partnership-of-equals.

[23] 例如英國「經濟學人」（*Economist*）雜誌在2010年底根據自訂統計模式推估，中國可能在2019年超越美國，成為世界經濟龍頭；美國經濟評議會（Conference Board）則認為，若依據購買力平價指數（purchasing-power-parity, PPP）計算，中國最快將在2012年成為世界最大經濟體；高盛公司（Goldman Sachs）2003年首度預估所謂金磚四國經濟發展前景時，預言中國將在2041年超越美國，如今則提早到2027年。英商渣打銀行（Standard Chartered）也在2010年底預測中國GDP將在2020年超越美國，至於國際貨幣基金（IMF）與經濟合作暨發展組織（OECD）最新推估則鎖定2016年。

而凸顯出它將成為後者權力地位新競爭者的趨勢。[24] 更重要的是，中共不僅擁有挑戰霸權的客觀條件，由於美國畢竟仍是既存霸權，美中關係在國際政治中重要性的提升，既給予其處理外交時更高的信心，中共確實也有準備加入競爭的主觀積極作為，包括自1990年代以來推動大國外交以提高國際地位，以及在2000年「十五屆五中全會」首次明確提出「走出去」戰略，都是明顯例證。

總的來說，隨著中共國際地位與參與全球事務層次的持續提升，以及對外政策的越發主動積極，儘管2012年因面臨「十八大」領導人換屆關鍵時刻，中共無論對內或對外都以「維穩」為最高原則，但正所謂「計劃趕不上變化」，在其對外關係方面，無論是金融海嘯的後續發展，菲律賓與越南頻頻在南中國海向中國挑釁，或日本的宣布釣魚臺國有化，都迫使它即便「硬中帶軟」，也得要「軟硬兼施」面對這一切挑戰。

展望未來可能發展方向，在「十八大」政治報告中涉及外交政策部分雖然並不多，在對象上仍以「發達國家－周邊鄰國－發展中國家－國際組織（多邊外交）－外國政黨（黨際交往）」作為應對優先順序，宋榮華則指出其中三大重點，亦即構建新型大國關係，與周邊共享繁榮，以及扎實推進公共外交，尤其是明確提出「扎實推進公共和人文外交」說法，並將其位置放在政黨外交之前，在中共黨代會報告中還是第一次。[25] 不過，更為關鍵的或許還是在針對發達國家關係的表述上；[26] 相較於「十七大」報

---

[24] Joseph S. Nye, Jr., *Bound to Lead* (New York: Basic Books, 1990); Gerald Segal, "Does China Matter?" *Foreign Affairs*, Vol. 78, No. 5 (1999), pp. 29-32.

[25] 宋榮華，「未來五年中國外交三大重點」，中國經濟網，2012年11月15日，http://big5.ce.cn/gate/big5/intl.ce.cn/qqss/201211/15/t20121115_23849893.shtml，檢索日期：2013年1月25日。

[26] 木春山，「十八大觀察：從政治報告看中國外交的變與不變」，大公網，http://www.takungpao.com.hk/news/content/2012-11/10/content_1369462.htm，檢索日期：2012年12月25日。

告提出，「將繼續同發達國家加強戰略對話，增進互信，深化合作，妥善處理分歧，推動相互關係長期穩定健康發展」的說法，「十八大」報告的措辭則是：「將改善和發展同發達國家關係，拓寬合作領域，妥善處理分歧，推動建立長期穩定健康發展的新型大國關係」。其中，所謂「新型大國關係」顯然是重中之重。例如在習近平於2012年2月訪問美國時便表示，要把中美關係塑造成二十一世紀「新型大國關係」，在歐巴馬（Obama）成功連任美國新總統後，胡錦濤在賀電中也提到，「我和你就建設相互尊重、互利共贏的中美合作夥伴關係，探索構建新型大國關係達成共識」。

正如成曉河對習近平時代外交方向的展望，「今後中國外交在國際敏感問題上，將依然堅持韜光養晦的態度，但總體上會更積極地朝有所作為的方向發展……中國將會繼續從參與者（runner）向議題設定者（agenda setter）轉變，這意味著中國將積極參與國際焦點問題，並擔負起應盡的責任」。[27] 儘管未曾明言，但暗示的都是中國即將迎接「與美國並駕齊驅」的國際地位。換言之，所謂「新型大國關係」既代表中國未來不再「仰視」美國的國際霸權身分，至於致力推動「公共外交」，則主要針對中國將為自身新的國際地位做好必要的公共關係，這些基本上都顯示官方與學界對進一步「走出去」的樂觀期待。

貳、大門口的對峙：區域緊張升溫的兩面性

可以這麼說，就在1978年推出改革政策，1992年「南巡講話」堅定開

---

[27] 見張世政，「中國，將從國際舞臺上的參與者變成議題設定者」，中央日報（韓國），2012年12月19日，http://china.joins.com/big5/article.do?method=detail&art_id=95499&category=002003。

放目標，[28] 2000年決定逐步「走出去」後，經濟面的「三步走」階段性發展，既反映出中共對於自身與國際環境相對關係與互動方式設定的根本扭轉，此種認知層次的變遷也在邁入新世紀前後，帶來更積極的外交觀與對外政策。值得注意的是，如同官方與學界一貫的共識說法般，由此導引出的外交戰略仍以「和平解決」作為原則，[29] 但絕不意味著「保守退縮」，甚至一定程度的戰略前進還能作為和平解決的有效基石；對此，可由中共海軍戰略轉型一窺究竟。在1980年代鄧小平主張應採取積極防禦，海軍總司令劉華清也提出「近海防衛戰略」（即中國海洋勢力範圍應推向第二島鏈）後，中共於是在1987至89年間開始大幅增高在西太平洋的海下活動，至於2000年則被認為是轉捩點。如同在經濟上決定「走出去」一般，該年在完成近海防禦建設後，亦準備在2020年前以遠洋行動為目標；正因如此，中國軍艦開始於日本周邊海域不斷頻繁地活動，[30] 在南海地區也和東南亞諸國發生爭執，甚至2001年還一度發生中美軍機擦撞事件，類似衝突在2010年後更有顯著升高趨勢。

　　不過，嚴格來說，近年來周邊國際環境情勢的趨於緊張，固然與中共日益自信且積極的對外政策有關，但因所謂「睦鄰」政策一方面可正面支撐其獨立自主外交，也有利於自1980年代以來推動的改革政策。正如胡錦濤在2005年重申，中共將堅持走「和平發展」道路，繼續奉行「與鄰

---

[28] 凌志軍，變化：六四至今的中國社會大脈動（臺北：時報出版公司，2003年），頁121-141。

[29] 鄧永昌，中國和平發展與西方的戰略選擇（北京：社會科學文獻出版社，2008年），頁218-241。

[30] 進入新世紀初之後，中共潛艦頻繁進出西太平洋和接近美國航母，例如：2003年11月，明級潛艦進出九州與種子島之間的大隅海峽；2004年11月，漢級潛艦通過沖繩群島與宮古島進入太平洋後，更到達關島附近圍繞一圈，回程時經過石垣島附近日本海域；2005年10月，宋級潛艦通過沖繩與那國島及臺灣東岸，抵達關島附近海域，回程方式與前次相同；2006年10月，宋級潛艦在沖繩附近海域接近美國小鷹號航母，並於5海里位置浮航通過；2007年11月，宋級潛艦再次出現在美國小鷹號航艦戰鬥群。未公開或未偵獲者應該更多。

為善、以鄰為伴」的方針和「睦鄰、安鄰、富鄰」的周邊外交政策。[31] 由此，至少在短期內，衝突應非其理性選項才是；總的來說，中共「睦鄰外交」之目的，是在建立穩定和平的周邊環境，主要指導方針首先從「和平共處五原則」（尊重彼此主權和領土完整、互不侵犯、互不干涉內政、平等互利、和平共處）出發；其次是秉持「區域合作五項指導」（相互尊重、平等互利、彼此開放、共同繁榮、協商一致）；第三是在擱置問題下設法協商解決歷史遺留問題，最後則支持區域整合，以「大國為關鍵，周邊是首要」為基軸，強化在東亞地區的領導地位，使其有機會藉由經濟發展來提高國際地位與影響力。

大體來說，中共雖因相對實力增長以致變得更有自信，在處理鄰國關係方面亦顯得更加積極主動，[32] 短期內仍將以「和平」或「維持現狀」作為相關政策指導原則；相對地，由於中國崛起以致區域權力平衡內涵改變，迫使周邊國家重新思索它們與中國的關係，也是不能忽視的另一個角度，此即「中國威脅論」的問題。[33] 例如，正是在區域權力結構變遷的氛圍下，加上日本因為經濟泡沫化，使其長期以來位居東亞經濟龍頭優勢亦

---

[31] 蔡東杰，當代中國外交政策（臺北：五南圖書公司，2011年），頁87。

[32] 張蘊嶺，「構建中國與周邊國家之間的新型關係」，張蘊嶺主編，中國與周邊國家：構建新型夥伴關係（北京：社會科學文獻出版社，2008年），頁4-11。Evan S. Medeiros and M. Taylor Fravel, "China's New Diplomacy," *Foreign Affairs*, Vol. 82, No. 6 (2003), p. 22.

[33] 有人認為美國太平洋艦隊司令拉森（Charles R. Larson）在1992年演說中，針對亞洲安全情勢提出所謂的「中國威脅問題」乃此說法的濫觴，參考文馨，「對中國威脅論之研析」，中共研究，第29卷第8期（1995年），頁67；但有人認為日本防衛大學教授村井友秀在1990年於《諸君》雜誌第22卷第5期發表的「新·中国『脅威』論」乃始作俑者，參考陳岳，「中國威脅論與中國和平崛起」，外交評論，第82期（2005年），頁93；當然，多數人認為Ross H. Munro影響更大，見Ross H. Munro, "Awakening Dragon: The Real Danger in Asia is from China," *Policy Review*, No. 62 (1992), pp. 10-16。

同時面臨嚴峻挑戰，在民族主義與權力危機感促使下，[34] 一方面中日對立態勢不斷深化，為反制中國崛起，日本既選擇強化與美國的關係，特別是順勢藉由1996年的《新安保宣言》，讓自衛隊取得協同美軍作戰的彈性空間，[35] 甚至中國雖自2004年起取代美國成為其最大貿易夥伴，雙邊關係並未因此朝正向發展。[36] 中日高層不但在2001至2006年間長期未曾互訪，日本更在2005年制定新的《應對外國潛艇侵犯日本領海的對策方針》，並與美國在「安全保障協商委員會議」中制定「共同戰略目標」，明確將「中國加強軍備」與「北韓發展核武」列為亞太地區的不穩定因素。[37] 在小泉內閣於2006年下臺後，接下來數任首相雖都試圖緩和與中共之間的緊張互動，由近期釣魚臺爭端看來，日本最終還是選擇站在中共的對立面。例如，野田首相在2011年底宣布將加入由美國主導的「跨太平洋經濟夥伴協議」（TPP），便不啻象徵自鳩山內閣以來，美日同盟的漂流危機終於結束，[38] 安倍在2013年訪美過程時凸顯的濃厚拉攏意味更不容忽視。

至於在東南亞方面，此地區顯然是中共推動「睦鄰外交」時最重視的對象之一。對它來說，東南亞是個充滿機會的地點，因為經濟條件具有吸引力，歷史上與中國有從屬關係，且僑居在這些國家的華僑具備高度影響

---

[34] Kent Calder, "China and Japan's Simmering Rivalry," *Foreign Affairs*, Vol. 85, No. 2 (2006), p. 130.

[35] 楊錚，1999之後：21世紀中國與世界的關係（北京：中國廣播電視出版社，1998年），頁159-160。

[36] Michael Yahuda, "The Limits of Economic Interdependence: Sino-Japan Relations," in Alastair I. Johnston and Robert Ross, eds., *New Directions in the Study of China's Foreign Policy* (Stanford: Stanford University Press, 2006), pp. 162-185.

[37] Mike M. Mochizuki, "Term of Engagement: The U.S.-Japan Alliance and the Rise of China," in Ellis S. Krauss and T. J. Pempel, eds., *Beyond Bilateralism: U.S.-Japan Relations in the New Asia Pacific* (Stanford: Stanford University Press, 2004), pp. 87-114.

[38] 何思慎，「日本民主黨政權的中國政策（2009-2011年）」，遠景基金會季刊，第13卷第1期（2012年1月），頁27-28。

力，何況穿越南中國海周邊的多條海上通道目前亦為其能源命脈。更重要的是，東南亞可能是美國圍堵中國戰略中一個關鍵，但相形脆弱的環節。因此，自1997年以來，中共不僅積極提升並維持其地區地位，[39] 並欲逐步壓抑美國在此地區的影響，以突破美國與中共鄰邦之間透過雙邊安全機制所形成的包圍鏈，從而制衡美國的區域軍事優勢，並希望透過外交、經濟與軍事等多元化往來，讓東南亞國家接受所謂「中國威脅論」只是個錯覺而已。[40] 大體來說，中共對東南亞的戰略目標大致為：削弱美國在東南亞的影響力，尤其是美軍在該地區的軍事部署及其與若干中國鄰邦共同構成的包圍圈；讓南海成為中國實質上的內海，並獲得國際接受；希望東南亞未來逐漸符合其戰略利益，更重要的是，避免它們參與對中國的戰略圍堵；維持周邊穩定環境以有助於自身經濟成長；讓東南亞國家接受中共逐漸成為亞洲最重要強國的現實；發展並鞏固貿易關係以滿足經貿與政治雙重目標，以獲取區域的能源及原物料資源等。[41]

當然，中共雖極力宣揚和諧世界觀，並試圖凸顯出「負責任大國」形象，以期消弭中國威脅論的困擾，這並不意味東南亞國家就不懼怕其潛在挑戰，例如：由於其長期意圖的不確定性仍受到懷疑，儘管中共簽署了南海各方行為準則，但是越南與菲律賓仍害怕中國會入侵，更別說中國經濟

---

[39] Rommel C. Banlaoi, "Southeast Asian Perspectives on the Rise of China: Regional Security after 9/11," *Parameters,* Summer (2003), p. 103.

[40] Robert G. Sutter, *China's Rise in Asia: Promises and Perils* (Maryland: Rowman & Littlefield, Inc., 2005), p. 180; Thomas Lum et al, *China's "Soft Power" in Southeast Asia* (Washington, D.C.: U.S. Senate Committee of Foreign Relations, 2008), p. 2.

[41] Marvin C. Ott, "Southeast Asian Security Challenges: America's Responses?" *Strategic Forum* 222 (October, 2006), p. 6; Bronson Percival, *The Dragon Looks Southeast Asia: China and Southeast Asia in the New Century* (Westport: Praeger Security International, 2007), p. 5; Bruce Vaughn and Wayne M. Morrison, *China-Southeast Asia Relations: Trends, Issues, and Implications for the United States* (New York: Council on Foreign Relations, 2006), pp. 7-8.

崛起對東協國家所帶來低成本的激烈競爭。[42] 由所謂「亞洲門羅主義」帶領的中國威脅論，一方面存在相當程度的說服力，[43] 在2010年，包括日本政府啟動與越南的戰略對話機制、美國與越南舉行首度雙邊聯合海上演習，以及美菲軍事互動升級等，則是對於此種發展之自然回應。

　　儘管如此，無論Samuel P. Huntington所言，「中國的歷史、文化、傳統、規模以及經濟活力和自我形象等，都驅使它在東亞尋求一種霸權地位」，[44] 還是John Mearsheimer的觀察，「中國將首先尋求在本地區的霸權，然後在去擴張其勢力範圍，最終控制整個世界體系」，[45] 固然呈現出西方學界從歷史邏輯或陰謀論角度對於中國區域戰略的預測，龐中英強調「亞洲是中國國際戰略的長期重心」，[46] 抑或鄭永年所謂「中國崛起出路在亞洲」等，[47] 亦間接表明中國菁英階層的某種共同期待。至於中共自2002年以來透過包括推動「博鰲亞洲論壇」等間接或直接手段積極參與周邊事務，當然也可藉此一窺其未來發展。

參、美中爭霸：包裹在全球戰略中的區域議題

　　正如前述，不僅中共全代會政治報告的外交部分當中，發達國家與周邊鄰國乃位居最高優先的兩個關注目標，所謂「大國為關鍵，周邊是首

[42] Kevin J. Cooney and Yoichiro Sato, *The Rise of China and International Security: American and Asia Respond* (New York: Routledge, 2009), pp. 160-167.

[43] Jane Perlez, "The Charm from Beijing," *New York Times* (October 9, 2003), p. 11.

[44] Samuel Huntington, *The Clash of Civilization and the Remaking of the World Order* (New York: Simon & Schuster, 1996), p. 229.

[45] John Mearsheimer, "Clash of the Titans, a Debate with Zbigniew Brzezinski on the Rise of China," *Foreign Policy*, No. 146 (2005), pp. 46-49.

[46] 龐中英，中國與亞洲（上海：上海社會科學院出版社，2004年），頁183。

[47] 鄭永年，通往大國之路：中國與世界秩序的重塑（北京：東方出版社，2011年），頁221。

要」更足以說明其間的相互輔助關係。由此，無論從2000年以來中共海軍在周邊海域中的更頻繁活動、2001至2003年間推動與東協簽署自由貿易區、2002年起推動亞洲論壇與「和諧亞洲」概念、2003年提出睦鄰外交基本綱領與主導六方會談召開等，還是由2010年以來，中共針對美韓黃海軍演、中日釣魚臺爭端與南海主權問題（尤其針對越南與菲律賓）等問題的姿態看起來，無論趨和、趨戰，其堅決態度既與「韜光養晦」精神大相逕庭，[48] 更甚者，隨著2008年底次級房貸風暴重創美國，隨後還掀起「全球金融海嘯」滔天巨浪。與此同時，中共首次派遣軍艦前往亞丁灣護航，非但藉此踏出其藍水戰略的第一步，2011年以撤僑為名，首度在地中海執行軍事任務，既見證著所謂「走出去」戰略的逐步落實，其全球布局的輪廓亦隱約浮現。

值得一提的是，迄今為止，美國雖在大多數競爭指標中依舊維持著優勢的領先地位，但若干國家或許暫時沒有「超越」美國的可能性，仍舊顯現越來越明確的「追趕」態勢，例如中國便是其中之一。[49] 若再加上前述中共全球戰略布局的浮現，由此角度看來，美中關係可能是美國在新世紀中最重要的一對雙邊關係。進言之，在地緣政治轉變背景下，一方面中國等同於十七世紀的西歐崛起，或美國在二十世紀初的崛起，至於東亞則被視為中國影響力投射最可能具成效且接受度最高的地區；為阻止其影響力提升，美國勢必得有所因應才是。至於其結果則首先是布希政府時期所採取的「隱性圍堵」戰略，其次則是歐巴馬上臺後高舉的「重返亞洲」大旗。

---

[48] Bates Gill, "China's Evolving Regional Security Strategy," in David Shambaugh, ed., *Power Shift: China and Asia's New Dynamics* (Berkeley: University of California Press, 2005), pp. 249-251.

[49] Ezra F. Vogel, *Living with China: U.S.-China Relations in the Twenty-first Century* (New York: W. W. Norton, 1997), p. 143.

　　就前者而言，為有效介入操控東亞安全局勢，甚至對中國進行所謂隱性圍堵嘗試，美國早自後冷戰伊始，便致力於在亞太地區構築「兩重一輕」的三大前線基地群，亦即部署在「第一島鏈」（以日本橫須賀港為中心）和「第二島鏈」（以關島為中心）的前進部隊，以及目的在保護美軍無害通行權的東南亞基地群（以新加坡為中心）。2001年的九一一事件後，由於美國認為沿朝鮮半島、臺灣海峽到東南亞的西太平洋區域均屬於「不穩定的弧形地帶」，為有效應付預防性戰爭，乃積極改善關島設施，以便在第一島鏈和第二島鏈之間形成力量連結，並不斷凸顯日本作為美國在西太平洋地區情報偵察及指揮中心的地位。由此可見美國對於東亞地區的戰略積極性，及其未來可能的發展方向。至於在2009年歐巴馬正式上任後，國務卿希拉蕊‧柯林頓（Hillary Clinton）不但選定東亞作為出訪首站（這是1960年代以來美國國務卿第一次將首度出訪地選在亞洲），同年底更於東協系列峰會上鄭重宣布美國將「重返亞洲」，甚至還在2011年以「美國的太平洋世紀」為題撰文，聲稱歐巴馬上臺後便立即設立了注重亞洲的「戰略方針」，亞太地區更為當前全球政治核心，對美國未來發展亦至關重要。[50]

　　面對美國越發具壓迫性的區域作為，儘管一般認為除「反介入」（anti-access）及「區域拒止」（area-denial）戰略外，中共尚未明確發展出進一步的「制海」（sea control）策略，但正如英國國際戰略研究所（IISS）報告指出的，海軍發展或將成為中共未來十年外交和防務政策中心，[51] 事實上，美國也相當關注其海軍戰略從「近海防禦」往「遠海防

---

[50] Hillary Clinton, "America's Pacific Century," *Foreign Policy* (November 2011)，http://www.foreignpolicy.com/articles/2011/10/11/americas_pacific_century.

[51] "China's Three-Point Naval Strategy," *IISS*, Vol. 16, Comment 37 (October 18, 2010), http://www.iiss.org/publications/strategic-comments/past-issues/volume-16-2010/october/chinas-three-point-naval-strategy/.

禦」過渡之趨勢，例如美國國防部長帕內塔（Leon Panetta）便於2012年「香格里拉對話」（亞洲安全會議）中宣示，雖「無意遏制中國，甚至希望加強雙方軍事合作」，美國海軍艦隊仍將於2020年前將主力移轉至太平洋地區，並逐漸增強在亞太地區的軍事角色，以遂行「再平衡」（rebalance）的亞太新戰略；[52] 屆時，美國海軍駐太平洋與大西洋的艦隊數比例將由50：50調整成60：40，至少有六艘航母會在太平洋地區巡弋。至於繼中俄在2012年於黃海進行擴大軍演後，美國聯合日本與南韓在兩個月後推動的三國首次聯合軍事演習，[53] 在強化東北亞安全同盟之餘，反制中共的意味也顯而亦見。

　　當然，尤其在具有濃厚相互依賴特徵的全球化環境當中，國家之間的互動本來便是複雜且相當多元化的，更何況對美國與崛起中的中共來說；例如像Susan Shirk即在2007年指出，「中美經濟日趨相互依賴，扭轉了中國領導人對雙邊關係的思考方向」，尤其「中國經濟對美國的依賴，更使中國必須小心維護與美國這位大買家的關係」。[54] 不過，日益惡化的伊拉克戰略負擔，再加上2008年底由次級房貸危機衍生引爆的全球金融海嘯，顯然正修正著前述關係，其結果首先是讓中美地位更加「平等化」，由此，中國對美國霸權的威脅也越發明顯。正是在此邏輯下，特別自2010年以來，美國對華戰略似乎透露出「硬的更硬，軟的也硬」的新走向。在硬

---

[52] "Panetta says rising US military presence in Asia-Pacific region not intended to threaten China," *The Washington Post* (June 2, 2012), http://www.washingtonpost.com/world/asia_pacific/panetta-pentagon-to-shift-warships-to-pacific-60-percent-of-fleet-will-base-there-by-2020/2012/06/01/gJQAMQp07U_story.html.

[53] Steve Herman, "South Korea, Japan, US Hold Military Drills," *Voice of America* (June 21, 2012), http://www.voanews.com/content/various-drills-underway-involving-south-korean-military/1216300.html.

[54] Susan L. Shirk, *China, Fragile Superpower: How China's Internal Politics Could Derail Its Peaceful Rise* (New York: Oxford University Press, 2007), pp. 250-251.

戰略方面，前述無論各種強化軍事部署措施或不斷擴大演習規模等，針對中國而來的「敵對性」已不言可喻，至於透過自2002年起逐年發布的「中國軍力報告」，藉由超強話語權在東亞地區乃至於全球繼續形塑「中國威脅論」氛圍，亦確實一定程度地達到預期效果。

面對美日同盟升溫，以及「不是不可能」的中日東海衝突，[55] 中共自然不可能無所因應。例如2007年以來持續發展的太空武器與自主性衛星系統，2011年殲20隱形戰機公開曝光與航母平臺下水試航，甚至為回應美國軍演壓力，首度集結艦隊在南海聯合演訓等，都是中國在硬權力方面的積極作為。相對於前述美日每年公布「中國軍力報告」與「東亞戰略概觀」帶來的輿論壓力，中國戰略文化促進會在2012年發布「民間版」的《美國軍力評估報告》與《日本軍力評估報告》，亦間接展現爭回話語權的努力。

肆、結論

總的來說，從新世紀以來中共對外政策的實際作為，以及「十八大」政治報告透露出來的蛛絲馬跡，針對其未來可能的區域與全球戰略布局，以下幾個角度或問題或許是值得進一步加以深思的：

首先，從地緣政治角度來說，海權發展既直接關係到未來東亞地區的安全與穩定，也是關切在下一個階段中，中共是否或將如何重塑東亞秩序的重要指標之一。[56] 尤其中國在1433年鄭和最後航行結束後，一度曾遠離

---

[55] Richard C. Bush, *The Perils of Proximity: China-Japan Security Relations* (Washington, D.C.: Brookings Institute Press, 2010), pp. 223-224.

[56] Shiv Shankar Menon, "The Evolving Balance of Power in Asia," address at IISS Global Strategic Review, Geneva (September 13, 2009), p. 4.

了海權競爭，[57] 甚至在1895年甲午戰爭後還幾乎喪失了自衛能力，如今則顯露積極重返海洋舞臺的企圖心。實際上，目前全球90%的貨輪都是中國承造的，[58] 它甚至在2010年初擠下南韓，位居全球造船量首位。[59] 至於首艘航母平臺在2011年下水，並於2012年列入正式編隊，既充分展現出中共擴大在西太平洋影響力的決心，也升高了近年本已存在的安全衝突與軍備對抗隱憂，[60] 例如Ron Huisken便指出，「中美軍備競賽已然開始了」。[61]

其次，除了「客觀能力」外，「主觀意願」也是觀察中共未來東亞與全球政策走向的重點所在，其中，能否找到修正自1989年以來「韜光養晦」政策之足夠正當性基礎，或許更為關鍵。對此，自從1989年天安門事件以來，由於政權正當性受到直接衝擊，再加上隨著中國轉往市場導向經濟發展，馬克思主義的意識形態主導性（更重要的是它作為共黨統治的正當性基礎）便無可避免地受到挑戰，中共政權似乎有日益依賴民族主義的現象，[62] 至於日本則成為其宣洩民族主義的主要對象，[63] 因為從中國看

---

[57] Gang Deng, *Chinese Maritime Activities and Socioeconomic Development, c2100 B.C.-1900 A.D.* (London: Greenwood Press, 1997), pp. 21-25.

[58] Ian Storey, "China as a Global Maritime Power: Opportunities and Vulnerabilities," in Andrew Forbes, ed., *Australia and its Maritime Interests: At Home and in the Region* (Canberra: RAN Seapower Centre, 2008), p. 109.

[59] 中國遠洋運輸公司（簡稱中遠集團或COSCO，China Ocean Shipping Company）為其主要的國營航運公司。這也是南韓在2003年三大指標（接受訂單量、未交付訂貨量、建造量）超過日本成為世界第一後首次被超越；參見「中國造船三指標躍居世界第一」，大公網，http://www.takungpao.com.hk/news/10/07/19/_IN-1287178.htm。

[60] "Viewpoint: A New Sino-US High-tech Arms Race?" *BBC News* (January 11, 2011), http://www.bbc.co.uk/news/world-asia-pacific-12154991.

[61] "US, China Arms Race has Begun: Academic," *SBS World News* (August 2, 2012), http://www.sbs.com.au/news/article/1676612/US-China-arms-race-has-begun-academic.

[62] Allen S. Whiting, "Chinese Nationalism and Foreign Policy after Deng," *China Quarterly*, No. 14 (1995), pp. 295-316; Edward Friedman, "Chinese Nationalism, Taiwan Autonomy, and the Prospects of a Large War," *Journal of Contemporary China*, Vol. 6, No. 14 (1997), pp. 5-32;

來，日本對二次大戰的態度與德國顯然大相逕庭，確實不無可議之處。當
然，近代中國民族主義源自十九世紀末面對西方世界的挑戰，[64] 激進民族
主義者經常將中國描繪成西方自私侵略與霸權擴張下的犧牲者，至於美國
當然在這群西方國家當中，由於身為既存霸權，自然也成為中共反制的對
象。[65] 據此，以「反美」為口號與旗幟，一方面成為中共近年來在擴張海
權層面時，支撐正當性的重要支柱，[66] 再加上如同前述，美國近年來相當
顯著且積極的區域戰略布局，難怪有部分觀察家開始悲觀地預期中美之間
或將無可避免的一場衝突。[67]

　　最後，放眼包括北方四島、獨（竹）島、蘇岩礁（離於島）、釣魚臺
（尖閣群島）、黃岩島（帕納塔格礁）等西太平洋海域島嶼衝突，這一連
串紛爭雖不斷拉扯著相關各方政治敏感神經，也埋下未來可能的衝突引
信。畢竟，它們不像朝鮮半島問題一般，牽扯高度複雜的大國利益互動，

Erica Strecher Downs and Phillip C. Saunders, "Legitimacy and the Limits of Nationalism," *International Security*, Vol. 23, No. 3 (1999), pp. 114-146; Jayshree Bajoria, "Nationalism in China," *The Washington Post* (April 28, 2008), http://www.washingtonpost.com/wp-dyn/content/article/2008/04/28/AR2008042801122.html.

[63] Allen S. Whiting, *China Eyes Japan* (Berkeley: University of California Press, 1989); Brahma Chellaney, "Japan-China: Nationalism on the Rise," *The International Herald Tribune* (August 16, 2006), http://www.nytimes.com/2006/08/15/opinion/15iht-edchell.2492316.html.

[64] James Townsend, "Chinese Nationalism," in Jonathan Unger, ed., *Chinese Nationalism* (Armonk, N.Y.: M.E. Sharpe, 1996), pp. 1-30.

[65] David M. Lampton, *Same Bed, Different Dreams* (Berkeley: University of California, 2001), pp.111-158, 279-312.

[66] Robert S. Ross, "Navigating the Taiwan Strait: Deterrence, Escalation Dominance, and U.S.-China," *International Security*, Vol. 27, No. 2 (2002), pp. 48-85; "China's Naval Nationalism: Sources, Prospects, and the U.S. Response," *International Security*, Vol. 34, No. 2 (2009), pp. 46-81.

[67] 參見楊中美，中國即將開戰（臺北：時報出版公司，2013年），第三章。Stephen Glain, "Why a U.S. War with China May Be Inevitable," *US News*, http://www.usnews.com/opinion/blogs/stephen-glain/2011/09/08/why-a-us-war-with-china-may-be-inevitable.

在北韓領導人金正日於2011年底猝逝後，不僅接班過程恐將無可避免地引發權力鬥爭等不確定因素，[68] 更重要的是，從「六方會談」結構看來，其組成分子既涵蓋了當前東亞地區所有的大國，更涉及潛在的霸權轉移（美國與中國）過程，由此，除了單純地關注北韓危機本身之外，此一議題在重組區域，甚至全球權力結構中的象徵地位，特別是藉此觀察中共下一階段之外交政策走向，當具有極其重要的意義。

---

[68] 蔡東杰，「對近期朝鮮半島情勢變化之觀察」，戰略安全研析，第81期（2012年1月1日），頁7。

參考書目

一、中文部分

木春山，「十八大觀察：從政治報告看中國外交的變與不變」，大公網，2012年11月10日，http://www. takungpao.com.hk/news/content/2012-11/10/content_1369462.htm，檢索日期：2012年12月25日。

「中國永遠不允許別國干涉內政」，鄧小平文選：第三卷（北京：人民出版社，1993年），頁361-364。

「中國造船三指標躍居世界第一」，大公網，http://www.takungpao.com.hk/news/10/07/19/_IN-1287178.htm。

王逸舟、譚秀英主編，中國外交六十年（1949-2009）（北京：中國社會科學出版社，2009年9月）。

文馨，「對中國威脅論之研析」，中共研究，第29卷第8期（1995年），頁52-69。

宋榮華，「未來五年中國外交三大重點」，中國經濟網，2012年11月15日，http://big5.ce.cn/gate/big5/intl.ce.cn/qqss/201211/15/t20121115_23849893.shtml，檢索日期：2013年1月25日。

杜攻主編，轉換中的世界格局（北京：世界知識出版社，1992年）。

何思慎，「日本民主黨政權的中國政策（2009-2011年）」，遠景基金會季刊，第13卷第1期（2012年1月），頁1-72。

「社會主義的中國誰也動搖不了」，鄧小平文選：第三卷（北京：人民出版社，1993年），頁328-334。

俞正梁等，大國戰略研究（北京：中央編譯出版社，1998年）。

凌志軍，變化：六四至今的中國社會大脈動（臺北：時報出版公司，2003年）。

唐家璇，「當前國際形勢與我國對外關係」，解放軍報，1994年3月7日，版3。

徐堅主編，國際環境與中國的戰略機遇期（北京：人民出版社，2004年）。

章一平，「從冷戰後國際體系的複雜化看中國與大國關係」，世界經濟與政治，第12期（2000年），頁23-26。

張世政，「中國，將從國際舞臺上的參與者變成議題設定者」，中央日報（韓國），2012年12月19日，http://china.joins.com/big5/article.do?method=detail&art_id=95499&category=002003。

張蘊嶺，「構建中國與周邊國家之間的新型關係」，張蘊嶺主編，中國與周邊國家：構建新型夥伴關係（北京：社會科學文獻出版社，2008年），頁1-16。

「堅持社會主義，防止和平演變」，鄧小平文選：第三卷（北京：人民出版社，1993年），頁346-348。

楊中美，中國即將開戰（臺北：時報出版公司，2013年）。

楊錚，1999之後：21世紀中國與世界的關係（北京：中國廣播電視出版社，1998年）。

楚樹龍、金威主編，中國外交戰略和政策（北京：時事出版社，2008年）。

黎文森、段宗志，論西方國家的和平演變戰略（杭州：浙江大學出版社，1992年）。

魯競，「江澤民主政後中共外交走向分析」，中共研究，第30卷第3期（1996年），頁26-38。

陳佩堯、夏立平主編，新世紀機遇期與中國國際戰略（北京：時事出版社，2004年）。

陳岳，「中國威脅論與中國和平崛起」，外交評論，第82期（2005年），頁93-99。

錢其琛，外交十記（香港：三聯書店，2008年）。

蔡東杰，當代中國外交政策（臺北：五南圖書公司，2011年）。

蔡東杰，「對近期朝鮮半島情勢變化之觀察」，戰略安全研析，第81期（2012年1月1日），頁5-12。

龐中英，中國與亞洲（上海：上海社會科學院出版社，2004年）。

鄧小平，「國際形勢和經濟問題」，鄧小平文選（北京：人民出版社，1989年），頁353-356。

鄧永昌，中國和平發展與西方的戰略選擇（北京：社會科學文獻出版社，2008年）。

鄭永年，通往大國之路：中國與世界秩序的重塑（北京：東方出版社，2011年）。

二、英文部分

Bajoria, Jayshree, "Nationalism in China," *The Washington Post* (April 28, 2008), http://www.

washingtonpost.com/wp-dyn/content/article/2008/04/28/AR2008042801122.html.

Banlaoi, Rommel C., "Southeast Asian Perspectives on the Rise of China: Regional Security after 9/11," *Parameters,* Summer (2003), pp. 98-107.

Bergstan, Fred, "A Partnership of Equals: How Washington Should Respond to China's Economic Challenge," *Foreign Affairs* (July/August, 2008), http://www.foreignaffairs.com/articles/64448/c-fred-bergsten/a-partnership-of-equals.

Bush, Richard C., *The Perils of Proximity: China-Japan Security Relations* (Washington, D.C.: Brookings Institute Press, 2010).

Calder, Kent, "China and Japan's Simmering Rivalry," *Foreign Affairs*, Vol. 85, No. 2 (2006) pp. 129-139.

Chellaney, Brahma, "Japan-China: Nationalism on the Rise," *The International Herald Tribune* (August 16, 2006), http://www.nytimes.com/2006/08/15/opinion/15iht-edchell.2492316.html.

Cheng, C. Y., *Behind the Tiananmen Massacre* (Boulder: Westview Press, 1990), Ch.1.

"China's Naval Nationalism: Sources, Prospects, and the U.S. Response," *International Security*, Vol. 34, No. 2 (2009), pp. 46-81.

"China's Three-Point Naval Strategy," *IISS*, Vol. 16, Comment 37 (October 18, 2010), http://www.iiss.org/publications/strategic-comments/past-issues/volume-16-2010/october/chinas-three-point-naval-strategy/.

Clinton, Hillary, "America's Pacific Century," *Foreign Policy* (November 2011), http://www.foreignpolicy.com/articles/2011/10/11/americas_pacific_century.

Cooney, Kevin J. and Yoichiro Sato, *The Rise of China and International Security: American and Asia Respond* (New York: Routledge, 2009).

Deng, Gang, *Chinese Maritime Activities and Socioeconomic Development, c2100 B.C.-1900 A.D.* (London: Greenwood Press, 1997).

Downs, Erica Strecher and Phillip C. Saunders, "Legitimacy and the Limits of Nationalism," *International Security*, Vol. 23, No. 3 (1999), pp. 114-146.

Ferguson, Niall, "What Chimerica Hath Wrought," *The American Interest*, Vol. 4, No. 3 (2009), http://www.the-american-interest.com/contents.cfm?MId=23.

Ferguson, Niall and Moritz Schularick, "Chimerica and the Global Asset Market Boom," *International Finance*, Vol. 10, No. 3 (2007), pp. 215-239.

Friedman, Edward, "Chinese Nationalism, Taiwan Autonomy, and the Prospects of a Large War," *Journal of Contemporary China*, Vol. 6, No. 14 (1997), pp. 5-32.

Gill, Bates, "China's Evolving Regional Security Strategy," in David Shambaugh, ed., *Power Shift: China and Asia's New Dynamics* (Berkeley: University of California Press, 2005), pp. 247-265.

Glain, Stephen, "Why a U.S. War with China May Be Inevitable," *US News*, http://www.usnews.com/opinion/blogs/stephen-glain/2011/09/08/why-a-us-war-with-china-may-be-inevitable.

Herman, Steve, "South Korea, Japan, US Hold Military Drills," *Voice of America* (June 21, 2012), http://www.voanews.com/content/various-drills-underway-involving-south-korean-military/1216300.html.

Huntington, Samuel, *The Clash of Civilization and the Remaking of the World Order* (New York: Simon & Schuster, 1996).

Kerrey, J. Robert and Robert A. Manning, *The United States and Southeast Asia: A Policy Agenda for the New Administration* (New York: Council on Foreign Relations, 2001).

Lampton, David M., *Same Bed, Different Dreams* (Berkeley: University of California, 2001).

Lum, Thomas et al, *China's "Soft Power" in Southeast Asia* (Washington, D.C.: U.S. Senate Committee of Foreign Relations, 2008).

Mearsheimer, John, "Clash of the Titans, a Debate with Zbigniew Brzezinski on the Rise of China," *Foreign Policy*, No. 146 (2005), pp. 47-50.

Medeiros, Evan S. and M. Taylor Fravel, "China's New Diplomacy," *Foreign Affairs*, Vol. 82, No. 6 (2003), pp. 22-35.

Menon, Shiv Shankar, "The Evolving Balance of Power in Asia," address at IISS Global Strategic Review, Geneva (September 13, 2009), pp. 4-5.

Mochizuki, Mike M., "Term of Engagement: The U.S.-Japan Alliance and the Rise of China," in Ellis S. Krauss and T. J. Pempel, eds., *Beyond Bilateralism: U.S.-Japan Relations in the New Asia Pacific* (Stanford: Stanford University Press, 2004), pp. 87-114.

Munro, Ross H., "Awakening Dragon: The Real Danger in Asia is from China," *Policy Review*, No. 62 (1992), pp. 10-16.

Nye Jr., Joseph S., *Bound to Lead* (New York: Basic Books, 1990).

Ott, Marvin C., "Southeast Asian Security Challenges: America's Responses?" *Strategic Forum,* 222 (October 2006), pp. 1-8.

"Panetta says rising US military presence in Asia-Pacific region not intended to threaten China," *The Washington Post* (June 2, 2012), http://www.washingtonpost.com/world/asia_pacific/panetta-pentagon-to-shift-warships-to-pacific-60-percent-of-fleet-will-base-there-by-2020/2012/06/01/gJQAMQp07U_story.html.

Percival, Bronson, *The Dragon Looks Southeast Asia: China and Southeast Asia in the New Century* (Westport: Praeger Security International, 2007).

Perlez, Jane, "The Charm from Beijing," *New York Times* (October 9, 2003), p. 11.

Richelson, Jeffrey T., ed., *China and the United States: From Hostility to Engagement, 1960-1998* (Washington, D.C.: The National Security Archive, 1999), Document 01148.

Ricks, Thomas E., "Changing Winds of U.S. Defense Strategy," *Herald International Tribune* (May 27-28, 2000), pp. 27-28.

Robinson, Thomas W., "Chinese Foreign Policy, 1940s-1990s," in Thomas Robinson and David Shambaugh, eds., *Chinese Foreign Policy: Theory and Practice* (New York: Oxford University Press, 1995), pp. 555-602.

Ross, Robert S., "Navigating the Taiwan Strait: Deterrence, Escalation Dominance, and U.S.-China," *International Security*, Vol. 27, No. 2 (2002), pp. 48-85.

Schell, Orville, *Discos and Democracy: China in the Throes of Reform* (New York: Praeger Press, 1988).

Segal, Gerald, "Does China Matter?" *Foreign Affairs*, Vol. 78, No. 5 (1999), pp. 24-36.

Shirk, Susan L., *China, Fragile Superpower: How China's Internal Politics Could Derail Its Peaceful Rise* (New York: Oxford University Press, 2007).

Storey, Ian, "China as a Global Maritime Power: Opportunities and Vulnerabilities," in Andrew Forbes, ed., *Australia and its Maritime Interests: At Home and in the Region* (Canberra: RAN Seapower Centre, 2008), pp. 109-130.

Sutter, Robert G., *China's Rise in Asia: Promises and Perils* (Maryland: Rowman & Littlefield, Inc., 2005).

Townsend, James, "Chinese Nationalism," in Jonathan Unger, ed., *Chinese Nationalism* (Armonk, N.Y.: M.E. Sharpe, 1996), pp. 1-30.

"US, China Arms Race has Begun: Academic," *SBS World News* (August 2, 2012), http://www.sbs. com.au/news/article/1676612/US-China-arms-race-has-begun-academic.

U.S. White House, *The National Security Strategy of the United States of America* (Washington, D.C.: U.S. White House, 2002).

Vaughn, Bruce and Wayne M. Morrison, *China-Southeast Asia Relations: Trends, Issues, and Implications for the United States* (New York: Council on Foreign Relations, 2006).

"Viewpoint: A New Sino-US High-tech Arms Race?" *BBC News* (January 11, 2011), http://www.bbc. co.uk/news/world-asia-pacific-12154991.

Vogel, Ezra F., *Living with China: U.S.-China Relations in the Twenty-first Century* (New York: W. W. Norton, 1997).

Whiting, Allen S., *China Eyes Japan* (Berkeley: University of California Press, 1989).

Whiting, Allen S., "Chinese Nationalism and Foreign Policy after Deng," *China Quarterly*, No. 14 (1995), pp. 295-316.

Yahuda, Michael, "The Limits of Economic Interdependence: Sino-Japan Relations," in Alastair I. Johnston and Robert Ross, eds., *New Directions in the Study of China's Foreign Policy* (Stanford: Stanford University Press, 2006), pp. 162-185.

中共對臺人事調整與變革

郭瑞華

（《展望與探索》月刊研究員）

摘要

　　中共對臺人事調整大約歷經三個階段，從2012年11月黨的全國代表大會開始，以迄2013年3月全國「人大」及全國「政協」兩會結束後。本文以中共中央對臺工作領導小組組成人員為分析對象，並兼及其他重要涉臺人員，比較歸納其人事調整特點與變革。本次中共對臺人事調整的最大特色，就是知臺人士增加，其中，中央總書記習近平被譽為第一位真正了解臺灣的中共最高領導人，具有豐富的涉臺經歷。在人事變革方面，首先，習近平在同一時間掌握黨權、軍權，讓他可以充分掌握對臺政策主導權；其次，王毅、張志軍分別接任外交部部長、國臺辦主任，顯示中共已將涉臺涉外事務相互結合，意圖在對臺與外交工作中取得平衡點；第三，海協會人事始終反映中共對臺政策動向，每一任會長都有不同的角色功能。最後指出，在俞正聲主持下，「政協」對臺角色將有所提升，以強化兩岸交流。

關鍵詞：「十八大」、中央對臺工作領導小組、對臺人事、習近平

壹、前言

在中共以黨領政、以黨領軍的政治體制之下，其大幅度的人事更迭，主要出現在黨的全國代表大會開始，以迄全國人民代表大會（簡稱全國「人大」）及中國人民政治協商會議全國委員會（簡稱全國「政協」）兩會結束。由於受到領導幹部任期兩屆十年，以及年齡限制因素影響，會有一部分人離退，因此每逢上述會議「雙數屆」，就是中共世代交替、權力傳承之際，其新的接班人主政後，對中國大陸政經發展及兩岸關係的影響層面長達十年，因此其人事布局，以及未來政策走向，值得關注。然而，就兩岸互動及中共對臺政策的角度觀察，吾人亦關心中共對臺政策制定與執行的第一線領導者有哪些人？與過去相較有哪些變革？亦是本文關注焦點。

此次，中共對臺人事調整大約歷經三個階段：第一階段是2012年11月8日至14日召開的中共第十八次全國代表大會（簡稱「十八大」），以及15日舉行的第十八屆中央委員會第一次全體會議（簡稱「十八屆一中全會」）期間，選舉中央委員會委員、中央政治局委員、常務委員會委員，決定中央軍事委員會（簡稱中央軍委）成員。第二階段是2013年3月全國「人大」及全國「政協」兩會召開期間，先舉行的是3月3日至3月12日的全國「政協」第十二屆第一次會議，選出主席、副主席、秘書長和常務委員，以及各委員會主任、副主任；隨之是3月5日至3月17日，舉行第十二屆全國「人大」第一次會議，先選出全國「人大」常委會常委、委員長、副委員長，再選舉國家主席、副主席，決定國務院總理、副總理、國務委員、各部部長、各委員會主任、人民銀行行長、審計長、秘書長等人選；同時選舉國家中央軍委主席，決定其他成員。第三階段是兩會結束後，中共立即揭露中央臺灣工作辦公室（簡稱中臺辦）／國務院臺灣事務辦公室（簡稱國臺辦）主任人選，而海峽兩岸關係協會（簡稱海協會）也於4月

召開理事會議通過人事案,選出新的會長、副會長。惟中臺辦／國臺辦副主任異動則遲至11月8日才公布。據此,本文以中共中央對臺工作領導小組(簡稱對臺領導小組)組成人員為分析對象,並兼及其他重要涉臺人員,比較歸納其人事調整特點與變革情形。

　　本文採用文獻分析法、訪談研究法及歸納法。訪談的對象,則是中共對臺組織與人事的「知情者」(knowledgeable informants)。知情者係指對事件或事情有深切了解,可以接觸大量研究對象的資訊,對事件有較廣泛的認識的人。

貳、對臺人事調整

一、人事調整過程

(一)「十八大」階段

　　中共「十八大」除選舉產生新一屆的中央委員會委員205名(另候補委員171名)與中央紀律檢查委員會委員外,並於「十八屆一中全會」上,選舉產生中央政治局委員25名、[1] 又從中選舉七名常委會委員,以及中央委員會總書記習近平。然後中央委員會決定中央軍委組成人員11名。同時,根據中央政治局常委會的提名,通過中央書記處成員七名;[2] 並批准中央紀律檢查委員會第一次全體會議選舉產生的書記、副書記和常委會

---

[1] 25人分別為:習近平、馬凱、王岐山、王滬寧、劉雲山、劉延東、劉奇葆、許其亮、孫春蘭、孫政才、李克強、李建國、李源潮、汪洋、張春賢、張高麗、張德江、范長龍、孟建柱、趙樂際、胡春華、俞正聲、栗戰書、郭金龍、韓正。

[2] 七名為:劉雲山、劉奇葆、趙樂際、栗戰書、杜青林、趙洪祝、楊晶。

委員人選。此次，中央總書記如一般預期的，由習近平接任；惟政治局常委人數到底是九名或七名，選前外界有不同評估，謎底最後揭曉，由前二屆的九名恢復至第十五屆的七名。本屆因薄熙來事件，讓中共中央順勢調整人數回復為七名。也因常委人數減少，權力更為集中，相對具有集體領導象徵意義。

中央政治局常委名單依序為：習近平、李克強、張德江、俞正聲、劉雲山、王岐山、張高麗，由於內定擔任國務院總理的李克強排序第二，超越全國「人大」委員長，以致外界以為這是在凸顯國務院總理的地位。其實，政治局委員是依筆畫排序，常委則是按照黨內資歷制與職務分工兩大原則排序，所以曾任常委的習近平、李克強當然列名在前。

本屆中央軍委成員有11名，主席：習近平（原軍委副主席），副主席：范長龍（原濟南軍區司令員）、許其亮（原軍委委員兼空軍司令員），委員：常萬全（新任國防部長）、房峰輝（總參謀部總參謀長）、張陽（總政治部主任）、趙克石（總後勤部長）、張又俠（總裝備部長）、吳勝利（海軍司令員）、馬曉天（空軍司令員）、魏鳳和（二砲司令員）。由於中央軍委成員係按職務分配，而共軍早在「十八大」召開前一個月，就已陸續進行上述人員的職務調整，因此，除了胡錦濤不續任中央軍委主席，由習近平接任一事，引起議論外，事實上外界早已預知哪些人進入中央軍委，是以較無新奇之處。

繼中共「十八大」之後，各民主黨派、重要社團亦陸續展開人事改組，如對臺社團——中華全國臺灣同胞聯誼會（簡稱全國臺聯）於同年12月19日召開九屆一次理事會，選舉汪毅夫為第九屆理事會會長，副會長包括王松等14名。[3]

---

[3] 「全國臺聯九屆一次理事會選出新一屆領導班子」，臺胞之家網，2012年12月19日，http://www.tailian.org.cn/n1080/n1110/n1444/n1506/1256196.html。

（二）兩會期間

中共「十八大」及「十八屆一中全會」，雖已陸續調整黨的高層人事，惟其中涉及政府或其他系統職務，則須在2013年3月初全國「人大」及全國「政協」兩會舉行後，對臺主要人事才算底定。不過，在兩會召開前，已有涉臺人事調整跡象。同年2月19日，中共中央對臺工作會議在北京舉行，中央政治局常委俞正聲就新的一年對臺工作進行部署指導。[4] 接著，俞正聲在2月25日、26日的「連習會」、「連胡會」上，兩度位列首席陪同。前述舉動，明確向外界宣告俞正聲已在中央對臺工作位置扮演重要角色，將接替賈慶林在中央政治局常委內分管對臺工作。

另外在2月19日，國內媒體爆出，大陸商務部部長陳德銘可望接海協會會長的消息。[5] 接著，在2月24日，國內媒體引述日本《時事通信社》報導，曾任大陸駐日大使，熟悉對日事務的國臺辦主任王毅，可望繼楊潔篪後，接任外交部長。在王毅接任外交部長後，張志軍有可能接任中央對外聯絡部長，張志軍也是接任國臺辦主任「可能人選之一」。[6] 隨後其他媒體跟進報導，張志軍將接任國臺辦主任。

3月11日，大陸全國「政協」十二屆一次會議選舉主席、副主席、秘書長、常務委員，由俞正聲接替賈慶林當選主席，中央統戰部前部長杜青林、臺灣民主自治同盟中央主席林文漪連任副主席，現任中央統戰部部長令計劃也獲選副主席，時任國臺辦常務副主任的鄭立中，和當時盛傳將接任海協會會長的陳德銘，則選上常務委員。[7]

---

[4] 陳鍵興，「2013年對臺工作會議在京舉行 俞正聲出席並做重要講話」，人民網，2013年2月20日，http://politics.people.com.cn/n/2013/0220/c1001-20534788.html。

[5] 賴錦宏，「中共商務部長陳德銘可望接海協」，聯合報，2013年2月19日，版A4。

[6] 王銘義，「曾任駐日大使 日媒：王毅可望接任外交部長」，中國時報，2013年2月24日，版A12。

[7] 「中國人民政治協商會議第十二屆全國委員會主席、副主席、秘書長、常務委員名單」，新華網，2013年3月11日，http://news.xinhuanet.com/renshi/2013-03/11/c_114985050.htm。

　　3月14日，大陸十二屆全國「人大」一次會議舉行第四次全體會議，選舉習近平為國家主席、國家中央軍委主席，選舉張德江為第十二屆全國「人大」常委會委員長，選舉李源潮為國家副主席。[8] 15日，舉行第五次全體會議，投票決定李克強為國務院總理；范長龍、許其亮為國家中央軍委副主席，常萬全等為委員；周強當選為最高人民法院院長；曹建明當選為最高人民檢察院檢察長。[9] 16日，舉行第六次全體會議，投票決定張高麗、劉延東（女）、汪洋、馬凱為國務院副總理；楊晶（蒙古族，兼國務院秘書長）、常萬全、楊潔篪、郭聲琨、王勇為國務委員；決定各部部長、各委員會主任、人民銀行行長、審計長，計25人。[10] 其中外交部部長由原國臺辦主任王毅接任；深受江澤民、胡錦濤倚重的「首席文膽」，中央政策研究室主任王滬寧，則並未如媒體之前報導，成為分管涉外涉臺事務國務委員。

（三）兩會之後

　　2013年3月17日，兩會一結束，國臺辦網站也隨即公告，張志軍接任國臺辦主任。緊接著在4月26日，海協會第三屆理事會第一次會議通過原商務部部長張德銘擔任會長，常務副會長鄭立中，副會長孫亞夫、葉克冬、蔣耀平、李亞飛。

---

[8] 「十二屆全國人大一次會議選舉產生新一屆國家領導人 批准國務院機構改革和職能轉變方案」，新華網，2013年3月14日，http://news.xinhuanet.com/2013lh/2013-03/14/c_115027733.htm。

[9] 「十二屆全國人大一次會議決定李克強為國務院總理 國家主席習近平簽署主席令任命」，新華網，2013年3月15日，http://news.xinhuanet.com/2013lh/2013-03/15/c_115044550.htm。

[10] 「十二屆全國人大一次會議決定國務院其他組成人員 國家主席習近平簽署主席令任命」，新華網，2013年3月16日，http://news.xinhuanet.com/2013lh/2013-03/16/c_115051003.htm。

　　張志軍接掌國臺辦前，外界已傳言時任常務副主任鄭立中，以及另兩位副主任葉克冬與孫亞夫，都將卸職。[11] 惟遲至「十八屆三中全會」召開之前的11月8日，國臺辦才正式公布副主任改組訊息，李亞飛和龔清概升任國臺辦副主任，接替屆齡退休的鄭立中和孫亞夫。四位副主任排名依序為：葉克冬、陳元豐、李亞飛、龔清概。[12]

　　按理，大陸政府及「政協」系統人事確定後，中共中央對臺領導小組成員也將正式底定。惟因中共從不公布各個領導小組組成人員，因此目前外界所掌握的對臺領導小組成員名單，亦未獲得百分之百的肯定。

二、人事布局情形

（一）對臺領導小組成員研判

　　中共為了展現集體領導決策與執行工作需要，中共中央及各級黨委在直屬機構外，設置各種議事性委員會與工作領導小組，以便對相關工作負起指導、監督和協調的職能。基本上，小組扮演黨內決策高層與政府執行層次之間的協調角色，一方面有相當有力的決策建議權，另一方面也具有較強的政策推動力；它又是黨與政府之間的橋梁角色，既有緩衝又有協調的功能。[13] 而對臺領導小組是在中共中央政治局及其常委會領導下，一個負責擬定對臺政策及推動工作的議事性機構，並統一指導、協調、監督黨、政、軍、群各部門的相關對臺工作。

---

11 黃國樑，「張志軍掌國臺辦 鄭立中、孫亞夫、葉克冬將異動」，聯合晚報，2013年3月2日，版A2。

12 「中共中央臺辦、國務院臺辦領導」，中共中央臺辦、國務院臺辦，2013年11月8日，http://www.gwytb.gov.cn。

13 邵宗海、蘇厚宇，具有中國特色的中共決策機制：中共中央工作領導小組（臺北：韋伯出版社，2007年），頁123-131。

　　從1956年，中共組建對臺領導小組開始，[14] 依據時間序及換屆改組情形，對臺領導小組大致可劃分為九個階段，[15] 並可歸納其變遷如下：對臺領導小組成員人數並非固定不變，其原因在於小組成員雖以功能性為主，具有職務取向，惟亦有關係取向。如江澤民時期，就海協會的組織地位而言，它只是一個白手套機構，其負責人實不足以參與領導小組工作，惟因會長汪道涵是江澤民的老長官，兩人關係密切，遂能成為其中一員。再如，1998年4月，對臺領導小組換屆，曾慶紅以中央辦公廳主任身分參與對臺領導小組，係因其之前獲得江澤民授權，代表處理對臺秘密接觸工作。其後，這種例外亦有可能成為慣例、常態。例如，中央辦公廳主任，從王剛到令計劃都是小組成員。此外，胡錦濤接棒後，汪道涵仍是小組成員之一，因此2008年小組改組時，即有人認為接任海協會會長的陳雲林亦是成員之一。

　　另就職務取向分析，不同時期，同一系統亦可能由不同層級負責人參與。例如，在外交系統方面，吳學謙以國務院副總理身分；錢其琛先以國務院副總理兼外交部長，再以國務院副總理身分參與；唐家璇及戴秉國先後以國務院國務委員身分介入小組工作。胡錦濤時期，小組成員多了中央政治局常委兼全國「政協」主席賈慶林，兩名政治局常委同列小組內，這是過去所未曾出現的現象，一方面，意味中共日益重視對臺工作，對解決臺灣問題具有急迫性；另一方面，「政協」本來就是統一戰線的組織，負責人參與對臺工作，恰如其分。而由賈慶林擔任副組長，讓其負責對外政

---

[14] 亦有人認為，係從1954年7月或1955年1月開始。

[15] 郭瑞華，「中共十七大對臺人事安排——解釋與預測」，陳德昇主編，中共「十七大」政治精英甄補與地方治理（臺北：印刻出版公司，2008年），頁405-408；郭瑞華，「中共對臺人事分析——以中共中央對臺工作領導小組為對象」，陳德昇主編，中共「十八大」菁英甄補：人事、政策與挑戰（臺北：印刻出版公司，2012年），頁257。

策宣示及會見涉臺訪客事務。近幾年，中共強化兩岸經貿聯繫，因此，國務院分管外貿的副總理，遂成為小組成員；惟亦有人認為商務部部長才是成員。

對臺領導小組建立時的核心組織是中央調查部，負責人李克農本身就是中央調查部部長，重要成員羅青長是中央調查部秘書長、副部長，同時對臺領導小組的辦公室就設在中央調查部辦公區內；[16] 其次是中央統戰部、外交部，再次是總參謀部、總政治部等。可知中共對臺工作，始終有國安、外交、統戰、軍情、臺辦五大系統參與，時至今日則再加上經貿系統，成為六大工作取向。

對臺領導小組人事雖然未公開，但過去總有媒體引述權威來源將其揭露出來，但此新一屆有關人事，始終未見媒體公開報導。不過，筆者還是取得一份據信是對臺領導小組組成名單：組長習近平，副組長俞正聲，秘書長楊潔篪，成員包括：國務院副總理汪洋、中央軍委副主席范長龍、中央宣傳部部長劉奇葆、中央辦公廳主任栗戰書、國務委員兼公安部長郭聲琨、中央統戰部部長令計劃（2014年12月遭免職，由孫春蘭接任）、國安部長耿惠昌、商務部長高虎城、國臺辦主任張志軍、總參副總參謀長戚建國，共計13人。另海協會會長陳德銘是否為小組成員？亦值得探討。

1.組長

對臺領導小組組長，在歷經江澤民、胡錦濤兩任之後，由中央總書記接任已形成制度化的慣例。中共「十八大」時，習近平同時接任中央總書記、中央軍委主席，再加上2013年3月接任國家主席代表大陸涉外交往，形成中共集體領導階層中，最具實力、最有威望之人。他除接管外交和國家安全工作，也順理成章的接任對臺領導小組組長一職。

---

[16] 賈志偉，「精禽銜石、鬥士抗流──懷念楊蔭東前輩」，統一論壇（北京），總第101期（2006年1月），頁53-54。

2.副組長

由於新一屆中央政治局常委會常委由上屆九人減為七人，因此，對臺領導小組成員是否仍然維持兩名常委？有學者推論小組成員將降低層級、減少名額。[17] 確實，中共中央的各種領導小組，通常是由政治局常委出任組長，政治局委員擔任副組長；惟胡錦濤接任對臺領導小組組長後，小組副組長一職，改由另一位政治局常委、全國「政協」主席賈慶林出任，兩名政治局常委同列小組內，打破慣例。但此一制度已歷經兩屆，所以習近平接任對臺領導小組組長後，副組長一職續由中共中央政治局常委、全國「政協」主席出任的可能性仍很高。從俞正聲接任全國「政協」主席前，已涉入中共對臺工作看來，其接任對臺領導小組副組長應無疑義。

3.國務院副總理

國務院副總理出現在對臺領導小組成員名單中，應該是從上一屆的王岐山開始，他是分管財經工作，在本次「十八屆一中全會」時，已晉升為中央政治局常委，擔任中央紀委書記。而本屆國務院四位副總理：張高麗、劉延東、汪洋、馬凱，究竟由誰代表國務院領導層級參與對臺領導小組，研究者曾有不同看法。其中劉延東在2003年5月胡錦濤擔任對臺領導小組組長時，因係中央統戰部部長而成為小組一員，但在2008年3月出任國務委員後，分管港澳、教育，不再負責涉臺業務，自然不可能是小組成員；本次升任副總理後，分管教育、婦女等，也不可能參與對臺領導小組。最後確認分管外貿、農業的汪洋，係小組的一員。

---

[17] 周繼祥，「中共十八大後兩岸關係發展可能動向與因應」，發表於「中共十八大後對臺政經可能策略與因應」論壇（臺北：臺灣綜合研究院金融證券投資諮詢委員會與財團法人現代財經基金會合辦，2012年11月19日），頁4。

4.中央軍委常務副主席

2012年11月4日，中共「十七屆七中全會」通過原濟南軍區司令員范長龍出任中央軍委副主席，同月15日中共「十八屆一中全會」其再獲選中央政治局委員及中央軍委第一副主席。該項安排，顯示范長龍係擔任中央軍委常務副主席，掌管共軍作戰系統。因此，范長龍勢必如前任常務副主席郭伯雄一樣，在對臺工作上扮演重要角色。[18] 范長龍突破過去軍職副主席須具軍委委員資歷的慣例，由濟南軍區司令員直接跳升第一副主席職務，頗不尋常。外界也在猜測，胡錦濤是否有可能以此作為其不續任軍委主席的交易。雖然有評論指范長龍被胡錦濤收編，才獲提拔，不過最可能的因素為范長龍是江澤民、胡錦濤、習近平，以及郭伯雄等軍系大老可接受之人。[19]

5.中央辦公廳主任

中共中央辦公廳是中央總書記重要幕僚機構，負有獲取和處理、加工關於國家安全和外交事項的主要訊息的功能，[20] 因此辦公廳主任均由中央書記處書記兼任。中央辦公廳主任加入對臺領導小組始於1998年4月，當

---

[18] 2008年12月31日，中共在北京人民大會堂舉行紀念1979年元旦全國人大常委會「告臺灣同胞書」發表30周年座談會上，郭伯雄與中央總書記對臺小組組長胡錦濤，全國「政協」主席、對臺小組副組長賈慶林等人同坐臺上。2009年12月31日，中共舉行紀念胡錦濤「1231」講話（胡六點）發表一周年的座談會，郭伯雄亦是坐在主席臺八人之一。2012年2月29日至3月1日，中共在北京召開中央「2012年對臺工作會議」，對外公布兩張照片，其中一張是在主席臺上三人，中間為賈慶林，左邊為郭伯雄，右邊為國務院副總理王岐山。大陸發布該照片，被解讀為中共對臺工作就是經貿利誘及軍事威懾兩者兼具。由此也可看出，郭伯雄在中共對臺工作中舉足輕重的地位。

[19] 金千里，「習近平『懾戰並舉』抓綱治軍」，前哨月刊，第262期（2012年12月），頁42。

[20] 薛理泰，「胡錦濤掌握了黨政軍大權（中共中央辦公廳簡介）」，聯合早報網，2008年9月12日，http://www.zaobao.com.sg/yl/yl070924_508.html。

時的中央辦公廳主任為曾慶紅，他身為江澤民的親信，在此之前曾扮演兩岸密使角色，與李登輝總統辦公室主任蘇志誠，有多次的互動。[21] 2003年3月小組改組時，中央辦公廳主任王剛亦成為成員，雖然算不上是胡錦濤的親信，但他的對臺工作背景與情報業務專長，讓他擔任輔佐胡錦濤的角色，頗能得心應手。2007年9月，原副主任令計劃接替王剛的主任位置，他不僅是團系，同時是胡錦濤愛將，加入對臺領導小組，同樣是扮演輔佐胡錦濤的角色。然而，2012年9月1日，中共突然透過新華社對外公布，「中共中央決定：令計劃同志兼任中央統戰部部長，不再兼任中央辦公廳主任職務；杜青林同志不再兼任中央統戰部部長職務；栗戰書同志任中央辦公廳主任。」[22] 在中共「十八大」召開前突然換將，顯得很不尋常，據媒體指出，令計劃係因不當介入處理其子開名車肇禍身亡事件，招致撤換。[23]

　　新任中央辦公廳主任栗戰書，2012年7月底才從中共貴州省委書記調任中共中央辦公廳常務副主任，不到兩個月，隨即調升主任；11月15日，中共「十八屆一中全會」又獲選中央政治局委員。與自1982年胡啟立開始的七位前任（胡啟立、喬石、王兆國、溫家寶、曾慶紅、王剛、令計劃）相比，栗戰書首創中辦主任躋身中央政治局的先例，因上述七位中辦主任在職時黨內職務最高的是政治局候補委員（溫家寶、曾慶紅、王剛等）。[24] 這表明，栗戰書係習近平非常親近及信任的核心幕僚。因此，本次對臺領導小組改組時，栗戰書理所當然成為其中一員。

---

[21] 魏承思，兩岸密使五十年（香港：陽光環球出版香港有限公司，2005年），頁164-170。

[22] 「令計劃兼任中央統戰部部長 栗戰書任中央辦公廳主任」，新華網，2012年9月15日，http://news.xinhuanet.com/politics/2012-09/01/c_112926501.htm。

[23] 「多維揭秘：震驚法拉利車禍，胡錦濤主動罷黜令計劃」，多維新聞網，2012年12月12日 http://forum.dwnews.com/threadshow.php?tid=1008464。

[24] 「栗戰書首次開創中辦主任『入局』先例」，大公網，2012年11月15日 http://news.takungpao.com/mainland/zgzq/2012-11/1273240.html。

6.國務委員（外交系統代表）

對臺領導小組的外交系統代表，從1991年3月至2003年5月，都是由外交部長升任中央政治局委員、國務院副總理者來擔任，如吳學謙、錢其琛，兩人並擔任對臺領導小組副組長的角色。但胡錦濤上臺後，副組長一職，改由另一位政治局常委、全國「政協」主席賈慶林出任，原外交部部長唐家璇直接升任國務院副總理的機會也沒了，只能出任次一級的國務委員，分管外事、涉臺及僑務工作。此一慣例，沿襲至次一任的戴秉國。本次原任外交部部長的楊潔篪升任國務委員後，如同往例主管外事及涉臺事務，並成為對臺領導小組的一員。

此外，對臺領導小組中究竟有無設秘書長，亦值得探討。上一屆對臺領導小組，一般認為戴秉國係小組秘書長，惟據一位知情者明確透露，小組並未設秘書長職務，但戴秉國因分管對臺工作，等於負責小組日常決策業務。本次取得的小組名單中，再次指國務委員楊潔篪是小組秘書長，筆者就此請教另一位知情者詢其可能性，該知情者表明絕無可能，最主要理由是假如國務委員擔任小組秘書長，等於是小組第三號人物，那將置其他中央政治局委員汪洋、范長龍、栗戰書於何地？顯然，其言不無道理。

7.中央統戰部部長

中共中央統戰部負責人始終是對臺領導小組的當然成員之一。[25] 令計劃於2012年9月初接任中央統戰部部長，又在2013年3月第十二屆全國政協改組時，獲選全國政協副主席，其也是新一屆對臺領導小組的當然成員。惟令計劃於2014年12月底，因涉嫌嚴重違紀，遭免去中央統戰部部長職務，由中央政治局委員孫春蘭兼任。2015年1月26日，在中共召開的「2015年對臺工作會議」上，孫春蘭坐在對臺領導小組副組長俞正聲左側，顯示其已成為小組成員之一。

---

[25] 過去，中央統戰部由部長或副部長參與對臺領導小組，自王兆國後，都是部長參加。

8.國家安全部部長

　　大陸國家安全部係在1983年7月成立，由原中央調查部、公安部國外局（政治保衛局），以及中央統戰部、國防科工委等部分單位合併而成，[26] 其主體則是中央調查部，而該部正是早期中共對臺工作的主要執行單位。國家安全部現任部長耿惠昌，係於2007年8月底接替許永躍，升任部長。耿惠昌曾任該部所屬國際關係學院美國研究所副所長、所長、中國現代國際關係研究所所長，以及北京市國家安全局局長，國家安全部副部長，係美國專家。本次國務院換屆，他續任國家安全部部長，也繼續成為對臺領導小組當然成員。

9.總參謀部副總參謀長

　　中共軍事情報部門的負責人，長期以來都是中共對臺工作的核心領導成員。1996年1月，時任對臺領導小組成員、總參謀部總參謀長助理的熊光楷升任副總參謀長之後，分管外事、情報工作的總參謀部副總參謀長，即成為對臺領導小組的當然成員。一方面係因其分管業務因素，另一方面也係其地位較高，在共軍內部較易發揮協調功能。原代表軍方情報系統出任對臺領導小組成員的馬曉天，已在2012年9月由總參謀部副總參謀長調升空軍司令員，並成為新一屆中央軍委委員。馬曉天離任後，當時五位副總參謀長中，到底由哪一位副總參謀長繼任主管外事、戰略，主要是看誰接任中國國際戰略學會會長，因為該會會長一職，係由負責解放軍情報工作的副總參謀長兼任。馬曉天之繼任者為戚建國，係於2012年10月接任副總參謀長，同年12月28日，即以中國國際戰略學會會長身分出席該會2012年年會。因此，可以斷言戚建國確實為對臺領導小組成員之一；惟2013年8月30日，另一位副總參謀長孫建國以中國國際戰略學會會長之職，在北京與到訪的韓國國防研究院代表團會面。顯示戚建國原分管的軍情外事工

---

[26] 朱建新、王曉東，各國國家安全機構比較研究（北京：時事出版社，2009年），頁359。

作已交由孫建國負責，這也意味著孫建國已取代戚建國成為對臺領導小組一員。[27]

10.國臺辦主任

中臺辦／國臺辦是中共中央、國務院主管對臺工作的辦事機構，兩辦合一，是「一套人馬、兩塊招牌」。原主任王毅在2008年6月接任該職之後，執行胡錦濤的「兩岸關係和平發展」對臺政策，表現相當優異。先有人評估其將有機會接替楊潔篪出任外交部長，或接替戴秉國升任國務委員；後又有訊息指出，王毅留任國臺辦主任的可能性相當大；其後，又傳其將接任外交部長。本次，國務院人事改組正式揭曉，王毅任外交部長。新任國臺辦主任的張志軍循王毅的模式，由外交部常務副部長兼黨組書記調任，顯示這種模式未來可能形成制度化。與王毅不同的是，張志軍具有中共中央對外聯絡部工作的背景；該部負責政黨外交及國際統戰工作，因此早期我方均將其列為對臺統戰執行機構之一。[28]

11.中央宣傳部部長（副部長）

在1987年12月對臺領導小組改組時，成員中曾有宣傳系統的代表參與其中，就是當時的中央對外宣傳小組組長、中央宣傳思想領導小組成員朱穆之。[29] 但在1993年6月改組的對臺領導小組，因人事精簡，即無宣傳系統代表。此後，也未聽聞有宣傳系統的代表參與其中。惟筆者過去在探討

---

[27] 「解放軍副總長孫建國兼任中國國際戰略學會會長」，中華網，2013年9月2日，http://news.china.com/domestic/945/20130902/18026704.html。

[28] 共黨問題研究叢書編輯委員會，中共對臺工作研析與文件彙編（臺北：法務部調查局，1994年），頁26。

[29] 中共中央對外宣傳小組成立於1980年4月8日，首任組長為朱穆之，1988年初該小組遭撤銷；1988年1月10日，中共中央成立中央宣傳思想領導小組；1990年3月19日，中共中央決定恢復對外宣傳小組，續由朱穆之負責；1993年7月，中央對外宣傳小組改制為中央對外宣傳辦公室。

2008年6月改組的對臺領導小組成員時，曾發現有些資料提到時任中央宣傳部部長劉雲山為小組成員，但這些資料卻也列入已離任、不可能在任的人選王剛、劉延東，疏漏了當然人選令計劃，因此認為該資料可信度存疑；其後，2012年4月，筆者曾向知情者諮詢，其中一位提及，曾聽大陸學者提及中央宣傳部長劉雲山雖非小組一員，但該部另一副部長是其中成員，由於未指名，他也無法確認。因此，當時筆者雖認為有其可能，但並未將宣傳系統代表列為小組當然成員。惟後來相繼看到兩項資料，始確信有宣傳系統的代表參與對臺領導小組，一是中央宣傳部前任常務副部長吉炳軒在任時，曾在2004年10月加入對臺領導小組；[30] 一是中央宣傳部現任常務副部長雒樹剛出席2013年2月19日的中共中央對臺工作會議，坐在主席臺之下第一排位置。[31] 這兩項發現，可說明大陸學者所提某一中央宣傳部副部長參與對臺領導小組，該員就是雒樹剛。2013年3月之後，究竟是劉奇葆抑或雒樹剛為新一屆對臺領導小組成員？劉奇葆在擔任四川省委書記時，曾在2010年率團訪臺，不過這項經歷並非成為小組成員必備的條件。事實上，劉奇葆不僅現任中央宣傳部部長，同時也是中央政治局委員、中央書記處書記，參與對臺領導小組的可能性甚低。筆者也曾就此詢問某位知情者，該員認為應該還是雒樹剛代表宣傳系統參與小組。惟雒樹剛已於2014年12月底出任文化部部長，其中央宣傳部常務副部長職位由習近平親信黃坤明接替，顯然黃坤明應已成為對臺領導小組之一員。

　　12.公安部部長

　　公安部部長郭聲琨，是否為對臺領導小組成員？事實上，1950年代中共成立對臺領導小組之初，確實有公安部部長羅瑞卿參與其中；[32] 之後，

---

[30] 「吉炳軒當選黑龍江省人大常委會主任」，人民網，2013年1月30日，http://politics.people.com.cn/n/2013/0130/c41223-20379030.html。

[31] 馬浩亮，「俞正聲協管對臺工作」，大公報（香港），2013年2月20日，版A6。

[32] 童小鵬，風雨四十年（第二部）（北京：中央文獻出版社，1996年），頁274。

未再發現小組成員中有公安部部長的情事。原因可能係公安部涉臺功能已減低，且國家安全部部長已參與其中。本次，傳出公安部部長郭聲琨成為新一屆對臺領導小組成員，如就過去幾屆功能性人事布局來看，似乎不可能；但觀察近幾年兩岸關係的進展，似乎又有其可能性。尤其是，2009年4月第三次江陳會談簽署《海峽兩岸共同打擊犯罪及司法互助協議》之後，兩岸警調、公安單位交流頻繁，在兩岸合作共同打擊犯罪方面頗有建樹；在此情勢下，公安部部長成為對臺領導小組，其實亦不無可能。

13.商務部部長

至於商務部部長高虎城，有無成為對臺領導小組組員的可能性？則須回溯前一任商務部部長陳德銘曾否參與該小組？有關陳德銘是否為小組成員，各方看法分歧。2008年6月，筆者根據當時報載，也認為他是小組一員，惟其後向知情者探詢，得到否定的答案。此外在2008年12月31日，中共在北京人民大會堂舉行紀念1979年元旦全國「人大」常委會「告臺灣同胞書」發表30周年座談會上，臺上坐著中央總書記胡錦濤、全國「政協」主席賈慶林、副主席王兆國、國務院副總理王岐山、中央軍委常務副主席郭伯雄、中央宣傳部長劉雲山、中央辦公廳主任令計劃、中央政策研究室主任王滬寧、國務院國務委員戴秉國、中央統戰部部長杜青林，臺下第一排則是坐著對臺領導小組其他成員，包括總參謀部副總參謀長馬曉天、國家安全部部長耿惠昌、海協會會長陳雲林、國臺辦主任王毅，就是不見陳德銘。[33] 接著，2009年12月31日，中共舉行紀念胡錦濤「1231」講話（胡六點）發表一周年的座談會，從公開的照片可以看出，在正前方主席臺就座的有八人，從右至左分別是：馬曉天、王毅、戴秉國、郭伯雄、賈慶林、令計劃、杜青林、耿惠昌。陳雲林坐在主席臺對面第一排正中央，其

---

[33] 這是筆者當日觀看大陸中央電視臺CCTV-4現場直播所見影像。

他還包括陳德銘、交通運輸部長李盛霖等。[34] 按理陳德銘與耿惠昌同列部長，如果都是小組成員，似乎應該同座才是。經由上述觀察，筆者認為陳德銘應非小組成員。如今，高虎城接任商務部部長，不能排除他是對臺領導小組一員，主要理由是大陸對臺經貿工作日益吃重，尤其是海協會會長，安排由陳德銘接任，他在商務部部長任內，主導與我簽署《海峽兩岸經濟合作架構協議》（ECFA），對兩岸經貿發展與ECFA後續談判事務經驗豐富。顯然，中共欲讓其在ECFA的後續談判中，以及兩岸互設辦事處、開放更多的陸資入臺等議題上，繼續擔任要角。而高虎城如成為對臺領導小組一員，與陳德銘相互配合，將可相得益彰。

高虎城是大陸第一位正部級的國際貿易談判代表，嫻熟國際經貿法規，歷經許多國際談判，是未來兩岸談判桌上不容輕忽的對手。

14.海協會會長（爭議性角色）

最後分析，2013年4月26日，接任海協會會長的陳德銘是否為對臺領導小組成員？當年，海協會首任會長汪道涵因受江澤民倚重，而在1993年6月，以海協會會長身分進入領導小組，憑藉的是與江澤民的關係，原來是象徵意義大於實質。但汪道涵藉此角色積極涉入，並提出許多對臺政策具體意見，不僅是江澤民，連後來接任的胡錦濤都對此折服，也讓汪道涵在兩岸兩會早已中斷往來的情況下，於2003年繼續留在小組裡，直到2005年12月過世為止。由於有汪道涵的前例，因此2008年6月，對臺領導小組改組時，大部分研究者均相信，當時接任海協會會長的陳雲林是對臺領導小組的當然成員，畢竟陳雲林曾任國臺辦主任、同時為小組成員，達11年之久，繼續留任似乎理所當然。惟大陸某一從事對臺工作的官員來臺參訪時，面對我方人員探詢時直接表明，陳雲林不能等同汪道涵的角色，絕非

---

[34] 「學習胡六點 主席臺透露中央對臺班子」，中國評論網，2009年12月31日，http://www.chinareviewnews.com/doc/1011/8/4/4/101184464/html?coluid=7&kindid=0&docid=101184464。

小組成員。因此，研判陳德銘也不太可能成為對臺領導小組新的一員。

附表　新一屆對臺領導小組研判組成人員基本資料表

姓名	出生年月 籍貫	學歷	現職 （任職時間）	經歷	備註
習近平	1953.6 陝西富平	清華大學人文社會學院馬克思主義理論與思想政治專業在職研究生班，法學博士	中央政治局常委（2007.10）、中央總書記（2012.11）、中央軍委主席（2012.11）、國家主席（2013.3）	福建省委副書記、福建省長、浙江省代省長、省長、浙江省委書記、上海市委書記、中央書記處書記、中央黨校校長、國家副主席、中央軍委副主席	
俞正聲	1945.4 浙江紹興	哈爾濱軍事工程學院導彈工程系畢業	中央政治局常委（2012.11）、全國「政協」主席（2013.3）	青島市長、市委書記、建設部副部長、部長、湖北省委書記、中央政治局委員、上海市委書記	
汪　洋	1955.3 安徽宿州	中國科技大學管理科學系管理科學專業研究生在職學習，碩士	中央政治局委員（2007.10）、國務院副總理（2013.3）	安徽省副省長、國家發展計劃委員會副主任、國務院副秘書長、重慶市委書記、廣東省委書記	
范長龍	1947.5 遼寧東港（或丹東）	解放軍軍事學院、中央黨校經濟管理專業函授班大學本科學歷、北京科技大學計算機專業工程碩士	中央政治局委員（2012.11）、中央軍委副主席（2012.11）	16集團軍參謀長、軍長、瀋陽軍區參謀長、總參謀部總參謀長助理、濟南軍區司令員	
栗戰書	1950.8 河北平山	中國社科院研究生院財貿系商業經濟專業在職碩士班	中央政治局委員（2012.11）、中央辦公廳主任（2012.9）	貴州省委書記、中央辦公廳常務副主任	

姓名	出生年月 籍貫	學歷	現職 （任職時間）	經歷	備註
楊潔箎	1950.5.1 上海	英國倫敦政治經濟學院國際關系專業學習、南京大學攻讀博士	國務院國務委員（2013.3）	駐美公使、大使、外交部部長助理、副部長、部長	
孫春蘭	1950.5 河北饒陽	鞍山市工業技術學校、中央黨校研究生	中央政治局委員（2012.11）、中央統戰部部長（2014.12）	遼寧省總工會副主席、婦聯主席、總工會主席、省委副書記、大連市委書記、中華全國總工會黨組書記、副主席、書記處第一書記、福建省委書記兼任省人大常委會主任、天津市委書記	2014.12接替令計劃，以中央政治局委員身分兼任中央統戰部部長
孫建國	1952.2 河北吳橋	海軍潛艇學院、海軍指揮學院、國防大學研究班	總參謀部副總參謀長（2008.12）	海軍潛艇基地副司令員、海軍副參謀長、參謀長、總參謀部總參謀長助理	接替戚建國分管業務
耿惠昌	1951.11 河北	大學本科學歷	國安部部長（2007.8）	國際關係學院美國研究所副所長、所長、中國現代國際關係研究所所長、北京市國安局局長、國安部副部長	
張志軍	1953.2 江蘇南通	北京大學，留學英國	中臺辦／國臺辦主任（2013.3）	山東省淄博市委副書記、中央對外聯絡部美大北歐局局長、副部長、外交部副部長、黨委書記	
黃坤明	1956.9 福建上杭	清華大學公共管理學院管理學博士	中共中央宣傳部常務副部長兼中央精神文明建設指導委員會辦公室主任（2014.12）	浙江省湖州市委副書記、市長、嘉興市委書記、市人大常委會主任、浙江省委常委、宣傳部部長、杭州市委書記、中央宣傳部副部長	

姓名	出生年月 籍貫	學歷	現職 （任職時間）	經歷	備註
郭聲琨	1954.10 江西興國	中南工業大學管理工程系管理工程專業管理學碩士、北京科技大學管理科學與工程專業管理學博士	國務委員、中央政法委員會副書記、公安部部長、黨委書記	國務院國有重點大型企業監事會主席、中國鋁業公司總經理、廣西壯族自治區黨委副書記、區政府副主席、黨委書記、區「人大」常委會主任	
高虎城	1951.8 山西朔州	北京第二外國語學院法語系畢業、法國巴黎第七大學經濟社會學博士	商務部部長兼任「中國」國際商務談判代表	外經貿部計劃財務司司長、部長助理、廣西壯族自治區政府副主席、商務部副部長兼任「中國」國際商務談判代表	

資料來源：作者整理。

（二）其他涉臺人員

上述分析的14位人士，不管是否確為對臺領導小組成員，其實均在中共對臺工作中扮演重要角色。此外，國臺辦副主任、海協會副會長以及中華全國臺灣同胞聯誼會（簡稱全國臺聯）會長的調整，亦值得探討。

三者中，最早異動的是全國臺聯會長，於2012年12月改選，由汪毅夫當選，原會長梁國揚改任副會長兼黨組書記。汪毅夫生於1950年3月，祖籍臺灣臺南，初中畢業後就去插隊務農，1982年畢業於福建師範大學中文系，文學碩士；現為中國人民大學教授、博士生導師，廈門大學臺灣研究院研究員、福建師範大學社會歷史學院博士生導師。現任臺盟中央常務副主席，全國「人大」常委會委員、內務司法委員會副主任、中華海外聯誼會副會長、兩岸臺胞民間交流促進會常務副會長、中國僑聯第九屆委員會副主席等職。汪毅夫曾擔任福建副省長十年，分管民族宗教、對臺、僑務

及科教文化等方面工作，和習近平擔任福建代省長、省長有三年重疊。由於原會長梁國揚提前卸下會長職務，降格擔任副會長兼黨組書記，因此研判汪毅夫接任會長，應與習近平推薦有關。汪毅夫曾告訴記者，指其是學者、黨外幹部、臺灣籍人士，又講閩南話，這些綜合因素都很適合他開展對臺工作。[35]

　　2013年4月26日，海協會改組，除由張德銘擔任會長，並公布副會長名單如下：常務副會長鄭立中，副會長孫亞夫、葉克冬、蔣耀平、李亞飛。自2012年底，即傳陳雲林將交卸海協會會長職務，其後繼者，原以常務副會長鄭立中最有可能。2005年5月，鄭立中由廈門市委書記上調北京擔任國臺辦副主任，一般以為就是準備接替陳雲林位置；但2007年10月中共「十七大」中央委員選舉，其仍然只列名候補委員，註定出局。在2012年11月中共「十八大」召開前，鄭立中力求表現，來臺全省走透透，深入基層，顯然希望做出成績，為自己累積政治資本，當選中央委員，進而升任國臺辦主任。惟其在「十八大」，既未擔任黨代表，最終也未獲選中央委員或候補委員，註定將在國臺辦常務副主任位置離任。其間，努力尋求接任海協會會長之可能，最後也落空。

　　國臺辦四位副主任：葉克冬、陳元豐、李亞飛、龔清概。其中，葉克冬一直被認為是胡錦濤的人馬，此次留任，顯示張志軍在未完全熟悉業務之前，不希望人事有過大的變動。最值得一提的是龔清概，曾任福建省晉江市副市長、市委副書記、代市長、市長、市委書記，泉州市委副書記，南平市委副書記、市長，中共福建省政府黨組成員、平潭綜合實驗區工作委員會書記、管理委員會主任等職。由於習近平擔任福建省長時，龔清概

---

[35] 王亮，「臺灣人的大陸經驗——訪全國人大臺灣團團長、全國臺聯會會長汪毅夫」，兩岸關係（北京），2013年第3期（2013年3月），頁14。

是晉江市長，這項淵源被認為是龔清概進入國臺辦的原因之一。[36] 此外，龔清概能說流利的閩南語，與臺商互動密切，顯然有助於中共開展臺灣中南部的工作，應該也是獲得青睞的重要因素。

三、人事調整的特色

本次中共對臺人事調整的最大特色，就是知臺人士增加。其中，中央總書記習近平被譽為第一位真正了解臺灣的中共最高領導人，具有豐富的涉臺經歷。習近平的涉臺歷練主要在福建省，達17年之久，歷任廈門市副市長、中共寧德地委書記、福州市委書記、福建省委副書記、福建省副省長、代省長、省長等職務；其後他擔任中共浙江省委副書記／代省長、浙江省委書記、上海市委書記。這三個省市，都是臺商相對聚集較多的地方，讓習近平結識不少臺商朋友，包括裕隆汽車集團總裁嚴凱泰、福建天福集團董事長李世偉、冠捷集團總裁宣建生等。同時，他深入了解與臺灣關係的細節，協助吸引臺商對福建投資；[37] 在福州市委任內，設立國家級的臺商投資區，簽訂東南汽車、中華映管、冠捷電子投資案；對臺商的了解，可謂第一線、全方位，既深也廣。事實上，習近平不僅注重兩岸投資貿易，也經由福建廣電集團總導演夢雪，建立「媽祖之光」系列活動，每年在臺灣與福建各地舉辦晚會等大型活動，成為其對臺宣傳與兩岸宗教、文化交流的重要政績。[38] 在浙江時，鼓勵兩岸學術、學生交流，並爭取舉

---

[36] 林庭瑤，「習近平舊屬 龔清概任國臺辦副主任」，世界新聞網，2013年11月9日，http://www.worldjournal.com/view/full_learn/24014162/article-席近平舊屬-龔清概任國臺辦副主任--?instance=iNews。

[37] 王淑軍，「為早日實現祖國統一做出貢獻──訪福建省省長習近平代表」，人民日報，2001年3月14日，版11。

[38] 「最靈巧的太子黨 最了解臺灣的中共接班人」，今周刊網站，2011年10月6日，http://www.businesstoday.com.tw/v1/content_print.aspx?a=W20101000158。

辦2006年的首屆世界佛教論壇。[39]

　　習近平擔任福建省委副書記期間，主管統戰工作，對臺工作是中共統戰工作的一環，就此而言，他是熟悉涉臺業務的。更重要的是，習近平擔任中共浙江省委書記時，還兼任該省對臺工作領導小組組長，直接掌管涉臺工作。[40] 由此可見，習近平不僅對臺灣有充分的認識，而且確實較重視對臺工作，才會親自掌控。此外，習近平在2013年2月與連戰會面晤談時，特別提到主政地方的臺灣經驗一事，顯示習近平意在對外表明，他相當了解臺灣事務。

　　同時，習近平從地方歷練，以及至中央工作，接見不少臺灣政界人士，除曾會見出席博鰲亞洲論壇2010年年會的兩岸共同市場基金會最高顧問錢復一行，還包括2006年4月21日，以浙江省委書記身分在杭州西子國賓館接待中國國民黨榮譽主席連戰一行。

　　其次是全國「政協」主席俞正聲，他與臺灣的關係密切，接觸許多政界人士，包括連戰、吳伯雄、宋楚瑜、許歷農、郁慕明、郝龍斌等。他也曾表明，早就希望能去臺灣。事實上，俞正聲家族與臺灣有著複雜歷史淵源。俞正聲的曾祖父俞明震，在甲午戰爭時，曾任臺灣巡撫唐景崧的幕僚，協助據守臺灣。俞正聲是我國防部前部長俞大維的姪孫，俞大維是蔣經國親家。俞另一位族親俞大綵的丈夫是歷史學家、原北京大學及臺灣大學校長傅斯年。[41] 因此，中共「十八大」召開前，即有人看好俞正聲能在「十八大」後出任全國「政協」主席，利用在臺的親屬關係，進行統戰。[42]

---

[39] 沈澤瑋，「臺學者：本屆論壇跨兩岸舉行 大陸籍佛教爭臺灣民心」，聯合早報網，2012年11月14日，http://www.zaobao.com/special/china/taiwan/pages12/taiwan090401.shtml。

[40] 臺訊，「習近平強調浙江對臺工作要認清形勢服務大局」，臺灣工作通訊（北京），2004年第7期（2004年7月），頁8。

[41] 賈玉民，第五代：中共十八大主角（香港：明鏡出版社，2010年），頁264-265。

[42] 葉橋，諸侯瞄準十八大（臺北：領袖出版社，2012年），頁144。

　　俞正聲任湖北省委書記期間，除了會見臺灣訪客，也參與涉臺活動，如曾出席第四屆「湖北武漢臺灣周」歡迎宴會。[43] 他擔任上海市委書記期間，亦十分重視上海與臺灣的交流合作，關心上海臺商的利益。[44] 俞正聲接任全國「政協」主席、對臺領導小組副組長之後，會見接觸的臺灣訪客更是絡繹不絕。

　　至於國務院國務委員、分管涉臺涉外業務的楊潔篪，曾任駐美大使、外交部部長，由於涉臺事務是大陸外交，特別是對美工作的重要一環，因此楊潔篪對涉臺工作有一定的理解。特殊的是，楊潔篪有一知名學者弟弟楊潔勉，擔任過上海國際問題研究院院長，曾多次率團來臺參訪，與臺灣智庫、學者互動密切。透過這層關係，楊潔篪掌握臺灣政經情勢，相對於他人，有更佳的優勢。

　　而在25名中央政治局委員中，有過半數曾在臺商較多的省（市、區）工作過，與臺商往來較密切，具有涉臺經驗，尤其現任上海市委書記韓正、北京市委書記郭金龍，及四川省委前書記、新任中央宣傳部長劉奇葆都曾來臺參訪。調任中央書記處書記的浙江省委前書記趙洪祝也於2011年率團來臺進行「富春合璧，兩岸同緣」活動。至於中共中央政策研究室主任王滬寧，過去在國共兩黨舉行的「連胡會」、「吳胡會」，以及「吳習會」、「連習會」中，總是一起參與，其對臺灣政局變化，當然也有第一手的了解。從理性角度，這些人在制定及執行對臺政策方向時，不一定對臺友善，但因對臺有認識與了解，視野將相對較廣。

---

43 「俞正聲出席第四屆『湖北武漢臺灣周』歡迎宴會」，人民網，2007年7月6日，http://cpc. people.com.cn/BIG5/64093/64094/5955834.html。

44 「快評：俞正聲分管對臺重任 對臺友善」，中國評論網，2013年2月21日，http://www. chinareviewnews.com/doc/111_0_102443813_1_0221001129.html。

　　此外，接任海協會會長的陳德銘，也被視為「知臺開明派」，早在蘇州、陝西任職時，就與許多臺商成為好友，如臺灣和艦（聯電）、友達等高科技企業，都是他引進蘇州。一位華南地方臺協會長透露，他接觸過的商務部長，包括薄熙來、吳儀，相對來說，地方歷練多年的陳德銘更願意傾聽臺商聲音。[45]

參、對臺人事變革

一、習近平掌握政策主導優勢

　　習近平在同一時間掌握黨權、軍權，這是前幾任中共中央總書記所無法相比擬的優勢，讓他可以充分掌握對臺政策主導權。事實上，作為一位中共領導人，擁有黨的合法性地位、黨內大老的支持，以及軍權的掌握，缺一不可，其中尤以掌握軍權最為重要。自1982年9月中共「十二大」將黨的最高領導人職位由主席改為中央總書記以來，[46] 歷任四位總書記，其中胡耀邦、趙紫陽從未握有軍權；江澤民在1989年6月中共「十三屆四中全會」時接任總書記，同年11月「十三屆五中全會」時接替鄧小平擔任中央軍委主席，但軍權其實還是控制在鄧小平手中；胡錦濤在2002年11月「十六屆一中全會」時接任總書記，但到2004年9月「十六屆四中全會」時，才接下中央軍委主席職位。

　　同時，可以說，誰掌握軍權，誰就主導中共對臺政策。軍隊在中共政治體制中，始終是一個重要而複雜的結構；[47] 在黨政運作裡，最有實力的

---

[45] 李道成，「臺商好友 視為知臺開明派」，中國時報，2013年3月9日，版A18。

[46] 施善玉、鮑同主編，中國共產黨黨史知識集成，二版（北京：長征出版社，2001年），頁152。

[47] 胡偉，政府過程（杭州：浙江人民出版社，1998年），頁119。

政治角色，就是掌握軍隊的人。第一代領導人毛澤東，除了始終擔任中共中央主席，還一直擔任中央軍委主席；第二代領導人鄧小平，雖從未擔任過中共黨或政的最高領導職務，但他長期擔任中央軍委主席；第三、四代領導人江澤民、胡錦濤，除了相繼擔任中央總書記，也同時兼任中央軍委主席。簡言之，可以說，中央軍委主席的任職者，就是中共最為重要的領導人。上述四人，同時也是中共對臺政策的決策者，中共對臺工作的主導權相繼掌握在他們手裡，江澤民及胡錦濤並先後擔任中央對臺工作領導小組組長。江澤民的前一任小組組長楊尚昆則是中央軍委副主席，另在對臺領導小組中也始終有軍方代表參與決策。

　　從理論層面看，軍隊在大陸政治體制中，只是一個工具性角色，[48] 扮演維護國家安全與國家利益的捍衛角色。長期以來，中共對臺工作是其實現國家統一政策目標的重要手段，是在維護主權獨立、領土完整，因此防止臺灣走向獨立及促進兩岸統一，是中共的重要國家利益。換言之，就對臺政策而言，始終是共軍關心的重要政策，只要中共認為國家統一工作沒有達成，軍隊在中共對臺工作中就一直是突出的角色。

　　眾所周知，習近平與共軍的淵源相對深厚，因此習近平上臺後能否完全掌控軍隊，也成為外界觀察重點。有訊息指出，「十八大」召開前，習近平曾神隱一段時間，就是在主導部署五大軍區負責人調入北京，晉升為中央軍委委員。[49] 除此，他並在接任中央軍委主席後，頻頻參加軍方會議、視察部隊，以及拔擢將領等。在在顯示，習近平這些作為均是在鞏固軍權。

---

[48] 林長盛，解放軍的現狀與未來（臺北：桂冠圖書公司，1993年），頁98。

[49] 夏飛、程恭羲，中共領導最核心——十八屆政治局常委（臺北：領袖出版社，2013年），頁68-69。

　　在中共歷任領導人中，習近平是最了解臺灣的，他知道臺灣只能智取，不能力奪。不過，由於對習近平而言，當前對臺政策不具優先性，因此其上臺至今，並未顯現亮眼作為；惟從其同意「王張會」，讓陸委會主委王郁琦以正式官銜赴陸訪問，異於以往，顯示習近平有可能超越胡錦濤，在對臺政策方面，更有突破性舉動。

二、涉臺涉外事務相互結合

　　2008年6月，時任大陸外交部常務副部長兼黨組書記王毅，以黑馬之姿被任命為大陸國臺辦主任，接替陳雲林，他是第一位來自外交系統的國臺辦主任，頗引起外界議論，因為過去王毅從不在候選名單中。但是國臺辦主任由出身外交官的王毅接任，透露的訊息非常清楚，就是中共準備與臺灣展開談判，不管是進行事務性協商或是政治性談判，均在其規劃之中。

　　由於從部門對臺工作立場來看，大陸外交部門係從敵我矛盾出發，採取全面對敵鬥爭，不讓我國有任何得分或獲益機會；相反地，臺辦部門係從人民內部矛盾出發，以團結→批評→團結的統戰手法，希望爭取臺灣民心。兩者思維不同，作法當然也有差異。王毅從封殺打壓、圍堵臺灣國際空間的大陸駐日大使、外交部常務副部長，[50] 轉換跑道擔任國臺辦主任，從事中共中央對臺政策的辯護、宣導，爭取、服務臺灣人民的工作，心理調適得相當好。同時以談判見長的王毅在近五年任期中，執行胡錦濤的「兩岸關係和平發展」對臺政策，表現獲得肯定。

　　王毅曾代表中共參與朝鮮半島問題的「六方會談」，贏得各方的稱

---

50 劉黎兒，「他是全臺灣目前最了解王毅的人，專訪駐日代表許世楷談臺日秘辛」，新新聞，第1110期（2008年6月12日），頁74-76。

讚。[51] 並在擔任大陸駐日大使期間，成功化解雙方緊張關係，安排時任日本首相的安倍晉三訪問北京，進行「破冰之旅」；也安排大陸國務院總理溫家寶出訪日本，進行「融冰之旅」。[52] 如今在東北亞情勢轉趨複雜、北韓核試驗可能引爆朝鮮半島危機、「中」日釣魚臺主權衝突加劇，以及美國部署重返亞太戰略之際，王毅返回外交系統，接任外交部部長，顯然是要借重其長才處理上述問題，同時適當地結合涉臺涉外事務。由於「王毅模式」的成功，大陸外交部常務副部長張志軍，也循著該模式接任國臺辦主任。大陸涉臺學者曾潤梅就此表示，兩岸關係涉及兩岸的問題比較好解決，但如果碰到國際空間問題就特別複雜，需要懂外交、國際視野廣闊的人到國臺辦系統，繼續推動兩岸關係發展，在處理對臺事務時也可能會有一些新的思路。[53] 因為中共當局已務實地發現，處理敏感的涉臺事務，如果僅憑臺辦系統的傳統思維，根本無法因應；同時，如果堅持外交部門的僵硬立場，更可能破壞兩岸關係大局，因此讓外交與臺辦系統進行觀念與政策的橫向整合，應可避免出現激進政策作為。[54] 明顯的，中共已將對臺工作置於國際格局中思考；兩岸關係不是單純的臺灣與大陸的關係，而且涉及美日等國的國家利益，同時影響東亞區域和平。簡言之，兩岸關係離不開外交、外交也離不開兩岸事務，這樣的思維，從此時開始已獲得中共當局認同，也意味著中共希望在對臺與外交工作中取得平衡。

---

[51] 「人物：新任國臺辦主任王毅」，新京報網，2008年6月6日，http://www.thebeijingnews.com/news/deep/2008/06-04/021@090230.htm。

[52] 「王毅在日三年不辱使命，冰已消融，道仍修遠」，你好臺灣網，2007年10月4日，http://big5.am765.com/shouye/syxw/gj/200710/t20071004_294294.htm。

[53] 「張志軍陳德銘臺辦海協政經兼顧」，中時電子報，2013年3月14日，http://news.chinatimes.com/mainland/130505/132013031000684.html。

[54] 王銘義，「北京觀察──對臺人事布局 刻意外交思考」，中國時報，2013年3月10日，版A12。

三、海協會會長角色的調整

　　當媒體傳出原大陸商務部部長陳德銘將接替陳雲林，擔任海協會會長，一般已意識到兩岸短期內「主談經貿」形勢不會變。[55] 事實上，海協會的人事布局始終反映了中共對臺政策動向，從汪道涵、陳雲林及陳德銘的背景、資歷及與最高領導人的關係看，呈現不同時期中共對臺工作的政治需求與政策目標。[56]

　　海協會成立於1991年12月，係中共為因應當時兩岸互動情勢而組建的「民間中介團體」，但實質上是國臺辦綜合局的化身。對中共而言，成立海協會是情勢所逼，不得不為。自從我政府開放國人赴大陸探親之後，隨著兩岸民眾互動日益密切，衍生越來越多的交往問題，必須由兩岸政府出面解決。我政府為解決複雜的兩岸人民往來有關事務，但又不願由官方單位與中共有關方面直接接觸，遂在1990年底，成立財團法人海峽交流基金會（簡稱海基會），作為與大陸有關部門交涉與協商的單位。當時中共當局不僅無意成立「對口單位」，甚至反對。然而，當海基會與國臺辦數度實質接觸後，中共始感到體制與角色的不協調，因而體認到不論是在對臺統戰或交流需求，成立「民間對口單位」有其適用性與必要性，以便務實解決兩岸間的糾紛。更重要的是，中共希望透過海協會的成立，發揮因勢利導的作用，經由兩岸兩會事務性會談，進而導向政治性談判的舉行。[57] 在雙方充滿算計下，海基會與海協會如何選擇主事者，變成一大學問。我海基會由深具社會聲望的企業家辜振甫擔任董事長，大陸海協會則由江澤

---

[55] 李道成、王銘義、藍孝威、蔡孟妤，「陳德銘妙喻 掌海協似成定局」，中國時報，2013年3月9日，版A18。

[56] 王銘義，「從辜汪、江陳 到林陳 海協會長角色 各負不同階段任務」，中國時報，2013年3月9日，版A18。

[57] 郭立民編，中共對臺政策資料選輯（1949-1991）（下冊）（臺北：永業出版社，1992年），頁1142-1143。

民的提拔人汪道涵擔任會長。從1993年新加坡「辜汪會談」到1998年的上海「辜汪會晤」，汪道涵肩負著歷史性開局任務；同時，由於汪道涵的世故練達，或是談判實務經驗，以及深受江澤民的尊敬與信任，故能在對臺領導小組的決策中發揮影響力。

　　2008年5月，國民黨重新執政，兩岸關係有了新契機；為此，中共對臺人事呈現新的布局，國臺辦主任由外交部常務副部長王毅接任，原國臺辦主任陳雲林接掌海協會；另一方面，我海基會則由江丙坤擔任董事長。陳雲林因開啟國共兩黨會談有功，獲得胡錦濤讚賞與信任，遂得以勝任海協會會長。由於陳雲林主管對臺工作長達14年之久，在中共部級領導中，無人出其右，故在兩岸兩會重啟談判，其角色並不是僅具象徵意義，而是實際策劃及運籌帷幄的人物之一。陳雲林擔任會長四年半期間，不僅執行率團來臺談判的「破冰」任務，並與江丙坤進行八次會談，簽署18項協議和兩項共識，為兩會制度化協商奠定根基。2012年9月底，海基會董事長由林中森接任，江丙坤圓滿完成其階段性任務。當時，一般預判陳雲林將順勢卸任海協會會長，媒體也紛紛透露將由原商務部部長陳德銘接任。

　　陳德銘是大陸近年外貿談判主要掌舵者，國際談判閱歷豐富，包括大陸和東協自由貿易區，及「中」日韓自由貿易區，他都是決策規劃與操盤者，豐富的實戰經驗，造就其深厚的談判功力。[58] 有媒體形容陳德銘話說得很軟，但該硬的地方也非常銳利；2012年在兩岸經合會上，宛若溫雅學者，但在言語交鋒的場合時，也絕不示弱。[59] 大陸學者認為，海協會未來幾年非常重要的工作，就是推動兩岸經貿關係深化，真的很需要經貿方面

---

58 王銘義、藍孝威，「『焦點人物』林 統籌高手 vs. 陳 談判老將」，中國時報，2013年3月9日，版A18。

59 陳曼儂，「人物側寫——溫雅陳德銘 綿裡藏針」，e-旺報，2013年3月9日，http://news.chinatimes.com/mainland/50507270/112013030900195.html。

的專才,因此由陳德銘這樣熟悉兩岸經貿議題人選繼掌海協會順理成章。[60]
換言之,未來,陳德銘將承擔鞏固與深化兩岸經貿合作關係的新任務。

四、全國「政協」對臺角色提升

　　就中國共產黨而言,「政協」是統一戰線的組織,是其領導下的多黨
合作和政治協商的重要機構,具有政治整合、政治社會化、社會動員等功
能。[61] 以全國「政協」為例,它是由34個界別組成,其中包括具有涉臺背
景的中國國民黨革命委員會(簡稱民革)、臺灣民主自治同盟(簡稱臺
盟)及全國臺聯。各級「政協」在中共對臺統戰方面扮演著重要角色,配
合中共對臺工作部門,協助接待臺胞、吸引臺資、進行對臺各項交流活動
等。而在賈慶林擔任對臺領導小組副組長十年期間,他以全國「政協」主
席身分參與各種涉臺交流活動,接待臺灣訪客無數,無疑提升了「政協」
在臺灣的知名度。此外,在賈慶林提出「兩岸民意代表交流要創新、要突
破」的指示下,全國「政協」港澳臺僑委員會負責執行,已將兩岸民意代
表的交流常態化、機制化。2013年3月3日,賈慶林在全國「政協」第十二
屆第一次會議做工作報告時指出,全國「政協」牢牢把握兩岸和平發展主
題,擴大與臺灣有關黨派、組織、群眾、青少年群體的互動,以全國「政
協」代表團等名義來臺交流20次,並邀臺灣民意代表交流團赴陸參訪。[62]
如今,俞正聲接任全國「政協」主席,繼續主持中共對臺工作決策事務,
勢必發揮「政協」的角色,加強兩岸交流。

---

[60] 「張志軍陳德銘臺辦海協政經兼顧」,中時電子報,2013年3月10日,http://news.chinatimes.
　　com/mainland/130505/132013031000684.html。

[61] 趙相明,當前中共「人民政協」之政治角色研究(臺北:國立政治大學博士論文,1993年),
　　頁105-127。

[62] 「全國政協十二屆一次會議開幕會」,中國網,2013年3月3日,http://www.china.com.cn/
　　zhibo/zhuanti/2013lianghui/content_28108963.htm。

　　2014年3月3日，俞正聲在全國「政協」十二屆二次會議上做工作報告時，說明2013年，「全面貫徹兩岸關係和平發展重要思想，組織『政協』委員與臺灣民意代表互訪交流，加強同臺灣島內有關社會組織和團體的友好交往，大力宣導『兩岸一家親』理念。以河洛文化、黃埔精神、書畫藝術等為紐帶，增進兩岸民眾的文化認同和民族認同。開展推動臺資企業轉型升級專題調研，促進兩岸經濟合作。」[63] 此外，近年全國「政協」港澳臺僑委員會與民意代表交流基金會，已先後推動六次兩岸各政黨民代互訪計劃，並曾與我立法院立委助理工會、救國團系統的大陸研究文教基金會展開交流，預料這些交流平臺今後將更趨活絡。[64]

肆、結語

　　由於有關中共中央和國務院議事性協調機構的職務，中共官方基本上不予公開。[65] 因此，對中共對臺人事研究者而言，要能正確掌握對臺領導小組成員名單，其實相當困難。畢竟在中共官方未將資料公開以前，也沒有百分之百把握其完全無誤。

　　從對臺領導小組結構來看，成員職務位階差異甚大，就預判成員分析，相對於兩位中共中央政治局常委習近平、俞正聲，以及三位中央政治局委員汪洋、范長龍、孫春蘭，其他成員只能算是政策執行者。而五位中央政治局委員、常委，權力亦不均衡，習近平握有黨權、軍權，權力最

---

[63]「俞正聲政協會議工作報告（全文）」，大公網，2014年3月3日，http://news.takungpao.com.hk/mainland/focus/2014-03/2318329_2.html。

[64] 王銘義、李道成、藍孝威，「新政協扮推手 廣邀綠營民代」，中國時報，2013年3月3日，版A12。

[65] 中共中央組織部、中共中央黨史研究室編著，中國共產黨歷屆中央委員大辭典（北京：中共黨史出版社，2004年），編輯說明，頁3。

大。因此，可以斷言，小組組長習近平完全掌握了對臺政策主導權，副組長俞正聲則分享部分決策權，而其他成員只有政策建議權。相對於前幾任領導人，未來習近平勢必緊抓對臺工作。

另外具有指標性人物的王毅，從外交系統轉到臺辦系統，如今又轉回外交系統，成為真正具有涉臺經驗的第一人；未來兩岸涉及主權的政治性談判不可避免，因此必須具有外交實務經驗者參與，出身外交部的張志軍接替王毅是一適當人選，未來國臺辦與外交部門就相關問題溝通，可期待較易獲得回應。惟在涉臺涉外事務相結合的理念下，兩人如何妥善處理臺灣國際空間議題，既要不違反中共的主權觀點，又要讓臺灣民眾感受中共的誠意，後續值得觀察。

本次中共對臺人事調整的最大特色，就是知臺人士增加。雖然這些人的地方、部委歷練有助於認知臺灣民眾想法，也被封為「知臺派」，其未來對臺政策是否越加務實調整，吾人雖有所期待，但也不過於寄望這些人身上，畢竟他們還是要受既有的共產黨慣性所制約。此外，兩岸未來由事務性談判走向政治談判雖已可預期，但時程不可能太快，仍將是按照「先經後政、先易後難、循序漸進」的思路進行。接任海協會會長的商務部前部長陳德銘，也被視為中共「知臺開明派」，對臺經貿與談判事務經驗豐富。顯然，未來在ECFA的後續談判中、兩岸互設辦事處，以及開放更多的陸資入臺等議題上，將承擔要角。

參考書目

一、中文部分

專書

中共中央組織部、中共中央黨史研究室編著，**中國共產黨歷屆中央委員大辭典**（北京：中共黨史出版社，2004年）。

共黨問題研究叢書編輯委員會，**中共對臺工作研析與文件彙編**（臺北：法務部調查局，1994年）。

朱建新、王曉東，**各國國家安全機構比較研究**（北京：時事出版社，2009年）。

林長盛，**解放軍的現狀與未來**（臺北：桂冠圖書公司，1993年）。

邵宗海、蘇厚宇，**具有中國特色的中共決策機制：中共中央工作領導小組**（臺北：韋伯出版社，2007年）。

施善玉、鮑同主編，**中國共產黨黨史知識集成**（北京：長征出版社，2001年）。

胡偉，**政府過程**（杭州：浙江人民出版社，1998年）。

夏飛、程恭羲，**中共領導最核心——十八屆政治局常委**（臺北：領袖出版社，2013年）。

郭立民編，**中共對臺政策資料選輯（1949-1991）（下冊）**（臺北：永業出版社，1992年）。

郭瑞華，「中共十七大對臺人事安排——解釋與預測」，陳德昇主編，**中共「十七大」政治精英甄補與地方治理**（臺北：印刻出版公司，2008年）。

郭瑞華，「中共對臺人事分析——以中共中央對臺工作領導小組為對象」，陳德昇主編，**中共「十八大」菁英甄補：人事、政策與挑戰**（臺北：印刻出版公司，2012年）。

葉橋，**諸侯瞄準十八大**（臺北：領袖出版社，2012年）。

賈玉民，**第五代：中共十八大主角**（香港：明鏡出版社，2010年）。

童小鵬，**風雨四十年（第二部）**（北京：中央文獻出版社，1996年）。

魏承思，**兩岸密使五十年**（香港：陽光環球出版香港有限公司，2005年）。

期刊

王亮，「臺灣人的大陸經驗——訪全國人大臺灣團團長、全國臺聯會會長汪毅夫」，**兩岸關**
　　係，2013年第3期（2013年3月），頁12-17。

金千里，「習近平『儆戰並舉』抓綱治軍」，**前哨月刊**（香港），第262期（2012年12月），
　　頁41-44。

賈志偉，「精禽銜石、鬥士抗流——懷念楊蔭東前輩」，**統一論壇**（北京），總第101期
　　（2006年1月），頁53-54。

臺訊，「習近平強調浙江對臺工作要認清形勢服務大局」，**臺灣工作通訊**（北京），2004年第7
　　期（2004年7月），頁7-8。

劉黎兒，「他是全臺灣目前最了解王毅的人，專訪駐日代表許世楷談臺日秘辛」，**新新聞**，第
　　1110期（2008年6月12日），頁74-76。

學位論文

趙相明，**當前中共「人民政協」之政治角色研究**（臺北：國立政治大學博士論文，1993年）。

研討會論文

周繼祥，「中共十八大後兩岸關係發展可能動向與因應」，發表於「中共十八大後對臺政經
　　可能策略與因應」論壇（臺北：臺灣綜合研究院金融證券投資諮詢委員會、財團法人現
　　代財經基金會，2012年11月19日），頁1-6。

報紙

王銘義，「曾任駐日大使 日媒：王毅可望接任外交部長」，**中國時報**，2013年2月24日，版
　　A12。

王銘義，「從辜汪、江陳 到林陳 海協會長角色 各負不同階段任務」，**中國時報**，2013年3月9
　　日，版A18。

王銘義，「北京觀察——對臺人事布局 刻意外交思考」，**中國時報**，2013年3月10日，版
　　A12。

王銘義、李道成、藍孝威，「新政協扮推手 廣邀綠營民代」，**中國時報**，2013年3月3日，版
　　A12。

王銘義、藍孝威，「『焦點人物』林 統籌高手 vs.陳 談判老將」，中國時報，2013年3月9日，版A18。

王淑軍，「為早日實現祖國統一做出貢獻——訪福建省省長習近平代表」，人民日報，2001年3月14日，版11。

李道成、王銘義、藍孝威、蔡孟妤，「陳德銘妙喻 掌海協似成定局」，中國時報，2013年3月9日，版A18。

李道成，「臺商好友 視為知臺開明派」，中國時報，2013年3月9日，版A18。

馬浩亮，「俞正聲協管對臺工作」，大公報（香港），2013年2月20日，版A6。

黃國樑，「張志軍掌國臺辦 鄭立中、孫亞夫、葉克冬將異動」，聯合晚報，2013年3月2日，版A2。

賴錦宏，「中共商務部長陳德銘可望接海協」，聯合報，2013年2月19日，版A4。

網際網路

「十二屆全國人大一次會議決定李克強為國務院總理 國家主席習近平簽署主席令任命」，新華網，2013年3月15日，http://news.xinhuanet.com/2013lh/ 2013-03/15/c_115044550.htm。

「十二屆全國人大一次會議決定國務院其他組成人員 國家主席習近平簽署主席令任命」，新華網，2013年3月16日，http://news.xinhuanet.com/2013lh/2013- 03/16/c_115051003.htm。

「十二屆全國人大一次會議選舉產生新一屆國家領導人 批准國務院機構改革和職能轉變方案」，新華網，2013年3月14日，http://news.xinhuanet.com/ 2013lh/2013-03/14/c_115027733.htm。

「人物：新任國臺辦主任王毅」，新京報網，2008年6月6日，http://www.thebeijingnews.com/news/deep/2008/06-04/021@090230.htm。

「中共中央臺辦、國務院臺辦領導」，中共中央臺辦、國務院臺辦，2013年11月8日，http://www.gwytb.gov.cn。

「中國人民政治協商會議第十二屆全國委員會主席、副主席、秘書長、常務委員名單」，新華網，2013年3月11日，http://news.xinhuanet.com/renshi/2013- 03/11/c_114985050.htm。

「王毅在日三年不辱使命，冰已消融，道仍修遠」，你好臺灣網，2007年10月4日，http://big5.

am765.com/shouye/syxw/gj/200710/t20071004_294294.htm。

「令計劃兼任中央統戰部部長 栗戰書任中央辦公廳主任」，新華網，2012年9月15日，http://
news.xinhuanet.com/politics/2012-09/01/c_112926501.htm。

「吉炳軒當選黑龍江省人大常委會主任」，人民網，2013年1月30日，http://politics.people.com.
cn/n/2013/0130/c41223-20379030.html。

「全國臺聯九屆一次理事會選出新一屆領導班子」，臺胞之家網，2012年12月19日，http://
www.tailian.org.cn/n1080/n1110/n1444/n1506/1256196.html。

「全國政協十二屆一次會議開幕會」，中國網，2013年3月3日，http://www.china.com.cn/zhibo/
zhuanti/2013lianghui/content_28108963.htm。

「多維揭秘：震驚法拉利車禍，胡錦濤主動罷黜令計劃」，多維新聞網，2012年12月12日，
http://forum.dwnews.com/threadshow.php?tid=1008464。

「快評：俞正聲分管對臺重任　對臺友善」，中國評論網，2013年2月21日，http://www.
chinareviewnews.com/doc/111_0_102443813_1_0221001129.html。

沈澤瑋，「臺學者：本屆論壇跨兩岸舉行 大陸藉佛教爭臺灣民心」，聯合早報網，2012年11月
14日，http://www.zaobao.com/special/china/taiwan/pages12/taiwan090401.shtml。

林庭瑤，「習近平舊屬 龔清概任國臺辦副主任」，世界新聞網，2013年11月9日，http://www.
worldjournal.com/view/full_learn/24014162/article-習近平舊屬-龔清概任國臺辦副主任--
?instance=iNews。

「俞正聲出席第四屆『湖北武漢臺灣周』歡迎宴會」，人民網，2007年7月6日，http://cpc.
people.com.cn/BIG5/64093/64094/5955834.html。

「俞正聲政協會議工作報告（全文）」，大公網，2014年3月3日，http://news.takungpao.com.
hk/mainland/focus/2014-03/2318329_2.html。

「栗戰書首次開創中辦主任『入局』先例」，大公網，2012年11月15日，http://news.takungpao.
com/mainland/zgzq/2012-11/1273240.html。

「張志軍陳德銘臺辦海協政經兼顧」，中時電子報，2013年3月10日，http://news.chinatimes.
com/mainland/130505/132013031000684.html。

「最靈巧的太子黨 最了解臺灣的中共接班人」，今周刊網站，2011年10月6日，http://www. businesstoday.com.tw/v1/content_print.aspx?a=W2010100158。

「解放軍副總長孫建國兼任中國國際戰略學會會長」，中華網，2013年9月2日，http://news. china.com/domestic/945/20130902/18026704.html。

「學習胡六點 主席臺透露中央對臺班子」，中國評論網，2009年12月31日，http://www.chinareviewnews.com/doc/1011/8/4/4/101184464/html?coluid=7& kindid=0&docid=101184464。

陳曼儂，「人物側寫——溫雅陳德銘 綿裡藏針」，e-旺報，2013年3月9日，http://news. chinatimes.com/mainland/50507270/112013030900195.html。

陳鍵興，「2013年對臺工作會議在京舉行 俞正聲出席並做重要講話」，人民網，2013年2月20 日，http://politics.people.com.cn/n/2013/0220/c1001-20534788.html。

薛理泰，「胡錦濤掌握了黨政軍大權（中共中央辦公廳簡介）」，聯合早報網，2008年9月12 日，http://www.zaobao.com.sg/yl/yl070924_508.html。

論 壇 20

中共「十八大」菁英甄補與治理挑戰

主　　　編	陳德昇

發 行 人　張書銘
出　　版　**INK** 印刻文學生活雜誌出版有限公司
　　　　　新北市中和區中正路800號13樓之3
　　　　　電話：(02) 2228-1626　　　　傳真：(02) 2228-1598
　　　　　e-mail：ink.book@msa.hinet.net
　　　　　網址：http://www.sudu.cc
法 律 顧 問　巨鼎博達法律事務所 施竣中律師

總 經 銷　成陽出版股份有限公司
　　　　　電話：(03) 358-9000（代表號）　傳真：(03) 355-6521
郵 撥 帳 號　19000691 成陽出版股份有限公司
製 版 印 刷　海王印刷事業股份有限公司
　　　　　電話：(02) 8228-1290

港澳總經銷　泛華發行代理有限公司
地　　　址　香港新界將軍澳工業駿昌街7號2樓
　　　　　電話：(852) 2798-2220　　　　傳真：(852) 2796-5471
　　　　　網址：www.gccd.com.hk

出 版 日 期　2015年3月
定　　　價　360元
ISBN　978-986-387-007-4